KNAUR

Über den Autor:
Daniel Kohlhaas wurde 1979 im Westerwald geboren. Er begann schon früh mit dem Schreiben und veröffentlichte zunächst einige Kurzgeschichten in Krimianthologien, bevor er sich an längere Texte wagte. *Kleine Engel* beruht auf einer Idee, die er für die Thrillerschule von Sebastian Fitzek entwickelte. Daniel Kohlhaas lebt mit Partnerin und Tochter in einem kleinen Ort im Oberbergischen Land.

DANIEL KOHLHAAS

Kleine ENGEL

Thriller

KNAUR

Besuchen Sie uns im Internet:
www.knaur.de

Aus Verantwortung für die Umwelt hat sich die Verlagsgruppe Droemer Knaur zu einer nachhaltigen Buchproduktion verpflichtet. Der bewusste Umgang mit unseren Ressourcen, der Schutz unseres Klimas und der Natur gehören zu unseren obersten Unternehmenszielen. Gemeinsam mit unseren Partnern und Lieferanten setzen wir uns für eine klimaneutrale Buchproduktion ein, die den Erwerb von Klimazertifikaten zur Kompensation des CO_2-Ausstoßes einschließt. Weitere Informationen finden Sie unter: www.klimaneutralerverlag.de

FSC
www.fsc.org
MIX
Papier aus verantwortungsvollen Quellen
FSC® C014496

Originalausgabe Juli 2021
Knaur Taschenbuch

Ein Imprint der Verlagsgruppe
Droemer Knaur GmbH & Co. KG, München

Ein Projekt der AVA International GmbH
Autoren- und Verlagsagentur
www.ava-international.de
Redaktion: Stefan Lutterbüse
Covergestaltung: Sabine Schröder
Coverabbildung: Collage von Sabine Schröder unter Verwendung von Bildern von iStock und Shutterstock.com
Satz: Sandra Hacke
Druck und Bindung: GGP Media GmbH, Pößneck
ISBN 978-3-426-52661-3

2 4 5 3 1

Für Nadine

Erster Teil

ZWEIFEL

1

Er trägt sie auf Händen. Wie seine Braut. So leicht, so unglaublich leicht. Die dünnen Arme hängen an ihren Seiten herab, der Kopf liegt im Nacken, das lange, strohige Haar berührt fast den Parkettboden. Er blinzelt die einsetzenden Tränen weg. Sie drängen nach draußen, wie immer. Das Mädchen ist gezeichnet, so jung, jedoch erkennt er deutlich den Schmerz. Über die Zeit hat er sich in das kalkweiße Gesicht eingefräst. Doch bald ist es vorbei. Für immer.

Langsam dreht er sich herum, kühle Nachtluft strömt durch das geöffnete Fenster ins Innere des Zimmers. Das blasse Licht des Mondes wirft Flecken auf die zahlreichen Bilder, die an der weißen Vliestapete hängen.

Hunde. Sie lächeln, tragen farbenfrohe Anzüge und Helme. In Gedanken flüstert er ihre Namen, jedes Motto. Lilli liebt die Vierbeiner. Vor allem das in Rosa gekleidete Cockapoo-Weibchen. Sein Blick fällt auf ihre Hundemarke, auf den Propeller. Überall stehen kleine Figuren, aus den Regalen starren ihn riesenhafte Augen aus flauschigen Plüschtieren an. *Die Fellfreunde.* So hat sie sie genannt. Ihm erzählt, von wem sie welchen geschenkt bekommen hat. Und wie sehr sie sich darüber gefreut hat. Jedes Mal. Auch wenn sie eigentlich schon zu alt für die Kinderserie sei.

Er lächelt. Diesen Stolz bewundert er. Genau wie ihren Mut, die Kraft und Ausdauer. Eigenschaften, die sie bis zuletzt gezeigt hat. Trotz der Hölle, die sie durchleben musste.

Sorgsam passt er auf, dass ihre Füße und Hände nicht gegen die metallenen Rahmen des Bettgestells stoßen, hebt sie ein wenig an, als das Oberteil ihres Schlafanzuges, das schlaff um ihren Körper hängt, leicht nach oben rutscht. Er zuckt kurz zusammen, als er sie sieht. Die

Narben. Sie sind die Zeichen ihres Lebens, ein Buch voller Leid, das ihr in die Haut geschrieben wurde. Unzählige Operationen, Stunden zwischen Hoffen und Bangen. Und am Ende? Übrig blieb nur der Schmerz. Viel zu viel davon.

Zu häufig ist er sein Zeuge gewesen. Wie er es hasst, dieses Leid sehen zu müssen. Die Hoffnungslosigkeit. Er kämpft gegen die Tränen an, während er langsam auf das Fenster an der Stirnseite des Zimmers zusteuert. Wieder einmal. Seine Schuhe rutschen lautlos über den Linoleumboden. Von draußen weht eine Brise Nachtluft in den Raum. Es riecht nach Regen. Er hält einen Moment inne. Alles ist so still. Leise rauscht der Wind durch die Blätter des angrenzenden Waldes.

Er schaut auf sie hinab, lächelnd, wissend. Das Heben ihres Brustkorbs ist kaum auszumachen. Er kennt sie. Jede Narbe. Ihr Leiden.

Stünde sie so vor einem, könnte man meinen, ihr fehle es nur an Sonne, an Bewegung, an Schokolade. Doch sie ist kein Kind wie alle anderen. War nie wirklich im Kindergarten, verbrachte keine Zeit in der Puppenecke, verpasste ihre Einschulung und stand nur mit ihrem Namen auf Klassenlisten. Und sie wird niemals ein Mädchen sein, das heimlich vom ersten Kuss träumt oder erdachte Gedichte in ihr geheimes Tagebuch schreibt, nein. Sie ist eine Kriegerin. Vom ersten Tag an musste sie kämpfen. Gegen den Tod. Eine aussichtslose Schlacht, wo die Mittel doch so ungleich verteilt sind. Nein, diesen Krieg konnte sie nie gewinnen, nur hinauszögern. Schmerzvoll verlängern. Bis sie ihn getroffen hat. Jetzt ist er da. Er ist hier, um den Kampf endgültig zu beenden. Endlich.

Als er an das Fenster tritt, verdecken Wolkenschleier Sterne und Mond. Der Hof unterhalb liegt im Dunkel. Er stellt sein rechtes Bein auf der Sitzfläche des Stuhls ab, den er unter das Fensterbrett gestellt hat, legt ihren Körper kurz sachte darauf, um seinen Arm unter ihr hervorziehen zu können. Vorsichtig umgreifen seine Hände ihr Handgelenk. Trotz der Handschuhe spürt er, wie schmal, wie knöchern es ist. Wie viel mag sie noch wiegen?

Zuerst drückt er ihre dürren Finger an die Stuhllehne, nimmt dann ihre Hand und führt sie an den Schlüssel, der im Griff des Fensters steckt. Danach umschließt er mit ihren Fingern den Fenstergriff, legt dann ihre beiden Handflächen kurz auf der Fensterbank ab. Er nimmt sich Zeit, denn er weiß genau, wie echt es aussehen muss. Auch wegen der anderen Kinder. Dann schließt er die Augen. Der Moment ist gekommen. Die letzte Schlacht geschlagen. Ihre Erlösung ist nah. In Gedanken rezitiert er das Motto der mutigen Hündin, als er sie durch die Öffnung des Fensters hebt. Knapp über das Fensterbrett, mit dem Kopf voraus. Schiebt erst ihren Bauch, danach die Knie über den Fensterrand. Der Schlafanzug rutscht nach oben. Weiter über die Brüstung. *Diese Pfoten haben Flügel!* Dann lässt er Lilli los.

2

Das Licht. Es muss das Licht sein. Denn gestern Abend, als sie zu Bett gegangen ist, kann sie unmöglich so fertig ausgesehen haben, oder?

Jetzt, ihrem eigenen Spiegelbild gegenüber, schüttelt Silke Schwanbeck den Kopf. Glanzlose, übermüdete Augen starren sie an, ihre Haut wirkt fahl und in ihrem widerspenstigen Haar finden sich erste graue Strähnen. Sie weiß, es ist nicht das Licht. Es ist der Schichtdienst, der sie früher oder später erledigen wird. Die verkackte Frühschicht, denkt sie resignierend.

Mitten in der Nacht ist sie aufgestanden, hat sich im nasskalten Oktoberwetter in ihren eisigen und vor allem zu alten Fiat gesetzt und die mit Schlaglöchern übersäten Kilometer zu ihrer Arbeitsstelle zurückgelegt. Und das nach dieser Nacht. Nach diesem viel zu kurzen Wochenende und dieser Scheißnacht, die hinter ihr liegt.

Ihre kleine Tochter hatte kaum geschlafen, war schon um zwei Uhr zu ihr ins Bett gekrochen, und danach war es mit erholsamem Schlaf vorbei gewesen. Bis der Wecker um halb fünf Uhr klingelte.

Aber, wenn sie gefragt wird, warum sie sich das Tag für Tag antut, was sie an diesem Job überhaupt findet, dann muss sie nicht lange überlegen. Es sind die Kinder. Ja, schon immer sind es die Kinder gewesen. Der Gedanke, für sie da zu sein, ihnen beizustehen, die Angst zu lindern, die dankbaren Blicke und Berührungen, das entschädigt sie für fast alles. Und wenn sie dann da ist, die Traurigkeit, versteht sie es, sie zu durchbrechen. Sie ist eine Frohnatur. Aber der Schichtdienst, der wird sie irgendwann trotzdem umbringen. Auf jeden Fall.

Sie parkt den Wagen um kurz vor halb sechs auf dem angrenzenden Schotterparkplatz, wirft die Tür hinter sich zu und stapft im Nieselregen die wenigen Stufen zu dem gepflasterten Weg zum Kinderhospiz Sonnenhaus hinauf.

Sie kneift die Augen zusammen. Irgendetwas stört sie. Nicht die Kälte, nicht die feinen Tropfen. Es ist das Licht. Nur, dass dieses Mal nicht zu viel da ist. Sondern zu wenig. Viel zu wenig.

Irritiert streift ihr Blick die Laternen, die sonst den Weg automatisch erleuchten. Keine von ihnen brennt. Sie wird es dem Hausmeister sagen müssen. *Peter*. Dieser Taugenichts, der den ganzen Tag in seinem kleinen Büro rumlümmelt, auf sein Smartphone starrt und seit Monaten nicht einmal den tropfenden Wasserhahn in der Umkleide repariert. Er nervt sie nahezu jeden verdammten Tag. Während sie sich auf ihre Füße konzentriert und versucht, im spärlichen Licht den Pfützen auszuweichen, stellt sie sich vor, wie er sie darum bittet, ein Ticket auszufüllen. Das sei wichtig. Möglichst genau solle sie das Problem beschreiben. Ausführlich. Umso besser könne er sich ein Bild des Schadens machen, ihn in die Prioritätenliste einsortieren und anschließend zeitnah reparieren.

Dass die Heimleitung dieses Ticketsystem ins Leben gerufen hat, das elektronisch erfasst, welche Arbeiten für den Hausmeister anfallen, sollte eigentlich dazu führen, dass alles Notwendige schneller erledigt werden kann und *dem Peter* somit die Vorbereitung erleichtert wird.

Sie lacht kurz auf, hustet. Als ob sie Zeit hätte, irgendwelche blöden Tickets auszufüllen, für Sachen, die auf einen einfachen Zuruf hin viel schneller zu erledigen wären. Nichts hat das gebracht. Nur mehr Arbeit. Aber nicht für Peter. Der den ganzen lieben langen Tag doof in seiner Bude herumsitzt und Däumchen dreht. Dem würde nicht einmal auffallen, dass hier kein Licht leuchtet. Dazu müsste er ja den Blick von dem Teil lassen. Silke Schwanbeck merkt, dass sie sich wieder aufregt, als sie in der Dunkelheit über etwas stolpert, nach vorne kippt, sich mit den Armen auf dem nassen Asphalt abstützt und schmerzhaft das rechte Knie stößt. Sie flucht lauthals und schwört sich, dass sie dieses verdammte Ticket ausfüllen wird. Selbst wenn sie es erst nach der Schicht erledigt. Heute Morgen hat sie das Licht verflucht, jetzt braucht sie es, um sich nicht die Knochen zu brechen.

Sie rappelt sich auf und kramt in der Tasche nach ihrem Smartphone. Sie nutzt es selten, deswegen ist ihr der Gedanke, es als Taschenlampe zu benutzen, erst gar nicht gekommen. Doch bevor hier noch andere hinfallen, will sie nachschauen, was sie so aus dem Tritt gebracht hat.

Das Display leuchtet auf, als sie das Smartphone anhebt, sie streicht über den Bildschirm und aktiviert das Licht. Sein Kegel erleuchtet die feuchten Steine. Auf ihrer Jeans erkennt sie einen Fleck, klopft sich die Hände abwechselnd an ihrem Mantel ab, um sich dann umzudrehen.

Das Licht. Es ist das Licht, das keinen Zweifel zulässt. Es ist ihr egal, dass es wehtut, als sie sich auf die Knie fallen lässt, egal, dass jetzt auf beiden Seiten Flecken sind. Sie vergisst das verdammte Ticket, vergisst *Peter* und sein Smartphone.

Denn hier, im Schein der Taschenlampe, ändert sich mit einem Mal alles. Sie braucht einen Moment, bis sich das Bild zusammenfügt. Unnatürlich verdreht. Der rosafarbene Stoff mit Regen vollgesogen, die schmalen Finger zwischen Beeteinfassung und beschnittenen Rosen. An die hat er gedacht, der *Peter*. Sie schaut nach oben. Kann nichts erkennen, das Dunkel schluckt die Fassade und ihr Taschenlampenlicht, das sie zitternd höher schweifen lässt.

Sie schluchzt, hält sich die Hand vor den Mund, schwenkt zurück und leuchtet aus, was sie nie wieder vergessen wird. Das blonde Haar, verkrustet, verschmiert. Die dunkle Lache, die sich um den Schopf sammelt. Das Gesicht. Die helle Haut, wie Porzellan.

»Lilli … Lilli«, flüstert sie, streckt eine Hand zögerlich nach ihr aus, um sie schnell wieder zurückzuziehen. Dann erst beginnt sie zu schreien.

3

Als er den Namen zum ersten Mal gelesen hat, dachte er, dass es sich um einen Scherz handeln müsse. Wer um Gottes willen nennt seine Kneipe »Gasthaus Gosse«? Mittlerweile weiß Simon Winter, dass es sich dabei um den Nachnamen des Wirtes handelt und dass in dem alten Fachwerkhaus an der Ortsdurchfahrt die Zeit stehen geblieben zu sein scheint. Er verharrt im kalten Nieselregen vor dem Gebäude, reibt sich die klammen Finger und überlegt, ob er es wirklich betreten will.

Nümbrecht ist nicht Köln. Das Oberbergische keine Großstadt. Ein Kneipenbesuch scheint hier eher aus Verzweiflung zu geschehen, und wenn er ehrlich zu sich selbst ist, ist das genau der Grund, warum er hier ist. Zu Hause hat er es nicht mehr ausgehalten. *Zu Hause.* Was heißt das schon?

Er umgreift den Türgriff, zieht daran und steht vor einem dunklen, schweren Vorhang. Als er ihn zur Seite schiebt, schwappt ihm warme alkoholgeschwängerte Luft entgegen.

Im schummrigen Licht sitzen inmitten rustikaler Buche drei Männer an der Theke. Der Kölschgeruch hat sich über die Jahre in den Tischen und Eckbänken verewigt. Plastikblumen in alten Kölschgläsern und Messingteller mit Alltagsweisheiten an den vergilbten Wänden verleihen dem Raum eine triste und doch in sich stimmige Atmosphäre. Die Männer drehen sich zu ihm um, als er den Schankraum betritt, und runzeln die Stirn. Der Wirt nickt ihm kurz zu.

Simon Winter sucht sich einen Tisch aus und nimmt daran Platz. Aus einem Lautsprecher plärrt ihm ein Schlager entgegen. *Was tust du hier? Mitten in der Woche.*

Unter einer durchsichtigen Plastikdecke liegt ein Spitzendeckchen. Erst jetzt fällt ihm die Frau auf, die im Halbdunkel an einem der anderen Tische sitzt und gedankenverloren einen Bierdeckel in kleine Fetzen reißt.

»Ein Bier für den Herrn?«, fragt der Wirt von der Theke aus und Winter überlegt, ob es überhaupt andere Getränke gibt, geschweige denn eine Karte.

»Gerne«, antwortet er und rückt unruhig auf dem verschlissenen Polster hin und her. Die Männer nehmen ihr Gespräch wieder auf. Lokalpolitik. Das schnelle Internet, das niemand braucht und weswegen die hier alle Straßen aufreißen.

Winter schmunzelt, als der Wirt das Kölschglas auf einem Bierdeckel auf seinem Tisch abstellt und dabei die Augen unter buschigen Brauen verdreht.

Aus der Tasche seiner Chino fingert Winter sein Smartphone. Kein Anruf. Keine Nachricht. Wenn es noch einen Beweis gebraucht hat, dass er einsam ist, dann zeigt es ihm sein Mobiltelefon. Er entsperrt das Display, ruft die Fotos auf und verflucht sich sofort dafür.

Vor ein paar Jahren hat er einmal von der Idee gelesen, dass einem das Smartphone in betrunkenem Zustand davon abhalten sollte, die Ex-Partnerin anzurufen. Ihn müsste es warnen, nicht die Fotos zu öffnen. Er greift nach dem Glas, trinkt einen Schluck. Dann markiert er wahllos einzelne Bilder und löscht sie. Einfach. Schnell.

Im Hintergrund verabschieden sich die drei Herren lautstark von der Theke, werfen vereinzelte Münzen in ihre Sparkästchen an der Wand und schlüpfen in ihre Mäntel. Einer stimmt ein Lied über einen blauen Mond an.

»Sie sind nicht von hier, oder?«, fragt der Wirt.

Winter nickt. »Noch nicht lange. Bin hierhergezogen. Vor ein paar Monaten.«

»Dachte ich mir, ich habe Sie nämlich noch nie hier gesehen.« Prüfend hält er ein Glas gegen das Licht und stellt es anschließend auf die Anrichte oberhalb der Theke. Ein paar Tische weiter erhebt sich die Frau von ihrem Platz, zieht die Nase hoch und taumelt zu den Toiletten.

»Schweren Tag gehabt?«, fragt Winter und nickt in Richtung der Frau.

»Eher schwere *Tage*. Sie war gestern schon hier. Hat eine richtige Scheißgeschichte erlebt, die Gute.«

Winter schürzt die Lippen. Setzt dann das Glas an. Die Frau kehrt zurück, steuert die Theke an.

»Machst du mir noch eins?«

»Meinst du nicht, du hast genug für heute?«, fragt der Wirt.

»Hör mit dem Scheiß auf, Jürgen! Ich will noch ein Bier.«

»Silke, ich weiß ja, dass es dir dreckig geht, aber das hier hilft …«

»Du hast doch keine Ahnung, was mir hilft, du Arschloch!«

»Hey!«, entfährt es Winter.

»Wer hat dich denn gefragt?«, ätzt die Frau ihn an.

Beschwichtigend hebt er die Hände. »Es tut mir leid, aber egal, was passiert ist, es gibt Ihnen nicht das Recht, den Herrn zu beleidigen.«

»Den Herrn zu beleidigen«, äfft sie ihn nach. »Schau mal Jürgen, der Kerl meint, du wärst ein Herr!«

Winter steht auf, tritt an die Theke heran. »Hören Sie, trinken wir doch gemeinsam eine Cola und holen Ihnen ein Taxi, okay? Geht auch auf meine Rechnung.«

Sie schaut ihn an, schwankt ein wenig. Winter sieht ihr an, dass sie in den letzten Tagen viel geweint hat. Dann fangen ihre Lippen an, zu beben, erneut zieht sie die Nase hoch und vergräbt ihr Gesicht in den Händen.

»Dieses verdammte Licht!«, murmelt sie.

Irritiert schaut Winter erst sie und dann den Wirt an, der eine verständnislose Geste zeigt.

»Welches Licht?«

Nervös zieht die Frau eine verbeulte Schachtel Zigaretten aus ihrer Hosentasche, steckt sich eine zwischen die Lippen und klopft ihre Taschen nach einem Feuerzeug ab. Unentwegt schüttelt sie dabei den Kopf. »Das Licht … das verdammte Licht …«

»Hören Sie, ich würde Ihnen wirklich gerne helfen …«

»Das Licht! Das verdammte Licht!«, kreischt sie plötzlich und Winter tritt unwillkürlich einen Schritt zurück. Dann sackt die Frau in sich zusammen, schluchzt und weint bitterlich.

4

Das Licht. Quietschend bewegen sich die Scheibenwischer über die Scheibe, hinterlassen Schlieren, in denen sich das wenige Licht der Außenbeleuchtung bricht. Winter dreht das Radio leiser, in dem Chris Cornell in *I am the Highway* Zeilen singt, die zu nah an der Wahrheit sind. Silke Schwanbecks Worte hallen in seinen Gedanken wider. *Das Licht.*

Als er ihr aufgeholfen und sie auf eine Bank gesetzt hatte, hatte sie ihm ihre Geschichte erzählt. Die Geschichte von Lilli Lessing. Und jetzt steht er hier, mitten in der Nacht, wo sie passiert ist.

»Ich bin über sie gestolpert, fast auf sie gefallen. Sie lag einfach so da. Als ob sie schläft.« Silke Schwanbeck hatte das Glas Cola angehoben, einen Schluck getrunken und sich geräuspert. »Ich habe mein Handy aufgehoben, habe mich neben sie gekniet. Und dann habe ich es gesehen.« Sie zitterte. Schloss ihre Finger zu Fäusten. Flüsterte. »Das Blut. In ihren Haaren. In den Locken.«

Es gibt diese negativen Meilensteine im Leben eines Polizisten: die erste Leiche, der erste abgegebene Schuss, die erste Schusswunde und dann eben das erste tote Kind. Eine Liste des Grauens. Gewöhnungssache, sagen die einen, aber das mit dem Kind, das hänge einem nach.

Trotz der angezeigten 19 Grad Celsius im Wageninneren fröstelt es Winter. Er meint es sehen zu können. Das Mädchen. Lilli. Wie sie nur wenige Meter von ihm entfernt seltsam verdreht im eigenen Blut zwischen beschnittenen Rosen, Bordstein und Hauswand liegt. So arbeitet sein Kopf. Und genau deswegen musste er mitten in der Nacht hierher aufbrechen, weil ihn Silke Schwanbecks Erzählung sowieso nicht hätte schlafen lassen. *Das Blut. In ihren Locken.*

Als er aussteigt, empfängt ihn eine gespenstische Stille. Es bleibt nur das vertraute Fiepen in seinen Ohren. Seine Schritte knirschen auf dem Kiesweg, er will niemanden aufwecken oder erschrecken, daher lässt er das Smartphone in seiner Hosentasche stecken. Die Leuchtziffern seiner Uhr zeigen kurz nach 0 Uhr an, als die Wolken den Mond freigeben. Das wenige Licht reicht aus, um sich zu orientieren.

Langsam schreitet Winter den Weg ab, den Silke Schwanbeck am Montagmorgen gegangen ist. Schaut sich um, erkennt Schemen von Büschen und Bänken im Dunkel.

Als er sich der Stelle nähert, bemerkt er eine Kerze, deren Flamme im Wind zittert und zuckt. Einen zusammengebundenen Strauß Blumen, ein Kuscheltier mit großen Augen. Winter hockt sich hin, faltet die Hände, hält kurz inne.

Erhebt sich einem Moment später wieder, nimmt den Weg zurück zu seinem Auto. Er wird später noch einmal kommen. Zum Sonnenhaus.

5

Er schwitzt. Da ist wieder dieses Kratzen im Hals, tief unten in der Kehle, das er abhusten will, aber nicht kann. Bitter würgt er hinunter, was sich in seinem Mund angesammelt hat. Fahrig wischt er sich mit der flachen Hand durch sein Gesicht.

Alles gut, du hast alles richtig gemacht. Beruhige dich, verdammt noch mal. Ruhig, Junge. Ruhig …

Es zu planen ist immer wieder etwas anderes, als es zu tun.

Der Weg dahin ist anstrengend, die Konzentration, die Vorbereitung. Und dann dieser Punkt, der Moment, in dem er weiß, was er zu tun hat, wie und wann es passieren muss. Wenn er die Tat in Gedanken schon hundertmal ausgeführt hat, aber die Wirklichkeit ihn noch warten lässt, weil er so verdammt vorsichtig sein muss.

Aber jetzt hat es wieder geklappt, oder nicht? Du hast es geschafft!

Im spärlichen Licht der Fahrgastzelle fällt sein Blick auf seine Hände. Sie zittern. Das kennt er schon, weil es wie immer ist. Und bleiben wird. Es begleitet ihn. Seit Jahren.

Damals, in diesem kleinen Zimmer, in dem es so sehr nach Kotze gestunken hat. Und Galle. Nur noch Galle. Mehr konnte ja nicht kommen. Wie denn auch? In seiner Erinnerung steht er hilflos da und greift nach dem Eimer. Ausleeren soll er ihn. Wieder einmal.

Tapfer umschließt seine Hand den Henkel. Die grüne Flüssigkeit schwappt hin und her. Säuerlich und warm. Sofort steigt ihm der Geruch in die Nase. Der wird ihn nie loslassen. Niemals. Er stößt auf. Die Lichter eines abbiegenden Fahrzeuges streifen ihn kurz.

Hier, unterhalb der A4, auf dem Pendlerparkplatz unweit von Engelskirchen, sitzt er und spürt das Verlangen, die Erinnerung hinunterzuspülen. Auf dem Beifahrersitz liegt eine volle Cola-Flasche.

Als er sie zischend öffnet, schaut er sich erschrocken in der Dunkelheit um. Der Parkplatz ist verwaist, nur er und der weiße Kastenwagen zwischen den Brückenpfeilern. An den Rändern erahnt er den Abfall, der dort achtlos liegt. So sind sie, die Menschen. Faul und egoistisch. *Nicht so wie du.*

Du bist anders. Du hast geholfen. Du hast alles richtig gemacht.

Ja, so verdammt richtig. Es geht hier schließlich nicht um ihn, sondern einzig und allein um sie. Das ist der Sinn des Ganzen. Das hat er damals gelernt. Lernen müssen. Mit dem Eimer in der Hand. Das Leben ist nicht fair.

Gierig setzt er die Flasche an, nimmt einen Schluck. Die braune Brühe zwängt sich durch seinen Hals. Er hustet, wischt sich mit dem Unterarm den Mund ab. Dann sieht er auf dem Armaturenbrett die Uhrzeit.

Der nächste Morgen ruft schon. Also dreht er den Schlüssel und startet den Sprinter. Der Lieferwagen rollt langsam den abschüssigen Parkplatz hinunter. Er drückt auf den Knopf des Radios.

Er lenkt den Wagen nach links auf die Straße, hält vor dem grellen Licht der roten Ampel. Atmet tief durch. Langsam. Schaut auf seine Hände, die auf dem dunklen Lenkrad ruhen. Das Zittern. Es nimmt ab.

Auf dem Armaturenbrett liegen alte Lieferscheine. Versorgungsnachweise. Das Papier vergilbt, mit Kaffeekränzen darauf.

Die Ampel schaltet auf Grün, er beschleunigt ein kurzes Stück, um sich dann links einzuordnen und in Richtung Engelskirchen abzubiegen. Und lächelt, als er die lang gezogene Rechtskurve nimmt.

Es hat alles geklappt. Es wird nicht einfacher. Nein.

Er wird davon träumen. Aber das gehört dazu.

6

Der Morgen an diesem Mittwoch ist kaum heller als die Nacht. Winter schlägt die Tür seines Wagens zu und zieht die Stirn kraus. Das Kinderhospiz Sonnenhaus steht am Ende eines von bunten Blättern bedeckten Asphaltweges. Die verwaisten Kronen recken ihre kahlen Finger in den verwaschenen Himmel und Winter nimmt die nassen Stufen in Richtung Eingang.

Die wenigen Ergebnisse und einzelnen Fotos dieses Falls hatte er im Büro in Gummersbach in der dazugehörigen schmalen Kriminalakte nachlesen können und sie standen im starken Kontrast zu der Erzählung, die ihn letzte Nacht hierhergeführt hatte.

Nachdem Silke Schwanbeck Lilli Lessing aufgefunden hatte, hatte der herbeigerufene Arzt nur noch den Tod des Mädchens feststellen können. Das vorgedruckte Formular, das Winter auf seinem Schreibtisch vor sich liegen hatte, protokollierte die sogenannte Leichenschau. Die sechs Unterpunkte listeten den Namen, die Todeszeit, die Todesart, die Todesursache und das Grundleiden auf. Dahinter folgte ein weiteres Formblatt, die »Meldung über eine versuchte Selbsttötung«. Die Kollegen von der Polizei hatten unter der Verwendung der Aussagen von Silke Schwanbeck und des herbeigerufenen Arztes ihr Tatmotiv aufgeführt und waren zu dem Ergebnis gekommen, dass sich Lilli Lessing aufgrund ihrer schweren Krankheit in einer »erheblichen gesundheitlichen Notlage« befunden und so den Freitod gewählt habe. Nüchtern. Sachlich. *Das Licht. Das Blut. In den Locken.*

Winters Schritte hallen im Eingangsbereich des Gebäudes wider. An einer Art Tresen empfängt ihn eine ältere Frau mit kurzen grauen Haaren. Winter weist sich aus und fragt nach Silke Schwanbeck.

Nachdem er sich in eine Liste eingetragen und bei der Frau bedankt hat, zeigt sie ihm mit besorgtem Blick den Weg zum Aufenthaltsraum des Personals.

Er steigt weitere Stufen hinauf, geht an Schaukästen mit Plakaten, Informationen und Bildern des Betreuungspersonals vorbei. Er bleibt kurz stehen und sucht nach der Pflegerin, die Lilli auf dem Weg zur Arbeit gefunden hat.

Silke Schwanbeck lächelt darauf. Winter erinnert sich an die verweinten Augen, löst sich von ihrem Bild und sieht sich, sein Spiegelbild, in der Scheibe des Schaukastens. Er fährt sich durch das dichte, dunkle Haar und stapft los. Sein Gehirn funktioniert wie ein Hängeregister, in das er die Mappen eines Falles einhängt, um auf sie zuzugreifen, wenn er sie braucht. Diese Methode hilft ihm, hat sich über die Jahre bewährt. Hat oft dabei geholfen, sich an Details zu erinnern, die im ersten Augenblick als nebensächlich abgetan wurden. Jetzt legt er das Bild der Pflegerin neben die Erinnerung von gestern Abend ab.

Am Ende eines in Pastelltönen gehaltenen Flures liegt auf der rechten Seite das Schwesternzimmer. An einer Pinnwand hängt ein Wust aus selbst gemalten Bildern, Dankeskarten und Urlaubsgrüßen.

Sofort erkennt er die Frau, die in dem schmalen Raum auf einem der Holzstühle zusammengekauert sitzt. Silke Schwanbecks Augen liegen in tiefen Höhlen, ihre Hände zittern. Unter ihrem Foto stand, dass sie bereits seit der Eröffnung hier im Sonnenhaus arbeitet. Die Zigarette zwischen ihren Fingern vibriert. Winter klopft mit dem Knöchel an den Türrahmen.

»Was … was machen Sie denn hier?«, fragt sie stockend und zieht nervös an der Zigarette. Ein Stück Asche fällt zu Boden.

»Hallo, Frau Schwanbeck. Freut mich, Sie wiederzusehen.«

Sie schaut ihn weiterhin irritiert an. »Ich hoffe, Sie sind gestern Abend noch gut nach Hause zu Ihrer Familie gekommen?«

»Ja, äh, danke«, meint sie und blickt sich Hilfe suchend um.

»Ich hätte nicht damit gerechnet, dass Sie schon wieder arbeiten.« Winter betritt das Zimmer, stellt sich vor die Pinnwand, überfliegt die Zeichnungen und Danksagungen.

»Mein Arzt meint, die Routine würde mir helfen, die … die Sache mit Lilli besser verarbeiten zu können.«

»Frau Schwanbeck, glauben Sie, Sie können mir ein paar Fragen beantworten?« Er dreht sich zu ihr um, sucht Augenkontakt.

»Was für Fragen?«

»Erinnern Sie sich nicht mehr? Ich habe Ihnen gestern Abend erzählt, dass ich Polizist bin. Arbeite für die Kriminalpolizei Gummersbach …«

»Guten Morgen«, unterbricht ihn ein Mann im Anzug und die Begrüßung klingt eher nach einer Frage. »Kann ich Ihnen irgendwie helfen?« Winter erinnert sich an sein Foto aus dem Schaukasten, das weiße Lächeln. Den Eindruck von Ordnung. Das ist es, was er hinterlassen will, denkt Winter. Deswegen der Anzug. Die Frau vom Empfang muss ihm Bescheid gegeben haben.

»Guten Morgen«, meint Winter und streckt ihm eine Hand entgegen. »Mein Name ist Simon Winter. Kriminalpolizei Gummersbach.«

»Kriminalpolizei?«, fragt der Mann unsicher. »Ich weiß gar nichts von der Kriminalpolizei. Gibt es einen bestimmten Grund, warum Sie hier sind?«

»Fangen wir doch erst einmal mit Ihrem Namen an«, beginnt Winter.

»Ach«, der Mann fasst sich geistesgegenwärtig an die Stirn, »ich habe ganz vergessen, mich Ihnen vorzustellen. Christoph Albrecht ist mein Name. Ich bin der Leiter der Einrichtung.«

»Herr Albrecht, wie der Zufall es so wollte, habe ich gestern Abend Ihre Angestellte Frau Schwanbeck kennengelernt. Sie hat mir von dem Tod von Lilli Lessing erzählt.«

Albrecht schluckt schwer. »Ja, das war für uns alle ein großer Schock, müssen Sie wissen. Wir sind hier alle sehr erschüttert. Aber, das beantwortet nicht die Frage, warum Sie hier sind? Ich meine, Ihre Kollegen waren doch in der Nacht hier und …« Er macht eine verloren wirkende Geste.

»Ich habe mir heute Morgen die zugehörige Akte angeschaut und bin zu dem Entschluss gekommen, mir ein eigenes Bild über den Vorfall zu machen.«

»Ein eigenes Bild? Ich verstehe nicht ganz, ich meine, es war doch ein Selbstmord, oder nicht?«

Winter sitzt für einen kurzen Moment wieder in der kölschgeschwängerten Luft der Kneipe, vor ihm Silke Schwanbeck. Sie erzählt von Lilli. Von ihrem Zimmer. Von dem offenen Fenster.

»Ein paar Fragen habe ich schon noch«, erklärt Winter. »Ist das Zimmer des Mädchens schon aufgeräumt?«

»Natürlich. Heute wird es von einem neuen Patienten bezogen. So ist das eben bei uns«, antwortet Albrecht.

»Schade, aber darf ich es trotzdem sehen?«, fragt Winter.

»Sicher. Folgen Sie mir bitte.« Albrecht kramt in seiner Hosentasche nach einem Schlüssel.

Sie biegen am Ende des Flures rechts ab, öffnen eine Tür in ein Treppenhaus, Lichter flammen auf und Albrecht steigt die ersten Stufen hinauf.

»Wie lange gibt es das Sonnenhaus schon?«, fragt Winter beiläufig, obwohl er die Fotos von der Grundsteinlegung bis zur feierlichen Eröffnung in dem Schaukasten gesehen hat.

»Eröffnet haben wir vor fast genau sieben Jahren. Leider sind Kinderhospize in Deutschland noch nicht so sehr verbreitet wie eigentlich nötig.«

»Wie viele gibt es denn?«

»So um die zwanzig. Also Einrichtungen, die sich auf die besonderen Bedürfnisse von Kindern spezialisiert haben. Für die Eltern kann das unter Umständen bedeuten, dass sie sehr weit fahren müssen, um eine passende Einrichtung für ihr Kind zu finden.«

Winter stapft dem Leiter des Hospizes hinterher, versucht Schritt zu halten, während Albrecht mühelos Stufe für Stufe nimmt und dabei auch noch munter plaudert.

»Wie viele Kinder leben denn hier?« *Leben?* Winter fällt auf die Schnelle kein besseres Wort ein. Eigentlich ist es ein Warten. Ein Warten auf den Tod.

»Derzeit sind neun unserer zehn Plätze belegt. Also Vollauslastung. Wir lassen immer einen Platz frei, um für einen eventuellen Notfall gerüstet zu sein.« Albrecht hält kurz inne. »Ich meine, also neun mit Lilli. Jetzt nur noch acht.« Er schürzt die Lippen, seufzt, um dann die nächste Treppe zu nehmen.

»Wie alt sind die Kinder?«

»Das ist ganz unterschiedlich, da unsere Einrichtung für Kinder, Jugendliche und junge Erwachsene ausgelegt ist. Die Bereiche sind räumlich getrennt. Robin ist der Älteste derzeit hier, er ist achtzehn. Lilli ist … war …«, wieder hält Albrecht kurz inne, klopft auf den Handlauf des Treppengeländers, »... neun. Nächsten Monat wäre sie zehn geworden.«

Winter räuspert sich, als Albrecht die Tür zu einem weiteren Flur aufstößt. Der Leiter des Sonnenhauses legt den Zeigefinger an die Lippen und flüstert: »Die Aufregung und die Unruhe der letzten Tage hat die Bewohner des zweiten Stocks sehr mitgenommen, daher bitte ich Sie, möglichst ruhig zu sein.«

Winter nickt und folgt durch die Tür. Albrecht steuert zielstrebig ein Zimmer am Ende des Ganges an und schließt die Tür auf. »Lilli« steht in krakeliger Kinderschrift auf einem Schild daneben. Der Leiter der Einrichtung zieht es aus dem Plastikrahmen, hält es kurz in der Hand und faltet es dann zusammen. *So ist das eben bei uns.*

Während Albrecht zur Seite tritt, mustert Winter den Raum. Das geräumige Zimmer liegt im Halbdunkel. »Die Jugendlichen haben die Möglichkeit, die Beleuchtung selbst zu steuern«, führt Albrecht aus und regelt die Helligkeit des Zimmers nach. Das Pflegebett nimmt die Mitte ein, dem Fußende gegenüber liegt ein großes Fenster. *Das* Fenster. Die weißen Wände und das Kirschholzparkett erzeugen gemeinsam mit den hellblauen Sesseln eine gemütliche Atmosphäre. *Gemütlich?* Winter fällt kein passenderes Wort dafür ein. Es ist und bleibt ein Zimmer, in dem gestorben wird.

Er tritt an das Bett heran, streicht über das helle Laken, bewegt sich vorsichtig, als mahne ihn die Stille dazu. Er schätzt die Entfernung bis zum Fenster auf knapp drei Meter ein.

Winter legt den Kopf leicht schief. »Die Fenster lassen sich hier eigentlich nicht komplett öffnen, oder?« In der Ermittlungsakte stand, dass Lilli Lessing das Fenster mithilfe eines Schlüssels geöffnet hatte, der darin steckte.

»Ja, sie sind eigentlich abgeschlossen. Schon aus versicherungstechnischen Gründen. Und natürlich zum Schutz der Kinder. Also eigentlich.« Albrecht blickt mit ernster Miene auf den Fenstergriff und wendet dann schnell den Kopf ab.

»Wer hat alles Zugriff auf die Schlüssel?«, fragt Winter direkt.

»Im Schwesternzimmer gibt es einen Satz, der Hausmeister besitzt einen und auch die Putzkräfte. Wir können uns selbst nicht erklären, wie das passieren konnte.« Albrecht lässt die Arme sinken.

»Wann wird das letzte Mal nach den Kindern gesehen?«

»So um Mitternacht herum und da war alles in Ordnung. Lilli hat ruhig geschlafen. Nichts Auffälliges.«

»Nur der Schlüssel«, murmelt Winter. Er stellt sich die Kollegen vor. Mitten in der Nacht. Nass und kalt. Ein totes Kind. Sie werden ihr Bestes gegeben haben, aber irgendetwas stört ihn. Störte ihn schon gestern Abend. »Alle, die in dieser Nacht Dienst hatten, wurden vernommen«, sagt er mehr zu sich selbst.

Winter tritt an das Bett heran, räuspert sich. »Die Zimmer der Patienten sind immer offen, oder?«

»Ja, niemand soll sich wie ein Gefangener vorkommen.«

»Die Außentüren sind verschlossen?«

»Ab 20 Uhr. Jeder, der danach raus- oder reinwill, muss klingeln. Gerade die jüngeren Patienten haben dann noch Besuch. Dieser muss sich in eine Liste eintragen. Aber an diesem Abend haben die letzten Angehörigen das Haus gegen 20:30 Uhr verlassen.«

Vorsichtig berührt Winter den Metallrahmen des Pflegebettes. Atmet hörbar aus. Dann spielt er in seinen Gedanken das Geschehene nach. Rekonstruiert es, so gut er kann. Die kleine Lilli. Wie sie den Schlüssel entdeckt. Hat er gesteckt? Hat sie ihn gefunden? Ihn sich besorgt?

»Und wieso das Fenster?«, murmelt er in sich gekehrt.

»Wegen Skye.«

Winter dreht sich überrascht um. Silke Schwanbeck steht im Türrahmen des Zimmers, in ihren Händen einen großen Karton. Auch Albrecht wirkt verblüfft. Die Pflegerin tritt in den Raum und stellt die Kiste auf dem Bett ab. »Lilli liebte die Paw Patrol. Vor allem Skye. Den Flughund.« Sie lächelt gequält.

Aus den persönlichen Sachen des Mädchens fischt sie ein rosafarbenes Kuscheltier heraus. »Skye ist das einzige wirkliche Mädchen, wenn man Everest rausnimmt, das nicht zum Kern der Paw Patrol gehört. Sie ist smart und stark und sie kann fliegen. Lilli träumte davon, fliegen zu können.« Winter sieht die vielen Bilder. Hunde. Ausgemalt. Auf Postern. Eingerahmt. Blau, gelb, grün, orange und rosa. Alle mit großen, aufgeweckten Augen. Eine Kinderserie, vermutet er.

Silke Schwanbeck legt das Tier zurück und zieht einen der Bilderrahmen hervor. Winter sieht, wie ihr Tränen über die Wangen laufen. »Das Fenster war ihre Chance. Ihre Chance zu fliegen.« Ihre letzten Worte sind nur noch ein Flüstern.

Winter schaut betreten zu Boden. Er sieht es, das Mädchen, wie es den Schlüssel dreht, der nicht stecken darf.

»Wie mobil war …«, Winter sucht nach den passenden Worten, »… ich meine, konnte sie noch allein das Bett verlassen?«

Albrecht zögert einen Moment, während er einen Arm um seine Angestellte legt. »Lilli litt an einem inoperablen Hirntumor. Bereits im Alter von vier Jahren wurde er bei einem MRT festgestellt. Sie hat eine Tortur an Behandlungen und Therapien hinter sich gebracht, aber am Ende hat leider nichts davon zum Erfolg geführt. Der Tumor ist gewachsen. Lilli hatte immer stärkere Probleme mit dem Sprechen, mit dem Schlucken. Sie hat kaum mehr gegessen. Die Medikamente, die sie bekommen hat, sollten ihr die Schmerzen nehmen. Sie machen aber auch sehr müde, also glaube ich …« Albrecht blickt ratlos Silke Schwanbeck an.

»Lilli war schwach, aber sie hatte einen unfassbar starken Willen. Wenn Lilli sich etwas in den Kopf gesetzt hat, dann …« Sie bricht kurz ab, wischt sich mit dem Ärmel eine Träne aus dem Gesicht. Nickt dann. »Ja, ich traue ihr definitiv zu, dass sie ihr Bett eigenständig verlassen hat.«

In Winters Kopf blitzen die Bilder ihrer Erzählung auf. *Das Blut. In den Locken.*

Dann sieht er Lilli vor sich, wie sie die Beine aus dem Bett hievt, ihre Füßchen den Holzboden berühren, sie einen Moment braucht, um sich zu halten, nicht umzufallen. Dann den ersten Schritt nach vorne unternimmt. Das Ziel fest im Blick. Das Fenster. Den Schlüssel. Die Chance, zu fliegen.

»Der Stuhl«, bemerkt Winter, während sich das Mädchen in seiner Vorstellung unendlich langsam dem Zimmerende nähert.

»Eigentlich steht er da am Tisch, aber es kann durchaus sein, dass er schon unter dem Fenster stand. Sollte er nicht, natürlich nicht, aber …«, Albrecht bricht ab.

Das Bild des Stuhls verändert sich, verschwimmt. »Das heißt, wenn er nicht schon dort stand, hat sie ihn dahin geschoben?«

Albrecht nickt. Silke Schwanbeck schluchzt auf.

»Dafür musste sie zuerst hierher und dann zum Fenster«, murmelt Winter. In seinen Gedanken nähert sich das Mädchen dem Fenster, schwankend, die blonden Locken wirr vom Kopf abstehend. Es erreicht den Stuhl, der immer wieder flackert, setzt sich hin. Ruht sich kurz aus. »Zu anstrengend«, raunt Winter. Das Mädchen hebt den Kopf, schiebt den Stuhl vorwärts, umschließt die Lehne, um sich am Ende darauf niederzulassen. Erschöpft. Doch ihr Wille treibt sie an, sie steigt auf den Stuhl, dreht den Schlüssel. Atmet durch. Greift den Fenstergriff, der ihr Halt gibt, zieht ihn nach oben und das Fenster schwingt auf. Lächelt sie, als der Wind ihre Locken umfasst? Sie stützt die Hände auf dem Fensterbrett ab. Schaut in die Nacht. Zu den Sternen. Ihrem Traum so nah. Sie hat so viel durchgemacht, die Therapien, die Schmerzen und jetzt ist sie hier und darf endlich tun, was sie sich schon so lange wünscht.

»Herr Winter?«, fragt Albrecht irritiert. Doch der hebt nur eine Hand, wehrt jedes weitere Wort ab. Er muss das hier zu Ende bringen, mit eigenen Augen sehen, wie sie sich mit letzter Kraft nach oben hievt und den Oberkörper über das Fensterbrett schiebt, wie die Schwerkraft an ihr zieht und sie den Halt verliert. Und fliegt. Endlich fliegt. So wie Skye. Winter schluckt. Er friert, als stehe das Fenster noch offen. Dann kehrt er in das Jetzt zurück. Speichert ab, was er gesehen hat, legt es sorgsam in sein Hängeregister ab, sortiert die Fragen, die sich ergeben haben. Und den Zweifel.

Er streicht sich durch das Gesicht. »Danke. Das reicht erst einmal. Herr Albrecht, ich hoffe sehr, dass das Sonnenhaus schnellstmöglich in den Alltag zurückfinden kann.«

»Und was bedeutet das jetzt?«, fragt der Hospizleiter aufgebracht.

»Wenn ich etwas brauche, melde ich mich noch einmal bei Ihnen.« Kurz wirft er selbst einen Blick auf den Inhalt der Kiste. Auf die farbigen Hunde, die vielen Bilder und eine einzelne weiße Feder. Den kärglichen Rest eines Lebens, das viel zu früh enden musste. *So ist das eben bei uns.*

Dann verabschiedet Winter sich. Lässt Albrecht verdutzt zurück und beeilt sich, Lillis Zimmer hinter sich zu lassen.

Dabei muss er an die Geschichte vom Hasen und Igel denken. Er ist der Hase, der so schnell rennt, wie er kann, aber die Erinnerung ist wie dieser verdammte Igel, der immer vorher da ist.

7

Winter schlägt die Tür seines Wagens zu. Die Stille im Inneren ist eine andere als die, die das Sonnenhaus umgibt. Erleichtert atmet er aus, kramt nach dem Schlüssel, als sein Blick auf das Handschuhfach fällt. Kein Abschied ist wie der andere.

Auf seinem Smartphone leuchtet die Meldung dreier Anrufe in Abwesenheit auf. Althoff. Sein Kollege. Wahrscheinlich hatte er den Auftrag, herauszufinden, wo Winter steckt. Kurzow, sein Chef, will wissen, wo sich seine Kommissare herumtreiben, wie er es immer so schön sagt. Es ist erst kurz nach 10 Uhr und schon scheint der Leiter des KK1 nervös zu sein.

Als er den Wagen startet und in den Rückspiegel schaut, sieht er Silke Schwanbeck, die vor der Eingangstür des Hauses steht, die Arme vor dem Körper verschränkt. *Warum bist du hierhergekommen?* Er weiß, was ihn erwartet, wenn er Kurzow von seinem Verdacht erzählt. Weiß, dass es keinen guten Eindruck machen wird, wenn er die Ergebnisse der Kollegen vor Ort anzweifelt. Warum sollte er? Nichts deutet darauf hin, dass an diesem Abend jemand Unbefugtes das Sonnenhaus betreten hat. Winter erinnert sich an die Serienmorde von Krankenpflegern, die ihre Patienten erlösen wollen. Ist es das? Das Motiv? Ist damit nicht sogar Silke Schwanbeck eine Verdächtige? Und dann die Frage nach dem Schlüssel, dem Stuhl? Kurzow wird ihn verstehen, verstehen müssen. Hier ist schlampig ermittelt worden.

Durch die verschmierte Windschutzscheibe sieht der verwaschene Himmel noch dreckiger aus. Auf dem Smartphone ruft er die Adresse der Lessings heraus, die er aus der Ermittlungsakte abfotografiert hat, verstaut es danach in die Innentasche seiner Jacke. Die

Eltern. Wie hält man das aus? Ein sterbenskrankes Kind. Den Schmerz. Das Leid. Sorgsam tippt er die Anschrift in sein Navigationsgerät ein und verlässt den Parkplatz. Lilli. *Das Blut.* Noch einmal muss er an ihren letzten Weg denken. Lilli, die fliegen wollte und es für einen Augenblick tatsächlich geschafft hat. *Aber konnte sie das überhaupt?* Winter ahnt, dass der Zweifel sein Problem werden wird.

Er verschließt den Ordner mit den Bildern für den Moment. Es hat ihn Kraft gekostet, sich ihren Weg vorzustellen. Aber nur so erkennt er, was ihn stört. Aus der Innentasche seiner Jacke kramt er wieder sein Smartphone hervor, öffnet die Sprachmemo-App und spricht über das, was er gesehen hat. Über das, was nicht in das Bild passt. Den Schlüssel. Den Stuhl. Stellt die Fragen, die ihn beschäftigen. Die Routinen des Hauses, die Medikation, wer Zutritt zu den Zimmern hat und die Frage nach dem Motiv. Erst dann tippt er die Adresse der Eltern in das Navigationsgerät ein und fährt los.

Während der Splitt unter den Reifen knirscht, erinnert er sich an ein Seminar, damals an der HSPV. Bertrams. Erster Kriminalhauptkommissar. Ein Typ, der äußerlich Schimanski ähnelte. Wildes Haar, Schnauzbart, Trenchcoat. Den warf er immer schwungvoll über den Tisch, bevor er begann. Bertrams brauchte kein Skript, keine Präsentation, er erzählte und die Studierenden hörten ihm zu. Es wäre nicht einmal unangenehm aufgefallen, wenn er, auf dem Tisch sitzend, die Beine baumelnd, sich eine Flasche Bier geöffnet hätte. Bertrams war eben ein Typ. Jedenfalls schweifte er oft ab, er nahm sich vor, über ein bestimmtes Thema zu sprechen, doch die erste Frage eines Studierenden brachte ihn häufig dazu, vom Hölzchen aufs Stöckchen zu kommen. Dann packte er eine Geschichte aus seinem Fundus aus, die jedem im Raum mehr beibrachte, als es irgendein Lehrbuch vermochte. Winter erinnert sich an den Moment, als Bertrams von jenem Abend erzählte, an dem er das erste Mal Eltern davon unterrichten musste, dass ihr Kind tot sei. Der

Hauptkommissar wirkte authentisch, war eine ehrliche Haut und so versteinerte sich sein Gesicht derart, als stünde er in diesem Moment wieder vor der Tür des Einfamilienhauses in Lücklemberg, einem südlichen Stadtteil von Dortmund. Dort, wo Villen und Herrenhäuser das Wohngebiet prägen, stand Bertrams, womöglich im selben Trenchcoat, der während der Erzählung neben ihm auf dem Tisch lag, vor der Eingangstür eines imposanten Anwesens und klingelte. Wie der Mann ihm die Tür geöffnet habe, erinnerte er sich. Schlank, schneidig und mit einer Präsenz, die einem sofort das Gefühl gab, man habe einen Fehler begangen. Wie dieser Mann schon nach den ersten Silben eingeknickt sei. Sein Rücken sich gekrümmt habe und er von einem Moment auf den anderen gealtert sei, um Jahre. Dann sei die Frau dazugekommen, habe gefragt, was passiert sei. Sie habe einen Morgenmantel getragen, keinen Bademantel, nein, einen Morgenmantel. Der Unterschied sei Bertrams damals, genau in diesem Moment, aufgegangen. Die Frau habe einen Schrei ausgestoßen, der ihm durch Mark und Bein gegangen sei. Einen Laut, der ihn nächtelang verfolgt, ihn noch in den Wochen danach aus dem Schlaf gerissen habe. Dann war er aufgestanden und hatte den Seminarraum verlassen und war bis zum Ende der Veranstaltung nicht wieder aufgetaucht. Bertrams. Ein Typ eben.

Winter rollt an eine Kreuzung heran. Die Frauenstimme empfiehlt ihm, rechts abzubiegen, aber so langsam kennt er die Ortschaften hier. Die Wege. Es ist wieder einmal so, wie Althoff, sein Kollege, oft sagt, wenn sie zusammen unterwegs sind. *Hör nicht auf die, fahr da lang, ist kürzer.* Also folgt er seinem Gefühl, schlägt das Lenkrad nach links ein und wenige Meter später springt die Anzeige im Navi um und weist eine frühere Ankunftszeit aus.

Henning Althoff arbeitet wie er für das KK1. Die Kreispolizeibehörde des Oberbergischen Kreises ist in Gummersbach stationiert. Das Kriminalkommissariat 1, für das Winter ermittelt, arbeitet von der Kreisstadt aus, doch gibt es weitere Stützpunkte in Waldbröl und Wipperfürth.

Frank und Katharina Lessing, Lillis Eltern, wohnen in Bergneustadt, auf dem Hackenberg, einem kleinen Ortsteil der Stadt. Im Sud des Morgens wirkt die Staumauer der Aggertalsperre noch imposanter, während Winter sie überquert.

Die Lessings leben im östlichen Teil des Ortes, der zuletzt bebaut worden ist. Er lenkt den Wagen durch das Wohngebiet, seine Augen suchen nach der richtigen Hausnummer. Dabei streift sein Blick akkurat geschnittene Hecken, akribisch gemähte Rasenflächen und gepflegte Vorgärten. So kennt er die Gegend nicht. Der Hackenberg hat zwei Seiten. Das Laub, das die Bäume hier im Herbst verloren haben, ist aufgekehrt und entsorgt. Aus den Rinnsteinen wächst kein Gras. Ganz im Gegenteil zu anderen Teilen der Stadt.

Am Ende der Straße hat er sein Ziel erreicht, steuert mit dem Auto eine Lücke auf dem Seitenstreifen an und stoppt den Motor. Prüfend wirft er einen kurzen Blick in den Spiegel, öffnet dann die Fahrertür.

Während der wenigen Schritte zum Eingang des Hauses kramt er nach seinem Dienstausweis, vergewissert sich anhand eines Türschildes, ob er richtig ist, und klingelt.

Durch die kleinen Scheiben der Eingangstür erkennt er einen Labradormischling, der schwanzwedelnd zur Tür rennt und kurz jankt. Hinter ihm erscheint ein Mann, der Winter die Tür öffnet.

»Ja, bitte?« Lessing trägt Hausschuhe, dunkle Anzughose, ein Hemd. Keine Krawatte. In der Hand hält er eine Tasse Kaffee. Winter schätzt ihn auf Mitte vierzig. Er wirkt auf ihn seriös, unaufdringlich. Doch die Härte in Lessings Gesicht verrät, was er in den letzten achtundvierzig Stunden durchgemacht hat.

»Herr Lessing? Frank Lessing?«, fragt er.

»Der bin ich, und Sie sind?« Der Mann lächelt schwach, schiebt kurz seine Brille zurecht.

»Herr Lessing, mein Name ist Simon Winter. Ich komme von der Kriminalpolizei Gummersbach. Darf ich vielleicht einen Moment reinkommen?« Er weist sich kurz aus.

»Kriminalpolizei?« Lessings Stirn zieht Falten. Gleichzeitig taucht eine Frau aus einer Seitentür im Türrahmen am Ende des Flures auf, eine Haarbürste in der Hand. Bei ihr muss es sich um Katharina Lessing, Lillis Mutter, handeln. Die Nase, die Augen. Winter schiebt den blondrot verkrusteten Haarschopf, der sich in seine Gedanken drängt, rasch zur Seite, begrüßt die Mutter mit einem knappen Nicken.

»Schatz, alles in Ordnung?«

Lessing dreht sich zu ihr um und antwortet nur: »Kriminalpolizei.« Winter bemerkt, wie sich ihre Haltung versteift.

Wortlos tritt Frank Lessing einen Schritt zur Seite und lässt Winter herein. Seine Frau führt ihn in das angrenzende Wohnzimmer. Niemand spricht, bis sie gemeinsam auf den Polstermöbeln Platz genommen haben. Darüber ein großes Bild, dezente Farben. Die Anspannung verteilt sich lautlos wie ein Gas. Winter räuspert sich kurz. Die Eltern nehmen auf der Couch Platz, Lillis Mutter legt ihre Hände in die seinen.

»Worum geht es hier eigentlich?«, fragt Lessing.

»Zuerst möchte ich Ihnen mein Beileid aussprechen.«

Sofort löst sich eine Träne in Katharina Lessings Auge, rinnt ihre Wange hinab. Verstohlen wischt sie sich über das Gesicht. Ihr Mann fasst sich verlegen in den Nacken.

»Ich bin hierhergekommen, um Ihnen ein paar Fragen zu stellen.«

»Warum?«, fragt sie leise.

»Ich will sichergehen, dass alles, was mit Lillis Tod zu tun hat, ordentlich untersucht wird.«

»Wie meinen Sie das?«, fragt Lillis Vater.

Winter reibt seine Hände über die Lehnen des Sessels, in dem er sitzt. »Na ja, ich meine … hat Sie der Selbstmord Ihrer Tochter überrascht?«

»Wa… was?«, mehr ist es nicht, mehr bringt Frank Lessing nicht heraus. Sein Rücken verspannt sich, wieder rückt er das Gestell der Brille zurecht, rutscht noch näher an seine Frau heran.

»Ich meine, gab es im Vorhinein der Tat irgendwelche Anzeichen, dass …«, Winter zögert. Er blickt sich um, sieht die Fotos: das Mädchen in den Armen der stolzen Eltern, kuschelnd mit dem Hund, sein Lächeln und die Krankheit. Auf jedem Foto sichtbar, wie durch einen Filter verstärkt.

»Hat Lilli in irgendeiner Art davon gesprochen, dass sie … also, ich meine, gab es vielleicht Hinweise darauf, dass …«

»Herr Winter.« Katharina Lessing spricht mit brüchiger, aber dennoch entschlossener Stimme. »Lilli war zwar todkrank. Aber sie hat jede Minute mit uns genossen. Jede. Ja, sie hatte Schmerzen, aber sie hat sich nie aufgegeben. Nie. Sie kämpfte so lange schon. Und wir, wir haben alles dafür getan, dass sie so gut wie möglich leben kann. Lilli ist … war unser Ein und Alles. Dass sie diesen Weg gewählt hat, ist für uns sehr hart, aber wir haben gerade damit begonnen, es zu akzeptieren.« Die letzten Worte klingen verbittert, sie bebt. Frank Lessing streicht ihr zärtlich über den Rücken.

Winter beißt sich auf die Lippen. »Ich weiß, dass die Ermittlungen vor Ort von einem Suizid ausgehen, und glauben Sie mir, ich kann Ihren Schmerz sehr gut verstehen. Aber ich muss Ihnen diese Fragen einfach stellen.« Er atmet hörbar aus und erhebt sich rasch, tritt an ein Regal heran, in dem ein weiteres Familienfoto steht. »Ich habe gestern Abend erst von Lillis Geschichte gehört, habe mich dann heute Morgen sofort auf den Weg zum Sonnenhaus gemacht, und das, was ich dort vorgefunden habe, bestärkt mich in meiner Annahme, dass es sich lohnen könnte, in Lillis Fall Ermittlungen aufzunehmen.«

»Lohnen könnte?«, fragt Lessing, und Winter merkt, wie sehr

Lillis Vater versucht, Haltung zu bewahren. »Für wen? Für Sie? Oder was? Herr Winter, vielen Dank für Ihren Besuch, aber wir wären jetzt gerne wieder allein.«

Winter nickt. »Nochmals mein Beileid. Ich finde selbst raus, danke.«

Alles, was er hat, sind ein paar vage Indizien und dieses Gefühl. Nichts, auf das man sich als Ermittler wirklich verlassen kann, und doch spürt er den Zweifel.

Winter steht schon in der Wohnzimmertür, als er sich noch einmal umdreht. Hinter ihm sitzt Frank Lessing steif auf der Couch, seine Frau Katharina liegt zusammengekrümmt mit ihrem Kopf in seinem Schoß. Wie mechanisch krault sie den Hund, der vor ihnen auf dem Boden sitzt. Irgendetwas an diesem Bild beschäftigt Winter, weil es ihn an etwas erinnert. Der Hund. Skye.

»Shhhht«, flüstert Frank Lessing. Seine Frau wimmert leise und Winter weiß, dass es dem Tod egal ist, wo er arbeitet. Ob in Köln oder Gummersbach. In der Stadt oder auf dem Land. Ihm kann er nicht ausweichen.

Als er die Eingangstür hinter sich geschlossen hat, fühlt er sich elend. Er wirbelt eine Menge Staub auf, belastendes Zeug und Kurzow wird eine Erklärung von ihm verlangen. Winter schlägt das Lenkrad ein und macht sich auf den Weg in Richtung Präsidium. Bertrams wusste, wovon er sprach. Das hat Winter damals schon gespürt und gerade eben auf ein Neues.

8

Dichte Wolkenfelder kriechen über die Kronen der Bäume den Hang hinunter, umschließen das graue Gebäude in der Hubert-Sülzer-Straße. Winter tigert in seinem Büro auf und ab. Auf dem Schreibtisch steht eine Tasse Tee. Er hasst Kaffee, was seine Kollegen nicht nachvollziehen können. Er ist nicht nur der Neue, sondern auch noch *der* Neue, der keinen Kaffee trinkt. Wenn einer das Adjektiv *komisch* verdient hat, dann wohl er. Er selbst schiebt die Ablehnung auf eine schiefgelaufene Kaffee-Sozialisation. Winters Vater arbeitete in einem Stahlbetrieb. In den Ferien nahm er seinen Sohn mit und er verdiente sein erstes eigenes Geld. An einem heißen Tag im Juli stand er an einer Kantbank, legte Bleche ein, drückte auf einen Fußschalter, die Maschine erledigte ihren Job und Winter holte das abgekantete Blech daraus hervor. Der Akkord verlangte eine bestimmte Stückzahl in der Stunde, doch der Auftrag musste an jenem Tag ausgeliefert werden und Winter die Zahl übertreffen. Es gelang ihm, und als Dank und Anerkennung für die geleistete Arbeit überreichte ihm der Abteilungsleiter einen braunen Plastikbecher mit tiefschwarzer Flüssigkeit. Automatenkaffee. Winter zwang sich, das bittere Heißgetränk hinunterzuspülen, und schwor sich an diesem Tag, nie wieder einen Kaffee zu trinken.

Dafür eben Tee. Auch nicht *wirklich* besser. Vor allem komplizierter: Er lässt den Beutel immer zu lange im Wasser, auch jetzt steht der Becher auf der Tischplatte und zieht seit mehr als zehn Minuten.

Winter fragt sich, ob es wirklich etwas für ihn zu tun gibt. Will er die Ermittlungsergebnisse der Kollegen und des Arztes tatsächlich infrage stellen? *Es war ihr Traum. Endlich fliegen.* Die Eltern erwähnten Lillis Lebenswillen. Hat sie sich irgendjemandem anvertraut, davon erzählt, dass sie genug von diesem Leben hat? Lohnt es, sich die Lebensläufe der Mitarbeiter des Sonnenhauses vorzunehmen und nach Auffälligkeiten abzuklopfen? Wird Kurzow ihm das überhaupt erlauben?

Noch immer liegt auf seinem Schreibtisch die schmale Ermittlungsakte. Er tritt an ihn heran, setzt sich, schlägt sie auf. Liest sich die Formblätter noch einmal durch und doch bleiben für ihn Ungereimtheiten, die ihn stören. *Der Stuhl. Der Schlüssel.*

Zwei Zufälle. Zwei kleine und doch so wichtige Gegebenheiten, die erklärt werden müssen. Woher hatte Lilli den Schlüssel für das Fenster? Steckte er? Ein Versehen der Reinigungskräfte oder des Hausmeisters? Und dann der Stuhl. Stand er unter dem Fenster? Hat Lilli ihn dort hingeschoben? Reichte ihre Kraft dafür überhaupt aus? All diese Fragen stellt ihm jetzt seine eigene Stimme, deren Aufnahme er sich auf seinem Smartphone anhört. Er notiert sich weitere Fragen, die er Albrecht, dem Leiter des Sonnenhauses, stellen will.

Als die Aufzeichnung stoppt, greift er endlich nach dem Tee, lässt den triefnassen Beutel in den Mülleimer plumpsen und nippt vorsichtig an der Tasse. Winter verzieht das Gesicht, tritt dann an das Fenster seines Büros. Seine Gedanken kehren in das Wohnzimmer der Lessings zurück. Die Eltern. Lillis Mutter. Die Entschlossenheit in ihrer Stimme, als sie behauptete, dass Lilli jede Sekunde mit ihren Eltern genossen habe. *Familie.* Familienbande. Wenn man sie zu straff zieht, drohen sie einen einzuengen, zu ersticken. *Die Fotos.* Winter ruft sie sich ins Gedächtnis. *Warst du glücklich, Lilli? Waren die Eltern glücklich? Wie belastend ist ein todkrankes Kind?*

Am Fenster stehend, lässt er den Blick über das angrenzende Areal schweifen. Das altehrwürdige Steinmüllergelände. Ein knapp 18 Hektar großes Stück Land, das vor einigen Jahren zur Industriebrache verkommen war. Jetzt ist es das Zentrum der Stadt mit Einkaufsmeile, die Spielstätte des ortsansässigen und ehemals ruhmreichen Handballvereins und einer Veranstaltungshalle. Das gefällt nicht jedem und doch passiert hier immer mehr. Die TH Gummersbach und ihr weitläufiger Campus wachsen, ein Hotel wird gebaut, dazu eine Bar mit einer Glaskuppel, von der aus man nachts in den Sternenhimmel schauen kann.

Etwas abseits, direkt am großen Kreisel, hat man für die Polizei ein neues Gebäude errichtet. Die Wache in der Stadt war zu klein, zu alt, zu schlecht angebunden.

Winter sieht den Autos zu, die einen der begehrten kostenlosen Parkplätze suchen, und den Menschen, die hektisch durch den Regen eilen. Auf der rechten Seite erhebt sich die schwere Cortenstahl-Fassade des Forums in den Himmel, der heute nie wirklich hell werden wird.

Neben Schreibtisch, Aktenschrank und großer Fensterseite bietet ihm das Büro die Möglichkeit, erste Ermittlungsergebnisse mit einem Marker auf einer Whiteboard-Paneelwand festzuhalten. An den emaillierten Stahlpaneelen haften einzelne Magnete, mit denen Winter Fotos anheftet, um dann mithilfe verschiedener Farben Verbindungen und Stichworte hinzuzufügen.

Er stellt die Tasse auf dem Schreibtisch ab, krempelt sich die Ärmel seines Leinenhemdes hoch und greift nach einem Marker. Mit dem Mund zieht er die schwarze Kappe des Stiftes ab, setzt die Spitze an die Wand an und schreibt knapp über Kopfhöhe mittig: *Selbstmord?* Kritisch neigt er den Kopf. Bisher hat er die Gedanken erfolgreich verdrängt, was es bedeuten würde, wenn aus den Zweifeln, Gewissheit würde. Wenn er das »Selbst« streichen und aus dem Fragezeichen ein Ausrufezeichen würde.

Er drückt die Kappe zurück auf den Stift und nimmt an seinem Schreibtisch Platz, zieht die Tastatur zu sich heran. Seine Finger ruhen auf den Tasten, dann beginnt er zu tippen. Die Begriffe »Selbstmord«, »Jugendliche« und »Hospiz« erscheinen in der Leiste der Suchmaschine. Dann startet er die Suche.

Als Erstes stößt Winter auf einen Artikel auf der Seite des Deutschen Hospiz- und Palliativverbandes. In einer Stellungnahme wird darauf hingewiesen, dass man die Entscheidung des Gesundheitsministeriums begrüßt habe, gewerbliche und organisierte Formen der Beihilfe zum Suizid zu verbieten. Im weiteren Verlauf überfliegt er eine aktuelle Diskussion zum Urteil des Bundesverfassungsgerichts zu Paragraf 217 und den Auswirkungen. Winter liest die Gründe der Menschen, die ihr Leben bei schwerer Krankheit selbst beenden wollen. Ob Angst vor Schmerzen, davor, anderen zur Last zu fallen, oder der Verlust der Kontrolle, Winter ist der Meinung, dass alle diese Merkmale auf Lilli Lessing zutreffen.

Das neunjährige Mädchen stand kurz vor seinem zehnten Geburtstag. Wissend, dass sein Leben zielsicher auf den Tod zulief. Es erlebte täglich die Sorgen der Familie, litt an Schmerzen, am Kontrollverlust. Das alles ist Fakt, aber trifft man in diesem Alter schon bewusst solch eine Entscheidung? Sich umzubringen? Indem man sich aus dem zweiten Stock aus dem Fenster stürzt?

Winter braucht mehr. Etwas Handfestes, denn nicht jeder todkranke Mensch bringt sich um. Vor allem kein Kind. *Oder?*

Also sucht er nach frühen Suiziden, stößt auf einen Artikel über ein sechsjähriges Mädchen, das sich nach einem Streit mit der eigenen Mutter im Zimmer strangulierte. Dieselbe Frage im Mittelpunkt des Textes: Ist sich ein Kind in diesem Alter der Tragweite seiner Entscheidung bewusst?

Winter löst sich von dem Artikel, schlägt erneut die Mappe auf, die auf seinem Schreibtisch liegt, blättert verloren darin. Seine Gedanken driften ab, mit einem Glas Cola in der Hand sitzt Silke Schwanbeck vor ihm. Im Hintergrund verschwimmen der blecherne Sound eines Schlagers und die Worte des Wirtes, der ein Taxi ruft, zu einem undefinierbaren Brei. Denn er hängt an ihren Lippen. Hört ihr zu, wie sie von Lilli erzählt. Davon, dass sie vergangenen Sommer immer stärker abgebaut habe und Ende August ins

Sonnenhaus gekommen war. Dort sei ihr die medizinische Versorgung ermöglicht worden, die sie gebraucht habe, und gleichzeitig hatten ihre Eltern mehr Zeit mit ihr, die nicht nur aus Pflege bestand. *Unser Ein und Alles.*

Hospiz. Letzter Aufenthalt. Er taucht aus der Erinnerung auf, scrollt noch einmal die Ergebnisse seiner Internetrecherche durch. Stößt auf einen weiteren Aufsatz. Bei der Seite handelt es sich um ein Forum rund um das Thema Hospiz, doch scheint der Artikel ursprünglich in einem Nachrichtenmagazin erschienen zu sein. Er thematisiert, dass sich Suizid zur häufigsten Todesursache bei Jugendlichen entwickelt habe. Winter greift nach seinem Smartphone, tippt auf die Sprachmemo-App und stellt die Fragen, die es zu beantworten gilt: *Ist es das, Lilli? Die Schmerzen? Hattest du genug? Wolltest du dir nur noch diesen einen Traum erfüllen? Hast du dich selbst getötet?*

Und er weiß, dass es in dieser letzten Frage um mehr als um Lilli Lessing geht. Menschen verlassen Menschen, die sie lieben, manchmal auch freiwillig.

9

Zu Hause. Endlich. Müde steckt er den Schlüssel ins Schloss und drückt die Tür auf. Das Licht in der Diele ist defekt. Aber die Dunkelheit macht ihm nichts aus. Im Gegenteil. Oft nutzt er sie zu seinem Vorteil. So wie vor wenigen Tagen. Diese verdammten Lampen. Fast hätten sie ihm alles versaut. Er hatte es sich einfacher vorgestellt.

Trotzig zieht er die Nase hoch, fummelt an seiner Armbanduhr herum, erkennt, dass es zu spät ist – oder zu früh. Die Nacht hängt ihm noch immer nach und er sehnt sich nach Schlaf. Der Wagen ist beladen, das hat er extra noch erledigt, die Tour startklar. Die paar Stunden, die ihm bleiben, gönnt er sich jetzt. So fertig, wie er ist, wird er sicher nicht träumen.

Langsam zieht er sich aus, öffnet die Tür des Kühlschranks der abgewohnten Küchenzeile und greift nach einer Flasche Wasser. Außer einer halben Gurke, einem Becher Sahne und einer Tüte Milch, von der er nicht mehr weiß, wann er sie geöffnet hat, ist der Kühlschrank verwaist. Genau wie sein Leben.

Für Beziehungen hat er keine Zeit mehr. Die letzte ist Jahre her. Dörte aus dem Büro. Die die Touren plant. Auf dem Sommerfest hatten sie rumgeknutscht. War einfach so passiert. Irgendeiner hatte es mit den Longdrinks zu gut gemeint und die ganze Belegschaft lag entweder mit den Köpfen auf den Tischen mit den Chips und dem Grillgut oder tanzte zu dieser 90er-Musik. Er hatte an der Theke gestanden. Eher sich daran festgehalten. Und dann war Dörte aufgetaucht. Es ist nicht so, dass sich Frauen gar nicht für ihn interessieren, vielmehr schenkt er ihnen kaum Beachtung, da sie ihn ablenken. Zeit kosten, die er braucht. Für sie. Für all die kleinen Engel.

Nur sie sind ihm noch wichtig und sein Ziel, so viele wie möglich zu retten. Vor Katla, dem Drachen. Um am Ende wieder vereint zu sein.

Langsam lässt er die Kühlschranktür zufallen und fällt auf sein Bett. Es ist, wie es ist. Er mag diese Redensart. So einfach, so verwirrend. Und wenn er überhaupt nicht klarkommt, dann schaut er im Buch nach.

Dörte. Sie zappelt noch ein wenig am Haken. Hat ihm gutgetan für die Weile, die er sie in sein Leben gelassen hat. Aber irgendwann hat sie zu viele Fragen gestellt, ihn damit gegeißelt, dass er ja nie etwas von sich erzähle und sie noch kein einziges Mal in seiner Wohnung gewesen sei.

Er hätte es ihr erzählen können. Aber hätte sie es verstanden? Wohl nicht, und da war ihm klar geworden, dass er ihre Erwartungen nicht erfüllt. Nicht erfüllen will. Damals nicht und heute schon gar nicht.

Also bleibt er lieber für sich. Hier in seinem Zuhause. Ist es das? Die kargen Zimmer. Die viel zu teuren Quadratmeter mitten in der Stadt, in die er sich zurückziehen kann. Mit seinem Chef hat er einmal darüber gesprochen, dass es einen Unterschied zwischen den Begriffen Zuhause und Heimat gebe. Zuhause sei der Ort, in dem man wohne, Heimat sei ein Gefühl, das man dort erlebe, wo die Menschen leben, die man liebe. Diesen Ort gibt es für ihn nicht. Nicht mehr. Vor einigen Jahren stand an diesem Ort ein Schild der Sparkasse. *Zu verkaufen.* Er hat ihn verlassen. Zu viele Erinnerungen. Miese Erinnerungen. Der Gestank von grüner Galle.

Hier, zwischen den kahlen Rauputzwänden und Terrakottafliesen, stehen ein Schreibtisch, ein Bett aus Kiefernholz und das Bücherregal. Der einzige Gegenstand, den er mitgenommen hat. Das hier ist keine Heimat. Die knapp vierzig Quadratmeter, die er bewohnt, sind sein Zuhause.

Heimat? Gibt es nicht mehr. Die hat er verloren. Schon vor vielen Jahren. Wobei das nicht das richtige Wort ist, vielmehr ist sie ihm genommen worden. Entrissen. Ja, das passt besser. Er gähnt, dann greift der Schlaf zu. Und erst recht der Traum.

10

Kopfschüttelnd reibt er sich die Stirn. Das Netz ist zu voll davon. Kinder, die sterben wollen, die sterben müssen, dem Tod ist es am Ende egal.

Winter knetet sich die Unterlippe, greift nach dem Telefon und wählt die Nummer des Mediziners, der sich vor Ort für die Leichenschau verantwortlich zeigte. Dr. Johannes Maifeld. Den Hörer zwischen Schulter und Ohr geklemmt, tippt er die Nummer ab, die er auf einem gelben Post-it notiert hat.

Nach einigen Sekunden meldet sich eine Bandansage und bittet um Geduld, wenig später knackt es in der Leitung und eine viel zu laute und aufgeregte Stimme begrüßt ihn in der Praxis Maifeld. Winter stellt sich vor und bittet darum, mit dem Arzt verbunden zu werden, was ihm eine erneute Warteschleife beschert.

»Maifeld?«

»Guten Morgen, Herr Maifeld.« Winter sieht erst jetzt, dass es schon fast Mittag ist. »Winter hier, Kriminalpolizei Gummersbach. Ich rufe Sie wegen des Mädchens an, Lilli Lessing, deren Leichenschau Sie vergangenen Montag durchgeführt haben.«

»Ja? Und?« Das Telefonat scheint den Arzt schon jetzt zu langweilen.

»Na ja, ich wollte wissen, ob es irgendwelche Auffälligkeiten gab?«, fragt Winter.

»Was meinen Sie, Herr Kommissar? Haben Sie denn den Befund nicht vorliegen?«

»Doch schon …«

»Dann haben Sie doch alles, was Sie brauchen, oder nicht?«

Winter spürt die Abneigung, den Versuch, das Telefonat schnell zu beenden. »Ich war heute Morgen vor Ort und habe da meine Zweifel …«

»Ihre Zweifel, soso.« Der Mediziner wartet einen Moment ab, ehe er weiterspricht. »Herr Winter, wenn es irgendeinen Zweifel daran gegeben hätte, dass sich das Mädchen selbst umgebracht hat, dann wäre mir das schon aufgefallen. Aber aufgrund der Auffindesituation und dem, was das Klinikpersonal vor Ort ausgesagt hat, ist die Sache doch ziemlich eindeutig. Wenn ich mich recht erinnere, war das Mädchen körperlich in einem recht desolaten Zustand, die Krankheit hatte ihr ganz schön zugesetzt. Da hat der Sturz ihr nur den letzten Rest gegeben. Sie hatte eindeutige Prellungen, Schürfwunden und Brüche, die aus dem Sturz resultierten. Und dann die Kopfverletzung.« *Blut. In den Locken.*

Dr. Maifeld spricht schnell, nuschelt dabei ein wenig. Es hört sich an, als halte er immer ein paar Finger zwischen Mund und Sprechmuschel.

»Doktor Maifeld«, setzt Winter an. »Könnte es nicht auch so gewesen sein, dass man sie unterstützt oder sogar aus dem Fenster geworfen hat?«

»Hmmm.« Der Arzt scheint das Ohr zu wechseln, Winter hört eine Maus klicken. »Ganz ausschließen kann man es natürlich nicht, aber aus meiner Sicht deutet nichts darauf hin. Das wäre ja dann auch eher die Aufgabe der Polizei, das herauszufinden, oder nicht?« Der Doktor lacht kehlig auf.

Winter schließt kurz die Augen, die Ader an seiner Schläfe beginnt zu pulsieren. Der Bleistift, den er zwischen Zeige-, Mittelfinger und Daumen hält, droht jeden Moment zu brechen. Es ist, wie er es sich gedacht hat. Mitten in der Nacht, kurz vor dem Wochenbeginn hatte wohl niemand der herbeigerufenen Personen Lust, notwendige Zeit und Sorgfalt zu investieren.

Maifeld fährt ungerührt fort. »So wie sie auf dem Boden unter dem Fenster lag, ist es durchaus vorstellbar, dass sie selbst aus dem

Fenster gesprungen ist. Na ja, eher gefallen. Vornüber. Mit dem Kopf, wenn Sie verstehen, was ich meine. Das Problem dabei ist, dass die Zeugin, die das Mädchen gefunden hat, sie bewegt hat. Daher wissen wir nicht genau, wie sie dort gelegen hat. Ich habe nicht mehr viel Zeit, Herr Winter, aber was ist es denn, was Sie an meinem Ergebnis zweifeln lässt? Ich meine, nur so aus professioneller Neugierde.«

Winter hasst Arroganz. Und doch merkt er, wie er vorab innerlich zurückrudert, nach Erklärungen sucht, obwohl nicht er hier am Pranger steht.

»Es sind Indizien, Ungereimtheiten, die nicht ins Bild passen, und meine Ansicht, dass der Fall zu schnell zu den Akten gelegt wurde.«

»Soweit ich weiß, ist das Mädchen noch nicht beerdigt worden, oder? Also haben Sie ja noch Zeit, um Ihre *Indizien* abzusichern. Wenn es irgendetwas gibt, das Ihren Verdacht zulässt, dann wird die Staatsanwaltschaft sicherlich eine Obduktion anordnen. Passiert aber ja nicht so häufig, wissen Sie ja selbst. Und so wie sich das hier darstellt, gibt es dafür ja auch keine Anhaltspunkte.«

Winter erinnert sich an die dunkle Anzughose von Frank Lessing. Daran, wie Katharina Lessing in den Flur trat, so aussah, als würde sie sich gerade im Bad fertig machen. *Die Beerdigung. Wann findet sie statt?*

»Das Mädchen war todkrank, Herr Winter. Sie wird genug gehabt haben. Hat der Sache ein Ende gesetzt. Tragisch, aber irgendwie auch verständlich«, nuschelt Maifeld.

»Danke für Ihre Hilfe. Auf Wiederhören.« Winter wartet die Antwort des Mediziners nicht ernsthaft ab, als er den Hörer vom Ohr nimmt und in die Ladeschale stellt. Er zieht die Tastatur zu sich heran und sucht in der Online-Ausgabe der Lokalzeitung nach einem Hinweis auf Lillis Beerdigung. Wenige Klicks später zeigt sein Bildschirm die Todesanzeige an. *In Liebe nehmen wir Abschied.*

Engster Familienkreis. Von Trauerbekundungen am Grab bitten wir abzusehen.

Donnerstag. 14 Uhr. Schnell speichert er die Angaben in seinem Smartphone ab, steht dann auf und tritt an die nahezu weiße Wand.

Selbstmord?

Gewissheit. Wirklich? Winter greift nach dem magnetischen Schwamm, setzt an, als es an seiner Tür klopft, und noch bevor er antwortet, öffnete sie sich. Sein Kollege Henning Althoff tritt ein.

»Hey, Simon, stör ich?«

»Nein, Henning, nicht wirklich.«

Stirnrunzelnd stellt sich Althoff neben ihn und liest das geschriebene Wort. »Was machst du da? Ist es hier so schlimm, dass du schon Gründe suchst …«

Winter wehrt ab. »Nein, keine Sorge, mein Freund. Es geht um etwas anderes. Ein Mädchen: Lilli Lessing. Sie hat sich in der Nacht von Sonntag auf Montag aus dem Fenster des Kinderhospizes Sonnenhaus gestürzt und …«

»Und die Sache ist als Selbstmord eingestuft worden«, sagt Althoff deutlich ernster.

Im Hintergrund ertönt das Geräusch einer eingehenden E-Mail. »Ja, genau. Aber so einfach ist das nicht.« Winter setzt sich auf die Kante seines Schreibtisches. »Ich habe gestern Abend durch Zufall die Frau kennengelernt, die in dem Hospiz arbeitet und die Leiche des Mädchens gefunden hat. Ihre Geschichte hat mich nicht losgelassen und so bin ich heute Morgen dorthin gefahren.«

»Okay, und hast deswegen auch meinen Anruf ignoriert.«

»Ja, stimmt. Ich habe mit dem Leiter gesprochen, einem Herrn Albrecht, und eben habe ich mit dem Arzt telefoniert, der die Leichenschau durchgeführt hat.«

»Und?«, fragt Althoff.

»Ja, nichts.«

»Aber dich stört etwas?« Er nimmt vor Winters Schreibtisch Platz.

»Da ist die Sache mit dem Schlüssel. Und der Stuhl.«

»Ich bin ganz Ohr.«

»Um das Fenster in ihrem Zimmer zu öffnen, brauchte Lilli einen Schlüssel. Zugriff darauf haben nur der Hausmeister, das Personal und die Reinigungskräfte.«

»Und der Schlüssel steckte?«, fragte Althoff und greift nach dem Locher.

»Ja, und unter dem Fenster stand ein Stuhl.«

»Ein Stuhl?«

»Ja, auf den musste sie raufklettern, um das Fenster öffnen zu können.«

»Und du meinst, den Schlüssel hat jemand dort vorher hinterlassen? Und den Stuhl? Um … um ihr den Weg zu zeigen, oder was?« Althoff steht auf, drückt auf den Locher. »Ich meine, dabei kann es sich auch einfach um eine Nachlässigkeit handeln und die lässt sich wohl kaum beweisen.«

»Ja, aber …«

»Willst du meine Meinung hören?«, unterbricht ihn Althoff.

Winter nickt.

»So ein Schlüssel, der bleibt schnell mal stecken. Ehrlich, ich will gar nicht wissen, wie oft die Fenster nicht einmal verschlossen sind. Das herauszufinden ist nahezu unmöglich. Und der Stuhl? Na ja, wie sollte sie sonst an das Fenster kommen? Ich meine, mal ganz ehrlich, wir reden hier von einem Mädchen in einem Hospiz. Wie lange hatte sie noch zu leben? Und vor allem: Warum sollte sie jemand umbringen?«

Winter tritt an seinen Schreibtisch. Setzt sich. »Denk mal an diese kranken Pfleger, die ihre Patienten getötet haben, um sie zu *erlösen.*«

»Hat das Mädchen denn vorher nichts verlauten lassen, was in diese Richtung geht?« Althoff deutet auf den Schriftzug an der Wand. »Einen Abschiedsbrief? Irgendetwas?«

»Nein«, murmelt Winter.

»Dann war es vielleicht ein spontaner Entschluss. Sie hat den Schlüssel gesehen und da war sie, die Chance auf einen Ausweg. Ich denke, du kannst das wegwischen.« Er deutet noch einmal auf die Wand und stellt den Locher zurück auf den Tisch. »Und jetzt muss ich was essen. Hunger?«

Winter kratzt sich kurz am Hinterkopf, nickt dann und antwortet: »Alles klar, aber nicht schon wieder Döner.« Die Erleichterung, die er sich nach Althoffs eindringlichen Worten erhofft hat, lässt auf sich warten.

11

Als der Zug quietschend im Bahnhof zum Stehen kommt, pult sich Nadja die weißen Hörer aus den Ohrmuscheln und setzt sie in die kleine Ladeschale ein. Dann weckt sie Helge.

»Hey, aufwachen. Wir sind da.«

Stöhnend öffnet ihr Begleiter die Augen, streckt die Glieder von sich und wagt einen Blick aus dem Seitenfenster. »Welcome Wembley«, raunt er.

Sie lächelt, verstaut ihr Smartphone, bändigt ihre langen roten Locken mit einem Haarband und greift nach ihrer Tasche. »Jetzt warte erst einmal ab. Es ist unser erster Auftritt. Das wird gut!«

»Jaja«, erwidert Helge und zwängt sich an ihr vorbei in den Gang. »Gummersbach«, stellt er trocken fest.

Die Türen öffnen sich zischend und der graue Oktobertag empfängt sie mit einem fiesen Wind. Sie brauchen einen Moment, um sich zu orientieren, erkennen dann ein Schild, das sie in Richtung Ausgang führt, und passieren wenige Schritte später das Forum Gummersbach. Die Taschen geschultert, sucht Helge mit dem Smartphone in der Hand nach der Adresse der Halle und dem Ansprechpartner für den Abend.

»Das ist ja direkt hier um die Ecke«, platzt es aus ihm heraus. Er dreht sich einmal um die eigene Achse und zeigt dann in eine Richtung. »Da, hinter dem Kino, da müsste die Halle 32 sein.«

Als sie ihm folgt, lächelt sie, denn auch wenn Helge permanent versucht, es zu verstecken, weiß sie, dass er mindestens genauso aufgeregt vor dem heutigen Abend ist wie sie.

Vor knapp einem Jahr haben sie in einem feuchten Kellerraum vor ihren Mikrofonen gesessen und die erste Folge ihres Podcasts aufgenommen. Für eine Handvoll Leute. Und jetzt? Die Zahl der Abonnenten ist seitdem stetig angewachsen, auch weil sie um einiges besser geworden sind. Professioneller.

Die Signatur des Bösen. Ein True-Crime-Format. In den wöchentlichen Folgen nehmen sie sich immer einen spektakulären deutschen Kriminalfall der Vergangenheit vor und entführen die Hörerinnen und Hörer in die Welt der Täter.

Die Idee hatte Helge. Vor knapp drei Jahren haben sie sich auf einer Tagung kennengelernt. Sie erinnert sich daran, wie er vor ihr stand, Flanellhemd, zerrissene Jeans, Bandshirt. »Frau Bergendahl?«

Als sie sich umdrehte, lächelte er und meinte, dass sie genau die Person sei, die er gesucht habe. Und dann erzählte er ihr von seiner Idee. Von dem Bösen. Von seiner Faszination, von der Leidenschaft und davon, dass er wissen wolle, warum solche Menschen zu dem werden, was sie sind, und welche Gründe sie sich selbst zurechtlegen, um ihr Handeln zu rechtfertigen. Da kam sie ins Spiel. Die Kriminalpsychologin.

Helge ist der Herr der Worte. Nach seinem Journalismusstudium hat er sich erfolglos als Schriftsteller versucht. Einen Blog aufgebaut und sich immer wieder nächtelang dem Bösen gewidmet. Er hatte die Beschreibungen, sie die Erklärungen. Die Täterprofile. Das Datenmaterial aus unzähligen Studien und Interviews. So ergänzen sie sich. Es passt, und Nadja genießt es, das Gesicht des Podcasts zu sein.

Jetzt also erstmals live. Davon träumt sie seit Langem, denn die direkte Reaktion, der Kontakt zum Publikum, darauf freut sie sich. Sie weiß, dass sie ihre Sache gut machen wird. Die Bühne ist klein, okay, aber sie wird größer werden. Bald. Also schultert sie ihre Tasche neu und steuert auf die Backsteinwände der Halle 32 zu. Sie sind angekommen.

12

Althoff und Winter schlendern an großen Bannern vorbei, die die nächsten Veranstaltungen in der nahe gelegenen Arena ankündigen, und biegen in den gepflasterten Weg ab.

»Sorry, wenn ich die Sache eben zu schnell abgetan habe. Aber …«, setzt Althoff an und Winter weiß sofort, worauf sein Kollege hinauswill.

»Schon gut«, beruhigt er ihn. »Ich gebe ja zu, dass das Ganze auf mehr als wackeligen Füßen steht. Aber als ich gestern Abend diese Pflegerin kennengelernt habe, da hatte ich direkt so ein Gefühl …«

Althoff hält Winter am Ärmel seiner Jacke fest und schüttelt heftig den Kopf. »Nein, nein und nochmals nein. Eins kann ich dir direkt sagen, mit Gefühlen brauchst du Kurzow gar nicht erst zu kommen.«

»Ich weiß, Beweise und so weiter. Es geht aber hier nicht um Kurzow und wenn man sich die Sache mal ein bisschen genauer anschaut, dann sieht es so aus, als hätten die Kollegen vor Ort eventuell etwas vorschnell geurteilt.«

»Du meinst wegen der Sache mit dem Schlüssel und dem Stuhl? Mehr als Indizien sind das nicht. Und ganz ehrlich, wenn du recht hättest, dann geht es auch eher um die Fragen nach dem Wer und dem Warum.«

»Und die sind nicht gerade angenehm.«

»Das kannst du laut sagen. Wer tötet ein todkrankes Kind? Wer hat was davon? Wenn ich ehrlich bin, fallen mir da nur sehr wenige Personen ein.«

Als sie durch die Schiebetüren der Shoppingmall treten, empfängt sie warme, trockene Heizungsluft. Musik rieselt aus den Geschäften beider Seiten. Winters Kollege stoppt, bläst die Backen auf. »Kannst du dir vorstellen, wie das ist? Damit zu leben, dass das eigene Kind so krank ist? Ich meine, manche zwingt solch eine Belastung eben in die Knie. Und andere …« Althoff stockt. Er neigt kurz den Kopf, taxiert Winter. »Simon, ich will dir nicht zu nahetreten, aber dass es sich bei der Geschichte um ein Kind handelt, macht es für mich wahrscheinlicher, dass du darin einfach mehr sehen *willst.*«

Winter massiert sich die Stirn. »Vielleicht«, murmelt er. »Vielleicht hast du recht. Aber … irgendetwas stimmt da nicht.«

Sein Kollege klopft ihm beherzt auf die Schulter. »Jetzt lass uns erst einmal was essen. Wartest du kurz? Ich muss noch Geld holen. Überleg du dir schon mal, worauf du Lust hast, ich lade dich nämlich ein.«

Während Althoff zielsicher auf den Geldautomaten zusteuert, der in einer Nische unterhalb der Rolltreppen hängt, schweift Winters Blick an den Werbetafeln der Imbisse entlang. Doch gelingt es ihm nicht, sich auf die Schrift zu konzentrieren, die Buchstaben verschwimmen immer dann, wenn seine Gedanken langsam abdriften.

»Und, hast du eine Wahl getroffen?«, reißt ihn Althoff zurück ins Jetzt.

»Ähh, asiatisch«, improvisiert Winter schnell.

»Gute Wahl. Mmm, gebratene Ente.«

13

Immer wieder schrubbt er mit der Bürste seine Hände, fest und ausdauernd. Die rissige Haut leuchtet rot. Der kurze und unruhige Schlaf hat ihn nicht erfrischt, vielmehr fühlt er sich jetzt noch müder. Das Wasser muss helfen, kalt und nass.

Mittwoch. Zum Glück steht heute nicht so viel auf dem Routenplan. Das wird er schaffen, will er schaffen, denn er wird gebraucht.

Er erinnert sich zurück an den Tag, als Mama ihm die Feder schenkte. *Zu den Engeln.*

Ein rauer Tag. November. Bis dato ohne ein Lächeln. Nicht nur das war ihm verloren gegangen.

Seine Mutter stand in der Küche, bereitete das Essen, nachdem er von der Schule nach Hause gekommen war. Sie hatte ihm über den Kopf gestrichen, ihn gefragt, wie sein Tag gewesen sei, und er hatte kurz und knapp geantwortet. *Gut.*

Doch nichts war gut. Überhaupt nichts. Auf dem Weg zur Toilette, wo er sich die Hände waschen wollte, passierte er *das* Zimmer.

Der Tod hat seinen eigenen Geruch. Er ist nicht unbedingt unangenehm. Eher unbekannt. Eben etwas, was der Körper erst ausscheidet, wenn er kurz vor dem Ende steht. Jetzt kennt er diese Ausdünstung, sie ist ihm eigenartig vertraut. Vor allem seit jenem Tag. Wie intensiv es damals danach gerochen hat.

Das Zimmer hatte er seitdem nie mehr betreten, war immer an der Tür vorbeigeschlichen. Er ist sich sicher, dass der Geruch noch heute darin hängt. In den Stoffen, in den Ritzen und Kerben. Gestaltlos. Dieser Geruch war nie weg und wird nie verfliegen. Da halfen weder Lüften noch diese kleinen bunten Tannen, die Mama früher am Rückspiegel des alten Kadetts hängen hatte. Das Zimmer war verseucht. Ein finsterer Ort, der ihn dennoch nahezu magisch anzog. Zuerst aus Neugier, mit der Zeit veränderte sich jedoch das Gefühl. Er suchte nach Antworten, nach … ja, nach Erlösung.

Er hatte damals in dem dunklen Flur vor der Tür angehalten, zaghaft mit den Fingern das Türblatt berührt. Sich in Gedanken ausgemalt, dass *er* darin wartete. Auf ihn. Auf dem Bett liegend, unter dem Filmposter, das er von dem Besitzer des Kinos geschenkt bekommen hatte, weil er diesen Film so liebte. *Das Wunder in der 8. Straße.* Wie sehr hatte er selbst auf ein Wunder gehofft.

Plötzlich stand seine Mutter hinter ihm. Er drehte sich zu ihr um, während sie in die Hocke ging und ihm direkt in die Augen sah.

»Ich habe etwas für dich«, sagte sie. »Es ist heute Morgen angekommen. Er hat es dir geschickt.« Sie deutete mit dem Finger auf die Tür des Zimmers.

Dann hatte sie ihre linke Hand hinter ihrem Rücken hervorgeholt, hielt darin eine weiße Feder. Sie glänzte.

»Was ist das?«, hatte er gefragt.

»Sie ist von ihm. Du weißt, wo er jetzt ist, oder?«

Er wusste es. Es war sein Wunsch gewesen. So oft hatte er ihn wiederholt. So oft darum gebettelt.

»Ist sie nicht wunderschön?«

Langsam hob er seine rechte Hand, griff nach der Feder, ließ sie zwischen den Fingern kreisen. Sie war weich, biegsam, und das leuchtende Weiß wirkte so rein.

»Ist sie auch wirklich von ihm? Weißt du das ganz bestimmt?«, wollte er wissen.

»Ja, er hat sie extra für dich ausgesucht. Wollte, dass ich sie dir schenke. Er passt auf dich auf. Für immer.«

Dann das Lächeln. Seine Mutter schluchzte. Sie umarmten sich, lange, innig.

»Danke«, hatte er geflüstert. »Danke.«

Jetzt tritt er an das Regal in seiner Wohnung. Es ist dunkelbraun, schwer und fast vollkommen leer. Er besitzt nur ein einziges Buch. Die *Brüder Löwenherz* von Astrid Lindgren. Ein Geschenk seiner Großmutter. Er hat es kurz nach dem Tag bekommen, als die Tür zu dem Zimmer für immer geschlossen wurde. Unzählige Male hat er es inzwischen gelesen.

Er nimmt es aus dem Regal, streicht über den verschlissenen Einband, der das Bild der beiden Jungen auf einer Brücke zeigt.

Gleichgültig, wo er es aufschlägt, er braucht die Zeilen nicht zu lesen, weil er sie auswendig kennt. So wie die Seite mit Jonathans Antwort, dass man manche Dinge einfach tun muss. Auch, wenn es gefährlich erscheint.

Die Feder liegt auf der gegenüberliegenden Seite. Sie ist inzwischen stumpf, und doch meint er, etwas vom verbliebenen Glanz zu erkennen.

»Aber warum bloß?«, beginnt er jetzt laut zu lesen.

Und sofort spürt er ihn. Den Schmerz. All das, was er damals erlebt hat, ertragen musste, steckt in diesen Zeilen. Wort für Wort. Sosehr sie ihm geholfen haben, noch immer dabei helfen, ihn zu verarbeiten, bleibt der Schmerz ein Hüne. Ein riesenhafter Schatten, der ihm gefolgt ist, überall auf ihn lauert. Sogar hier.

14

Die Halle ist beeindruckend, imposant. Alter Industriecharme trifft auf architektonische Moderne. Hier will sie einmal auftreten. Und heute werden sie in der kleinen Studiobühne nebenan den Grundstein dafür legen.

Stolz führt sie der Betreiber durch die Halle 32 und erzählt dann doch von den Schwierigkeiten, in direkter Nähe zu Köln namhafte Künstler hierhin zu locken. Spricht von Konzerten, Lesungen, Musicals und Theater. Von den Möglichkeiten – und sie sieht sie vor sich.

»Wie viele Karten haben wir denn verkauft?«, fragt Helge.

»In der Studiobühne finden etwas über 60 Personen Platz und die Karten sind alle weg. Wir haben noch überlegt, ob wir rübergehen, aber hier ist auch schnell zu viel Platz«, antwortet der Betreiber.

»Ist doch mal ein Anfang«, murmelt Helge und Nadja nimmt die Enttäuschung wahr, die darin mitschwingt.

»Ich bin zufrieden«, meint sie. »Ganz ehrlich, wir wissen bisher überhaupt nicht, wie das alles laufen wird. Ausverkauft. Am ersten Abend. Einen besseren Auftakt kann ich mir nicht wünschen.« Sie schaut ihren Partner an, der zögernd lächelt. »Na, komm schon. Denk mal daran, wie klein wir damals angefangen haben. Dagegen ist das hier reines Gold.«

»Wir freuen uns jedenfalls auf einen spannenden Abend«, stellt der Betreiber klar. »Dann zeige ich Ihnen mal Ihren Backstage-Raum.« Sie folgen dem Mann durch eine schwere Tür in die angrenzende Studiobühne. Dicht aneinandergereiht stehen die roten Polsterstühle vor der niedrigen Bühne, die von schwarzem Molton eingerahmt ist. Ein Techniker hängt hinter zwei Polstersesseln mittig die Leinwand auf. Hier werden sie heute Abend sitzen. Endlich vor Publikum.

Die Aufregung kriecht ihr in den Nacken, denn obwohl ihr die Gastprofessur an der Ruhr-Universität in Bochum Spaß bereitet, ist es das hier, was sie wirklich will. Ein Publikum live unterhalten. Die Geschichten, die sie in der Zeit ihrer Arbeit als Kriminalpsychologin zu erzählen gelernt hat, verlangen nach Zuhörern. Die abartige Seite der Täter, ihre verstörende Sicht auf die Wahrheit, bietet genug Stoff für einen unterhaltsamen und doch erschreckend realistischen Abend. Wie langweilig und trocken sind dagegen Vorlesungen und Seminare!

Bevor sie durch die kleine Tür am Ende der Studiobühne eine schmale Treppe nach oben geht, blickt sie noch einmal kurz über die Stuhlreihen zur Bühne. Sechzig Menschen, die an ihren Lippen hängen werden. Der Anfang ist gemacht.

15

Während sie den Gang betreten, in dem Kurzows Büro liegt, schaut Althoff an sich herunter. Das Hemd spannt. Der Umzug in das neue Gebäude in direkter Nachbarschaft zum Forum tut ihm nicht gut. Schon gar nicht die häufigen Ausflüge in den Mittagspausen. Die kulinarischen Verlockungen, vor allem die, die schnell verfügbar sind, geizen weder mit Kalorien noch mit Fett. Den Weg zur Waage vermeidet er seit dieser Zeit gewissenhaft und den Nachfragen seiner Frau, was er zu Mittag gegessen habe, weicht er geschickt aus. Das Forum wird an Reiz verlieren. Zumindest kulinarisch. Sagt er sich.

Plötzlich öffnet sich die Bürotür seines Vorgesetzten und Kurzow streckt den Kopf in den Gang. »Habe ich doch richtig gehört! Auch schon den Weg zur Arbeit gefunden?«, fragt er tönend.

»Mahlzeit, Herr Kurzow. Alles gut bei Ihnen?«, fragt Althoff.

»Sie brauchen gar nicht so zu tun, als sei nichts passiert, Kollege Althoff. Winter – in mein Büro«, fordert Kurzow ihn auf und wirft die Tür hinter sich zu. Simon Winter zieht kurz die Nase hoch, streckt den Rücken durch und will gerade einen Schritt nach vorne tun, als Althoff ihn zurückhält. »Soll ich mitkommen?«, fragt er fast väterlich.

Er sieht es als seine Aufgabe an, Winter zu unterstützen, ihm dabei zu helfen, endlich komplett in Gummersbach anzukommen. Noch immer fremdelt das Kollegium ein wenig mit ihm und es bleibt das vage Gefühl, dass ein Teil des neuen Kollegen in Köln geblieben ist.

»Ernsthaft?«, meint der amüsiert.

»Ja, ich meine ja nur. Du weißt ja, wie er ist.«

»Henning, vielen Dank für deine Sorge, aber ich habe mit Kurzow kein Problem. Dass er kein Fan von mir ist, weiß ich und ich verspreche dir, dass ich ihm keinen Anlass geben werde, meine Arbeit zu kritisieren.« Er lächelt kurz und greift dann nach der Türklinke.

»Ich bin gespannt«, brummelt Althoff und zieht weiter.

Harald Kurzow, der Leiter des KK1, ist laut, ungeduldig und vergreift sich schnell im Ton, stellt sich dennoch, wenn es darauf ankommt, vor jeden seiner Kollegen. Dass Winter nach Gummersbach versetzt wurde, hat ihm nicht gepasst, da er den Posten für einen anderen vorgesehen hatte. In jeder Begegnung der beiden schwingt diese Geschichte mit.

Grinsend dreht sich Althoff noch einmal um. »Und weißt du, was wir heute Abend machen?«

»Was?«

»Wir gehen in die Studiobühne. Da tritt so eine Kriminalpsychologin auf. Frag mich nicht, wie die heißt, aber Kurzow hat Karten dafür bekommen und mir zwei abgegeben. Wenn du Lust hast, nehme ich dich mit.«

»Kriminalpsychologin? Was macht die in der Halle 32?«, fragt Winter verwundert.

»Die hat so einen Podcast, in dem es um Verbrechen geht. Mehr weiß ich auch nicht. Aber sie ist wohl ganz erfolgreich und tritt damit auch live auf.«

»Und das interessiert uns?« Winter runzelt die Stirn.

»Jetzt sei nicht so. Ein bisschen Ablenkung hat noch niemandem geschadet und wer weiß, vielleicht lernen wir ja noch was.«

Winter registriert Althoffs breites Grinsen und schluckt seine Unlust hinunter. Die Sache ist abgehakt. »Na gut, warum nicht.«

»Wunderbar!« Sein Kollege klatscht in die Hände. »Wir haben ein Date!«

Winter muss wider Willen lachen. »Holst du mich ab? Aber bitte sei pünktlich, damit ich dich vorher noch meinem Vater vorstellen kann.«

Althoff reckt einen Daumen nach oben und trällert schief los: »Ich habe ein Date mit dem Neuen, ich habe ein Date mit dem Neuen!«

16

Kriminalrat Harald Kurzow leitet das KK1 seit acht Jahren und gehört zur Führungsstelle der Direktion Kriminalität der Polizei des Oberbergischen Kreises. Als Winter sein Büro betritt, gibt ihm der Leiter, den Hörer seines Telefons zwischen Schulter und Ohr eingeklemmt, per Handzeichen zu verstehen, dass er sich einen Moment gedulden solle. Auf der Fensterbank des Büros sitzt Elena Heiderscheidt. Sie lächelt Winter freundlich an. Die Staatsanwältin und Kurzow sind, wie der Flurfunk meldet, sehr eng miteinander. Ihre abendlichen *Dienstbesprechungen* bei einem Gummersbacher Italiener sind ein offenes Geheimnis. Die Gerüchte, die sich um die beiden ranken, befeuern regelmäßig die Fantasie eines Teils des Kollegiums. Winter gehört nicht dazu, zumal Dr. Elena Heiderscheidt die Ehefrau von Jochen Heiderscheidt ist, dem Landrat des Kreises. Doch spätestens seit der letzten Weihnachtsfeier weiß Winter aus eigener Erfahrung, dass die Staatsanwältin es mit der Etikette nicht immer so genau nimmt.

Laut lachend verabschiedet Kurzow seinen Gesprächspartner und wendet sich an die Frau Dr. Heiderscheidt. »Genau wie wir gedacht haben. Er meldet sich später noch einmal, meint aber, dass die Sache schnell geregelt sein wird.« Dann wendet er sich Winter zu. »Herr Winter, schön, dass Sie es einrichten konnten«, begrüßt er ihn mit süffisantem Unterton. »Nehmen Sie doch bitte Platz.«

Winter lächelt bemüht und setzt sich auf einen der Stühle vor dem Schreibtisch seines Chefs.

»Ich weiß, Sie sind noch nicht so lange Teil meines Teams und doch sollte Ihnen bewusst sein, dass ich darüber informiert sein möchte, wo sich meine Kommissare befinden.« Er macht eine ausladende Handbewegung. »Sie können sich meine Verwunderung vorstellen, als ich heute Morgen einen Anruf von Herrn Albrecht erhielt, dass Sie im Kinderhospiz Sonnenhaus gewesen seien. Die Peinlichkeit, auf die Frage, ob ich denn nichts davon wüsste, nicht antworten zu können, hätte ich mir gerne erspart.« Lächelnd schaut er zu Frau Dr. Heiderscheidt, die es unmittelbar erwidert.

Und dann erzählt Winter von dem Gespräch mit Silke Schwanbeck und von dem mit Frank und Katharina Lessing. Neutral. Knapp. Und doch präzise.

»Und?«, fragt Kurzow nur.

Winter versucht, ruhig zu bleiben, seine aufsteigende Nervosität zu unterdrücken.

»Dann habe ich mit dem Arzt telefoniert, der die Leichenschau vorgenommen hat.«

»Mit Maifeld. Mit dem habe ich in der Zwischenzeit auch gesprochen. Und was hat Herr Dr. Maifeld Ihnen gesagt?«

»Dass es seiner Meinung nach keinen Anhaltspunkt dafür gibt, dass Lilli Lessing Opfer eines Verbrechens geworden sei.«

»Also haben wir Gewissheit. Das ist nämlich wichtig, Herr Winter. Für alle.« Jetzt lächelt er wissend und in diesem Moment muss Winter an sein Handschuhfach denken. An das, was darin liegt und darüber erzählt, wie viel Zweifel bei jeder Form von Gewissheit am Ende übrig bleibt. Wie ein steter Tropfen, der jeden noch so festen Stein am Ende höhlen kann.

»Herr Winter?«, fragt Elena Heiderscheidt ungeduldig.

»Ich denke schon«, antwortet er verwirrt. Flüchtig reibt er die feuchten Handflächen an seinen Oberschenkeln trocken.

»Sie denken? Was meinen Sie damit?«, hakt sie nach.

»Vielleicht hat man die Sache zu voreilig abgeschlossen. Es gibt da schon ein paar offene Fragen und na ja …«

»Zu voreilig abgeschlossen?«, unterbricht ihn der Leiter des KK1 barsch. »Ganz dünnes Eis, Herr Kollege! Ganz dünnes Eis. Was Sie hier andeuten, stellt die Kompetenz einiger Ihrer Kollegen infrage und die eines renommierten Arztes noch dazu.«

»Ich will hier gar nichts andeuten. Aber mein Gefühl sagt mir …« Und er weiß sofort, dass diese Worte nicht hätten gesagt werden dürfen. Aber jetzt sind sie raus und wie zum Zeichen seiner eigenen Erkenntnis reibt er sich das Kinn, als wolle er sie wieder zurückschieben.

»Stopp!«, ruft Kurzow. »Herr Kollege, wir sind Ermittler, deren Arbeit darin besteht, das Beobachtete zusammenzutragen, auszuwerten und am Ende faktenbasiert zu einem Urteil zu gelangen. Gefühle sind keine …«

»Keine Beweise«, führt Winter aus. »Keine Beweise, keine Ermittlung. Keine Tatsachen, kein Verfahren«, wiederholt er die gewohnte Phrase des Leiters.

»Ganz richtig, Herr Kollege. Wir können es uns bei dem Personalstand nicht leisten, Ermittlungen aufgrund eines Bauchgefühls durchzuführen. Vor allen Dingen dann nicht, wenn die Sachlage eindeutig ist.«

»Dann erzählen Sie mir doch von Ihrem Gefühl«, mischt sich die Staatsanwältin in das Gespräch ein und erntet dafür Kurzows verwirrten Blick.

»Ich frage mich ernsthaft, ob sie überhaupt dazu in der Lage gewesen sein kann, die Sache durchzuziehen. Das Mädchen war todkrank.« Wie ein Video spult sich der Film vor seinem geistigen Auge ab. Lilli auf dem Weg zum Fenster. Jeder Schritt eine Qual. »Und dann die Sache mit dem Schlüssel. Was für ein Zufall, dass dieser gesteckt hat und Lilli so das Fenster öffnen konnte.«

»Aber es gibt doch Zeugenaussagen dazu, oder nicht?«

»Ja, niemand soll in Lillis Zimmer gewesen sein. Zumindest ist niemand gesehen worden und der Nachtdienst hatte seine letzte Runde schon lange gedreht. Die Türen sind nach 20 Uhr abends verschlossen und jeder Besucher muss sich in eine Liste eintragen.«

Elena Heiderscheidt nickt wissend. »Sie wissen schon, dass ein Mensch, ein verzweifelter Mensch, ungeahnte Kräfte entwickeln kann?«

»Ja, schon«, murmelt Winter. »Aber ich mag diesen Zufall nicht.« Er ballt die Fäuste. »Was ich sagen will … die Schlüssel für die Fenster lagern beim Hausmeister, bei den Putzkräften oder im Schwesternzimmer. Das Mädchen war körperlich stark eingeschränkt, hat es aber nicht nur an das Fenster geschafft, sondern soll auch noch die Kraft und Ausdauer aufgebracht haben, einen Stuhl davorzuschieben.«

»Wo ein Wille ist, ist auch ein Weg«, schiebt Kurzow ein.

»Lilli Lessing war erst neun Jahre alt.«

»Und? Soweit ich weiß, gibt es deutlich jüngere Kinder, die einen Suizid verübt haben. Wenn man solch eine Geschichte hinter sich hat, ist man meist reifer und weiß sehr genau, was man tut.«

»Und das ist jetzt ein Beweis?«, fragt Winter kopfschüttelnd.

»Was ist denn die Alternative? Ihr *Gefühl* sagt Ihnen, dass jemand das Mädchen umgebracht hat, oder was? Entgegen der Ermittlungen vor Ort?«

»Gibt es dafür irgendein Indiz außer der Sache mit dem Schlüssel und dem Stuhl?«, will Elena Heiderscheidt wissen.

Indizien. Beweise. Fehlte nur ein Verdächtiger, dann hätte Winter alle Elemente der Dreifaltigkeit notwendiger Ermittlungsverfahren beisammen.

Die Staatsanwältin mustert Winter kühl. »Herr Winter, ich habe keine Ahnung, was das hier soll, aber um ein UJs zu eröffnen, müssen Sie mir schon mehr anbieten. Es gibt keinen Grund, an der Urteilskraft der Kollegen und an der von Dr. Maifeld zu zweifeln.«

UJs. Das Registerzeichen der Staatsanwaltschaft für Ermittlungsverfahren gegen unbekannt.

»Winter?« Kurzow. Lauter. Bestimmter.

»Darf ich offen zu Ihnen sein?«

»Ich bitte darum.«

»Ich kann und will gar nicht verhehlen, dass mich der Tod des Mädchens mitgenommen hat.« Er entscheidet sich bewusst dafür, Lillis Namen nicht zu nennen, um die notwendige Distanz erkennen zu lassen. Heiderscheidt und Kurzow kennen seine eigene Geschichte, dessen ist er sich sicher. »Aber darum geht es hierbei nicht. Ich verlange nicht viel. Ein, zwei Tage. Nicht mehr und nicht weniger. Sollte es da draußen jemanden geben, der für den Tod des Mädchens verantwortlich ist, dann will ich ihn finden.«

»Erster Ansatz?«, überrascht ihn Kurzow.

Winter wirkt verblüfft. »Es gibt zwei Ermittlungsansätze. Der erste betrifft den Schlüssel. Wer hat ihn dort vergessen und woher stammt er? Wenn wir jemand identifizieren, der ihn dort vergessen hat, können wir die Selbstmordthese stützen.«

»Und wenn nicht? Dann kann ihn jemand schlicht und einfach im Raum vergessen haben. Es gibt Dinge, Winter, die kann man nicht ermitteln.« Kurzow legt die Hände zusammen, kraust die Stirn.

»Und der zweite Ansatz?«, fragt Elena Heiderscheidt.

»Der betrifft den genauen Todeszeitpunkt. Dafür bräuchten wir jedoch eine Analyse des Blutbildes und …« Winter stockt kurz. »Und eine Obduktion.«

Kurzow lacht kehlig auf. »Wenn es weiter nichts ist. Winter, die Familie bereitet sich auf die Beerdigung vor, die Leiche des Mädchens ist freigegeben. Ich werde den Teufel tun und die Sache stoppen, weil es einer meiner Kommissare im Magen hat. Die Sache ist erledigt und Ihr Erscheinen vor Ort hat so schon genug Staub aufgewirbelt. Ich kenne Herrn Albrecht. Für die schwere Arbeit, die die da vor Ort zu tun haben, brauchen die Ruhe. Es geht hier auch darum, die anderen Patienten und Eltern zu schützen.«

»Genau das ist es. Stellen Sie sich vor, Lilli ist wirklich Opfer eines Verbrechens geworden. Dann sind wir es nicht nur ihr, sondern auch allen anderen mehr als schuldig, gründlich zu ermitteln. Mehr will ich nicht. Und wenn das am Ende nur bedeutet, dass so etwas dort nicht noch einmal passiert. Es geht dabei auch um den Ruf des Sonnenhauses.«

Kurzow seufzt. Elena Heiderscheidt steht von der Fensterbank auf, nickt dem Leiter kurz zu, ergreift dann das Wort: »Okay, Herr Winter. Bleiben Sie bei der Sache mit dem Schlüssel. Reden Sie noch einmal mit Albrecht. Zur Sicherheit für alle Bewohnerinnen und Bewohner der Einrichtung. Aber diskret, wenn Sie verstehen, was ich meine.«

»Und die Obduktion?«

»Da gebe ich Herrn Kriminalrat Kurzow recht. Dafür reicht mir Ihr Bauchgefühl nicht aus. Ich will mir nur nicht vorwerfen lassen, wir hätten was übersehen. Des Weiteren bin ich mir vollkommen sicher, dass die Kollegen vor Ort ihr Bestes gegeben haben, und daher gehe ich davon aus, dass an Ihrem Bauchgefühl nichts dran ist. Ein paar Tage, Herr Kollege. Dann ist die Sache erledigt.«

Und Winter glaubt, beim letzten Wort in Kurzows Augen ein Blitzen erkannt zu haben.

17

Es ist nicht das Knacken des Schädels. Nicht das Blut, das sich seinen Weg durch den körnigen Asphalt bahnt. Diese Bilder braucht er nicht. Versucht er auszublenden. Immer dann, wenn er sich erinnert.

Mit seinem Buch in der Hand steht er in der kargen Einrichtung seiner Wohnung. Erinnerungen sind wie Wunden, die niemals verheilen.

Da gab es diese Kinderserie, die er früher gerne gesehen hat. Mit diesem knubbelnasigen Alten mit dem schlohweißen Haar und dem unglaublich langen Bart. Der aussah, wie sich kleine Kinder Gott vorstellen. Der im menschlichen Körper lebte und alles erklärte, was dort vor sich ging. In einer der Folgen gab es zwei Jungs, die mit Messer und Säge hantierten, Pfeile schnitzten, bis sich einer der beiden dabei in die Hand schnitt. Eine klaffende Wunde. Tausende kleiner roter Blutplättchen begaben sich auf den Weg, um die Verletzung zu verschließen, und die eindringenden Bakterien wurden im Kampf besiegt.

Doch für die Schnitte, diese ewigen Narben, die seine Erinnerungen verursachen, taugen die Blutplättchen nicht. All die Träume, sie sind wie die Bakterien, die ungehindert eindringen.

Sein Blick fällt auf die Uhr an seinem Handgelenk. Es ist schon spät, die Arbeit ruft.

Mit Wehmut betrachtet er das Buch, um es dann zurückzustellen. Oma meinte damals, dass ihn die Zeilen trösten würden. Zuerst hatte er das nicht verstanden. Wie sollte einem Buch das gelingen? Später musste er sich eingestehen, dass sie recht gehabt hatte.

Jetzt, mit dem Wissen darüber, welche Sprengkraft die Zeilen in sich tragen, schlägt er es täglich auf, am Morgen und am Abend. Sein Ritual. Er kennt nahezu jedes Wort, jede Silbe auswendig. Vorher legt er die Feder ins Regal. Sie ist die Hüterin der Zeilen und sein Lesezeichen. Jedes Mal legt er sie an der Stelle ein, die er zufällig aufgeschlagen hat.

Er lässt den Daumen über die Seiten gleiten, hält inne und öffnet sie. So macht er es immer und auch heute weiß er, dass er die richtige Passage aussuchen wird. Wie immer. Astrid Lindgrens Worte sind seine Psalmen. Die heutigen erzählen von der Gefahr, aus der man sich ohne zu überlegen rettet, vor allem dann, wenn sie am größten ist.

Behutsam legt er die Feder zwischen die Seiten zurück, platziert das Buch im Regal. Liebevoll streicht er mit dem rechten Zeigefinger über den Einband. Die Worte verbinden. Zumindest für eine Weile.

Lächelnd entledigt er sich seiner Kleidung, betritt dann energiegeladen die kleine Nasszelle und stellt sich unter die Dusche. Das warme Wasser lockert die verspannten Muskeln einer unruhigen Nacht.

Er starrt auf seine Hände. Verwirrt reibt er Daumen und Zeigefinger aneinander. Drückt dann einen frischen Tropfen Blut aus dem feinen Schnitt. Er muss sich an der Buchseite verletzt haben. Diese Verletzung wird heilen. Die Blutplättchen sind auf dem Weg.

18

Am Ende nickt er nur noch, presst die Lippen aufeinander und drückt die Spitze des Kugelschreibers genervt auf das Papier auf seinem Schreibtisch. *Nicht mehr nachvollziehbar. Vorher nicht nachgezählt. Alltag.*

»Es tut mir leid, dass ich Ihnen da nicht weiterhelfen kann, aber glauben Sie mir, wir selbst sind am meisten daran interessiert, dass so etwas nicht noch einmal geschieht!« Winter stellt sich Albrecht vor, wie er auf einem schwarzen Ledersessel sitzt. In seinem gebügelten Anzug, dem gestärkten Hemd. Und er versteht ihn. Leider.

»Ich will nur den letzten Zweifel ausschließen, dass …«

»Herr Winter, ich kann Ihnen versichern, dass niemand im Hause war, Lilli war allein. Ich habe, genau wie Ihre Kollegen vor Ort, noch einmal mit allen involvierten Mitarbeiterinnen und Mitarbeitern gesprochen. Es ist ein bedauerliches und schreckliches, ja ein unentschuldbares Versagen unsererseits, dass der Schlüssel in dem Fenster steckte. Das darf uns nicht passieren und ich übernehme dafür selbstverständlich die Verantwortung, das habe ich auch schon Familie Lessing mitgeteilt. Ich habe sie um Entschuldigung gebeten. Es ist eine Tragödie.« Eine kurze Pause entsteht. Albrecht atmet hörbar aus. »Zukünftig befinden sich alle Schlüssel für die Fenster alleine im Besitz des Hausmeisters, er verwaltet sie. Die Putzkräfte melden das Fensterputzen an und nur dafür wird geöffnet und nach Ende der Arbeiten wird alles durch ihn zentral verschlossen.«

Wieder nickt Winter. »Ein guter Plan.« Mehr fällt ihm nicht ein. »Ich danke Ihnen für Ihre Zeit. Auf Wiederhören.« Er wartet die Antwort Albrechts nicht ab.

Als er den Hörer aufgelegt hat, sieht er sich die Notizen noch einmal an. Lilli hat ihre letzten Medikamente mit dem Abendessen bekommen. Ob sie diese eingenommen hat, bleibt ohne Blutuntersuchung unklar, doch der kleine Becher war leer. Jeder, der das Haus außerhalb der Besuchszeiten betreten will, muss sich anmelden und in eine Liste eintragen. Lilli hatte nach 20 Uhr keinen Besuch mehr. Nur die Angestellten haben einen Schlüssel. Lilli hatte normal zu Abend gegessen und beim letzten Rundgang der Nachtwache schlafend in ihrem Bett gelegen. Winter seufzt auf. *Hast du dich schlafend gestellt, Lilli? Und bist dann aufgestanden?*

Es klopft. Althoff steht im Türrahmen. Er betritt das Büro und stellt sich demonstrativ vor die weiße Wand. *Selbstmord?*

»Kurzow?«, fragt Winter.

»Der hat keine Gelegenheit ausgelassen, in jedem Büro breitzutreten, dass du dich da in was verrennst. Als ob wir nicht genug Arbeit hätten und er nur nachgegeben hätte, weil Heiderscheidt daneben gesessen hätte und so weiter und so fort. Die alte Lästerbacke hat den Triumphzug sichtlich genossen und nun sind leider viele seiner Meinung.«

»Viele? Und du?«

Althoff schließt kurz die Augen, dreht sich dann zu Winter um. »Nein, Simon. Aber ich mache mir Sorgen. Ist es wegen …«

»Danke, Henning. Das weiß ich zu schätzen«, unterbricht Winter ihn schnell. »Ich habe gerade noch einmal mit Albrecht telefoniert, dem Leiter des Sonnenhauses. Aber die Sache mit dem Schlüssel ist eine Sackgasse. Albrecht weiß nicht einmal, wie viele davon tatsächlich existieren. Nach dem Einbau hat die Firma einen Karton mit den Schlüsseln hinterlassen. Wahrscheinlich für jedes Fenster einen und nun nachträglich herausfinden zu wollen, wer wann und wieso ein Fenster aufgeschlossen hat und den Schlüssel dann eventuell irgendwann dort hat stecken lassen, ist schlicht und einfach unmöglich.«

»Du solltest froh sein. Damit abschließen. Es ist traurig, dass sie diesen Weg gewählt hat, aber sie hat ihn gewählt und es war ihre Entscheidung.«

Winter schluckt.

»Hast du denn außer dem Schlüssel und dem Stuhl sonst noch irgendetwas, was deine These stützt?«

»Die Fotos«, sinniert Winter, »die Fotos der Familie.«

»Ja?«, versucht Althoff ihn zu ermuntern.

»Ich weiß nicht, das Familienfoto wirkte irgendwie gestellt. Die stolzen Eltern, ihr krankes Kind im Arm. Lilli wirkte zwar tapfer, aber auch traurig.« Winter klopft mit der Faust auf die Tischplatte seines Schreibtischs.

»Soll ich jetzt etwa als Ermittlungsansatz aufschreiben, dass das Opfer auf den Familienfotos einen traurigen und kranken Eindruck machte?«, fragt Althoff.

»Ich meine nur, dass die Eltern …«

»Simon!«, unterbricht ihn sein Kollege scharf. »Das, was du da anschneidest, rückt die Eltern ins Visier deiner Ermittlungen. Bei der dünnen Indizienlage sind sie die Einzigen, die ein Motiv haben. Einfach weil ihnen die Sache zu viel wurde. Ich wollte das eben im Forum nicht weiter ausführen, aber es ist die Frage nach dem Motiv. Ich meine, so ein todkrankes Kind kostet enorme Kraft.«

Winter atmet zischend aus. »Aber so etwas passiert, so schlimm es sich auch anhört. Henning, Lilli hat keinen Abschiedsbrief hinterlassen. Nichts.«

»Das ist doch kein Beweis, Simon.«

»Schon gut«, wehrt Winter ab. Doch bleibt der Gedanke einen Moment zu lange in seinem Kopf hängen. Althoff schnappt sich den Schwamm, tritt an die Wand heran und wischt den ersten Teil des Wortes weg. *Mord?*

»Henning?«, fragt Winter skeptisch.

»So ganz unrecht hast du ja nicht«, denkt Althoff laut nach. »Ich will den Kollegen und diesem Arzt nicht ans Bein pinkeln, aber eine gründliche Ermittlung sieht anders aus und ich habe da eine Idee.«

»Jetzt mach es nicht so spannend!«

»Was, wenn es noch weitere Opfer gäbe?«

Die beiden schauen sich an. »Einen ähnlichen Fall?«, fragt Winter.

»Henning, Kurzow glaubt doch so schon, dass ich sie nicht alle habe. Wenn ich ihm jetzt mit einer Serienmördertheorie um die Ecke komme, dann leite ich morgen den Verkehr in der Innenstadt.«

»Das musst du ihm ja nicht gleich auf die Nase binden. Also, was mich angeht, brauchst du dir da keine Gedanken zu machen.«

»Vielen Dank. Aber jetzt mal im Ernst, sollte es einen weiteren, einen ähnlichen Fall geben, dann reden wir hier von einem weiteren als Selbstmord getarnten Mord. Und das heißt, es gab keine großen polizeilichen Ermittlungen.«

»Wie viele Hospize gibt es in Deutschland?«, fragt Althoff.

»Für Kinder und Jugendliche? Gar nicht so viele, so um die zwanzig.«

»Stellt sich nur die Frage, was das bringt, wenn du da überall anrufst. Selbst wenn du von einem Suizid erfährst, dann bedeutet das gar nichts.«

Winter greift nach seiner Tastatur, ruft eine Suchmaschine auf und sucht nach einer Liste aller Hospize für Kinder und Jugendliche in Deutschland.

»Ich muss gezielt nach irgendwelchen Ungereimtheiten fragen. Hätte ich gestern nicht zufällig Silke Schwanbeck kennengelernt, dann hätte hier niemand von Lillis Tod Notiz genommen. Oder einer der Kollegen vor Ort kann sich an irgendetwas erinnern.«

Althoff tritt hinter ihn. »Es ist zumindest ein Ansatz, auch wenn ich hoffe, dass du unrecht hast und dabei nichts herauskommt.« Er kramt ihn seiner Tasche und legt zwei Tickets auf die Tastatur. »Aber denk daran, wir haben heute Abend ein Date und du kommst mit.

Ich lasse dich jetzt in Ruhe und höre mir dann alles heute Abend bei einem Bier an. Und keine Widerrede, ich habe die Karten von Kurzow, der glaubt, dass ich dich heute Abend einnorde. Also lass ihn in dem Glauben und begleite mich.« Bevor Winter nur versucht, aufzumerken, legt Althoff nach: »Keine Widerrede.«

19

Manchmal irritiert es ihn, wenn er Selbstgespräche führt. Aber es sitzt eben niemand auf dem Beifahrersitz, mit dem er sich unterhalten kann.

Hinter dem Lenkrad seines Lieferwagens, stumm die Lippen bewegend, befährt er die A3 in Richtung Frankfurt. Immer wieder wechselt er von einem Radiosender zu einem anderen, der eintönige Klang zweideutiger Pophits nervt ihn. Sie sind unecht, erinnern ihn an Plastik. Das passt nicht zu dem, was er da fühlt. In sich. Das ist echt. Tief in ihm drin. Es ergreift ihn häufig auf den langen Fahrten, auf lang gezogenen Autobahnabschnitten, zwischen verlassenen Baustellen und Schallschutz.

Wenn es beginnt, dann hinter den Augen. Als bündele es sich dort, das, was sich danach ausbreitet, durch die Venen seines Körpers strömt. Arme und Beine beschwert, den Blick trübt. Er redet nicht gerne darüber, weil es nie jemanden gegeben hat, der es verstanden hätte. Nicht Oma. Nicht Mama. Schon gar nicht seine Mutter. Wenn sie es versuchte, blockte er ab, verkroch sich, vergrub sich in seinem Kissen. In den Jahren hat er gelernt, es äußerlich zu verbergen, die Starre, die ihn früher bewegungsunfähig gemacht hat. Heute sind es nur noch die Bilder. Die Bilder in seinem Kopf. Sie sind geblieben.

Das Gesicht, die Knochen, die sich von innen gegen die dünne Haut pressen, die gräuliche Hautfarbe, der Geruch von Galle steigt ihm in die Nase. Der Stuhl, auf dem er stundenlang saß. Wie er verzweifelt aus dem Fenster gestarrt hatte, sich so sehr wünschte, seinem Blick nach draußen folgen zu dürfen. Zwischen die Äste der Krone, um nicht dabei zusehen zu müssen.

Pause. Alles anhalten. Vor allem sich selbst. Während eines Spurwechsels hält er Ausschau nach dem nächstgelegenen Rastplatz. Er liegt gut in der Zeit, trotz des späten Beginns heute Morgen.

Als er die Abfahrt zum Rastplatz *Heiligenroth West* erkennt, setzt er den Blinker und fädelt den weißen Kastenwagen in die Abbiegespur ein. So einfach wie hier ist es damals für ihn nicht gewesen. Die Möglichkeit, sich rauszunehmen, eine Ausfahrt, blieb ihm verwehrt. Seine Mutter hat ihn in der Spur gehalten.

Alle haben wir Angst, nur darf man es manchmal nicht zeigen.

Lindgrens Worte. Ab und an ploppen sie einfach hoch und wie so oft passen sie wie die Faust aufs Auge. Gibt es diesen Ort? *Zu den Engeln?*

Er will daran glauben. Mit allen wird er dort vereint sein. All den kleinen Engeln. Und mit ihm. Vor allem mit ihm. Dann wird er nicht mehr allein sein.

20

Der Raum ist vollbesetzt. *Ausverkauft!* Das Kribbeln hat längst eingesetzt und sie reibt sich wiederholt die feuchten Innenflächen ihrer Hände an der Hose ab. Keine gute Idee. Sie atmet durch. Helge steht hinter ihr und wippt kurz auf und ab. Er grinst. »Bist du bereit?«, flüstert er.

»Und wie«, antwortet sie. Tiefe Bässe schwellen an. Das Intro. Auf einer Leinwand flackern Schlagzeilen und Bildausschnitte von bekannten und aufsehenerregenden Verbrechen in Deutschland auf, dann schreiten sie die Reihen ab und betreten die Bühne. Während Helge auf einem der beiden Polstersessel Platz nimmt, tritt sie an den Rand, steht direkt vor der ersten Reihe. Wartet einen Moment. Zügelt ihre eigene Ungeduld. Spürt die Anspannung, die in der Luft liegt. Lässt die letzten wummernden Bässe verstummen. Das Licht fährt hoch. Nicht ganz. Spot auf sie.

»Wer von Ihnen ist Mutter oder Vater?«, fragt sie in das Halbdunkel. Zögerlich gehen die ersten Arme nach oben. »Kommen Sie schon, zeigen Sie zumindest für die Kinder auf, von denen Sie wissen.« Vereinzeltes Gelächter. Der Betreiber der Studiobühne hat sie vor dem oberbergischen Publikum gewarnt. Es dauere ein wenig, bis das Eis breche. »Natürlich nur, wenn Ihr Partner oder Ihre Partnerin davon weiß«, schiebt sie nach. Mehr Gelächter. Weitere Finger zeigen auf. »Wow, das sind doch einige. Und nun nehmen die bitte ihren Arm nach unten, die nur ein oder mehr als zwei Kinder haben.« Sie wartet einen kurzen Moment. »Danke schön.« Sie steigt die kleine Stufe hinab, tänzelt an der rechten Seite der Stühle entlang, sondiert die Menschen, die ihren Arm ausgestreckt halten. »Sie«, sie zeigt auf eine Enddreißigerin mit hochgesteckten Haaren.

So haben sie und Helge es besprochen. *Wähle eine Frau. Nicht zu jung, nicht zu alt.* »Beantworten Sie mir eine Frage?« Die Dame nickt. »Lieben Sie eines Ihrer beiden Kinder mehr als das andere?« Energisch schüttelt die Frau den Kopf. Wie im Drehbuch. »Und wenn Sie sich entscheiden müssten?« Die Dame zieht die Stirn kraus. Wieder wartet sie einen Moment. Dann lächelt sie. »Willkommen zu *Die Signatur des Bösen*. Mein Name ist Nadja Bergendahl und das ist mein Kollege Helge Rennen.« Während sie die letzten Worte spricht, dreht sie sich zur Bühne, streckt einen Arm in Helges Richtung. Ein Spot erfasst ihn, auf der Leinwand erscheint auf düsterem Hintergrundbild die grelle Schlagzeile: *Der Salomo-Mörder – eine Entscheidung aus Liebe?*

Auf dem Weg zurück zur Bühne erläutert Helge Rennen den Ablauf des Abends. Nadja nimmt neben ihm Platz, streicht noch einmal über ihre Oberschenkel. Sieht die feuchten Abdrücke ihrer Hände. Endlich live. Sie greift nach dem Glas Wasser auf dem kleinen Beistelltisch, versucht, nicht zu zittern. Die Show beginnt.

21

Vom Regen in die Traufe. Dieses blöde Sprichwort kommt Winter in den Sinn, als die Kriminalpsychologin Nadja Bergendahl ihre erste Frage stellt. Sie steht am Rand der kleinen Bühne, enge schwarze Lederhose, helles Top, die langen rötlichen Locken offen.

Nur eine Frage. Der Tag hat ihm zugesetzt. Verrennt er sich? Er muss damit aufhören. Endlich abschließen. Die Frau auf der Bühne verschwimmt mit der Erinnerung an diesen verdammten Maitag vor knapp zwei Jahren. Wie oft hat er die Abläufe in seinen Gedanken rekapituliert? Jeden Schritt, jede Handlung minutiös nachvollzogen? Alle Fragen, die mit diesem Tag zusammenhängen, hat er beantwortet. Nur diese eine Frage, die bleibt. Seit jenem Tag. Wie ein Phantomschmerz. *Wo bist du?*

In seinen Gedanken steht er wieder vor dem Küchentisch. Sieht die Glasvase, die Tulpen, die noch aufgehen werden. Die sie eingestochen hat, jeweils knapp unter der Blüte, damit diese aufrecht stehen bleiben, wenn sie blühen. Angelehnt daran das Stück Thermopapier. Eine Ahnung von dem, was kommen wird. Das Post-it, gelb, mit einem aufgemalten Herzen.

»Hast du davon mal gehört?« Althoffs Frage holt ihn zurück in das Jetzt. Winter greift nach der Flasche Bier zu seinen Füßen, nippt daran, versucht herauszufinden, was sein Kollege von ihm wissen will.

Der Salomo-Mörder. Winter erinnert sich. Er kratzt sich am Kopf, stellt das Bier zurück. Nickt. »Erzähle ich dir später«, flüstert er. Dann konzentriert er sich wieder auf das Geschehen auf der Bühne. Den Namen des Partners von Nadja Bergendahl hat er nicht einmal mitbekommen. Sie sitzen auf Polstersesseln, in der Mitte ein kleines

Tischchen mit zwei Gläsern Wasser darauf. Hinter ihnen die Leinwand. Und die Frage: *Für wen entscheidest du dich?*

Und dann passiert es. Zum ersten Mal am heutigen Tag kann Winter sich fallen lassen. Hört einfach zu, verschwendet keinen Gedanken an die kurzen und oft ergebnislosen Gespräche, die er bis zum Abend geführt hat.

Nadja Bergendahl kehrt derweil auf die Bühne zurück, ihr dunkelrotes Haar leuchtet im Scheinwerferlicht. Sie liebt den Salomo-Fall. Diesen Einstieg in den Abend. Und die Frage, die sich so wunderbar mit dem Publikum im Anschluss diskutieren lässt. Kann man das überhaupt? Sich für eines seiner Kinder entscheiden? Welches darf leben, welches muss sterben?

Dann erzählt sie von Konstanze und Marie Krüger. Zwillinge. Vierzehn Jahre alt. Sie sehen sich zum Verwechseln ähnlich. Im Sommer 1995 verschwinden sie spurlos. Hundertschaften der Polizei durchkämmen den Königsforst. Auf der Suche nach den beiden. Müssen sie finden. Sie ahnen, was sie erwartet.

In strahlendem Weiß erscheint die perfide Frage des Entführers auf der sonst dunklen Leinwand. Die Mutter wurde gezwungen, sie zu beantworten und eine Wahl zu treffen. *Für wen entscheidest du dich?* Eines der Kinder darf überleben. Aber wie überlebt die Mutter mit ihrer Wahl?

Nadja Bergendahl berichtet davon, wie sie im Studium auf den Fall und auf die Geschichte des Täters stieß. Selbst ein Zwilling. Sie besuchte ihn.

»Als ich mich im Zug auf dem Weg zu ihm befand, fühlte ich mich sicher. Klar, ich war nervös, aber ich wusste, dass mir nichts passieren konnte. Den Gedanken, dass Mörder Menschen sind, verdrängen wir schnell, deshalb kategorisieren wir sie. Mörder. Täter. Abstrakte Begriffe, die uns nichts über sie erzählen, sondern sie in eine Schublade packen.«

»Wie war er?«, spielt Helge Rennen ihr den Ball zu.

»Aufgeräumt. Klar. Hat mir von seiner Kindheit erzählt, davon, wie es ist, als einziger Zwilling aufzuwachsen.«

»Einziger Zwilling?«, fragt Helge, obwohl er die Antwort kennt. Er mimt den Part des Journalisten.

»Sein Bruder starb bei der Geburt. Sie haben bestimmt schon einmal davon gehört, dass Zwillinge sich näherstehen sollen als normale Geschwister. Es soll eine Verbindung geben, eine Art unsichtbare Brücke.«

»Von dieser Verbindung hat er erzählt?«

»Nicht er hatte sie. Sondern die Mutter, und so erfreute sie sich nicht an dem Sohn, den sie hatte, vielmehr betrauerte sie den, den sie verloren hatte. Gab ihm jeden Tag das Gefühl, am Tod seines Bruders schuld zu sein. Wenn er scheiterte, gab sie ihm zu verstehen, dass das seinem Bruder niemals passiert wäre.«

»Psychologische Folter«, wirft Helge ein. »Liebesentzug plus Schuldgefühle.«

»So wurde aus ihm der Salomo-Mörder.« *Für wen entscheidest du dich?*

»Nach der Entführung nimmt er Kontakt zu den Eltern auf und stellt der Mutter die alles entscheidende Frage. Verweigert sie sich einer Antwort, sterben beide. Unter Tränen entschied sie sich für Konstanze und brach direkt danach zusammen.«

Ein Raunen. Ein dunkles Brummen ertönt, Nadja und Helge erheben sich. Treten an den Rand der Bühne. »Jetzt sind Sie dran: Was glauben Sie, welches Mädchen man lebend aufgefunden hat?«, fragt Nadja.

Ein Mann steht auf, er trägt ein Hemd. Die Arme hochgekrempelt, sportlich, schlank. Gegen das Licht erkennt sie dunkle kurze Haare. »Sie haben eine Idee?«, fragt sie ihn.

»Marie«, antwortet der.

»Warum?«

»Alle, die Eltern, die Presse, gingen davon aus, dass der Täter wissen wollte, wen man leben lassen wolle. Dabei entschied er, wer getötet wurde.« Ungläubiges Gemurmel.

»Geraten oder davon gehört?«

»Ich kenne den Fall«, antwortet Winter und setzt sich wieder.

Nadja weiß nicht, wie der Mann heißt, aber sie wird es herausfinden. »Vielen Dank für Ihren Beitrag«, bedankt sie sich, um dann an Helge zu übergeben. Sie greift nach dem Stift, schreibt auf die Moderationskarte: *Reihe 6, Dritter von links.*

22

Diese verdammten Matratzen. Es stört ihn nicht, dass sie so schwer sind, so unhandlich. Nein, das Modell ist es. Er erinnert sich noch genau an die Bedarfsermittlung. Und diese Matratze wird dieser nicht einmal im Ansatz gerecht.

Er wuchtet sie aus dem Wagen, scannt das Typenschild und macht sich auf den Weg in das Zimmer des Patienten. Auf dem Display seines Tablets sieht er die eingekreisten Stellen. Die Stellen des Körpers, die bedroht sind. Dekubitalgeschwüre. Ihre Grade. Eine Kollegin hat sie ermittelt. Sie hat deutlich markiert, was sie gesehen hat. Die Krankenkasse weiß also genau, was der Patient braucht. Und jetzt steht er hier, die Sackkarre in der Hand, und stapft rückwärts die Treppe hinauf, mit ihr. Der Carelax SoftComp. Das macht ihn wütend. Wer immer sie auch bekommt, benötigt eine mit elektronischen Wechselkammern. Eine Matratze, die automatisch umlagert und damit die Pflegekräfte vor Ort entlastet. Denn die sind im Alltagsbetrieb am Anschlag, da bleibt für die Dekubituspflege keine Zeit. Wie auch? Zu wenige Pflegekräfte. Sparzwang. Er erinnert sich an ein Gespräch mit einer der Pflegerinnen in einer der Einrichtungen, die ihn fragte, was es ihm denn wert sei, jeden Tag sauber zu sein. Ein Großteil der Gesellschaft zahlt im Schnitt mehr dafür, das Auto an einer Waschanlage säubern zu lassen, als in der Pflege für das Waschen ihrer Angehörigen abgerechnet wird.

Langsam dreht er sich an der Kante der obersten Stufe herum und steuert die Karre durch den Flur. Er streift Zimmertüren, die offen stehen, und hält kurz inne, als ihn die Augen erfassen. Sofort erkennt er es. Er lächelt. Erntet ein ebensolches. Dann macht er sich auf den Weg zu dem Zimmer, in das er die Matratze liefern soll.

Versucht, das schlechte Gewissen zu verdrängen, dass die Geschwüre, die dem Patienten drohen, auch durch dieses Modell nicht verhindert werden, und pfeift ein Lied. Das von dieser Ente aus dem Holzschuh. Komisch, dass ihm das genau jetzt in den Sinn kommt. Während er die sperrige Carelax SoftComp vorsichtig durch die Tür des Zimmers manövriert, fällt ihm ein, dass diese kleine Ente alles verloren hatte. Die ganze Familie. Aber hatte sie aufgegeben, sich oder das Leben? Nein. Diese kleine Zeichentrickfigur erlebte Abenteuer um Abenteuer und half allen, die sie brauchten. Wenn ihm doch nur der Name einfallen würde. Der Junge im Zimmer erinnert ihn an die Ente. Tapfer. Das sind sie alle. Dabei wünschen sie sich etwas anderes. Die Augen. Es sind seine Augen, die zu ihm sprechen. *Zu den Engeln.*

Routiniert übernimmt er die Einweisung, die schnell erledigt ist. Lässt den Lieferschein unterschreiben, schüttelt Hände. Verabschiedet sich. Freundlich.

Locker schiebt er die Karre über das Linoleum. Bis er erneut vor der Tür steht. Wartet. Dann dreht er sich um. Wieder ein Blick. Ein Lächeln.

»Hallo«, sagt er.

»Hallo.«

»Verrätst du mir, wie du heißt?«

»Jannis.«

»Schön, dich kennenzulernen, Jannis«, meint er, lächelt erneut. »Was liest du denn da?« Er deutet auf ein Buch auf dem Schränkchen neben dem Pflegebett.

Die schmale Hand des Jungen greift nach dem schweren Einband. Er schaut kurz darauf, dreht es dann zu ihm herum. Harry Potter steht in verschnörkelten Buchstaben auf dem Cover.

»Du magst Zauberer?«, fragt er.

Der Junge nickt und lächelt schüchtern. Dann flüstert er: »Du auch?«

»Ich auch«, erwidert er und zwinkert dem Jungen zu. »Ich muss jetzt los. Bis bald, Jannis.« Er hebt eine Hand, winkt kurz, und dann ist er verschwunden.

Draußen lädt er die Karre in den Sprinter. Als er die schweren Türen zuschlägt, fällt ihm der Name der Ente wieder ein. Alfred Jodocus Kwak. Zurück auf dem Fahrersitz, pfeift er sein Lied.

23

Winter wälzt sich im Bett von einer Seite auf die andere. In seinem Kopf wütet eine Abrissbirne, seine Zunge liegt trocken im Mund. Wann hat er das letzte Mal so viel getrunken? Aber das frisch gezapfte irische Bier, die karamellrote Farbe, die Musik. *Turn the Page.* Die Cover-Version von Metallica. Umblättern. Nadja.

Überrascht hatten er und Althoff eingewilligt, noch einen Moment zu bleiben, da Frau Bergendahl mit ihnen sprechen wolle. »Wir haben uns vorgenommen, dass wir, nach einem gelungenen Auftritt, zwei Gäste bitten, mit uns noch etwas trinken zu gehen«, hatte sie gesagt. »Wollen Sie beide diesen Job für heute übernehmen?« Ihr Partner hatte sie verdutzt angeschaut.

Althoff hatte schnell zugestimmt und das *Grammophon* als Kneipenziel erklärt, noch bevor Simon Winter überhaupt reagieren konnte. Und so saßen sie wenig später um einen der Tische und verstanden sich auf Anhieb blendend. Tranken. Sprachen über den Salomo-Fall, über den True-Crime-Podcast. Darüber, dass Helge Rennen, ein studierter Journalist, die Idee gehabt, eine Kriminalpsychologin als Partnerin dafür gesucht und in Nadja Bergendahl gefunden hatte. Mittlerweile zählte ihr Podcast mehr als dreißigtausend Abonnenten.

Nadja hatte Simon gestanden, dass sie sich ihn nach seinem Beitrag gemerkt habe und wissen wollte, wer sich mit dem Fall auskenne und ob er vielleicht Polizist sei. Wobei ihr das eigentlich direkt klar gewesen war. Auf seine neugierige Rückfrage, warum, hatte sie nur gelächelt.

Winter braucht jetzt was zu trinken, also schiebt er die Decke beiseite und steht auf. Langsam trottet er in sein Wohnzimmer. Eine breite Glastür führt auf die angrenzende Terrasse, die im Dunkel liegt. Die Uhr verrät ihm, dass es halb vier in der Nacht ist. Um diese Zeit brennen in dem kleinen Vorort von Nümbrecht nicht alle Straßenlaternen und eine dichte Wolkendecke verdeckt Mond und Sterne.

Simon Winter bewohnt das Haus seit knapp einem Jahr, es ist eindeutig zu groß für eine Person, doch die Immobilienpreise hier auf dem Land liegen weit unter denen der Stadt. In Köln hatte er für eine halb so große Wohnung deutlich mehr zahlen müssen.

Bei seiner Suche nach einem Quartier hatte ihn die Maklerin gefragt, wer denn mit ihm hier einziehe. *Marina! Wo bist du?* Schnell schiebt er den Gedanken beiseite.

Auf dem Wohnzimmertisch steht eine Flasche Sprudel. Er dreht den Deckel ab und setzt an. Er nimmt gierig drei, vier Schlucke, als plötzlich einer der Strahler an der Seite des Hauses aufflammt. *Bestimmt ein Tier.* Das passiert hier häufiger, am Waldrand, wo sich Fuchs und Hase Gute Nacht sagen.

Winter kraust die Stirn, leckt sich kurz über die Lippen und tritt mit der Flasche in der Hand an die große Scheibe. Angestrengt versucht er, etwas zu erkennen. Es ist ihm schon häufiger passiert, dass er nachts ins Wohnzimmer gekommen ist und Rehe auf seinem Rasen grasten.

Er schirmt mit der rechten Hand die Augen ab und legt die Handkante an das Glas, doch das Licht an der Seite ist wieder erloschen. Einzig die schemenhaften Äste des alten Kirschbaumes sind noch zu sehen.

Als er sich abwendet, leuchten die beiden Lichter der Terrasse auf. Die seitlich angebrachten Lampen scheinen nach oben und unten, die Energiesparbirnen benötigen etwas Zeit, um die Fliesen zu erhellen.

Winter erkennt nichts. Kein Reh. Keinen Fuchs. Er führt die Flasche erneut langsam in Richtung Mund. Hält inne.

Was zur Hölle …

Am Rand der Terrassensteine, auf der Kante zum Rasen, nimmt er einen Schatten wahr. Ohne nachzudenken, greift Winter nach dem Hebel der Tür, drückt ihn zur Seite und schiebt die schwere Glastür auf. Die kühle Nachtluft erfasst seine Beine, mit nackten Füßen und nur in Boxershorts und T-Shirt bekleidet, tritt er auf die Terrasse.

Er kneift die Augen zusammen, während die Silhouette, die er glaubt erkannt zu haben, sich langsam deutlicher von dem schwarzen Waldrand abhebt. Gänsehaut breitet sich auf seinem Körper aus.

»Mari…?«, ruft er und der Name erstirbt, bevor er ihn wirklich aussprechen kann. Er räuspert sich verlegen. »Hallo? Wer ist da? Was wollen Sie?«

Winter macht einen schnellen Schritt weiter nach draußen in den halbdunklen Garten, spürt den feuchtkühlen Boden unter seinen Füßen.

»Herr Win… Kommissar Winter?«, stammelt jemand mit brüchiger Stimme.

Winter setzt einen weiteren Schritt, stellt dabei die Wasserflasche auf dem schweren Gartentisch zu seiner Rechten ab.

»Ich musste ein … ich wollte … ich musste Sie einfach noch einmal sprechen.«

Jetzt erkennt Winter die Stimme. Er geht ihr einen weiteren Schritt entgegen, in dem Moment, in dem die Lichter endlich ihre volle Kraft entfalten und sie zitternd vor ihm steht.

»Ich will, dass Sie wissen …«

»Frau Lessing? Was machen Sie denn hier?«, unterbricht er sie. »Sind Sie … Wo ist Ihr Mann?« Winter schaut sich um, kann aber niemanden entdecken.

»Ich war nicht ganz ehrlich zu Ihnen, was Lilli betrifft«, beginnt sie. Ihre Worte klingen verbittert. *Die Fotos.*

»Frau Lessing, bitte beruhigen Sie sich.« Er hebt beschwichtigend die Hände.

Katharina Lessing tritt einen Schritt zurück, schüttelt wild den Kopf. Sie trägt nur ein dünnes Shirt, keine Jacke. Die Oktobernacht ist bitterkalt.

»Bitte … vielleicht kommen Sie erst einmal herein?«, ermuntert er sie zögerlich.

»Sie verstehen es nicht!«, schreit sie ihm jetzt entgegen. »Lilli, sie … die Krankheit!« Fahrig fährt sie sich durch die Haare. »Sie hatte solche Schmerzen. Hatte solche Angst. Aber Frank und ich … also wir, wir konnten nicht, verstehen Sie? Wir haben sie doch geliebt! Wir wollten doch nur …«

Mitten im Satz wendet sie sich ab und verschwindet in der Dunkelheit.

24

Das Zimmer ist gemütlich. Klein, aber es reicht vollkommen aus. Sie spürt diese angenehme Schwere, schließt die Augen.

Der Auftritt war ein voller Erfolg. Stehende Ovationen. Und erst der restliche Abend …

»Lass uns das feiern!«, hatte sie zu Helge gesagt. »Wir suchen uns zwei Zuschauer aus dem Publikum und gehen aus. Das haben wir uns verdient.«

Sie hatte von Anfang an gewusst, wen sie fragen wollte, weil sie den ganzen Abend immer wieder in diese Reihe gelinst hatte. *Reihe 6, Dritter von links.*

Simon Winter. Kommissar. Sie gluckst kurz auf.

Das *Grammophon.* Ein uriger Laden, Unmengen an Erdnussschalen knisterten unter ihren Sohlen, als sie sich den Weg zu einem kleinen Tisch unweit der Küche bahnten. Eng aneinandergedrängt saßen sie um das Tischchen, die frisch gezapften rotbraunen irischen Biere vor sich, und vergaßen die Zeit. Simon wirkte verhalten, sie bemerkte schnell, wie er, immer wenn er lächelte, den Blick senkte. Als gönne er sich den Spaß nicht. Althoff dagegen war ein Zotenreißer, haute eine Geschichte nach der anderen raus und Helge lachte an den passenden Stellen.

Irgendwann hatte sich das Gespräch entzweit, Helge und Althoff plauderten über die vorgestellten Fälle des Abends und sie wollte mehr über Simon selbst erfahren. Sie spürte eine Art Grenze, eine Linie, die er stillschweigend zog und damit klar zu verstehen gab, dass er alles, was dahinter lag, nicht preisgeben würde.

Also versuchte sie es über die Arbeit. Den Salomo-Fall.

»Du kennst die Einzelheiten, oder?«

Winter nickte bedächtig. »Ja, tatsächlich. Ich war, bevor ich nach Gummersbach gekommen bin, in Köln. Der Fall hat damals hohe Wellen geschlagen und wir waren alle erleichtert, als der Täter ermittelt wurde.« Er griff nach seinem Bier, trank einen Schluck.

»Kein Elternteil würde je zugeben, dass es eines seiner Kinder mehr mag als das andere. Dabei liegt es in der Natur des Menschen. Hast du Geschwister?«

»Nein, ich bin Einzelkind. Meine Eltern mussten sich mit dem begnügen, was sie hatten.«

»Och, es hätte bestimmt schlimmer kommen können, oder?«

Wieder ein Lächeln, wieder das Senken des Blicks.

»Und du? Warum True Crime?«

»Als ich angefangen habe zu studieren, haben mich diese Menschen, die Verbrechen begehen, von Beginn an fasziniert. Gar nicht mal die Tat oder das Verbrechen selbst, sondern vor allem, wie sie sich und ihre Taten bewerten und vor sich selbst rechtfertigen.«

»Aber du machst noch etwas anderes? Nicht nur diesen Podcast, oder?«, hatte er etwas unbeholfen gefragt und sie ihm locker den Ellbogen in die Seite gedrückt.

»Ich habe Kriminalpsychologie studiert und arbeite hauptberuflich an der Uni. Da gebe ich das Handwerkszeug weiter. Ich habe aber schnell gemerkt, dass mir die Praxis fehlt. Klar, hier und da bittet mich die Polizei um Hilfe, aber die Auseinandersetzung mit dem Eigentlichen, die habe ich vermisst. Der Podcast wirft noch nicht so viel ab, aber das wird und zudem bringt er Applaus, also die Liveauftritte. In der Uni sind die Reaktionen eher nicht so emotional.«

»Wann wenden sich die Kollegen genau an dich?«

»Vor allem dann, wenn es darum geht, ein Profil zu erstellen. Also immer dann, wenn es zwischen Täter und Opfer keine erkennbare persönliche Beziehung gibt. Dann versuche ich aus der Tat selbst Hinweise auf den Täter zu entwickeln. Wie er tickt, was ihn antreibt. Und ob er es wieder tun wird.«

»Und das machst du wohl ziemlich gut, oder?«, hatte Winter gefragt und zum ersten Mal nicht den Blick gesenkt, was dazu geführt hatte, dass sie seinem ausgewichen war. Schnell griff sie nach ihrem Glas und grinste.

»Ja, in den letzten Jahren wurde ich häufiger als Profilerin angefragt. Und so konnte ich dabei helfen, einige Täter zu überführen.«

»Wenn es einen Täter gibt«, murmelte er.

»Jetzt bin ich neugierig. Woran arbeitest du gerade?«

25

Winter gibt auf. Seine tauben Füße schmerzen. Ihm ist kalt, minutenlang ist er in der Dunkelheit ziellos umhergerannt und hat ihren Namen in die Nacht gerufen. Und bevor irgendeiner der Nachbarn ihn nur in Unterwäsche bekleidet durch die Vorgärten huschen sieht, kehrt er in seine Wohnung zurück und schließt die Terrassentür.

Völlig durchgefroren stellt er sich kurz unter die Dusche, um sich aufzuwärmen. Auf einen Schlag ist er stocknüchtern. Hastig zieht er neue Kleidung an, springt in den Wagen und macht sich auf den Weg. Genervt sucht er mit zitternden Fingern die richtigen Buchstaben, um die Adresse in das Navigationsgerät seines Wagens einzugeben, während die Scheinwerfer über den Asphalt gleiten.

Zwischen den Bäumen glänzen die Lichter der mitten im angrenzenden Wald liegenden Mühle und Winter hat Mühe, sich auf die Strecke zu konzentrieren. Immer wieder muss er an den Auftritt von Katharina Lessing denken. Was wollte sie ihm sagen? Vor wenigen Stunden stand der unausgesprochene Vorwurf, dass sie, die Eltern, etwas mit dem Tod ihrer Tochter zu tun haben, noch in seinem Büro im Raum. Doch hat sie niemand im Hospiz gesehen, auch sie hätten sich anmelden müssen. Oder hatten sie sich unerlaubt Zutritt zum Sonnenhaus verschafft? Er muss kurz an Nadja denken, an ihre Worte, dass man sie hinzuzieht, wenn es keine offensichtliche Beziehung zwischen Täter und Opfer gibt. Und jetzt? Bei Lilli? Winter schüttelt den Kopf.

Inständig hofft er, dass sie mit dem Auto unterwegs ist und nicht durch die oberbergischen Wälder irrt. Die Angst in ihren Augen, aber auch diese Entschlossenheit lassen ihn nicht mehr los. Eine weitere Nische entsteht, in die sich die Ahnung ausdehnt, dass etwas an dem Tod von Lilli Lessing nicht stimmt. Vielleicht haben die Lessings doch ein grauenvolles Geheimnis. Zitternd dreht er die Heizung höher. Nur kurz streift sein Blick das Handschuhfach. *Geheimnis.*

Dort lebt seins. Weggesperrt. Aus den Augen und doch niemals aus dem Sinn. Er meint, es hören zu können, wie es sich darin die Seele aus dem Leibe zu schreien scheint.

Während vereinzelt Rehe im Lichtkegel der Scheinwerfer zwischen den Bäumen verschwinden, wandern seine Gedanken zu dieser einen Akte. Zu seiner eigenen, die prall gefüllt ist mit Indizien. Keine Beweise. Nur Hinweise, Zeichen, Insignien, die Andeutungen und Interpretationsspielraum bieten. Aber eben keine Beweise. Indizien verharren als erste Schritte, Beweise entwickeln sich zu Meilensteinen.

Trotz der notwendigen Konzentration auf die Straße sucht er seinen Erinnerungsraum auf, stöbert in der Hängemappe, wirft einen imaginären Blick auf die abgespeicherten Fotos. Die Tulpen. Die Küche. Alles zu sauber. Das kleine Stück Thermopapier. Das gelbe Post-it. Das Herz. Dieses Bild ist immer das Erste. Und das Letzte. Dazwischen Orte, Personen, Notizen und die Erkenntnis, dass er sie nicht finden kann. Nicht soll.

Mit dem Handballen schlägt er auf sein Lenkrad. Schließt die Mappe in seinem Kopf. Beschleunigt. Denkt sich in das Wohnzimmer der Lessings zurück. Steht vor den Fotos an der Wand über dem Sofa. Er will das Bild halten, es einfrieren, lenkt seine Aufmerksamkeit auf die Rahmen. Ein typisches Familienfoto. Frank und Katharina Lessing, lächelnd, Lilli in der Mitte. Das Foto wirkt gestellt, was aber mehr an der Talentfreiheit des Fotografen liegt.

Winter versucht sich zu konzentrieren, lenkt den Wagen über die kurvige Strecke. In der Dunkelheit, mitten in der Nacht, kommt ihm kein einziges Fahrzeug entgegen.

Da ist noch jemand auf den Fotos. Wie ein Schatten liegt er über jedem Bild. *Der Tod.* Er sieht die Arme der Eltern, wie sie Lilli umschließen. Sie festhalten. Für wen war der Schmerz am Ende zu groß?

Das Scheinwerferlicht gleitet über Buchsbäume, einen niedrigen Zaun und ein offenes Garagentor. Er schreckt aus seinen Gedanken auf. Wie ferngesteuert hat er den Wagen durch die Wohnsiedlung gesteuert. Winter sieht, dass nahezu in allen Fenstern Licht leuchtet. Kurzerhand parkt er seinen Wagen auf dem Seitenstreifen, steigt aus und klingelt an der Tür. Nur Sekunden später reißt Frank Lessing in Bademantel und Pantoffeln die Türe auf.

»Wo …«, beginnt er atemlos, bricht dann erschrocken ab und schaut Winter verwundert an. »Herr Winter? Oh, mein Gott! Ist sie …«

»Nein, bitte!«, beruhigt Winter ihn sofort. »Herr Lessing, Ihre Frau. Sie war bei mir. Und sie wollte mir etwas Wichtiges sagen. So wichtig, dass sie mitten in der Nacht zu mir gekommen ist. Aber dann ist sie Hals über Kopf wieder verschwunden.«

»Katharina«, flüstert Lessing. »Sie hat heute so viel geweint, immer wieder von Lilli angefangen und gemeint, dass wir einen Fehler begangen hätten.« Während er spricht, sackt Frank Lessing in sich zusammen, wird kleiner und kleiner.

»Was hat sie damit gemeint?«

»Ich …« Hilflos blickt Frank Lessing sich um, stützt sich am Türrahmen ab. Winter merkt, dass er kurz vor dem Zusammenbruch steht. »Haben Sie versucht, Ihre Frau zu erreichen?«, fragt er mit Blick auf das Smartphone in der anderen Hand des Mannes.

»Ja, aber sie geht nicht dran«, antwortet er, starrt auf das Gerät und schüttelt den Kopf.

Plötzlich tauchen Scheinwerfer die beiden in helles Licht.

»Da ist sie …« Lessing stürzt in Richtung Einfahrt, reißt, noch bevor der Wagen richtig steht, die Autotür auf und schließt seine völlig aufgelöste Ehefrau in die Arme. »Oh mein Gott, da bist du wieder … ich habe mir solche Sorgen gemacht! Was ist denn los, verdammt?«, platzt es aus ihm heraus.

»Ich wollte … musste«, murmelt sie nur.

Winter überlegt, einen Arzt zu verständigen, Katharina Lessing scheint in einer Art Schockzustand gefangen zu sein. Er tritt an die beiden heran und führt sie in ihr Wohnzimmer. Frank Lessing begleitet seine Frau zur Couch, zieht ihr die Schuhe aus und wickelt sie in eine Decke ein.

»Du bist ja halb erfroren. Ich mache dir jetzt erst einmal einen Tee.«

Als er das Wohnzimmer in Richtung Küche verlässt, setzt sich Winter ihr gegenüber und betrachtet sie aufmerksam. Sie wirkt, als sei sie in den letzten Stunden um Jahre gealtert.

»Frau Lessing, wissen Sie, was heute Nacht passiert ist?«

»Ich war bei Ihnen, Herr Winter«, antwortet sie monoton.

»Ja, aber warum? Warum wollten Sie mich sprechen?«

Katharina Lessing räuspert sich kurz, schlingt die Decke enger um sich und schaut Winter an.

»Haben Sie Kinder?«

Winter senkt kurz den Kopf. *Thermopapier und Tulpen.* »Nein«, antwortet er schmallippig.

»Eine Mutter fühlt mehr, spürt mehr, als Außenstehende sich vorstellen können. Mutterliebe.« Ein schüchternes Lächeln schleicht sich auf ihr Gesicht. »Ich habe sie so sehr geliebt. Vielleicht zu sehr, verstehen Sie das?« Sie fährt sich mit der Hand durch ihre Haare. »Lilli hat sehr gelitten. Vor allem in letzter Zeit. Sie hat mich gefragt, ob …«

Winter seufzt. »Frau Lessing, das eigene Kind zu lieben ist kein Verbrechen.« Er versteht sie. Mehr, als er zugeben kann.

Tränen steigen in ihre Augen. Frank Lessing kehrt mit einem dampfenden Becher zurück in das Wohnzimmer.

»So, mein Schatz, hier ist der Tee.« Lessing setzt sich neben seine Frau auf die Couch und reicht ihr den Becher. »Vorsicht! Heiß.«

Katharina Lessing umschließt ihn mit den Fingern, nippt an dem Getränk und stellt es vor sich auf dem Tisch ab.

»Herr Winter hat erzählt, du seist bei ihm gewesen? Warum? Was wolltest du von ihm?«, fragt Frank Lessing plötzlich.

Und auf einmal wirkt seine Frau gefasst und klar. Die Kurzschlussreaktion, oder was auch immer sie dazu bewogen hat, zu Winter zu fahren, scheint einer rationalen Einsicht gewichen zu sein.

»Schatz, ich musste es Herrn Winter sagen.«

»Aber wir hatten doch …«

»Bitte!«, unterbricht sie ihn bestimmt. »Wir haben darüber gesprochen, ja, aber wir waren nicht ehrlich zu uns. Wir haben das alles nicht für Lilli getan, sondern nur für uns.« Ihr Blick wandert zwischen dem Kommissar und ihrem Mann hin und her. »Lilli wollte sterben. Das hat sie uns beiden gesagt. Immer wieder.«

»Aber …« Frank Lessing beißt sich auf die Lippen, schüttelt den Kopf.

»Schatz, wir haben Lilli so sehr geliebt. Waren blind für das, was sie sich gewünscht hat. Wir haben nur an uns gedacht, verdammt! Sie hatte solche Schmerzen! Wir hätten ihr zuhören müssen!«

»Und dann?«

»Wir hätten sie damit nicht alleinlassen dürfen«, flüstert Katharina Lessing.

Winter nickt, spürt, wie er ruhiger wird. Sie waren es nicht. Sie haben Lilli nicht getötet. Die Puzzleteile fügen sich zusammen. Die Familienfotos haben ihn verwirrt, er hat darin etwas gesehen, aber erst jetzt versteht er, was sie ihm mitteilen wollten. Lillis Eltern haben ihre Tochter so sehr geliebt, einfach alles dafür getan, dass Lilli lebt. Sie haben verzweifelt an ihr festgehalten. Auch dann noch, als Lilli schon lange nicht mehr festgehalten werden wollte.

»Vielen Dank für Ihre Ehrlichkeit. Und glauben Sie mir, Sie

brauchen kein schlechtes Gewissen zu haben. Ein schwerer Tag liegt vor Ihnen. Dafür wünsche ich Ihnen viel Kraft.« Heute ist Lillis Beerdigung. Winter steht auf und verlässt das Haus der Lessings. Das war es dann. Als er hinter sich die Wagentür zuschlägt, bricht es aus ihm heraus. Er lacht. Katharina Lessings Bekenntnis ist der Sargnagel seiner Ermittlung. Selbstmord. Aus. Wenn er Kurzow und Heiderscheidt davon erzählt, ist es vorbei. Das weiß er. Und deswegen beschließt er, dass das Gespräch nicht stattgefunden hat. Zumindest nicht heute Nacht.

26

Seine Lippen beben leicht, während er die Worte über die Angst liest und die Unruhe, die sie verbreitet. Lindgrens Worte. Wie für ihn geschrieben. Zeilen, die eigentlich aus dem Buch verschwunden sein müssten, so oft hat er sie verschlungen, aufgesogen.

Weil sie passen. Jedes einzelne Wort. Er liegt wach und liest. Die eine oder andere ihm wichtige Passage trägt er laut vor, um seine Anspannung zu vertreiben. Doch es gelingt ihm nicht, weil seine Gedanken immer zu ihm zurückkehren. Zu dem Jungen. Der Blick. Seine Augen. Die Zeichen. Sosehr er sich auch zwingt, sich auf die Buchstaben des Textes zu konzentrieren, entkommen sie ihm immer wieder.

Diese seltsame Unruhe spürt er genau dann, wenn ihm klar wird, dass er ihn gefunden hat. Einen weiteren kleinen Engel. Er schlägt das Buch zu, sein Blick fällt auf den abgegriffenen Einband, den Blondschopf und seinen Bruder, hoch zu Pferde.

Die Brüder Löwenherz begegnen auf ihrer Reise Katla, einem Drachen, dessen Feueratem einst fast alles vernichtete. Und er weiß, dass es Katlas auch in seiner Welt gibt, in anderer Gestalt, aber dafür hundertfach. Er kennt sie, weiß, was sie tun. Sie versperren den Weg, den Weg zu den Engeln. Es liegt an ihm, diese Ungeheuer an die Kette zu legen. Doch vorher gilt es, das Horn zu finden, das er dafür braucht. Für diesen finalen Akt, der allen Katlas dieser Welt zeigen soll, dass sie nicht das Recht haben, über Leben und Tod zu bestimmen.

Da draußen warten sie auf ihn, viele Seelen, die in Katlas Höhle ihr schreckliches Dasein fristen und die er da rausholen wird, zu deren Rettung er sich verpflichtet sieht. So wie Jonathan Orwar aus der Höhle befreit.

Jannis erinnert ihn an Sascha. Und genau das gibt ihm ein Gefühl von Sicherheit, von Zutrauen in das, was er tut.

Sascha. So schüchtern ist er gewesen. Aber witzig.

Er war ihm im Fahrstuhl begegnet, in seinem Rollstuhl sitzend. Der Blondschopf hatte ein Buch auf seinen Beinen liegen, wie der Zufall es wollte eines von Astrid Lindgren. *Mio, mein Mio.* Auch sechs Jahre danach erinnert er sich genau, wie es ihn packte, wie er begriff.

»Worum geht es in dem Buch?«, hatte er ihn gefragt und Sascha erzählte ihm von dem armen Waisenkind, das mithilfe eines Geists in das Land der Ferne aufbricht und dort die Menschen vom bösen Ritter Kato befreit.

Die Geschichte gefiel ihm. Obwohl er selbst nur das eine Buch von Astrid Lindgren besaß, war ihm sofort bewusst, dass es sich um Bestimmung handelte. So war er wieder gekommen. Und wieder. Und wieder.

Manchmal lieferte er etwas, ab und zu schaute er auf dem Rückweg einer Tour bei ihm vorbei. Erkundigte sich immer bei der Leitung des Hauses, ob weiterhin alles zu ihrer Zufriedenheit sei. Service eben. Unauffällig, nicht aufdringlich, aber nett. Dabei kundschaftete er die Umgebung aus, bis er die Informationen hatte, die er brauchte.

Sascha litt an einer unheilbaren Stoffwechselerkrankung, die zu einem multiplen Organversagen führen würde. Jedes Mal, wenn er den Jungen zu Gesicht bekam, hatte sich sein Gesundheitszustand weiter verschlechtert. Der Gewichtsverlust, die vermehrte Blässe, die Ringe unter den Augen. Jeder Besuch wirkte wie eine Aufforderung, um Sascha endlich in das Land der Ferne mitzunehmen. Nachts plagte ihn die Angst, dass er zu spät kommen könnte. Er wollte sein Geist werden. Und die, die wirklich auf ihn aufpassen sollten, sie waren der böse Ritter Kato.

In den kurzen Gesprächen mit Sascha, insbesondere über *Mio, mein Mio,* hatte er die Aufgeregtheit in dessen Stimme bemerkt, wenn er von dem Flug ins Land der Ferne sprach. Die großen Augen, die die ausschweifende Erzählung begleiteten, die Sehnsucht nach dem Ausbruch. Wie bei Lilli. Er lächelt zufrieden. Es tut gut.

Er legt sich auf sein Bett, schließt die Augen und denkt sich zurück in die Nacht vor sechs Jahren.

Sternenklar. Am tintenschwarzen Himmel glänzten sie, neben einer nur schmalen Mondsichel.

Er drang durch ein Fenster der Wäscherei des Hauses Balthasar ein. In Schwarz gekleidet, schlich er durch die Gänge in den dritten Stock zu Saschas Zimmer. Der Junge schlief, röchelte dabei dumpf. Er nutzt Liquid Ecstasy. Bestellt es im Internet. Dort, wo man alle relevanten Informationen erhält, wie viel benötigt wird, woher man es bekommt. Die K.-o.-Tropfen sind nur schwer nachweisbar. Die Menge, die er nutzt, verbleibt maximal acht Stunden im Körper.

Er hob ihn an. Wie Lilli. Ebenso leicht. Nur Haut, Knochen. So sind Engel eben. Sie sehnen sich nach dem Himmel. Er ließ den Jungen aus den behandschuhten Händen in das Dunkel gleiten, auf seinen Flug in das Land der Ferne.

Er vernahm keinen Aufprall, keinen wirklichen Schlag. Das Geräusch, als Saschas Körper auf dem Asphalt des Hofes aufschlug, wich der Stille, die unverzüglich ihre Kuppel über das Anwesen stülpte.

Nur kurz schaute er ihm nach, schlich dann zurück. Im Dunkel des Zimmers wartete er, horchte, ob jemand auf dem Flur etwas bemerkt hatte. Öffnete leise die Tür einen Spalt breit, um denselben Weg in die Wäscherei zu nehmen, den er gekommen war. Voller Adrenalin musste er sich beherrschen. Leise sein. Ganz leise. Doch alles blieb still, alle schliefen und so kletterte er durch das Fenster zurück nach draußen.

Und da lag er. Nur ein Schatten. Endlich befreit. Als er sich kurz neben Sascha kniete, stiegen Tränen in seine Augen. Keine der Trauer, vielmehr der Rührung.

»Willkommen im Land der Ferne, Sascha«, hatte er noch geflüstert, bevor er sich ungesehen von dem Gelände fortstahl, um zu seinem drei Straßen entfernt geparkten Auto zu eilen. Einfach. Einfach so. Nicht wie bei Lilli. Diese blöden Lichter. Er verdrängt den Gedanken, dass er dieses Detail übersehen hatte. Dass der ganze Plan fast an einem lächerlichen Bewegungsmelder gescheitert wäre.

Da er vorher immer nur im Hellen vor Ort gewesen war, hatten ihn die Lichter in der Nacht fast verraten. Er war sich zu sicher gewesen, hatte nicht alle Details bedacht. Aber daran will er jetzt nicht denken. Viel lieber will er wieder zurück zu Jannis. Sich an ihn erinnern. Wie er dasitzt. Auf seinem Bett. Und ihn erwartungsvoll ansieht.

»Hallo.«

27

Die Schritte hallen unnatürlich laut. So laut, dass sie in seinen Ohren dröhnen. Sosehr er auch versucht, seine Füße vorsichtig auf den Fliesen aufzusetzen, durchbricht jedes Mal erneut der Schall die Stille, sobald die Sohle den Boden berührt. Er schluckt, fühlt sich seltsam, schwindelig. Der Boden scheint zu schwanken.

Vor ihm liegt die Küche. Er nestelt an dem obersten Knopf seines Hemdes, versucht, ihn zu öffnen. Er braucht Luft. Ihm ist heiß.

»Hey, Schatz. Ich bin zu Hause.« Sagt man das so? Hat er das so gesagt? Er weiß, dass er träumt. Wie oft ist er in all den Nächten seitdem hier gewesen. Hier in der Küche. In der alten Wohnung in Köln. Bei den Tulpen. Mit den kleinen Löchern unterhalb der Blüten. Damit sie aufgehen und stehen. Nicht umkippen. Er kann sie sehen, die Löcher. Die winzigen Öffnungen. Und das Stück Papier. Wie es an die Kristallvase gelehnt dort steht.

Als er durch die Türe den Raum betritt, weicht die Hitze der Kälte. Keine äußerliche. Sie kriecht klamm an seinen Knöcheln hoch, schiebt sich unter die Hosenbeine, an den Waden und Oberschenkeln entlang. Sein Hals ist trocken. Er will etwas sagen. Nach ihr fragen. »Marina?«

Aber das Wort bleibt stecken, irgendwo zwischen Zungenbein und Kehldeckel. Verhakt sich dort. Festgekantet.

Zitternd streckt er seine Finger nach dem Thermopapier aus. Löst das gelbe Post-it ab. Irritiert hält er es gegen das Licht. Das muss eine Täuschung sein. Das Bild pulsiert. Es ist sein Herz. Es schlägt, immer schneller werdend. Der kleine Brustkorb bewegt sich. Auf und ab. Treibend. Danach das ganze Bild. Es beginnt warm zu werden, er spürt die Hitze an Daumen und Zeigefinger, die es umschließen.

Dann erkennt er die Flamme, bläulich gelb verbeißt sie sich in dem Papier. Er will sie aufhalten, löschen, das Bild retten. Aber er kann die Hitze nicht aushalten. Muss es loslassen und sieht, wie es quälend langsam zu Boden sinkt, den Fliesen entgegen. Sich kräuselt und er meint, seine Schreie zu hören. »Papa! Papa!«

Dann steht sie vor ihm. Nah. Er spürt ihre Haut, die Wärme ihres Körpers, die die Kälte in seinem Inneren vertreibt.

Als er sprechen will, legt sie einen Finger auf ihre Lippen. Eine Träne rinnt aus ihrem linken Auge, über die Sommersprossen. Sie schüttelt den Kopf. Lächelt. Streichelt ihm über die Wange. Zärtlich. Aber er fühlt es nicht, sosehr er auch versucht, sein Gesicht an ihre Hand zu drücken. Da ist nichts.

»Lass los, Simon«, flüstert sie zaghaft.

Da sind so viele Worte. So viele Fragen. Die ihn quälen. Verfolgen. Aber keine davon ist greifbar. Sie schwirren durch den Raum. Flirren. Surren. Klingeln. Lauter. Das Geräusch dringt in seine Ohren. Unangenehm. Er stöhnt. Die Szenerie beginnt sich aufzulösen. Nervös will er sie festhalten, aber alles zerbröselt, und als er die Augen aufschlägt, hört er das Telefon.

Winter braucht einen Moment. Atmet durch. Dann schlägt er die Decke zurück, taumelt dem Wohnzimmer entgegen. Das Display des Apparates leuchtet auf. Schluckend greift er nach dem Hörer.

»Marina?«, fragt er heiser. Am anderen Ende bleibt es still. Aber er spürt, dass dort jemand ist. Er hält die Luft an. Hört nur ein leises Knistern. »Hallo?«, wispert er.

Dann knackt es in der Leitung. Tot. *Lass los, Simon.*

Zweiter Teil

GEWISSHEIT

28

Dieser Moment kurz vor dem Aufwachen. Diese Phase zwischen den Welten. Schlaf und Erwachen. Er liegt in einem Bett, spürt ein unnatürliches Gewicht auf seinem Brustkorb.

Dann hört er die Stimmen, die durcheinanderplappern und -flüstern. Verzweifelt dreht er seinen Kopf, um etwas zu erkennen. Niemand ist da. Im Halbdunkel lassen sich nur vereinzelt Schemen von Möbelstücken ausmachen.

Tausende Gedanken, tonnenschwer, pflügen durch seinen Kopf. *Wo bin ich? Was ist passiert? Warum bin ich hier?*

Die Stimmen verstummen plötzlich, nur ein leises Kichern bleibt. Er spürt, dass da etwas ist. Eine Präsenz. Im Raum. Auf dem Bett. Nah bei ihm auf der Kante. Sein Puls rast. Schweiß rinnt ihm die Stirn hinunter.

»Krümel Löwenherz, hast du Angst?«, wispert eine Kinderstimme.

Er kneift die Augen zusammen, strengt sich an, um jemanden zu sehen, spürt einen Lufthauch an seiner linken Hand, dann einen am rechten Fuß.

»Mutiger kleiner Krümel, willst du zu den Engeln?«

Eine andere Stimme. Er wirft hilflos seinen Kopf hin und her.

»Wir warten auf dich. Er wartet auf dich«, murmelt die erste Stimme, bevor die zweite den Satz wiederholt und weitere einstimmen. Wie ein beschwörender Kanon fallen die Worte ineinander. Ihre Intensität nimmt zu. Sie nähern sich. Kriechen an ihn heran. Unzählige Lippen, dicht vor seinen Ohren, die eindringlich dieselben Worte wiederholen.

»Wir warten auf dich. Er wartet auf dich. Wir warten auf dich. Er wartet auf dich.«

Dann erhebt sich sein Körper. Wie gelähmt schwebt er, unfähig sich zu rühren, in der Luft. Er bewegt sich langsam durch das Zimmer, die flüsternden Stimmen scheinen ihn antreiben zu wollen.

Dann fällt er. Immer tiefer, immer schneller. Hinab, hinab, hinab.

»Wir warten auf dich. Er wartet auf dich.«

Der Boden, er schnellt auf ihn zu, während er den Kopf dreht, die Feder in seiner rechten Hand erkennt. Er fragt sich, ob der Aufprall wehtun wird.

Dann schlägt er auf. Öffnet die Augen. Atmet schwer. Träume sind unbestechlich. *Zu den Engeln.* Wie gut es tut, aufzuwachen. Er weiß, was er zu tun hat. *Jannis.* Er hört sein Rufen.

29

Als die Sonne die Baumkronen am Horizont übersteigt, erste Strahlen durch die Lamellen des Rollladens sickern, schließt Simon Winter noch einmal die Augen. Er spürt das helle Licht warm auf seinem Gesicht. Ein neuer Tag. *Turn the Page.*

Er streckt die Glieder von sich, versucht, die Müdigkeit, den Albtraum der letzten Nacht abzustreifen, und richtet sich kurz danach auf.

Seine Lider flackern. Er ist so verdammt müde. Wie viele Stunden Schlaf hat er bekommen? Zu wenig. Deutlich zu wenig. Neben ihm liegt sein Laptop. *Du willst es immer noch nicht wahrhaben, oder?*

Er klappt ihn auf. Der Bildschirm fährt hoch, er loggt sich ein. Dann steuert Winter den Cursor auf das Browsericon. Die Suchmaske starrt ihn an, verlangt nach Wörtern, aber die fehlen.

Als er gestern über die Gründe von Suiziden Todkranker und die zunehmenden Fälle unter Jugendlichen recherchierte, fühlte er sich wie auf der Jagd nach dem Heiligen Gral. Als er das Büro verlassen hatte, war er sich sicher, dass ihm irgendetwas entgangen sein musste. Während des Auftritts von Nadja und Helge war es ihm fast gelungen, diese Unruhe zu verdrängen. Das Bier im *Grammophon* hatte seinen Teil dazu beigetragen. Und dann hatte Katharina Lessing plötzlich in seinem Garten gestanden. Lilli. Er schaut kurz auf die Uhr, prüft im Kalender die Zeit der Beerdigung.

»Winter, wissen Sie, an wen Sie mich erinnern? An Berti Vogts«, hatte sein Kölner Chef Strasser einmal zu ihm gesagt. »Wissen Sie, wie man den genannt hat? Welchen Spitznamen Vogts hatte?« Winter ist kein Fußballfan. Leidlich hat er in Köln lernen müssen, dass das Gemüt der Menschen eng an die Erfolge des FC geknüpft ist und damit leider zu oft leidet. »Terrier! Terrier hat man den genannt. Weil er so verbissen hinter seinen Gegenspielern her war, dass die nie zur Ruhe gekommen sind.«

Ruhe geben. Aufgeben. *Lass los, Simon. Niemals!*

Alle Zweifel, die gestern der Schlüssel, der Stuhl oder was auch immer verursacht haben, sollten spätestens jetzt der Gewissheit weichen, dass er falschgelegen hat. Und er sollte erleichtert sein. Die Eltern haben ihr eigenes Kind nicht getötet. Niemand hat Lilli getötet. *Selbstmord? Selbstmord!* Und wenn er heute ins Präsidium kommt, wird Kurzow ihn mit einem Lächeln empfangen. Mit diesem selbstsicheren Lächeln. Winter schließt die Augen. Er wird ihn auffordern, den Fall nun endlich abzuschließen. Doch Winter spürt, dass er das nicht kann. Nicht will.

Er richtet sich auf, zieht die Tastatur des Laptops zu sich heran und starrt auf die Buchstaben. Ohne wirkliches Ziel tippt er den Ausdruck *Kinderhospiz* in die Suchleiste und betätigte die Enter-Taste. Unterhalb einer kleinen Karte bieten sich ihm zahlreiche Links zu den verschiedenen Einrichtungen in ganz Deutschland. Willkürlich wählt er einige aus, klickt sich kreuz und quer durch die Seiten, überfliegt ein paar der Texte und Bilder und klappt letztendlich den Bildschirm zu, ohne schlauer zu sein.

Nachdem er zwei Toast mit Leitungswasser hinuntergespült hat, macht er sich auf den Weg ins Präsidium. Vor ihm liegt der Tag, an dem er den Fall Lilli Lessing abzuschließen hat. Einen Fall, den es nie gegeben hat. Den er sich herbeiinterpretiert hat.

In seinem Kopf hört er Kurzow schon tönen, dass Indizien nur ein Zeichen dafür sind, dass man entweder nicht gründlich genug ermittelt oder es eben nichts zu ermitteln gibt. Winter lächelt gequält. Er ist spät dran, steigt in sein Auto. Muss diesen Traum loswerden, abstreifen. Dafür braucht es Gitarren. Wut. Und vor allem keine Sonne. Es ist definitiv zu hell. Er startet den Wagen und wählt den Soundtrack für den Tag. *Fire from the Gods. Right Now.*

30

»Endlich.« Althoff steht vor ihm im Gang. Hält eine Hand ausgestreckt nach vorne, bedeutet Winter, anzuhalten. »Du siehst ja richtig scheiße aus«, platzt es aus ihm heraus. »Aber egal, bevor du in dein Büro gehst, muss ich dir etwas erzählen.« Erst jetzt fällt ihm auf, dass sein Kollege ungewöhnlich leise spricht. Er setzt ein fragendes Gesicht auf. Althoff deutet auf die Tür zu Winters Büro. »Da ist jemand drin.«

Winter verdreht die Augen. »Nicht Kurzow, oder? Macht der jetzt schon morgens Druck, oder was?«

Althoff schaut ihn amüsiert an. »Nein, nicht Kurzow.«

Winter ist erleichtert, dann neugierig. »Henning, was zum Teufel ist los? Wer ist da drin? Ich kann so einen Scheiß heute Morgen nicht gebrauchen, ich habe die halbe Nacht nicht geschlafen.« Althoff macht ihn verrückt und sein Kopf dröhnt. Gleichzeitig packt der ihn am Arm und zieht ihn in sein Büro, das fast gegenüberliegt. »Simon? Was ist passiert?«

»Nichts. Nichts ist passiert!« Winter macht ein betretenes Gesicht.

»Ich weiß ja, dass wir gestern gut einen getrunken haben, aber ich weiß auch, wann wir nach Hause sind, und jetzt erzählst du, dass du die halbe Nacht nicht geschlafen hast. Also, raus damit, was ist passiert?«

»Katharina Lessing war bei mir.«

»Die Mutter des Mädchens?«

Winter nickt. »Ja, Lillis Mutter.«

»Und was wollte sie?«

»Sie hat mir zu verstehen gegeben, dass Lilli tatsächlich nicht mehr leben wollte.«

»Und?«, fragt Althoff.

»Was, und? Damit ist die Sache klar. Lilli hat sich umgebracht.«

Althoff schüttelt den Kopf. »Simon! Dein Ernst, oder was? Ich meine, was ist mit deinem Gefühl?«

»Frag Kurzow mal, was der davon hält.«

»Jetzt lass Kurzow aus dem Spiel. Der Auftritt von Katharina Lessing hat dich also überzeugt und du siehst keinen Grund mehr, weiter zu ermitteln?«

»Ja, irgendwie schon«, murmelt Winter wenig überzeugend.

»Oh.« Jetzt ist es Althoff, der sich durch die Haare fährt. »Das ist natürlich jetzt total blöd.«

»Henning, du machst mich verrückt. Was ist hier los?«

»Na ja, sagen wir mal so, du hast gestern wohl ziemlich Eindruck hinterlassen.«

Winter schaut Althoff gequält an: »War's so schlimm? Habe ich irgendetwas Peinliches gesagt oder getan?«

»Nadja hat dich halt irgendwann gefragt, ob du an einem spannenden Fall arbeitest und dann hast du ihr von Lilli erzählt.«

»Ich habe was?«

»Na ja, das Bier? Nadja?«

»Was meinst du damit?«

»Du gefällst ihr eben. Und ich meinte zu erkennen, dass sie auch dir, also … jedenfalls sitzt sie gerade in deinem Büro.«

Winter verschlägt es die Sprache.

»Sie war bei Kurzow und hat angefragt, ob sie ein paar Tage hier hospitieren darf. Hat unseren Chef ganz schön um den Finger gewickelt und gesagt, sie wolle unbedingt zu dir. Das wiederum hat Kurzow zwar nicht so wirklich verstanden, aber er hofft wohl, dass du von ihrer Kompetenz profitierst.«

»Echt jetzt?«

Althoff nickt. »Sie hat mir eben alles erzählt. Er hat Heiderscheidt kontaktiert und sie fand, es sei eine großartige Idee, eine ausgebildete Kriminalpsychologin an Bord zu haben. Davon könnten wir in Gummersbach ja nur lernen.«

»Und jetzt soll sie ausgerechnet mit mir …?«

»Jawohl«, unterbricht Althoff ihn. »Ich denke mal, dass Kurzow und Heiderscheidt davon ausgehen, dass du den Fall Lilli, der ihrer Meinung nach ja gar keiner ist, so schneller abschließt.«

Winter verzieht das Gesicht. »Und jetzt sitzt sie in meinem Büro?«

Sein Kollege nickt verschmitzt.

»Wer hat sie denn da reingelassen?«

»Ich«, antwortet Althoff. »Dass du gerade heute Morgen so spät kommst, konnte ich ja nicht ahnen.«

»Und was macht sie da drin?«

»Keine Ahnung, die Webcam ist vor fünf Minuten ausgefallen.«

Winter grinst.

»Ich habe nicht alles mitbekommen, was ihr gestern besprochen habt, Simon, da ich mich ja um diesen Helge kümmern musste. Aber am Ende, da wart ihr euch wohl einig, dass Lilli Opfer eines Verbrechens geworden ist, und das hörte sich nach dem Beginn einer wunderbaren Freundschaft an.«

»Nicht gerade professionell, oder?«

Althoff winkt ab. »Ja, ihr hattet beide einige Kilkenny zu viel in der Birne. Könnte also sein, dass sie sich an die Details nicht erinnert. Aber jetzt ist sie da. Ich meine, klar, du kannst die Sache ja auch einfach abschließen, aber wo sie doch schon mal da ist.« Er macht eine bedeutungsschwangere Geste.

»Ich werde ihr einfach erzählen, was gestern Nacht passiert ist. Dann blamiere ich mich hier nicht weiter. Danke, Henning.«

Althoff legt ihm väterlich eine Hand auf die Schulter und Simon ist froh, dass er in ihm einen Kollegen gefunden hat, der auf einer ähnlichen Wellenlänge funkt. Und der ein Gefühl für Zwischentöne hat. Als er ihm seine Geschichte erzählt hat, saßen sie hier in diesem Büro.

Er tritt zurück auf den Flur, bleibt kurz vor der Tür seines eigenen Büros stehen. Stellt sich vor, wie sie dort drinnen sitzt. Lächelt. *Du gefällst ihr.* Dann öffnet er die Tür.

31

Helge steckt das Smartphone in seine Hosentasche und greift nach dem Latte, der vor ihm auf dem schmalen Tisch steht. Gummersbach. Wow. Nein, so hat er sich definitiv nicht den Auftakt ihrer kleinen Tour vorgestellt. Hier riecht alles nach Provinz. Die Stadt mag sich noch so viel Mühe geben, dieses Label abzustreifen, aber am Ende ist sie so interessant wie ihr ehemaliges Ruhmesblatt, dass mittlerweile nur noch zweitklassig spielt.

Während Nadja bei diesem Polizisten hockt und an einer Sache arbeitet, von der sie meint, dass es ihr nächster Fall sein könnte, sitzt er hier fest und wartet darauf, dass sie wieder zur Vernunft kommt. Sie hat ihm davon erzählt. Von dem toten Mädchen. Von der fixen Idee, das es jemanden gebe, der todkranke Kinder in Hospizen umbringt, und ist direkt in das Hirn des Täters eingestiegen. Sie schwärmte davon, wie sehr sie die Abonnentenzahlen steigern könnten, wenn sie selbst Teil des Falles werde.

Als dieser Winter seinen Verdacht in der Bierlaune, in der sie alle vergangenen Abend waren, äußerte und Nadja darauf ansprang wie der pawlowsche Hund, hatte er zum ersten Mal dieses Ziehen in der Magengegend festgestellt. Zuerst hatte er es ignoriert, aber je länger er jetzt hier sitzt und versucht, sich mit den Recherchen für die nächste Folge ihres True-Crime-Podcasts abzulenken, umso stärker kehrt es zurück. Er mag den Polizisten nicht.

Sieht er gut aus? Ja. Wirkt er vernünftig? Ja. Kleidet er sich besser? Vielleicht. Aber irgendwie ist er auch ein Waschlappen. Auf jeden Fall. Muss er sein. Der schleppt irgendetwas mit sich herum, wohl etwas in der Art, auf das Nadja anspringt. Leider.

Er starrt auf den Bildschirm seines iPads, liest noch einmal die letzten Zeilen, die er geschrieben hat, und schon spürt er das Ziehen wieder. Sie fehlt ihm. Ihre Begeisterung. Ihre Gespräche. Ihr Wissen. Als er vor knapp drei Jahren auf die Idee kam, diesen Podcast zu starten, und wusste, dass er als Journalist die Recherchewerkzeuge und das Wort beherrscht, war ihm schnell klar, dass ihm nur die psychologische Expertise fehlte. Dafür brauchte er jemanden. Am besten eine Frau. Wegen der Zielgruppe.

Nadja. Sie passt perfekt. Vom ersten Moment an. Und sie verstehen sich. Blind. Ja, er hat darüber nachgedacht, wie es wohl wäre, mit ihr ins Bett zu gehen. Und der Gedanke hat ihm gefallen. Gefällt ihm noch immer und doch hat er ihn zur Seite geschoben. Professionalität. Scheiße.

Vorsichtig legt er das iPad zur Seite, nippt an dem Getränk und hofft gleichzeitig darauf, dass Nadja und dieser Winter schnell wieder genug voneinander haben. Sie werden ja eh nicht ewig hierbleiben. Schon bald steht der nächste Auftritt an und das, was sie sich eigentlich für die Tage hier in Gummersbach vorgenommen haben, scheint Nadja vergessen zu haben. Also wendet er sich wieder den Recherchen zu. Doch schafft er es nicht, sich auf die Texte zu konzentrieren, schweift ab, muss an Nadja denken. An diesen Winter. An diesen vermeintlichen Fall.

Vielleicht ist an der Sache ja auch gar nichts dran. Klang ja alles sehr vage. Soll sie sich ihre Zeit nehmen, danach geht es mit ihnen weiter. Ein neuer Ort. Die gleiche Show. In der Zwischenzeit liegt es an ihm, an der Vorbereitung und Planung des restlichen Jahres zu feilen. Nadja wird ihm dabei wohl kaum helfen.

Oder er unterstützt die beiden einfach, dann geht es womöglich sogar schneller. Da gibt es doch so ein Sprichwort, dass man den Feinden so nah sein solle wie den Freunden. Kurz hebt Helge Rennen den Arm, um der Bedienung zu signalisieren, dass er bezahlen will. Oder besser noch, er wird ein paar Latte to go bestellen. Und dann auf zum Präsidium. Liegt ja direkt um die Ecke.

32

Sie steht vor der Wand, ihre Augen auf die Liste geheftet. Winter hat die Namen aller deutschen Kinderhospize an das Paneel geschrieben. Nicht untereinander, nicht alphabetisch, sondern wie sie auf der Deutschlandkarte verteilt sind. Das Hospiz in Wipperfürth, in dem Lilli gelebt hat, ist fett eingekreist.

»Willst du die alle abklappern?«, fragt Nadja, ohne ihn anzusehen. Sie trägt dunkle Jeans, ihre roten Haare offen, die Ärmel ihrer Bluse hochgekrempelt, bereit sofort anzupacken.

»Damit habe ich gestern Nachmittag angefangen. Hat aber nicht wirklich viel gebracht. Die meisten, die ich dran hatte, haben sich auf das Patientengeheimnis berufen. Ich wollte auch keine Panik verbreiten, also habe ich mich mit den Informationen, warum ich anrufe, auch zurückgehalten.«

»Gibt es da keinen anderen Weg?«

»Leider nicht. Jedes Bundesland hat sein eigenes VBS und …« Bevor er weitersprechen kann, zieht sie die Kappe des Stifts ab und dreht sich zu ihm um. Keine Anzeichen einer langen Nacht. Winter spürt Röte in sein Gesicht steigen, schämt sich für die dunklen Ringe, die er heute Morgen deutlich im Spiegel erkannt hat.

»Harte Nacht?«, fragt sie ihn.

»Ja, definitiv.« Er atmet hörbar aus. Sie steht da und blickt ihn fragend an. »Lillis Mutter war bei mir.«

»Heute Nacht?«

»Ja.« Er trottet hinter seinen Schreibtisch und lässt sich auf den Bürostuhl sinken. Die Müdigkeit scheint ihn zu lähmen, sein Kopf dröhnt noch immer und zeitgleich flackern Bilder des Albtraums auf. Als er sich durchs Gesicht streicht, wie um sie wegzuwischen, merkt er, dass er sich nicht rasiert hat. *Du gefällst ihr.* Irgendetwas in ihm will das zulassen, aber da gibt es diese Mauern in seinem Innern, die keinen reinlassen wollen. Keinen reinlassen dürfen.

»Und was wollte sie? Nun lass dir nicht alles aus der Nase ziehen!«, drängt Nadja.

»Sie stand in meinem Garten, und so schnell sie da war, ist sie auch wieder verschwunden. Ich bin dann zu den Lessings nach Hause gefahren, dort ist sie auch aufgetaucht. Sie haben mir erzählt, dass Lilli sich tatsächlich gewünscht hat, zu sterben. Doch ...« Er presst die Lippen aufeinander, schiebt sinnlos ein Papier nach links.

»Sie wollten sie nicht verlieren«, beendet Nadja den Satz. »Verständlich. Niemand will sein Kind verlieren. Ich denke, die Hoffnung auf ein Wunder, auf irgendetwas gibt man so leicht nicht auf. Und, ich meine, ja, ihren Wunsch kann ich absolut verstehen, aber in Deutschland ist Sterbehilfe eben auch nicht erlaubt.«

Winter nickt stumm.

»Was ist dieses VBS?«, fragt Nadja.

»Äh, was?«

»Du hast eben davon angefangen.«

»Ach so.« Winter kratzt sich kurz an der Stirn. »VBS steht für Verarbeitungssystem. Darin erfassen wir alle relevanten Informationen zu unseren Vorgängen. Leider ist dieses System auf das jeweilige Bundesland begrenzt und somit kann ich nur auf die Daten aus NRW zugreifen.«

»Deswegen musst du die alle anrufen?«

»Ja«, antwortet Winter knapp und stutzt dann, als er auf das Display seines Telefons blickt.

»Was ist?«

Er hebt nur einen Finger, greift nach dem Gerät und drückt auf die Tasten. Schaut abwechselnd auf die Liste an der Wand, dann wieder auf das Display. Schüttelt den Kopf. »Komisch.«

Sie sieht ihn neugierig an.

»Ein Anruf. Von gestern Abend. Da war ich wohl schon in der Halle. Warte.« Winter zieht ein Blatt hervor, geht mit den Fingern die Zeilen ab. »Die Vorwahl kommt mir bekannt vor. Hier. 02662. Hachenburg.«

Nadja dreht sich zur Wand um, zeigt mit der Stiftspitze auf den Ort darauf. »Hachenburg. Rheinland-Pfalz. Simon, worauf wartest du noch? Ruf da an!«

Zögernd drückt er auf die Rückruftaste. Während es klingelt, schauen Winter und Nadja sich erwartungsvoll an. Er presst sich den Hörer ans Ohr, hält die Luft an.

»Lenz?« Kratzige Stimme. Noch nicht lange wach, denkt Winter.

»Ähm, Winter, Polizei Gummersbach.«

»Hallo«, sagt der Mann nur und atmet schwer aus, Winter meint hören zu können, wie er sich nervös über die Lippen leckt. »Sind Sie der Polizist, der gestern beim Haus Bärenherz angerufen hat?« Dem Klang der Stimme nach zu urteilen, scheint der Anrufer Mitte fünfzig zu sein.

»Sie meinen das Hospiz in Hachenburg?«, vergewissert sich Winter.

»Ja, genau«, gibt der Mann am anderen Ende zurück.

»Ich bin es. Also, der Anrufer. Sie haben gestern noch versucht, mich zu erreichen.« In Winter flackert dieses Gefühl wieder auf. Ahnung. Intuition. Wie auch immer es genannt wird.

»Ich bin im Vorruhestand. Ich habe bis vor knapp zwei Jahren im Bärenherz als Pfleger gearbeitet. Eine alte Kollegin hat mich gestern Abend angerufen und mir von Ihnen erzählt. Ihr Anruf hat ganz schön Wellen geschlagen.«

»Wellen geschlagen? Was meinen Sie damit?«, fragt Winter irritiert.

»Tja, ich bin nicht ganz freiwillig in … in … dieser Situation. Ehrlich gesagt, es gab da einen Vorfall …«, stammelt Lenz.

Winter notiert sich den Namen auf einem Blatt und setzt daneben das Wort *Vorfall.* Dann hebt er es an und zeigt es Nadja. »Was meinen Sie damit, Herr Lenz? Was genau heißt *einen Vorfall?*«

»Es gab da einen Jungen. Timo. Ich war einer seiner Betreuer.« Lenz atmet erneut schwer aus. Er spricht langsam, lallt ein wenig. Die Last, die er mit sich trägt, ist nahezu mit den Händen greifbar.

»Herr Lenz, vielen Dank, dass Sie zurückgerufen haben. Ich spüre, dass es Ihnen nicht leichtfällt. Möchten Sie mir trotzdem von Timo erzählen?«

Winter klemmt den Hörer zwischen Ohr und Schulter, greift nach einem neuen Blatt und kritzelt den Namen Timo in die Mitte. Er kreist ihn ein, setzt hinter einen Strich den Namen des Kinderhospizes und an das Ende eines weiteren die Angaben des Betreuers.

»Sie haben recht, ich habe eigentlich damit aufgehört, über die Sache zu sprechen. Weil, wissen Sie …«

Winter wartet einen Moment, während Lenz sorgfältig nach den richtigen Worten zu suchen scheint.

»Mir hat keiner geglaubt und am Ende …«, er lacht bitter, »… am Ende, da brauchten sie einen Schuldigen. Einen Sündenbock.«

»Ich höre Ihnen zu«, versucht Winter ihn zu bestätigen.

»Eingeschlafen sei ich, haben sie gesagt. Ich habe … ich habe alles verloren.« Seine Worte klingen verdrossen. Winter versucht sich den Mann, der am anderen Ende der Leitung sitzt, vorzustellen. Eingefallen. Kaputt.

»Herr Lenz, egal was passiert ist. Völlig gleich, was andere sagen. Ich möchte Ihre Geschichte gerne hören. Bitte, erzählen Sie von Anfang an«, ermuntert er ihn erneut.

»Als Nicola mich angerufen hat, mir davon erzählt hat, dass Sie sich nach Kindern erkundigt haben, die sich umgebracht haben, da …«, Lenz stockt, Winter hört das Gluckern einer Flasche, als nehme der Pfleger einen Schluck. »Da war ich überrascht. Ich meine, es ist lange her, dass sich überhaupt jemand aus dem Bärenherz für mich interessiert hat. Ich meine, seit der Sache damals. Die haben mich dafür verantwortlich gemacht. Mich! Ich meine …«

Winter spürt die aufkeimende Wut. »Herr Lenz, ich kann Ihre Wut verstehen. Erzählen Sie mir einfach, was damals wirklich passiert ist?«

»Der Timo, der war ein richtig netter Junge. Der hatte eh schon nicht verdient, was der ertragen musste. Ich habe ihn gefunden. Bin auf dem Blut ausgerutscht. Hingeknallt, der Länge nach.«

Ein Schauder erfasst Winter. Nadja tritt von einem Fuß auf den anderen, gibt ihm zu verstehen, dass er auf Lautsprecher stellen soll. Mit einer knappen Geste lehnt er ab.

»Ich habe mein T-Shirt zerrissen, einfach versucht, die Wunde zu verbinden, das Blut zu stoppen. Ich habe mich mit aller Kraft auf seine Handgelenke gestützt, habe nach Hilfe geschrien.« Lenz klingt plötzlich völlig klar. Er scheint in seiner Vorstellung zurück in dem Raum zu sein. In Timos Zimmer.

»Ich habe seinen Namen gerufen, ihn angeschnauzt, dass das nicht sein Ernst sein kann. Da war so viel Blut. Überall.«

Winter schluckt schwer. »Sie glauben nicht, dass Timo das getan hat?«, fragt er atemlos.

»Nein, auf keinen Fall. Genauso wenig, wie ich eingeschlafen bin.«

»Herr Lenz?«

»Ja?«

»Haben Sie heute noch Zeit für mich? Ich würde mich wirklich gerne persönlich mit Ihnen unterhalten.«

33

In einem klammen T-Shirt sitzt er auf der Bettkante und reibt sich die Augen. Seine Träume sind ein Teil von ihm. Es vergeht kaum eine Nacht, in der sie ihn nicht heimsuchen. Aber er zweifelt nicht. Er weiß es, weil es sie schon länger gibt. Seit dem Tag darauf. Besser gesagt, in der Nacht danach haben sie begonnen. Intensiv, beklemmend, düster.

Er erinnert sich daran, dass seine Mama in sein Zimmer gestürmt war, ihn in den Arm genommen hatte, und sein Hals so heftig geschmerzt hatte von den Schreien. Hektisch hatte er sich den Schlafanzug vom Leib gerissen, seinen Körper auf Bisswunden untersucht, dabei noch immer die winzigen Beine der unzähligen Spinnen spürend, die unter die Bettdecke gekrochen waren.

»Schhht, Schatz. Es war nur ein Traum …« Sie strich ihm über den Rücken.

»Sie haben geflüstert«, wisperte er.

Seine Mama zog ihn näher zu sich heran, wiegte ihn sachte in ihren Armen. Diese Momente, seit dem Tag gab es sie. Sie überschüttete ihn mit Aufmerksamkeit, mit Liebe. »Niemand ist hier, mein Schatz«, versicherte sie ihm. So beruhigend, wie es gemeint war, so schmerzhaft wurde es. Erst spürte er nur einen kurzen Stich. Dann brach die Erkenntnis über ihn herein: *Niemand ist hier.* Sein Leben. *Niemand.* Er ist allein. *Ist.* Aber er wird gebraucht. *Hier.*

Sie hatte ihn zurück in sein Bett gelegt, die Decke glatt gestrichen, ihn zärtlich auf die Wange geküsst. Dann war sie gegangen. Die Träume sind geblieben. Anders. Aber realistisch wie eh und je.

Er richtet sich von der Bettkante auf und nimmt den Radiowecker von seinem Nachttisch in die Hand. Zeit aufzustehen. Stellt ihn zurück auf das sonst verwaiste Möbel.

Er ist in einer Familie aufgewachsen, in der Fotos keine Rolle spielten, und so lebt er seither von der Erinnerung, selbst wenn diese, genau wie alte Polaroids, langsam verblasst. *Niemand ist hier.*

Geblieben ist ihm nur die Feder. Die leblose Struktur aus Keratin, die ihm ein Gefühl von Geborgenheit gibt. Genau wie das Buch.

Vor dem Spiegel stehend, putzt er sich die Zähne, vermeidet es, sich dabei anzusehen. Es ist die Ähnlichkeit. Seine Gedanken sammeln sich allmählich. Der Traum fällt langsam von ihm ab. Die letzten Reste ertränkt er in eiskaltem Wasser, das er sich in sein Gesicht klatscht. Danach wagt er doch einen zögernden Blick.

In seinen Augen sieht er es. Begreift, wie wichtig er für diese Welt ist. Seit jenem Tag. Seine Mutter. Die Fehler. Nie wieder. Er greift nach einem Rasierapparat, der in dem kleinen Regal neben dem Spiegel liegt. Ein altmodisches Modell, in das man eine Rasierklinge einsetzen muss. Mit dem Daumen prüft er die Schärfe, zieht dann die Klinge über die rechte Wange. Kurz denkt er an Timo. *Sascha. Lilli. Timo.* Sie alle warten. Gemeinsam mit ihm. Jetzt braucht ihn Jannis. Dringend.

34

Freude? Falsches Wort. Stolz? Nein. Irgendetwas dazwischen, und das, was er fühlt, einzuordnen, fällt ihm schwer. Denn sollte an seinen Vermutungen wirklich etwas dran sein, dann drängen sich so viele Fragen auf, die in diesem Moment gleichzeitig auf ihn einprasseln.

Winter sitzt an seinem Schreibtisch, den Hörer noch immer in der Hand. Ein leises Tuten erfüllt den Raum.

»Und?«, fragt Nadja zaghaft.

»Wir fahren nach Hachenburg. Noch heute. Ich will diesen Lenz persönlich sprechen und dich hätte ich gerne dabei.«

Nadja strahlt. »Okay, gut. Ich … ich muss nur Helge Bescheid geben, dass ich unterwegs bin.«

»Ich muss vorher auch noch zu Kurzow.« Er schiebt den Schreibtischstuhl zurück, steht auf, taumelt leicht, fasst sich an die Stirn. Da tritt Nadja an ihn heran, umarmt ihn. So stehen sie hier und in ihm keimt das Gefühl auf, sie von sich wegzustoßen. Was er nicht tut, weil es sich verdammt noch mal gut anfühlt. Gut ist aber noch lange nicht richtig.

»Das ist eine erste Spur, oder?«

»Nein, nicht wirklich. Eher ein weiteres Indiz.« Er löst sich aus der Umarmung, lächelt knapp und setzt sich auf die Kante des Schreibtischs.

»Warum so vorsichtig?«

Er erhebt sich und tritt neben sie, dreht sich zu der Wand um. Sieht die Namen der Einrichtungen. Das Ausmaß.

»Was, wenn ich wirklich recht habe?«, murmelt er. Spürt ihren Blick. »Wenn es jemanden da draußen gibt, der Kinder tötet?« Es fröstelt ihn. Es fühlt sich komisch an, dass die Erkenntnis erst jetzt so handfest zupackt, aber da waren so viele Umstände, Eventualitäten. Sie sind nicht ausgeräumt, nein, jedoch hat sich etwas verschoben. »Wir werden uns mit Lenz treffen. Ich will ihn unbedingt kennenlernen. Seine Geschichte hören. Dann entscheiden wir neu.«

»Worauf warten wir dann noch? Was hat er gesagt, wann er Zeit für uns hat?«

»Wir haben uns für den späten Nachmittag verabredet. Er hat mir ein Café in Hachenburg genannt. Laut Routenplaner dauert die Fahrt ungefähr eine Stunde. Vorher ...« Winter kramt sein Smartphone aus der Hosentasche, prüft den heutigen Kalendereintrag. »Vorher muss ich noch was erledigen.«

»Okay. Dann holst du mich ab?«

Winter schnappt sich die Jacke, die über der Lehne seines Stuhls hängt, tastet nach Schlüssel und Portemonnaie und fingert das Bund aus der Innentasche.

Im selben Moment klopft es an der Tür. »Herein«, ruft er, ohne nachzudenken.

Die Tür wird langsam nach innen aufgeschoben und Helge Rennen betritt das Büro. In einer Hand trägt er eine Papphalterung, in der drei Becher stecken. »Hallo zusammen. Ich dachte, ich unterstütze euch mal ein bisschen und bringe euch Nervennahrung.«

»Helga, du glaubst nicht, was passiert ist.«

Noch bevor Winter sich über den Namen wundern kann, schnappt Nadja Bergendahl nach einem der Becher und tritt in den Flur hinaus.

»Wir fahren gleich los, um jemanden zu treffen. Eine erste Spur.« Irritiert folgt ihr Partner ihr nach draußen, Winter zieht die Tür hinter sich zu und schließt ab.

»Simon holt mich gleich ab. Danke für den Kaffee!« Dann rauscht sie davon.

»Latte«, murmelt Rennen nur.

»Ich muss dann auch jetzt …«, murmelt Winter, hebt entschuldigend die Hände und folgt Nadja, bevor er sich noch einmal umdreht. »Und, äh, ich trinke leider keinen Kaffee.«

Während er Nadja folgt, ahnt er, dass Helge Rennen enttäuscht vor seiner Bürotür zurückbleibt.

35

Schwarze Mäntel flattern im Wind. Die Sonne taucht kurz vereinzelt dunkle Menschentrauben in helles Licht, bevor der Wind sie durch einen neuen Wolkenturm verdeckt.

Winter steht am Rand, hört einzelne Worte des Pfarrers, die an ihm vorbeigeweht werden. Er schlingt die Jacke enger um sich, drückt den Schal an seinen Hals und schaut betreten auf seine Schuhe. Der weiße Kies unter seinen Sohlen knirscht, doch das stete Schluchzen um ihn herum schluckt das Geräusch.

Abschied. Nicht seine Stärke. Genau deswegen musste er hierherkommen. Auf dem Weg, einer Allee, gesäumt von Kastanien, hat er sich genau das gefragt. *Warum bist du hier?*

Jetzt sieht er sie. Lillis Eltern. Gebeugte Rücken. Der Schmerz sitzt in ihren Gliedern. Frank Lessing stützt seine Frau Katharina. Dann kommt der Moment.

Winter hasst Beerdigungen. Nicht das, was dabei passiert, eher das, was andere vielleicht von ihm erwarten könnten. Als er zehn Jahre alt war, starb sein Opa. Seine Mutter holte ihn damals von der Bushaltestelle nach der Schule ab. Das hatte sie nie vorher getan, da sein Nachhauseweg nur einige hundert Meter betrug. Mit seinen Freunden scherzte er noch, dass er von nun an einen Fahrservice habe, doch als er die Tür schloss und erkannte, dass sein Onkel auch im Auto saß, wurde ihm schlagartig bewusst, dass etwas nicht stimmte. Als seine Mutter losfuhr, berichtete sie ihm, was passiert sei, und er saß da und wusste nicht, wie er reagieren sollte. Kurz darauf saß er allein in seinem Zimmer. An seinem Schreibtisch. Wartete auf Tränen, die nicht kamen. Und genau das passierte auch auf der Beerdigung. Alle um ihn herum weinten. Nur er nicht. Er schämte sich. Glaubte, das sei ein Zeichen dafür, dass er seinen Opa nicht genug geliebt habe. Und dann kam der Moment.

Genau wie im Jetzt. Der Sarg. Weiß. Goldene Beschläge. Quälend langsam sinkt er hinab in sein Grab. Das Schluchzen brandet auf. Eine Welle der Trauer erfasst die Menschentrauben und dann sieht er zu, wie Katharina und Frank Lessing an das Grab treten. Wie sie eine Rose hineinfallen lässt, gefolgt von einer Schaufel Erde.

Abschied. Die Gelegenheit hatte Winter nicht. Und in diesem Moment, als Katharina Lessing fast zusammenbricht, spürt er, wie sehr er sich danach sehnt.

Kurz räuspert er sich, schaut auf seine Uhr und zieht sich dann leise zurück. Zeit, um nach Hachenburg aufzubrechen.

36

Als sie die Landesgrenze passieren und sie ein Schild in Rheinland-Pfalz willkommen heißt, fällt Winter auf, dass er und Nadja auf der Fahrt bisher kaum ein Wort miteinander gesprochen haben. Noch immer scheint es unglaublich, dass sich Lenz gemeldet hat, und irgendwie beschleicht ihn ein mulmiges Gefühl bei dem Gedanken, welche Entwicklung der Fall innerhalb der letzten Stunden genommen hat. Er scheut sich regelrecht, alles zuzulassen, weil er weiß, dass seine Ahnung zu einer erschreckenden Gewissheit mutieren kann. Ein Serienmörder. Ein Kindermörder.

»Ich mag den Song.«

»Hmm?«

Nadja deutet auf das Display des Radios. Ewig lang hat Winter damit zugebracht, dafür zu sorgen, dass sein Autoradio das passende Albumcover des abgespielten Songs anzeigt. Er steht darauf. Auf Playlisten. Früher waren es Mixtapes, heute eine prall gefüllte SD-Karte, voll mit seinen Favoriten. Winter hatte die Musik kaum wahrgenommen, zu sehr hatte er sich in seinen Gedanken verloren.

»Du hast einen guten Geschmack«, versucht Nadja beiläufig das Gespräch ans Laufen zu bringen.

»Danke.« Er lächelt kurz. Die Musik ist in der jüngeren Vergangenheit ein treuer Begleiter geworden, in dem sich seine Stimmung, ob Verzweiflung, Trauer, Sehnsucht oder Wut spiegelt. Der Refrain des Songs ertönt. Ein Zufallsfund. Er muss fast lachen, als ihm bewusst wird, wie unpassend dieses Wort für ihn klingt.

Der Sänger der Band *Atlas Bird* singt voller Hingabe über das Nicht-Wissen, das Nicht-Erkennen und Winter nickt bedächtig. »Ich bin zufällig über ein Video der Band im Netz gestolpert. Habe sie in einem kleinen Club sogar live gesehen, ist noch gar nicht so lange her. Ich allein war fast das ganze Publikum.«

»Ein Privatkonzert.«

»So kann man es auch nennen. Aber die sind gut. War ein toller Abend.«

»Und gestern? Wie fandest du den Abend?«, fragt sie und klingt fast ein wenig unsicher, was nicht zu ihr passt. Bisher macht Nadja auf ihn den Eindruck, als bringe sie nichts und vor allem niemand aus der Ruhe. Sie wirkt selbstsicher.

»Ich war vorher noch nie auf einem True-Crime-Live-Event. Aber wie ihr das aufgebaut habt, hat mir wirklich gefallen. Es war spannend, vor allem, wenn du über die Beweggründe der Täter sprichst. Dein Wissen darüber. Aber man spürt auch deine Passion. Genau wie bei dem Sänger hier. Das ist es, was ich an Musik mag. Leidenschaft. Und die hat man dir angemerkt.«

»Danke für das Kompliment. Ja, so ist es auch. Und ich glaube auch, dass es das ist, was die Leute an diesem Genre so begeistert. Wir wollen die Menschen verstehen, die so etwas Grausames tun, in ihre Seele blicken. Einerseits, um uns bewusst abzugrenzen, andererseits aber auch, um zu erfahren, ob wir ihnen nicht doch ähnlicher sind, als uns lieb ist.«

Winter runzelt die Stirn, setzt den Blinker und zieht an einem alten Fiat vorbei. »Das glaubst du?«

»Auf jeden Fall. Wir leben in einer Welt voller Normen und Regeln, die uns eine Vorstellung davon mitgeben, was die Gesellschaft als richtig und falsch ansieht. Wir akzeptieren diese Leitplanken und sanktionieren, wenn sie einer durchbricht. Und doch gibt es diese Momente, in denen wir wünschen, sie zu hinterfragen und in uns selbst nach Anzeichen suchen, ob wir nicht zu ähnlichem Handeln fähig wären.« Der Song wechselt.

»Du redest hier von Mord. Von Verbrechen. Da gibt es Gesetze, und die sind eindeutig.«

»Ich rede davon, wie wenig es braucht, bis aus Fantasie Realität wird. Nenn es Wut, Hass, Verzweiflung, Liebe. Was auch immer. Mich interessiert, wie aus einem abstrakten Gefühl ein konkretes Verbrechen wird.«

Instinktiv streift Winters Blick das Handschuhfach. Alle diese Gefühle sind ihm bestens vertraut. »Nichts davon passt aber wirklich auf das, was mit Lilli passiert ist, oder? Und egal, wie du es nennst, sie sind und bleiben Grenzüberschreitungen. Das mag für dich interessant sein, Nadja, aber für mich darf das keine Rolle spielen. Das ist eher etwas für Strafverteidiger und Richter, wenn es um die Höhe der Strafe geht.«

»Das ist genau das, was ich meine. Diese Grenze, von der du da sprichst: Sie ist ein Konstrukt. Festgelegt von uns selbst. Also kann sie sich auch verschieben.«

»Wie die Frage, ob Eltern eines ihrer Kinder mehr lieben dürfen als das andere?«, fragt er in Anlehnung an den Salomo-Fall.

»Oder, wer darüber entscheidet, ob man sterben darf oder nicht.«

»Lilli«, murmelt er und sieht sich in Gedanken vor den Fotos der Familie Lessing stehen. Die Krankheit als steter Begleiter, den die Eltern am liebsten weglächeln wollten. Ihre Arme und Hände, die Lilli Halt zu geben schienen, sie in Wahrheit jedoch nur festhielten, erdrückten. Und sie selbst wollte bloß weg. Nicht mehr leben. Was, wenn ihr dabei einfach nur jemand geholfen hat? »Die Grenzen sind aber nun einmal so, wie sie sind. Es ist völlig egal, ob sie sich eventuell irgendwann einmal ändern. Denn wenn es da draußen jemanden gibt, der Lilli getötet hat …«, er zögert kurz, sortiert die Worte in seinem Kopf. »Selbst wenn es ihr Wunsch war, hatte er dazu kein Recht. Und es ist unsere Aufgabe, ihn dafür zur Rechenschaft zu ziehen.« Er schaut kurz zu ihr rüber. Sie erwidert den Blick. Nickt.

»Was denkst du, was uns in Hachenburg erwartet?«

»Ich weiß es nicht. Lenz klang authentisch, einerseits. Er hat vehement bestritten, dass er eingeschlafen sei. Andererseits steckt er voller Schuldkomplexe. Er wirkte so verzweifelt, fast gebrochen, als er von dem Jungen erzählt hat.« Unruhig wechselt er die Sitzposition.

Als die männliche Stimme seines Navigationsgerätes mitteilt, dass er im nahenden Kreisverkehr die zweite Ausfahrt nehmen soll, erkennt er den Namen Hachenburg auf einem der gelben Hinweisschilder. »In ungefähr zwanzig Minuten kannst du dir selbst ein Bild von ihm machen.«

Wieder wechselt der Song. Die Müdigkeit von heute Morgen ist einer positiven Anspannung gewichen. Unzählige Gedanken breiten sich in ihm aus. Fragen.

Sein Smartphone, das er in der Mittelkonsole des Wagens abgelegt hat, leuchtet auf. Aus dem Augenwinkel erkennt er, dass Althoff ihm geschrieben hat. Wissen will, wo er ist, ob sich etwas Neues ergeben habe. Kurz bevor er zu Lillis Beerdigung aufgebrochen ist, hat er nur noch Kurzow aufgesucht, sich die Fahrt nach Hachenburg absegnen lassen. Dass Winter Nadja Bergendahl an seiner Seite hat, empfand Kurzow dabei sogar als Vorteil. Und wenn Winter etwas Neues habe, solle er sich bei seinem Chef melden. Unverzüglich.

Aber bisher sind da nur Fragen, denkt Winter. Viele neue Fragen. Und er will Antworten. Unbedingt.

37

Als er die Heckklappe des weißen Kastenwagens zuschleudert, treibt der kalte Ostwind dicke Wolkenfelder über das Firmendach. Kurz studiert er die Liste, die geplante Tour und schwingt sich dann auf den Fahrersitz.

Seit knapp zehn Jahren arbeitet er für Carelax. Auf den Lieferscheinen prangen Logo und Motto. *Für Ihre Gesundheit unterwegs. Deutschlandweit.* Er studiert kurz die Liste der geladenen Hilfsmittel zur Dekubitus-Prophylaxe, die Adressen der Patienten, die er heute bei der Wundversorgung unterstützen soll, legt das Klemmbrett auf den Beifahrersitz und fährt los.

Und wenn er dann ankommt, bei den Familien zu Hause, in den Pflegeheimen, Hospizen und Krankenhäusern, die Heckklappe öffnet und das auslädt, was die Krankenkasse nach Prüfung der Bedarfsanalyse noch genehmigt hat, frustriert ihn die Kluft zwischen Anspruch und Wirklichkeit. Das System ist verbrannt, hat sein Chef einmal gesagt, und er brauchte Zeit, um zu verstehen, was er damit gemeint hat. Es geht um Geld. Die Pflegebedürftigkeit nimmt zu, die Möglichkeiten nehmen zu, aber niemand ist bereit, das zu investieren, was wirklich notwendig ist.

Darüber sollte er nicht nachdenken, hat sein Chef ihm gesagt. Aber er beliefert die Patienten nicht nur, er übernimmt auch die Einweisung in die unterschiedlichen Matratzensysteme oder Hilfsmittel zur Druckentlastung. Und wenn er wieder einmal nicht das ausliefert, was die Bedarfsanalyse ergeben hat, sondern eine kostengünstigere Alternative, dann weiß er, welche Folgen das hat. Die Druckgeschwüre, die Patienten erleiden, die aufgrund ihrer Einschränkungen zu lange sitzen oder liegen müssen. Wundgescheuerte Haut, ausgefranste Löcher in Körpern, bis auf die Knochen freiliegendes Gewebe. Immense Schmerzen, die wiederum einen erhöhten Pflegebedarf bedeuten. Ein Teufelskreis. Dieses perverse Gemenge aus medizinischer Notwendigkeit einerseits und wirtschaftlichen Interessen andererseits soll nicht sein Problem sein? Wenn du die Wunden gesehen hast, die Patienten, ihre Blicke. Sie einfach nur noch daliegen, aufgescheuert, stinkend. Wenn du die unterschiedlichen Verläufe kennst und weißt, wie die Wunden in vier Wochen aussehen, ist es dein Problem. Er kann nicht einfach wegsehen. Von Anfang an nicht.

Damals schon nicht, als die Fotos, die an die Krankenkasse geschickt werden mussten, herumlagen. Er hatte sie zufällig gefunden und das Ausmaß erst gar nicht verstanden. Wie ist es möglich, dass man in einen Menschen hineinschauen kann? Loses Fleisch. Fasern. Das Weiß der Knochen. Auf der Toilette hatte er sich übergeben müssen und minutenlang versucht, mit dem alten Druckspüler die Reste seines Frühstücks zu entsorgen. Alles hängt seitdem zusammen.

Jetzt lenkt er den Wagen durch das sich aufschiebende Tor, hält den Kaffeebecher fest, als er über den Bordstein hinweg das Firmengelände hinter sich lässt.

Die Disponentin, die seine Touren plant, ist nett. Er kennt sie beim Namen, sie telefonieren häufiger, reden belangloses Zeug, reißen alberne Witze. Seit Dörte die Firma verlassen hat, achtet er mehr auf Distanz. Mehr Nähe braucht er nicht. In den letzten Jahren hat er sich die Freiheit erarbeitet, die er benötigt. Hier und da gibt er vor, ein ersteigertes E-Bay-Objekt abholen zu müssen oder eine Bekanntschaft auf einen Kaffee zu treffen, um in die Nähe eines Zielortes zu gelangen. Manchmal lässt es die Zeit zu, dass er selbstständig einen Stopp einplant, oder er fährt eben selbst los.

Auch auf der heutigen Tour wird es ein kleines Zeitfenster geben, das er für sich nutzen wird. Er freut sich darauf. Auf den Jungen. Jannis. Ihn näher kennenzulernen, seine Träume, Fantasien. Ihn zu verstehen. Um ihm das geben zu können, was er wirklich braucht.

38

Nach einer Runde durch einen großen Kreisverkehr biegt Winter rechts ab und sucht eine Parklücke. Hachenburg. Lenz hat als Treffpunkt ein Café in der Innenstadt vorgeschlagen. Winter und Nadja schauen sich um, dann sehen sie es: Auf einem großen Schild hält eine junge Frau eine Tasse Kaffee vor ihr Gesicht. Er stoppt den Wagen, als Nadja das Handschuhfach aufschnappen lässt. »Ist deine Parkschei…« Weiter kommt sie nicht. Denn seine flache Hand fliegt nach vorne und drückt die Klappe zurück, die klackend zuschnappt. Zu heftig. Zu schnell. Irritiert schaut sie ihn an. »Was war das denn jetzt?«

»Hier …«, murmelt er nur und fischt die Parkscheibe aus der Seitenablage seiner Wagentür. »Hier ist sie.« Nervös fummelt er an dem weißen Rädchen und stellt die Ankunftszeit ein, legt sie auf das Armaturenbrett und lächelt sie schwach an. Ihr Blick changiert zwischen Verwunderung und Ärger. Seine Entgleisung, oder wie auch immer man die übertriebene Reaktion nennen will, tut ihm leid, aber er kann sie nicht erklären. »Okay«, sagt sie schließlich und steigt aus.

Er bleibt noch kurz sitzen. Nur zwei, drei Sekunden. *Du gefällst ihr.* Aber gefällst du ihr noch, wenn sie deine Geschichte kennt? Denn Nähe heißt, diese Geschichte teilen zu müssen, weil sie ein Teil von ihm ist. Der sprichwörtliche Elefant im Raum. Eingepfercht als letzte Erinnerung in dieses Handschuhfach.

Als er aussteigt, steht sie im Wind und verschränkt die Arme vor ihrer Brust. *Du gefällst ihr. Und sie gefällt dir.* Wortlos tritt er neben sie und sie überqueren die Straße, passieren eine Art Rondell, in dem sich ein Dönerladen befindet, und steigen dann die Stufen zum

Café hinauf. Zwischen ihnen herrscht eine angespannte Stille. Wie zwei Pole, die sich leicht abstoßen.

Winter besinnt sich darauf, warum sie hier sind, verschafft sich schnell einen Überblick. In der hinteren linken Ecke sitzt ein etwas rundlicher Mann mit schütterem grau-braunen Haar, der gedankenverloren in seiner Tasse rührt. Als sie sich ihm nähern, erkennt er sofort, dass es sich um Lenz handeln muss. Das Hemd leicht zerknittert. Er wirkt ein wenig verwahrlost oder wie jemand, der auf das Urteil anderer keinen Wert mehr legt. Als sie vor seinem Tisch stehen, hebt er misstrauisch den Kopf.

»Herr Lenz?«

Der Mann drückt seinen Rücken durch und nickt.

»Simon Winter, Polizei Gummersbach. Wir haben telefoniert. Das ist meine Kollegin Nadja Bergendahl.« Sie schütteln einander kurz die Hände und Nadja und Winter nehmen Platz.

»Sind Sie öfter hier?«, fragt er, während er die Jacke auszieht.

»Nicht wirklich, ich bin nicht mehr so häufig draußen«, raunt Lenz, und Winters Blick fällt auf die zitternden Finger, die etwas zu langen Nägel.

Eine junge Bedienung nähert sich ihrem Tisch. Nadja bestellt einen Latte, Winter einen Kakao. Während sie auf die Getränke warten, überlegt Winter, wie er das Gespräch beginnen soll.

»Zuerst möchte ich mich noch einmal bei Ihnen bedanken, Herr Lenz, dass Sie den Mut hatten, sich bei mir zu melden. Sicher keine einfache Entscheidung nach dem, was passiert ist.«

»Na ja, als die Nicola mir von Ihrem Anruf erzählt hat, hat mich das, ehrlich gesagt, erst einmal aus den Socken gehauen.«

»Warum?«

»Weil die ganze Geschichte wieder hochgekommen ist. Und ich habe Ihnen gestern ja schon erzählt, dass mich die alten Kollegen ausm Bärenherz wie einen Aussätzigen behandeln.« Tränen steigen in seine Augen.

»Erzählen Sie einfach. Die ganze Geschichte, okay?« Neben sich spürt Winter Nadjas Blicke. Wie sie abwechselnd ihn und Lenz ansieht, und er fragt sich, ob sie ihn ebenso versucht zu analysieren, wie sie es jetzt bei Lenz tut.

»In der Nacht, in der Timo gestorben ist, da hatte ich Spätdienst. Unser Chef, der Manholdt, ist ein Perfektionist. Es gab einen klaren Einsatzplan, der täglich wechselte, damit die Mädels und Jungs nicht herausfinden konnten, wann wir ihre Zimmer filzen.«

»Filzen?«, fragt Winter überrascht und schiebt die Blumendeko zur Seite.

»Na ja, da waren schon ein paar dabei, die so Tendenzen hatten …«

»Tendenzen?«

Lenz wartet den Moment ab, den die junge Frau benötigt, um die Getränke abzustellen. »Die … na ja … sich halt umbringen wollten. Aber der Timo gehörte nicht dazu.«

»Wie lief der Abend ab, als das mit Timo passiert ist?«

»Ich habe um Viertel nach zwölf meinen Rundgang gemacht, mich dann in das Stationszimmer gesetzt und mein Kreuzworträtsel gelöst. Das mache ich … habe ich immer gemacht, wenn alles ruhig war.« Lenz beißt sich auf die Unterlippe. »Neben der Zeitschrift stand mein Kaffee. Von dem habe ich getrunken und dann …« Wie in Trance greift er nach dem silbernen Löffel in seiner Tasse, hebt ihn an, rührt kurz.

»Erzählen Sie weiter«, ermutigt ihn Winter.

»… bin ich aufgewacht. Mit dem Kopf auf dem Tisch. Und da hatte ich direkt so ein Gefühl, das irgendetwas nicht stimmt. Also bin ich los, habe nach Timo gesehen. Und dann war das ganze Blut.« Das Zittern nimmt zu. Lenz wirkt fahrig, während er sich noch einmal an diese Nacht zurückerinnert.

»Und vorher ist Ihnen das nie passiert? Also, dass Sie eingeschlafen sind?«

»Niemals!«, antwortet Lenz so laut, dass einige der Gäste sich zu ihnen umdrehten. Doch sackt er sofort wieder in sich zusammen. Winter meint, die Last zu erkennen, die die Schultern des Mannes fest nach unten drückt. »Mir hat einer was darein getan«, flüstert er rau.

Nadja richtet sich fast unmerklich auf. Sosehr Winter gehofft hat, dass Lenz' Geschichte wahr ist, umso mehr zweifelt er in diesem Augenblick. Die Schublade geht auf und er kann sich nicht dagegen wehren, dass all die Merkmale, die so auffällig sind, diesen Mann in dem zerknitterten Hemd und der speckigen Jacke dort hineinstecken. Die geplatzten Äderchen auf der Nase. Die unterlaufenen Augen.

»Am Telefon haben Sie etwas erwähnt, das mich interessiert. Einen Beweis dafür, dass Sie nicht eingeschlafen sind«, versucht es Winter trotzdem. Jetzt hört er sich schon an wie Kurzow, der vermutlich sogar Newtons Ausführungen zur Gravitation angezweifelt hätte, wenn ihm persönlich der Apfel auf den Kopf gefallen wäre.

»Ganz genau.« Lenz' Gesicht hellt sich auf. »Darauf bin ich aber doch erst später gekommen. Da war ich schon vom Dienst suspendiert und kein Arzt hätte mehr etwas nachweisen können.«

Lenz beugt sich zur Seite, kramt in einer ledernen Aktentasche und zieht eine abgegriffene Zeitschrift hervor. Er legt sie vor die beiden auf den kleinen Tisch.

»Das ist das Kreuzworträtsel, das ich an dem Abend gelöst habe. Fällt Ihnen was auf?«

Winter blickt irritiert auf das Blatt, versucht sich dann aber zu konzentrieren. Nadja zieht es ein wenig näher heran.

Das Rätsel ist fast vollständig ausgefüllt, nur im rechten unteren Eck finden sich noch einige Lücken. Lenz zeigt mit einem Finger auf genau diese Stelle.

»Sehen Sie das?«

Senkrecht nach unten wurde der Vorname des deutschen Komikers Waalkes gesucht, diesen kreuzte waagerecht die Suche nach dem Seenotruf. In der Spalte des Namens steht in zittrigen Buchstaben *TOTO*, während Lenz die Frage nach dem Seenotruf mit *OSS* beantwortet hatte. Winter kratzt sich am Kopf.

»Verstehen Sie, was ich meine?« Lenz schaut ihn hoffnungsvoll an. Endlich jemand, der ihm zuhört. Lenz strahlt eine geballte Zuversicht aus, und jetzt erhofft er sich von Winter die Absolution, auf die er schon so lange wartet. Also schiebt Winter die Schublade zu und schaut genauer hin. Stellt fest, dass diese Antworten nicht zu dem Rest passen, da Lenz zugleich deutlich schwierigere Suchwörter einwandfrei gelöst hatte.

In diesem Moment fällt sein Blick auf die Hand seines Gegenübers, den vergilbten Nagel, der zitternd auf die Stelle zeigt. Sosehr er sich auch dagegen wehrt, springt die Schublade wieder auf. Er muss an Lenz' Sprechweise am Telefon und das Geräusch der gluckernden Flasche zurückdenken. Hat er nur einen Trinker vor sich, der nicht wahrhaben will, dass er an einem entscheidenden Abend in seinem Leben bloß einen Schluck zu viel genommen hat?

»Herr Lenz, ich muss Ihnen jetzt eine unangenehme Frage stellen und ich hoffe sehr, dass Sie sie mir ehrlich beantworten werden.«

Lenz wirkt verdutzt, richtet sich auf und Winter blickt ihm fest in die wässrigen Augen.

»Wie lange trinken Sie schon?«

39

Das Poltern des Stuhls auf dem Laminat hallt noch von den Wänden. Die anderen Gäste wenden sich wieder ihrem Kaffee zu, während Winter die Augen schließt und sich selbst verflucht. Wütend war Lenz aufgestanden, dabei war sein Stuhl nach hinten gekippt und mit einem lauten Knall aufgeschlagen. Vor den Gästen hatte er Winter lauthals beschuldigt, dass er nicht besser sei als die anderen, um dann aufgebracht das Café zu verlassen.

Gequält lächelnd greift Winter jetzt nach der Tasse Kakao und trinkt. Sein Blick streift die Zeitschrift mit dem Kreuzworträtsel, die Lenz hat liegen lassen. In der linken oberen Ecke hatte er auf die Frage nach einem anderen Wort für vertrauenswürdig mit *AUFRICHTIG* geantwortet.

Winter schluckt das warme Getränk. Nadja sitzt neben ihm, schaut aus dem Fenster. »Was?«, fragt er einfach nur. Etwas zu barsch.

»Simon, keine Ahnung, was du hören willst. Aber schlau war das eben nicht gerade, wenn du mich fragst.«

»Und was ist, wenn er einfach nur betrunken war?«

»Dann wird er das dir gegenüber wohl kaum zugeben, oder? Ich meine, du bist doch derjenige, der bei Lilli mehr gesehen hat als alle anderen. Und jetzt zweifelst du so schnell an Lenz? Scheißegal, ob er ein Alkoholiker ist oder nicht, es geht darum, ob er die Wahrheit sagt.«

Winter überlegt eine Weile, dann fragt er: »Und jetzt?«

»Wenn wir jetzt schon einmal hier sind, lass uns doch mit dieser Nicola sprechen. Vielleicht bringt uns das weiter.«

»Und Lenz?«

»Gib ihm Zeit. Wenn wir ihn noch einmal brauchen, dann überlässt du einfach mir das Reden.«

»Welchen Eindruck hat er auf dich gemacht?«

»Der ist fertig. Ein Wrack. Aber Kreuzworträtsel kann er lösen.«

»Okay, dann los.«

Er bedeutet der Kellnerin, dass sie bezahlen wollen, und greift nach der Zeitschrift, die Lenz in seiner Wut auf dem Tisch vergessen hat.

Als sie zurück im Auto sitzen und Nadja den Gurt befestigt, sagt Winter: »Wegen der Sache eben mit dem Handschuhfach.« In diesem Moment wünscht er sich, sie würde sagen, dass es egal sei, er solle die Sache vergessen und alles sei gut, aber das tut sie nicht. Sie sitzt da und schaut ihn an. Aufmerksam. Aus diesen Augen, deren Blick er nicht halten kann. »Ich bin nicht ganz freiwillig nach Gummersbach gekommen. Es ist …« Es fällt ihm schwer, darüber zu sprechen, die Worte hängen in seinem Mund wie ein Stück trockenes Brot am Gaumen. »Es gibt da eine Sache, die mich ziemlich aus der Bahn geworfen hat. In Köln, wo ich vorher gelebt habe. Etwas Persönliches. Und ich brauchte einen Neuanfang.« Sie sagt nichts. Sitzt nur auf dem Beifahrersitz und hört zu. Das macht ihn nur noch nervöser. »Darin«, er zeigt auf das Handschuhfach, »verstecke ich etwas. Etwas, das mich an die Sache erinnert, etwas Wichtiges.«

»Simon.« Sie greift nach seiner Hand, Wärme umschließt seine klammen Finger. »Ist okay. Du brauchst mir nur so viel zu erzählen, wie du erzählen willst. Dass du irgendetwas mit dir rumträgst, steht dir eh auf der Stirn geschrieben. Das habe ich gestern Abend schon gemerkt. Du bist in keiner Weise verpflichtet, mich einzubeziehen oder dich mir anzuvertrauen. Wir kennen uns ja kaum. In erster Linie bin ich hier, weil mich der Fall interessiert. Wie hast du so schön eben gesagt: Passion. Leidenschaft. Die habe ich nämlich gespürt, als du gestern Abend davon erzählt hast, und die hat mich überzeugt und egal, was es ist, was dich antreibt, ich denke, wir sollten jetzt mit dieser Nicola sprechen und herausfinden, was in der Nacht, als Timo gestorben ist, passiert ist.«

Winter sieht Nadja dankbar an, während sie weiterspricht: »Sie wird Lenz nicht ohne Grund angerufen haben. Vermutlich ist sie nicht damit einverstanden, wie man mit Lenz umgegangen ist. Ich denke, sie glaubt ihm. An ihn und an seine Unschuld.«

Winter nickt, drückt kurz ihre Hand, um sie dann loszulassen und den Wagen zu starten. Er tippt die Adresse des Hospizes Bärenherz in das Navigationsgerät ein, und während das Navi die Wegstrecke berechnet, spürt er weiterhin ihre Haut auf seiner. Und den Elefanten im Handschuhfach.

40

Als er die Tür des Wagens öffnet, strömen die Geräusche ins Innere. Vorher war da nur Stille. Er und der Augenblick. Wie im Vakuum.

Das Haus. Vom Waldrand aus hatte er einen guten Blick auf das Gelände, die Außenanlage und die Fenster. Jetzt steigt er aus, tritt über den Waldboden, weicht ein paar Pfützen aus und steuert auf eine kleine Baumgruppe zu. Geht in die Hocke. Er schaut sich um. Es ist niemand zu sehen.

Das Gebäude blickt ihn aus den Fenstern traurig an, es wirkt gedrungen. Der dunkle Himmel drückt es in Richtung Boden, schwer und wolkenverhangen. Es riecht nach Regen.

Wenige Meter vor ihm umgrenzt ein Maschendrahtzaun das Gelände. Alt, an manchen Stellen löchrig und wabbelig. Seine Augen wandern von Fenster zu Fenster. Er erkennt die Tür, vor der er gestern seinen Wagen abgestellt hat, um auszuladen. Nur wenige Meter dahinter liegt das Ziel. Sein Zimmer. Jannis' Zimmer.

Er erhebt sich, stapft auf einem Meer aus Blättern und Nadeln los, fährt mit den Fingern an dem Draht des Zauns entlang, von dem spröde die graue Ummantelung abbröckelt. Dann hält er inne. Geht erneut in die Hocke und greift in die Innentasche seiner Jacke, fingert das schmale Fernglas daraus hervor. Nicht viel größer als ein Opernglas. Er verlagert sein Gewicht, unter ihm stöhnt der Boden kurz auf, gibt etwas nach, rostige Tannennadeln versinken im Erdreich.

Seine Augen benötigen einen Moment, um sich an die Tiefenschärfe zu gewöhnen, er justiert nach und gleitet dann an der Fassade entlang. In Gedanken zählt er die Fenster, dann verharrt er. Das muss es sein. Die Vorhänge sind offen, in der Scheibe spiegeln sich die dunklen Wolkenberge. Plötzlich ein Lichtschein. Kurz zuckt er, weil er sich dem Zimmer so nahe fühlt, dabei hockt er hier, gute fünfzig Meter entfernt zwischen Zweigen und Unterholz. Schemenhaft erkennt er eine Gestalt, die von innen an die Scheibe tritt. Ist er das? Jannis? *Hallo.*

Zufriedenheit breitet sich in ihm aus. Eine Art Verbundenheit. Den kalten Wind spürt er nicht, hört nicht das Rascheln, das Fiepen, das Keckern, das irgendwo zwischen den Stämmen, Wurzeln und Farnen ertönt. Er ist allein mit dem Augenblick. Allein mit Jannis.

Sein schmales und helles Gesicht hebt sich plötzlich im Hintergrund ab, er kann ihn sehen. Kurz, dann schiebt der Junge einen der Vorhänge zur Seite, und als er hinter ihm verschwindet, lässt er das Fernglas sinken. Verstaut es zurück in der Innentasche, erhebt sich aus der Hocke und kehrt zurück in den Wald. Allein.

Der Wald flüstert, der Wind treibt ihm vereinzelt kleine Tropfen ins Gesicht. Er reibt sich die Hände, bläst Atem hinein. Macht sich dann auf den Weg zum Wagen.

Die Restwärme der Heizung und abgestandene Luft empfangen ihn, lassen ihn herzhaft gähnen. Er streckt sich. Reibt sich die Augen und lässt den Motor an.

Er fühlt Dankbarkeit. Es ist so einfach, Kontakt aufzunehmen. Dieses Band zu spüren. Sich seinen Engeln zu nähern.

Komplikationen wie die Sache mit dem Bewegungsmelder bringen ihn nicht davon ab zu glauben, dass er sich auf dem richtigen Weg befindet. Denn in seiner Welt, die er so oft durch die Zeilen von Astrid Lindgren sieht, ist seine Reise durchaus gefährlich, doch sie ist es wert. Echte Helden fordern sie heraus. So wie Karl und Jonathan. Um ein Löwenherz zu sein, muss er immer wieder den Sprung wagen.

41

Das Hospiz Bärenherz liegt am Rande eines schmucklosen Industriegebietes. Winter passiert ein Autohaus, eine Tankstelle und vereinzelte Bürogebäude. Nach einigen unbebauten Flächen meldet das Navi, dass sie ihr Ziel erreicht haben.

Ein gepflasterter Weg führt durch eine lang gezogene Rechtskurve zu einer parkähnlichen Anlage. An der Fassade des weißen Flachbaus rankt Efeu nach oben. Winter parkt das Auto auf einem der Besucherparkplätze vor dem Gebäude. Milchiges Licht sickert durch die Wolken. Der Tag scheint zu zerfließen, wird nie richtig hell. Wie er es sich gewünscht hat. Keine Sonne.

Nadja schnallt sich ab und steigt aus dem Wagen. Sie kneift die Augen zusammen, lockert ihre Schultern und fummelt ein Haargummi aus einer ihrer Hosentaschen. Der Tod ist ihr in den Jahren ihrer Arbeit in vielfältigen Erscheinungen begegnet. Hier, in diesem unscheinbaren Gebäude, wohnt er zur Untermiete. Schleicht durch die Gänge und holt sich die, deren Zeit gekommen ist. Keine Eifersucht, nicht Hass oder Gier bestimmen sein Auftreten, sondern einzig die Krankheiten. Die Bewohner sterben still und leise, völlig unspektakulär. Und doch sind ihre Leiden grausam und zutiefst ungerecht.

Sie hat gelernt, die Qualen von Opfern, die Schmerzen, die sie ertragen mussten, analytisch, wie durch ein Mikroskop zu betrachten. Legt ihre Geschichten und Wunden auf die Objektträger, um in ihnen zu lesen und hinter die Fassade der Menschen zu blicken, die ihnen das angetan haben. Helge hat sie einmal gefragt, wie sie es ertrage, den Tätern und vor allem ihrer Psyche so nahezukommen. Als abgestumpft würde sie sich nicht bezeichnen, hat sie ihm geantwortet. Distanziert, professionell, bewertend. Wissenschaftlich. Daraufhin hatte er nur gelacht. Sie sieht ihn vor sich sitzen, zwischen Kaffeetassen, zerknülltem Papier und Laptop. Wie er sie fragt: »Glaubst du nicht, dass wir selbst auch abnormal sind? Ich meine, diese Faszination, die von diesen Taten ausgeht, die gefällt uns ja auch irgendwie.« Und wie sie wortlos nickte und sich an all die Begegnungen erinnerte. An all die verschiedenen Kreaturen, die sich um sie versammelten. Emos. Punks. Spinner. Rock- und Zopf-Träger. Nerds. Streber. Muttersöhnchen. Niemand wird so geboren. Aber am Ende sind alle nur die Summe ihrer individuellen Teile.

»Deine Frage ist schon das Problem«, hatte sie geantwortet und Helge, der damals in zerrissenen Jeans und dem verwaschenen Danzig-Shirt vor ihr saß, lehnte sich gespannt zurück. »Abnormal? Das fragst du dich ja nur, weil dir beigebracht wurde, was als *normal* gilt, und du es akzeptiert hast. Für diese Menschen, für die Täter, gilt das aber eben nicht. Ihre Wahrheit, ihre Beweggründe sind ihre Normalität, die nicht in unsere Form passt.« Darauf hatte Helge gegrinst, mit dem Finger auf sie gezeigt und gerufen: »Und deswegen bist du genau die Richtige für diese Sache hier!«

Das laute Klacken, als Simon den Wagen abschließt, holt sie in das Jetzt zurück. Er tritt neben sie. »Dann wollen wir mal«, sagt er und nähert sich der gläsernen Eingangstür.

Das helle Foyer gleicht dem des Sonnenhauses. Eine junge Dame mit kurzen dunklen Haaren steht hinter einer Empfangstheke und tippt auf die Tastatur ihres Computers. Langsam hebt sie den Kopf und lächelt die beiden an.

»Herzlich willkommen im Bärenherz, wie kann ich Ihnen behilflich sein?«

Winters Blick fällt auf das Namensschild oberhalb ihrer rechten Brust. »Frau Dahlmann, Simon Winter ist mein Name, Polizei Gummersbach. Das ist meine Kollegin Nadja Bergendahl. Ich benötige im Rahmen einer Ermittlung eine Aussage einer Ihrer Angestellten.« Winter weist sich aus und das Lächeln der jungen Dame weicht einem besorgten Ausdruck.

»Ich hoffe, es ist nichts passiert?«

»Nein, keine Sorge. Es geht um eine Angelegenheit, die schon länger zurückliegt und die wir mit einer Ihrer Kolleginnen direkt besprechen wollen. Reine Routine.«

Während Winter ein freundliches Lächeln aufsetzt, greift sie zum Telefonhörer, drückt eine Taste und signalisiert, dass sie sich einen Moment gedulden sollen. Mit gedämpfter Stimme gibt sie Winters Anliegen an ihren Gesprächspartner weiter.

»Herr Winter?«, fragt sie, nachdem sie den Hörer aufgelegt hat. »Herr Manholdt, der Leiter des Hauses, wird Sie gleich in Empfang nehmen. Wenn Sie einen Moment Platz nehmen möchten?«

»Vielen Dank.«

Winter und Nadja steuern auf eine kleine Ledersesselgruppe zu, auf einem Tisch liegen Informationsbroschüren und Zeitschriften aus.

Manholdt also, der Mann, den Lenz mehr oder weniger als den Schuldigen an seiner Ausbootung ansieht. Winter ist gespannt auf den Leiter, hofft auf Kooperation. Nadja greift unterdessen nach einer der Broschüren, blättert sie oberflächlich durch.

Wenig später tritt ein Mann mittleren Alters auf die beiden zu. Das Haar kurz, in ein Poloshirt gekleidet, das Logo der Einrichtung, einen Bären mit rotem Herzen zwischen den Pfoten, in Brusthöhe gestickt. Er wirkt drahtig, sportlich und entblößt ein makelloses Lächeln.

»Herr Winter!«, tönt er. Etwas zu laut, wie Winter empfindet. »Und Sie sind Frau Berg…«

»Bergendahl«, antwortet Nadja, »Nadja Bergendahl.«

Manholdt reckt Winter seine Hand entgegen und stellt sich vor. Ein kurzer, intensiver Händedruck. Etwas zu hart. Wie so oft in solchen Momenten, muss Winter an die Ergebnisse einer Studie der

University at Albany denken, bei der es um die Bedeutung der Festigkeit des Händedrucks ging. Demnach gehört Manholdt zur Gruppe der sexuell aktiven Frühreifen, die in der Schule eher als Rüpel in Erscheinung getreten waren. Er versucht, den Gedanken daran schnell zur Seite zu schieben. Ertappt sich aber bei einem kurzen Grinsen, als er Nadjas Gesichtsausdruck sieht, während er ihre Hand schüttelt.

»Sagen Sie mir, wie kann ich Ihnen helfen?«

Wie zuvorkommend, denkt Winter und doch aalglatt. Manholdt erscheint ihm als Mann mit Prinzipien, mit klarer Linie. Lenz hat ihn als durchdachten Menschen beschrieben, der nichts dem Zufall überlässt.

»Nun, Herr Manholdt. Ich bin auf der Suche nach einer Ihrer Angestellten.«

»Wen genau suchen Sie?«

»Tja, das ist es ja. Ich kenne nur den Vornamen der betreffenden Person.«

»Darf ich fragen, aus welchem Grund Sie sie suchen?«

»Ich möchte ihr ein paar Fragen stellen«, antwortet Winter direkt.

Manholdt lächelt, versucht es zumindest.

»Vielleicht kann ich Ihnen ja schon helfen, wenn Sie mir sagen, worum es geht?«

»Ich arbeite an einem Fall und ich erhoffe mir von Ihrer Angestellten hilfreiche Informationen.«

Winter zögert, den Leiter einzuweihen. Lenz soll nicht noch mehr Probleme bekommen und die Tippgeberin schon gar nicht.

»Wie lautet denn der Vorname?«

»Nicola. Mehr weiß ich leider nicht.«

»Nicola, wie?« Manholdt dreht sich zu der Empfangstheke um. »Frau Dahlmann, wer in unserem Haus heißt mit Vornamen Nicola?«

Winter bedauert ihn in diesem Moment. Manholdt mimt einen Unternehmenschef mit Tausenden von Angestellten, deren Namen er sich unmöglich merken kann. Die junge Dame tippt derweil etwas in ihren Rechner, bevor sie antwortet. Es wirkt wie ein Schauspiel, einzig dafür gespielt, um Zeit zu gewinnen.

»Frau Benninghaus trägt den Vornamen Nicola, Herr Manholdt.«

»Richtig!« Der Leiter der Einrichtung lächelt gönnerhaft. »Frau Benninghaus. Hat sie gerade Dienst?«

Winter fühlt sich wie in einer ARD-Vorabendserie. Nadja verdreht die Augen.

Nachdem die Empfangsdame den Dienst bestätigt hat, führt Manholdt Nadja und Winter in sein Büro.

»Ich werde Frau Benninghaus holen, einen Moment bitte.«

Es behagt Winter nicht, dass Manholdt die Gelegenheit bekommt, vorher mit Nicola Benninghaus zu sprechen. Als der sie alleine zurücklässt, schaut Nadja ihn an. »Jetzt bin ich aber echt gespannt.«

42

Im Wohnzimmer flimmert der Fernseher, der blecherne Klang aus dem billigen Flatscreen ist bis in das oberste Stockwerk zu hören. Auf dem Tisch stehen zwei leere Flaschen Wodka, die er, nach dem Treffen im Café, an einer Tankstelle gekauft hat.

Zu Hause hat er sie geöffnet, immer wieder ein kleines Schnapsglas gefüllt und ausgetrunken. Eins nach dem anderen. Langsam, bedächtig. Zielstrebig.

Die vage Hoffnung, dass ihm jemand glaubt, dass doch wieder Bewegung in die Sache mit Timo kommen würde, hat sich endgültig in Luft aufgelöst.

Lenz grinst, unterdrückt ein Lachen. Er weiß nicht warum, aber die ganze Situation kommt ihm auf einmal unglaublich lustig vor. Er dreht den Kopf, was ihm schwerfällt. Immer wieder fallen seine Augen zu, aber er schwebt. So fühlt es sich an.

In den vielen Jahren als Pfleger hat er oft Abschied nehmen müssen, was immer dann am schwierigsten gewesen war, wenn er sich an jemanden gewöhnt hatte. Eine professionelle Distanz zu den Kindern aufzubauen war ihm von Beginn an nicht gelungen. So ist er nicht. Nie gewesen. Er schließt sie in sein Herz und gerade jetzt fehlen sie ihm. Die Kinder. Vor allem Timo. Mit ihm hat er über Fußball gequatscht. Und er weiß, dass der Junge sich nur dafür interessiert hat, weil er es tut. Was haben die sich wieder für einen Kack zurechtgespielt! Da will man am liebsten gar nicht mehr hinsehen! Wie am Stammtisch haben sie geflucht, geflachst und die Medikamente wie das Bier dazu serviert. Timo war ein feinfühliger, sensibler Junge gewesen. Ganz anders, als er selbst in dem Alter war. Wunde Knie, Abenteuer im Wald. Mit vierzehn steht einem die Welt offen. Jedes Kind fühlt sich unverwundbar. So auch Volkmar Lenz. Dass es Jungen wie Timo gibt, hat er erst viel später erfahren. Nach seiner Ausbildung zum Krankenpfleger und einigen Jobs in verschiedenen Krankenhäusern trat er die Stelle im Bärenherz an, und all die Routine löste sich in einem ständigen Ausnahmezustand auf. Krankheit und Tod, die täglichen Begleiter. Aber bei den Kindern und Jugendlichen wirkten sie intensiver nach. *Timo.*

Hier, zwischen Nebel und Klarheit, erinnert er sich an den Tag, als Timo das erste Mal über den Tod sprechen wollte. Über das, was Lenz glaube, was danach folge. Über Angst. Über Schmerz. Über, ja über Erlösung. Ein Wort, das nicht fiel, aber das Lenz zwischen den Sätzen und Fragen heraushörte. Es lag in den Zwischenräumen, den Leerstellen und heute weiß er, dass er falsch reagiert hat. Er hätte ihn ernst nehmen müssen, ernster. Aber diese Angst, die der Junge gleichzeitig vor dem Tod hatte, die schien so intensiv, so unüberwindbar. Deswegen hat er nicht geglaubt, dass der Junge wirklich … und da ist er wieder. Der Zweifel. Er ist schon so weit, dass er sich selbst nicht mehr glaubt. Nicht mehr glauben will. So wie es keiner tut. *Eingeschlafen.* Vielleicht stimmt es ja doch! Und du willst irgendetwas mit einem Kreuzworträtsel beweisen?

Hier, zwischen Abgrund und Schwerelosigkeit, erinnert er sich an das Blut. Wie er ausrutscht, hinfällt, sich aufrappelt und schreit. Wie er verzweifelt Timos Wunden zudrückt.

Die Betäubung des Schmerzes ist ihm über die Zeit immer vertrauter geworden. Ihn nur nicht zulassen. Nicht spüren. Zu Beginn hat ihn der Alkohol aggressiv gemacht, dann ruhiger. Doch die Ruhe, die er jetzt in sich trägt, die ihn lähmt, ist damit nicht zu vergleichen. Ist stiller, tiefer, grenzenloser. Immer wieder fällt sein Kinn nach unten. Es bereitet ihm verdammte Mühe, den Kopf oben zu halten. Wach zu bleiben.

Eigentlich hat er dazu keinen Grund. Warum wach bleiben? Warum nicht schlafen? Endlich alles hinter sich lassen. Vergessen. Für immer schweben.

Er erinnert sich an die erste Mondlandung. Auch wenn er selbst erst in dem Jahr geboren wurde, hat ihn die Faszination der Raumfahrt nie losgelassen. Sein Vater hatte ihn damit angesteckt. Mit ihm gemeinsam hatte er sich das Video mit den alten Aufnahmen immer wieder angesehen und sich sein ganzes Leben lang gewünscht, einmal schwerelos zu sein. Obwohl mittlerweile die NASA an Bedeutung verloren hat, die großen Entdeckungen ausbleiben, liest er weiter begierig jeden Artikel. Vor einigen Jahren hatte er einen Vortrag von Prof. Dr. Ulrich Walter besucht. »In 90 Minuten um die Erde« lautete der Titel der Veranstaltung, in der der humorvolle Physiker davon erzählte, wie es sich anfühlte, wenn man nicht einmal mehr die Kleidung am eigenen Leib spürte. Er erinnert sich daran zurück, wie ihm der Professor für Raumfahrttechnik ein Buch signiert hat.

So ungefähr stellte er sie sich vor – die Schwerelosigkeit. Der Moment, in dem man die Gravitation besiegt.

Schwerfällig erhebt er sich aus dem Sessel. Spürt kaum die Füße auf dem Teppichboden. Den Fernseher hört er nicht mehr. Steuert das Zimmer am Ende des Flures an. Schließt den Wasserhahn, den er vor einiger Zeit aufgedreht hat, streift die Kleidung ab und steigt hinein. Treibt in der warmen Flüssigkeit, verlässt seinen Körper. Es gelingt ihm nicht, einen Gedanken zu fassen, festzuhalten, zu verknüpfen. Sein Vater. Die Mondlandung. Ulrich Walter. Timo. Die Mondlandung. Sein Vater. Timo. Sein Vater. Timo. *Timo.*

Er tastet nach dem flachen Metall, schiebt es über die Emaille, spürt es zwischen Daumen und Zeigefinger. Rostfreier Stahl. Ein kurzer Schnitt. Dann gibt er sich ihr hin. Der Leichtigkeit, die ihn mitnimmt auf ihre Reise.

Als er die Augen endgültig schließt, sein Körper tiefer in die Wanne und die rote Brühe rutscht, weiß er, was Ulrich Walter meinte. Schwerelosigkeit.

43

Nicola Benninghaus ist sichtlich angespannt, als sie das Büro betritt. Winter stellt sich vor, wie Manholdt sie auf dem Weg mit Fragen gelöchert hat, versucht hat, auf sie einzuwirken.

Sie lächelt gequält, als der Leiter sie Winter und Nadja vorstellt, und entspannt sich erst, als Manholdt die Tür aufreizend langsam hinter sich schließt.

»Sie sind der Polizist, der wegen des Selbstmords angerufen hat, oder?«, platzt es aus ihr heraus.

»Ja, der bin ich. Wie haben Sie von meinem Anruf erfahren?«

»Dieses junge Ding am Empfang hat nicht jeden Tag Dienst. Manholdt hat die angeschleppt, Irene ist ihm zu alt. Er meint, wir bräuchten eine *Frischzellenkur*.«

»Und als ich angerufen habe, war Irene dran?«

»Ja, und kurz vor Dienstschluss hat sie mir von Ihnen erzählt.«

»Was haben Sie gedacht, als Irene Ihnen davon erzählt hat?«

»Endlich, habe ich gedacht. Endlich stellt jemand die richtigen Fragen. Als die Sache mit Timo passiert ist, war mir sofort klar, dass da …«, Nicola Benninghaus zögert.

»Dass etwas nicht rechten Dingen zugegangen ist?«, ergänzt Nadja.

»Ja. An Volkmars Schuld habe ich nie geglaubt. Wissen Sie, Volkmar ist ein guter Mensch. Er kann einfach gut mit den Kindern, der hat sich für sie Zeit genommen. Wir haben ihm oft gesagt, dass er aufpassen muss, dass er das nicht alles zu sehr an sich ranlässt, dass er auch auf sich achtgeben muss. Und mit Timo … die beiden, die waren ein Herz und eine Seele.«

»Trotzdem steht der Vorwurf im Raum, dass Herr Lenz an diesem Abend eingeschlafen sei.«

»Das hat Manholdt behauptet. Der brauchte einen Sündenbock und konnte so gleichzeitig Volkmar loswerden. Manholdt hat das Bärenherz übernommen, als wir kurz vor dem finanziellen Ruin standen. Er pflegt einen guten Kontakt zu den hiesigen Firmen, hat zahlreiche Spenden akquiriert. Er hat das Bärenherz wieder auf Vordermann gebracht, der kann es sich nicht leisten, dass hier etwas schiefläuft oder etwas an ihm hängen bleibt.« Nicola Benninghaus senkt die Stimme, während sie spricht.

»Also ist Herr Lenz nie während seiner Dienstzeit eingeschlafen?«

»Nein, niemals. Er war total gewissenhaft. Hat sich gekümmert.«

»Haben Sie gewusst, dass er ein Alkoholproblem hat?«, versucht es Winter direkt.

Nicola Benninghaus schaut ihn verwundert an, dann protestiert sie energisch: »Das stimmt so nicht! Volkmar hat erst später mit der Scheiße angefangen! Erst nachdem Manholdt ihn hier rausgeworfen hat!« Ihre Empörung ist echt.

»Was glauben Sie denn, was damals passiert ist?«, will Winter wissen.

»Ich weiß es nicht … niemand weiß das.« Tränen treten Nicola Benninghaus in die Augen. »Als Volkmar wach geworden ist und Timo gefunden hat, hat er sofort den Notarzt gerufen. Doch die konnten nichts mehr für Timo tun.«

Nadja greift nach ihrer Hand.

»Die haben Manholdt und Volkmar befragt und dann war für die die Sache klar. Die haben nur noch den Totenschein ausgestellt und der Fall war erledigt. Niemand hat sich weiter dafür interessiert. Niemand. Bis Sie …« Sie schluchzt auf.

Winter runzelt die Stirn. »Herr Lenz hat mich angerufen, nachdem Sie sich bei ihm gemeldet haben. Sagen Sie mir, Frau Benninghaus, warum meiden Sie ihn, wenn Sie so von seiner Unschuld überzeugt sind?«, fragt er dann.

»Hachenburg ist ein Nest. Hier kennt noch jeder jeden und die

Sache hat sich damals schnell rumgesprochen. Dazu kommt, dass Volkmar kurz danach mit der Trinkerei angefangen hat. Am Anfang habe ich ihn noch regelmäßig besucht, versucht, den Kontakt zu halten. Aber er wurde immer aggressiver und ist auch in der Stadt unangenehm aufgefallen. Als ich ihn damals darauf angesprochen habe, hat er mich abgewiesen. Sich dann völlig zurückgezogen, mir vorgeworfen, dass ich ihm genauso wenig glaube wie alle anderen. Am Ende hat er keinen mehr an sich rangelassen. Auch mich nicht«, gibt Nicola Benninghaus zerknirscht zu. »Aber trotzdem mache ich mir Sorgen um ihn.«

»Sie haben also keinen Kontakt mehr gehabt?«, fragt Winter.

Die Pflegerin nickt stumm. »Na ja, als Sie dann angerufen haben, da habe ich dann gedacht, jetzt muss ich Volkmar informieren, das bin ich ihm schuldig.«

Winter erinnert sich an Lenz' Schilderung, wie er vergeblich versucht hat, das Leben des Jungen zu retten. Je näher die Gewissheit heranrückt, umso mehr nimmt ihn die Sache gefangen. Sein Gefühl wird mehr und mehr zu einer Wahrheit. Einer unangenehmen Wahrheit. Und er ärgert sich darüber, wie er Lenz behandelt hat.

»Was denken Sie?«, fragt ihn die Pflegerin. Winter taucht aus seinen Gedanken auf. Er weiß jetzt, dass er noch einmal mit Lenz sprechen muss. Anders. Vertrauensvoller. Er muss mehr über Timo erfahren und niemand hat ihn so gut gekannt wie Volkmar Lenz.

»Wir danken Ihnen für das Gespräch, Frau Benninghaus. Sie können sichergehen, dass alles unter uns bleibt. Wir finden selbst raus.« Winter hat es eilig.

44

Wieder so eine spontane Idee. Sie kam ihm, als er im Sprinter den schmalen Waldweg verließ. Mit dem Wagen drehte und das Pflegeheim ansteuerte. Er parkte genau an der Stelle, wo er gestern schon den Lieferwagen abgestellt hatte, und ging hinein.

Verdutzt hatte eine Angestellte reagiert. Noch eine Lieferung? Nein, ich habe gestern vergessen, den Lieferschein unterschreiben zu lassen, und da ich in der Gegend war, habe ich gedacht, ich schaue noch mal schnell rein. Danach ein bisschen Plauderei. Fragen stellen, über die Betreuung, Aufsichten, Arbeitszeiten. Unauffällig. Nebenbei. Kaffee. Nett sein, aber nicht zu sehr.

Nach Auskunft der Dauerwellen-Frau, die ein paar Kilo zu viel mit sich trägt, handelt es sich hier nicht um so einen paranoiden Leiter wie damals im Bärenherz. *Timo.*

Er lächelte kurz, als er sich an den Jungen erinnert. Es hatte eine Weile gedauert, bis er den Plan mit den Dienstzeiten zusammenhatte. Sosehr er sich auch bemüht hatte, waren ihm einfach keine Muster aufgefallen. Alles schien völlig willkürlich. Es war ihm nichts anderes übrig geblieben, als die Gewohnheiten der Pfleger zu studieren. Wann sie anfingen, welche Routinen sie vollzogen, wann wer wo war. Und dann hatte er rausbekommen, wer sich um Timo kümmerte. Ein schlichtes Gemüt mit Interesse an Kreuzworträtseln und Fußball.

Um Timo zu befreien, musste er durch den Hintereingang ins Gebäude gelangen. Die alte Tür war verzogen und er erkannte schnell, dass die Angestellten sie nur notdürftig zugezogen hatten. Als er sanften Druck ausübte, schwang sie langsam nach innen. Er schob sich in den dunklen Raum, inmitten eines Gemischs von Wäsche und Desinfektionsmitteln. Durch eine weitere Tür gelangte er in das Treppenhaus.

Das Zimmer für die diensthabenden Pflegekräfte lag im zweiten Stock. Er wartete ab, kauerte sich unter die Stufen, bis sich der Mann in Bewegung setzte.

Pentobarbital gehört nicht mehr zu den gängigsten Schlafmitteln. Genießt es doch den zweifelhaften Ruf, zu gefährlich zu sein. Aber er kennt sich mit der Dosierung aus. Bestellt es im Internet, wo es unter anderem als Mittel der Wahl angeboten wird, um die todkranken Haustiere von ihren Leiden zu erlösen.

Er kehrt in seinen Gedanken zurück ins Bärenherz. In das Zimmer des Pflegers. Auf der Tischplatte stand ein Kaffee, daneben lag die aufgeschlagene Zeitschrift. Nur kurz überflog er die Lösungen, wunderte sich über das Wissen des Mannes mit dem unvorteilhaften Haarschnitt. Er mischte die gewünschte Menge in den Kaffee, zog sich zurück und wartete die Rückkehr und den ersten Schluck des Pflegers ab. Der Kerl kämpfte tapfer gegen den ihn übermannenden Schlaf. Kritzelte bis zuletzt Buchstaben in sein Kreuzworträtsel, dann sackte er endlich zusammen. Er schlich in den Raum, schüttete den Rest aus der Tasse in ein Spülbecken und wischte sie sauber. Vorsichtig goss er ein wenig frischen Kaffee ein und stellte den Becher zurück an seinen Platz. Mit klopfendem Herzen machte er sich auf den Weg zu Timo.

Im Flur stehend taucht er jetzt aus dieser Erinnerung auf. Und mit jedem Schritt in Richtung Jannis beschleunigt sich sein Herzschlag. Er bewegt sich gleichmäßig, nicht zu schnell, nicht zu langsam. Unauffällig. Es ist keine Menschenseele zu sehen. Alles ruhig. Er hat sich verabschiedet, die Kopie des Lieferscheins unterzeichnen lassen und einen schönen Feierabend gewünscht.

Dann steht er vor der Tür. Verschlossen. Legt die Hand auf den Türgriff. Die andere an das Türblatt. Lehnt sich vor, lauscht. Klopft zaghaft. Hört Bewegung, tritt einen Schritt zurück, die Tür öffnet sich.

»Du?«, fragt der Junge.

»Hallo«, sagt er und lächelt.

»Wer bist du?«

»Ein Freund.«

»Was machst du hier?«

»Dich besuchen.«

»Hast du auch einen Namen?«

»Ich mag Bücher. Magst du auch Bücher?«

Jannis geht zurück in sein Zimmer, setzt sich auf sein Bett. »Lesen ist so anstrengend für meinen Kopf«, sagt er. »Dabei mag ich Geschichten echt gerne.«

»Soll ich dir eine Geschichte erzählen?«

»Erst will ich aber wissen, wie du heißt? Du hast gestern so eine Matratze gebracht, oder?«

»Jens. Ich heiße Jens.« Er betritt das Zimmer, schließt sanft die Tür hinter sich.

»Okay. Wie ich heiße, weißt du ja schon. Worum geht es in deiner Geschichte?«

»Darum, wie man ein Löwenherz wird.«

45

»Dörper?«, meldet sich eine nasale Stimme über die Freisprecheinrichtung. Winter kennt den rotgesichtigen Kollegen, dessen Laune jeden Montag davon abhängt, wie der FC gespielt hat.

»Winter hier. Ich brauche dringend eine Adresse.«

»Winter? Was ist los?«

»Ach, keine große Sache. Ich habe mich mit einem Zeugen in einem Café getroffen und er hat dort was liegen lassen, das will ich ihm vorbeibringen.« Als er die Worte ausgesprochen hat, weiß Winter schon, dass er Dörper damit nicht abspeisen kann. Dörper ist ein Schwätzer, der gerne alles mit allem und jedem teilt, aber er muss einfach nicht mehr wissen als nötig.

»Was hat er denn vergessen?«

Nadja schüttelt auf dem Beifahrersitz nur mit dem Kopf. »Bitte, Dörper, kannst du mir jetzt einfach die Anschrift geben?« Dörper gehört zu der Sorte Kollegen, die einem mittags »Mahlzeit« wünschen und wenn man vor ihnen nach Hause geht, süffisant nachfragen, ob man einen halben Tag Urlaub habe. »Volkmar Lenz heißt der Mann und wohnt in Hachenburg in Rheinland-Pfalz.« Winter hört, wie Dörper auf der Tastatur herumtippt, und stellt sich vor, wie dieser jede Taste einzeln mit einem seiner Zeigefinger herunterdrückt.

»Volkmar Lenz … Lenz. Ich habe hier einen Volkmar Lenz, gemeldet in Hachenburg, Hinter den Gärten 8. Ist der einzige mit dem Namen. Muss also der Zeuge sein, der …«

»Dank dir! Gegen wen geht es am Wochenende?«, unterbricht Winter ihn.

»Ach, zum BVB, da kannst du auch direkt daheimbleiben, da holen wir seit Jahren nix.«

»Dörper, warum so pessimistisch? Mach es gut und danke noch einmal«, antwortet Winter und tippt auf den kleinen roten Telefonhörer.

»Was ist das denn für einer?«, fragt Nadja.

Winter muss grinsen. »Ach, eigentlich kein schlechter Typ, aber ein wenig zu neugierig.«

»Weißt du schon, was du sagen wirst? Ich meine, Lenz wird nicht wirklich gut auf uns zu sprechen sein.«

»Ich werde mich entschuldigen. Ganz einfach. Ich hoffe, er ist nicht nachtragend.«

»Und was denkst du über den Jungen?«

»So wirklich viel wissen wir ja noch nicht. Es steht und fällt mit der Glaubwürdigkeit von Lenz. Wir sollten nach dem Gespräch mit ihm die Hachenburger Kollegen offiziell kontaktieren. Wenn es irgendetwas zu dem Abend gibt, will ich es sehen.«

»Was glaubst du, wie die reagieren?«, fragt Nadja.

»Na ja, wenn das alles so stimmt, was Frau Benninghaus erzählt hat, waren sich vor Ort ja alle schnell sicher, dass es sich um einen Selbstmord handelt. Dann haben wir zwei Selbstmorde. In zwei Hospizen. Knapp 100 km voneinander entfernt. Kann ein Zufall sein. Aber keiner will hören, dass eventuell etwas übersehen wurde«, antwortet er und fährt los.

Wenig später erreichen sie am Rand der Stadt eine kleine Siedlung, die nicht in das bisherige Stadtbild passt. Der Bau steht in einer Seitenstraße. Die weiß verputzte Fassade weist Risse auf. Viele der heruntergekommenen Mehrfamilienhäuser datiert Winter auf die Achtzigerjahre. Zahlreiche Satellitenschüsseln hängen und stehen windschief an den kleinen Balkonen, vereinzelt spannen sich Kabel über die Geländer.

Nadja und Winter warten vor dem zurückgesetzten Hauseingang und drücken wiederholt Lenz' Klingel. Niemand öffnet. Er tritt einen Schritt zurück, sein Blick wandert die Fassade nach oben.

Er kramt sein Smartphone aus der Hosentasche, ruft Lenz' Nummer an und wartet. Es klingelt. Keiner meldet sich. Winter flucht leise.

»Was machen wir jetzt?«, fragt Nadja.

»Die Kollegen vor Ort informieren.«

»Glaubst du, das bringt uns wirklich weiter?«

Winter schüttelt ratlos den Kopf, überlegt.

»Was soll's …«, sagt Nadja trotzig, wählt willkürlich eine der anderen Klingeln aus und drückt darauf.

»Was soll das jetzt?«, fragt Winter, doch bevor Nadja ihm antwortet, rauscht die Gegensprechanlage und eine Frauenstimme meldet sich mit einer mürrischen Nachfrage.

»DHL«, ruft Nadja dringlich und obwohl die Frau ihrem Anschein nach nichts bestellt hat, wie sie unverblümt zugibt, siegt ihre Neugier und der Türöffner summt.

Ein dunkles Treppenhaus empfängt sie. In dem gefliesten Eingangsbereich stehen ein Kinderwagen und zwei Fahrräder. Winter bleibt im Türrahmen zurück, während Nadja sich daran vorbeischiebt, als ihr auf der Treppe eine junge Frau entgegenkommt.

»Sie sind aber nicht der Paketbote?«, ruft sie.

»Entschuldigen Sie, das war eine ganz schlechte Ausrede, aber ich …«

»Ich wusste doch, dass ich nichts bestellt habe«, unterbricht sie Nadja.

»Wir sind Freunde von Volkmar Lenz und sind mit ihm für heute Nachmittag verabredet. Leider reagiert er nicht auf unser Klingeln, da habe ich gedacht …«

»Dass Sie bei mir klingeln und einfach so hier hereinspazieren?«, entgegnet sie schnippisch.

»Ich wusste mir einfach nicht anders zu helfen. Ich mache mir einfach Sorgen, das ist so gar nicht Volkmars Art«, improvisiert Nadja, während Winter sich ein Grinsen verkneift.

»Ich wusste gar nicht, dass der überhaupt Freunde hat.«

»Wie meinen Sie das?«

»Na ja, also seit ich hier wohne, bekommt der nicht oft Besuch.«

»Sie wissen ja gut Bescheid«, merkt Nadja an.

»Ja, ich wohne ja direkt über ihm. Der ist eigentlich ein ganz Ruhiger. Früher, da war der eigentlich ganz freundlich, aber ich will mich nicht beschweren. Obwohl – also seit ein paar Stunden läuft bei dem der Fernseher.«

»Was meinen Sie?«

»Die Lautstärke! Man hört das Ding durch die Wände durch!«

»Sie wohnen also im vierten Stock?«, fragt Winter.

»Zählen ist wohl nicht so ganz Ihre Stärke, wie? Ich wohne im dritten. Lenz wohnt doch im zweiten.«

»Stimmt, da habe ich mich wohl vertan«, versucht Winter es auf die charmante Art.

»Ja, haben Sie wohl.«

Die Frau bleibt weiterhin auf dem Treppenabsatz stehen und macht keinerlei Anstalten, in ihre Wohnung zurückzukehren.

»Tja, dann würde ich sagen, dass wir einfach mal bei ihm klopfen.«

»Wenn der das hört.« Missmutig macht die Frau Platz.

Nadja bedankt sich artig, während Winters Smartphone zu vibrieren beginnt. Althoff.

»Henning, was gibt's?«, meldet er sich mit gedämpfter Stimme.

»Hey. Ich war eben bei Kurzow, er hat mir erzählt, dass ihr euch auf den Weg nach Hachenburg gemacht habt. Gibt es etwa doch was Neues?«

Winter ist genervt, dass die Nachbarin ihnen nach wie vor neugierig folgt. Er bleibt kurzerhand stehen und schaut sie einfach nur an. Mit einer undefinierbaren Geste verabschiedet sie sich schließlich und nimmt die Treppe nach oben. Auf dem oberen Absatz dreht sie sich noch einmal um und nickt den beiden zu.

Winter wendet sich wieder Althoff zu. »Das hier, Henning, könnte der zweite Fall sein. Deswegen sind wir hier.«

»Echt? Und? Habt ihr was herausgefunden?«, fragt Althoff hastig.

»Offiziell soll der Pfleger während der Nachtschicht eingeschlafen sein. Der aber schwört Stein und Bein, dass er betäubt wurde, bevor der Junge gestorben ist. Eine weitere Zeugin hat ebenso Zweifel geäußert …«, Winter zögert.

»Aber?«, hilft Althoff nach.

»Ich habe es verbockt! Ich habe ihn etwas zu hart angefasst, er ist abgehauen. Jetzt wollen wir noch einmal zu ihm. Wir stehen gerade vor seiner Wohnungstür. Er reagiert nicht auf unser Klingeln.« Nadja klopft währenddessen wiederholt an die Holztür, an der ein kleines Schild mit Lenz' Namen befestigt ist.

»Du meinst, er öffnet nicht die Tür?«

»Er reagiert nicht auf Klingeln, nicht auf Klopfen, nimmt sein Telefon nicht ab.«

»Hört sich so an, als würde er dir einen mächtigen Korb geben«, lacht Althoff.

»Sehr witzig. Wir stehen direkt vor seiner Tür, sein Fernseher läuft. Ziemlich laut.«

»Willst du ihn jetzt wegen Ruhestörung belangen? Simon, lass es gut sein, der hat einfach keinen Bock, noch einmal mit euch zu reden.«

»Henning, hier stimmt was nicht …«

»Simon«, unterbricht ihn Althoff streng. »Egal, an was du denkst, aber bau keine Scheiße. Solange keine Gefahr im Verzug ist, halte dich bitte an die Vorschriften. Für irgendwelche Alleingänge gibt es keinen Grund.«

»Hast ja recht. Wir warten noch etwas und machen uns dann auf den Weg zurück. Ich will nur noch mit den Kollegen hier vor Ort sprechen.«

»Alles klar, dann bis später. Melde dich, wenn ihr zurück seid, okay? Grüß mir die Frau Bergendahl.«

Winter drückt Althoff weg. Doch bevor er das Smartphone in seiner Hosentasche verstaut, bittet ihn Nadja, noch einmal bei Lenz anzurufen. Zwischen dem Dröhnen des Fernsehers dringt aus dem Inneren der Wohnung das Klingeln. Keiner hebt ab.

»Warum macht der nicht auf?« Nervös tritt Nadja Bergendahl von einem Fuß auf den anderen. »Haben wir eine Möglichkeit, da irgendwie reinzukommen?«

Winter drängt sich an ihr vorbei, hämmert an die Tür. »Herr Lenz? Ich bin es noch einmal. Bitte öffnen Sie die Tür, ja? Ich möchte mich bei Ihnen entschuldigen!«

Durch die Holztür dringen weiterhin nur die Geräusche des Fernsehers.

»Warum hat er den so laut gestellt?«, fragt Nadja. »So schwerhörig kann man doch nicht sein. Simon, wir sollten nachschauen.«

»Paragraf 31, Absatz 2«, murmelt Winter und schüttelt dabei den Kopf. Da ist es wieder, das Dröhnen von heute Morgen. Im Laufe des Tages war es verklungen, jetzt rauscht es in seinen Ohren. Er erinnert sich an Nicola Benninghaus' Worte. Daran, dass sich Lenz in den letzten Monaten komplett zurückgezogen habe. Dann hat er den Abgang von Lenz im Café vor dem inneren Auge. Die Enttäuschung. Die Wut. Doch Paragraf 31 des Polizeigesetzes regelt das Betreten und die Durchsuchung von Wohnungen eindeutig.

»Was heißt das?«, unterbricht Nadja seine Gedanken.

»Wir dürfen nicht …«

»Aber was, wenn er sich was antun will? Denk daran, wie er das Café verlassen hat! Der war total verletzt!«

»Du machst mich ganz verrückt«, klagt Winter.

»Simon, wenn an Lenz' Geschichte etwas dran ist und wir haben ihm nicht geglaubt«, drängt Nadja weiter.

»Er will einfach nicht noch einmal mit uns reden«, wehrt Winter ab.

»Oder kann es nicht mehr!«

Das Rauschen nimmt zu. Jetzt und hier. Er hasst es, wenn er zu einer Entscheidung gezwungen wird. Winter schätzt es, die Kontrolle zu haben. Druck ist er gewohnt, aber hier in dem dunklen Hausflur, zwischen dem blechernen Klang des viel zu lauten Fernsehers und diesem flauen Gefühl, einen Fehler begangen zu haben, gleicht sie einem Schraubstock.

»Simon!«

Kontrolle. Hart hat er daran gearbeitet, sie zurückerobert. Das Treppenhaus verschwimmt, in Gedanken ist es die Küche. Die Tulpen. Diese verdammten Löcher, aus denen ein eindringliches Flüstern zu dringen scheint. *Marina.* Der Moment, in dem er die Kontrolle verlor. Sie auf dem Boden zerschellte, in Abertausende winzige Scherben zersprang. Er hat Fehler begangen, wer nicht? Trägt seine Schuld. Will er sich weitere aufladen? Nein. Alles versinkt in einem satten Rot, als er einen Schritt zurückgeht und mit voller Wucht gegen das Türblatt tritt.

46

Da gibt es diese Stelle im Buch, diese Worte, die ihm das erste Mal das Gefühl gaben, dass es doch mehr darin zu entdecken gibt als nur eine Geschichte. Auf den Seiten, die er auswendig kennt, erzählt Karl davon, wie er sich gefühlt hat, als Jonathan verstarb. Von den letzten Worten, die sein Bruder sprach, bevor er die Augen für immer schloss. Wie er nach draußen getragen wird und wie er selbst danach allein zurückbleibt. Krank wird. Krank vor Unglück, Elend und Angst.

Diese Angst vor dem Tod. Angst vor dem Alleinsein. Angst, die uns von Kindesbeinen an eingetrichtert wird, die wir wie Muttermilch aufsaugen, die es zu überwinden gilt. Denn er weiß, er weiß ganz genau, dass der Tod und das, was er bereithält, besser ist als so manches Leben.

Wie bei Timo. Wie er damals in seinem Zimmer lag und schlief. Gleichmäßig hob und senkte sich der Brustkorb. Das Messer aus dem Speisesaal des Hospizes steckte in einem Sportarmband für Handys. Mit seinen behandschuhten Fingern zog er es aus der Hülle und legte es auf den Nachttisch des Jungen. Jeder Schritt war geplant. Alles sorgsam durchdacht.

Wieder griff er zu dem kleinen Fläschchen in seiner Tasche, verabreichte Timo die notwendige Dosis des Betäubungsmittels. Zuerst bemerkte er kaum eine Veränderung. Noch immer hob und senkte sich der schmale Brustkorb. Einzig das fast unmerkliche Geräusch tieferer Atemzüge verriet ihm, dass es wirkte.

Keine Qualen. Die haben sie genug erleiden müssen. Diese kleinen Engel auf ihrem Weg, der so schrecklich vorgezeichnet ist.

Still stand er da, in dem dunklen Zimmer. Atmete flach, regungslos, wartete die verabredete Zeit ab. Dann griff er nach der Klinge und Timos Hand. Legte die Finger um den Griff. Die Pulsadern schimmerten rötlich. Der zarte Rest Leben. Es war kein tiefer Schnitt nötig. Er setzte die Spitze einige Zentimeter oberhalb des Gelenks an und zog die Schneide durch die Haut, die sich klaffend auseinanderzog. Es war so leicht. Das Blut quoll aus dem Schnitt. Aus der geöffneten Arterie rann die rote Flüssigkeit an Timos Handgelenken herab, tropfte von den Fingerspitzen auf den hellen PVC-Boden, verband sich zu einer roten Pfütze. Auch beim zweiten gab es keinerlei Probleme.

Dann trat er einen Schritt zurück und beobachtete Timo dabei, wie er seinen Weg nach Nangijala antrat. Dahin, wo die anderen ihn erwarteten. Wo Schmerz zu Leben wird.

Liebevoll blickte er ihn noch einmal an. Genoss den Frieden auf seinem Gesicht. Legte sein Geschenk ab und ließ Timo zurück. Schlich durch das Treppenhaus, sah den Pfleger, dessen Kopf auf dem Kreuzworträtsel lag. Nahm den Weg nach draußen, auf dem er gekommen war.

Im Jetzt befährt er die A4, den letzten Rest der Strecke, während sich das Dunkel über die Baumkronen heranpirscht, um den Tag zu schlucken. Die Begegnung mit Jannis bedeutet ihm viel, die Kontaktaufnahme, erstes Vertrauen. Er hat ihm von Karl und Jonathan erzählt. Vom Heckenrosental. Niemand hat ihn gesehen. Er wird wiederkommen. Bald schon. Jannis braucht ihn. Katla muss besiegt werden.

47

Lange hatte Simon Winter sich dagegen gewehrt, professionelle Hilfe anzunehmen. Eine geraume Zeit war er davon überzeugt, dass er es alleine schaffen müsse, sich von dem Erlebten zu erholen. Alle Diskussionen darüber, dass es nicht schlimm sei, kein Zeichen von Schwäche, wenn man Hilfe annahm, hatten seinen Eindruck nicht verändert. Die Mehrheit der Gesellschaft duldet diese Schwäche nicht. Der Stärkere überlebt, der Kraftlose steht am Ende der Nahrungskette. Naturgesetz. Heute ist er froh darüber, dass er sich letztlich zu dem Schritt durchgerungen hat. Wenn auch die Narbe geblieben ist, die Unwissenheit sich tief in sein Inneres gegraben hat und dort stetig nagt, hat er seinen Weg gefunden, mit ihr zu leben. Er hasst sie, duldet sie, wird sie aber niemals akzeptieren.

Jetzt erinnert er sich, in dem Moment im Türrahmen zu Volkmar Lenz' Badezimmertür stehend, an eine Sitzung bei seiner damaligen Psychotherapeutin. Als die Wohnungstür krachend nach innen aufgeflogen war, der blecherne Klang des Fernsehers, die Mischung aus abgestandener Luft und Alkohol ihn empfangen hatte und sich eine schmale Pfütze unter der Tür am Ende des Flures drängte, da sah er sie. Dr. Rebecca Fehrmann. Die ersten beiden Termine hatte er nicht einen Satz gesagt. Sie hatten nur dagesessen und sich angeschwiegen.

»Soll das jetzt in jeder Sitzung so weiterlaufen?«, hatte er gefragt.

»Das Tempo bestimmen Sie, Herr Winter. Wenn Sie etwas sagen wollen, höre ich Ihnen zu.«

Später hatten sie über Träume gesprochen. Einige aufeinanderfolgende Nächte waren Winter tote Männer und Frauen darin begegnet. Die Therapeutin erläuterte ihm die psychologische Deutungshypothese, dass dieses Symbol Fehler und Schuldgefühle darstellen würde. Passend zu Winters Lebensumständen habe man mit einer Situation aus der Vergangenheit nicht abgeschlossen, das eigene Handeln und die damit verbundene Gefühlswelt nicht reflektiert. Warum jetzt, denkt er? Warum jetzt?

»Scheiße!« Nadja. Sie steht direkt hinter ihm, unterdrückt kurz ein Würgen.

»Was ist denn hier los? Ist was passiert?« Die Nachbarin von oben steht hinter ihnen. Winter dreht sich um, schirmt das Bad ab, bevor sie es betreten kann. »Haben Sie… Wer sind Sie wirklich? Ich rufe die Polizei!« Winter drängt sie aus der Wohnung.

Er schaut Nadja mit leeren Augen an. Macht sich Vorwürfe. Hat er einen Fehler begangen? Lenz zu hart angefasst? Nein, aber er hätte dessen Verzweiflung spüren müssen. Die sich Bahn bricht, wenn alle Selbstverständlichkeiten im Leben plötzlich wegbrechen. Wenn man den Boden unter den Füßen verliert und niemand mehr da ist, der einen auffängt. Denn er kennt dieses Gefühl. Hat es in seinem Handschuhfach eingeschlossen. Daher hätte er es sehen müssen. Lenz war am Ende.

»Das Akzeptieren, Herr Winter, ist die schwierigste Disziplin. Etwas, das wir nicht ändern können, aber am liebsten ändern wollen, macht uns bewegungsunfähig. Bremst uns aus. Sie müssen aktiv werden, nur wer aktiv wird, kann sich und etwas bewegen.« Rebecca Fehrmanns Worte. Sie holen ihn erneut ein.

»Ich bin die ganze Zeit aktiv«, hatte er gemurmelt.

»Ja, aktiv dabei, auf der Stelle zu verharren. Alles, was Sie versucht haben, hat Sie keinen Zentimeter vorangebracht. Welche Antworten haben Sie gefunden?«

»Wenige.«

»War eine davon befriedigend?«

»Nein.«

»Sie ist weg?«

»Ja, sie ist weg.«

»Ist es Ihre Schuld?«

Er schloss damals die Augen. Kurz. Vernahm das Ziehen irgendwo zwischen Magen und Herz. Das Nagen. Es hat nie auf aufgehört. »Bestimmt.«

Jetzt flucht er. Nähert sich noch einmal Schritt für Schritt dem Bad, weicht der schmalen Pfütze aus, die sich auf den Fliesen gesammelt hat und in den Flur reicht. Lenz liegt, den Kopf zur Seite geneigt, in rostbraunem Wasser. Feuchte Luft hängt schwer im Raum.

Schuld. Fehler. *Verdammte Scheiße.*

Dann greift er zu seinem Handy und wählt den Notruf.

48

Zu Hause sitzt er auf dem verschlissenen, beigen Sessel. *Jannis.* Nach der Sache mit Lilli hatte er nicht erwartet, so schnell schon wieder gebraucht zu werden. Lilli hat ihn Kraft gekostet, wegen der Sache mit diesem Bewegungsmelder. Darauf hatte er nicht geachtet. Ein Fehler, der ihm nicht noch einmal passieren darf.

Soweit er es bisher beurteilen kann, wird es bei Jannis wesentlich einfacher. Geregelte Pausenzeiten, der übliche Personalmangel, und eine Möglichkeit, ins Gebäude zu gelangen, hat sich zufällig auch noch ergeben. Als er die Einrichtung verlassen hatte, entdeckte er im hinteren Bereich einen kleinen Aufenthaltsraum. Die dicke Staubschicht, die zusammengestellten Möbel verrieten, dass er nicht regelmäßig genutzt wurde. Das Beste war: Es gab darin ein Fenster. Er hat den Griff einfach in die Waagerechte bewegt, ohne das Fenster zu öffnen. Mal sehen, ob der Griff noch so steht, wenn er wiederkommt. Schon bald.

Müde streift er seine Schuhe ab, legt sich auf sein Bett. An der Decke sucht er im Putz nach Gesichtern. Das hat er schon immer getan. In Fliesen, Wolken, Mustern. Aber seins findet er nie.

Damals. An dem Tag danach. Da hatte er auch im Bett gelegen, als es an der Tür geklingelt hat. Seine Mutter öffnete und er hörte die Stimme seiner Großmutter. Das Schluchzen, das Weinen, das Klagen, die Geräusche der Gewissheit. Sie zerrten ihn aus dem Bett.

Arme … ausgerechnet … besonders …

Da war sie gekommen. Wie eine Flutwelle. Jedes Wort ließ sie kräftiger werden. Schon den Tag zuvor hatte er stundenlang versucht zu weinen, zu klagen, zu schreien. Aber da war nichts gewesen. Kein

Gefühl. Nur Leere. Und nun war sie da. Unaufhaltsam. Groß. Schwer. Niederschmetternd.

Im Schlafanzug stand er vor der geschlossenen Tür seines Zimmers. Auf dem Poster daran prangte Marshall BraveStarr, Sheriff von New Texas. Wie oft hatte er sich die animalischen Kräfte des Marshalls gewünscht. Jetzt stand er vor ihm und erkannte, dass keine davon irgendetwas geändert hätte. Nicht die Kraft des Bären, nicht die Geschwindigkeit des Pumas. In keinem seiner Abenteuer, in denen BraveStarr New Texas vor Tex-Hex beschützte, hatte er so machtlos zusehen müssen, wie er es tun musste. Im Fernsehen gewann das Gute stets gegen das Böse. Im echten Leben waren sie einander mindestens ebenbürtig. An diesem Tag entschied er, nicht länger BraveStarr sein zu wollen.

Der erste Schlag gegen die Tür schmerzte. Der zweite tat gut, die nächsten nahm er kaum mehr wahr. Völlig außer sich hämmerte er seine schmalen Fäuste gegen das Holz, das so unnachgiebig vor ihm stand, wie die Gewissheit.

Als die Tür nach innen aufschwang, seine Mutter hereinstürzte und ihn unter sich begrub, erkannte er seine Großmutter, im Flur stehend und bitterlich weinend. Im Arm hielt sie ein Buch.

Zwischen den kleinen Kerben, Spachtelmasse und Farbnasen entdeckt er ein Lächeln. Sucht sich Nase, Augen, setzt zusammen. Im Hier und Jetzt liegt er nur da und die Lider werden schwer. Der Schlaf zieht ihn tiefer in die Daunen, während draußen das Licht bricht und erste Sterne aufleuchten. Dort, wo sie alle warten. All die kleinen Engel.

49

»Lassen Sie uns noch einmal kurz zusammenfassen, was genau passiert ist, okay?«

Winter nickt stumm.

»Sie ermitteln in einem Suizid, suchen Spuren, und da hat sich das Opfer bei Ihnen gemeldet, weil es Informationen für Sie in einem ähnlich gelagerten Fall habe. Sie sind nach Hachenburg gekommen, um mit ihm zu sprechen, waren der Meinung, dass Sie mit der Aussage nichts anfangen können, um später noch einmal wiederzukommen. Da Herr Lenz nicht auf Anrufe, Klingeln und Klopfen reagiert hat, haben Sie entschieden, die Tür aufzubrechen.«

»Ja, so ungefähr ist es gewesen.« Winter beißt sich auf die Lippen. Reißt sich zusammen.

»So ungefähr, so so …«, meint der Kollege aus Hachenburg süffisant. »Und jetzt ist Herr Lenz tot. Selbstmord. Komischer Zufall, oder?«

»Herr Kollege, ich weiß, wie das klingt. Aber …« Winter ringt nach Worten. Der Stachel, dass er Lenz hat gehen lassen, sitzt tief. Er fühlt sich schuldig. Hat den Pfleger nicht so ernst genommen, wie er es verdient gehabt hätte, und jetzt, jetzt hat er tatsächlich einen Selbstmord. Die Realität trägt bittere Früchte.

»Herr Winter, worum geht es hier wirklich?«, hakt der Hachenburger Kommissar nach. Winter hat seinen Namen vergessen.

Winter atmet tief durch. Dieses ganze Verhör, oder wie auch immer der Kollege es nennen mag, nervt ihn. Kostet ihn Zeit, die er nicht hat. Alles, was er will, ist Zugang zu Timos Akte. Er hofft inständig, dass es überhaupt eine Akte gibt.

»In der Nähe von Gummersbach ist ein junges Mädchen in

einem Hospiz verstorben. Es sieht alles nach Selbstmord aus. Aber dann habe ich auf eigene Faust Ermittlungen angestellt und bin auf einige offene Fragen gestoßen. Also habe ich mich auf die Suche nach einem ähnlichen Fall gemacht und Hospize in ganz Deutschland kontaktiert. Na ja, und dann hat mich Herr Lenz angerufen.«

»Wenn ich das richtig sehe, arbeitete er aber doch gar nicht mehr für das Hospiz hier vor Ort. Wie hat er von Ihren Ermittlungen erfahren?«

»Von einer früheren Kollegin, die im Bärenherz arbeitet. Auch sie hatte an der Selbstmordtheorie ihren Zweifel.«

»Mir ist nichts bekannt über solch einen Fall.«

»Weil der Fall ja auch als Suizid behandelt wurde. Der Junge hieß Timo. Mehr weiß ich leider nicht. Lenz ist wegen seines Todes entlassen worden. Hat wohl eine Menge Aufruhr in der Stadt gegeben.«

»Hmm, da dämmert bei mir irgendwas.« Der Kollege tippt auf seiner Tastatur herum, schiebt dann seinen Stuhl zurück. »Warten Sie mal einen Moment. Ich bin gleich zurück.«

Winter schaut ihm hinterher, wie er das Büro verlässt, wippt nervös mit dem Fuß auf und ab.

Wenig später schwingt die Tür nach innen auf und der Beamte kehrt mit einer Mappe unter dem Arm zurück auf seinen Platz.

»Also, ich habe da was gefunden.«

Wie sich die Bilder gleichen. Auch hier erkennt Winter an der schmalen Akte sofort, dass es nie zu Ermittlungen gekommen ist. Fragend schaut er den Kollegen an, während dieser betont langsam die Mappe aufschlägt.

»Die Kollegen von der Streife sind damals ins Bärenherz gerufen worden. Der Junge wurde von Herrn Lenz tot in seinem Bett aufgefunden, mit aufgeschnittenen Pulsadern. Soweit ich das hier nachvollziehen kann, ist Lenz durch eine Kollegin verhört worden. Es gab keinerlei Anzeichen von Fremdeinwirkung. Das Bärenherz ist ja bekannt dafür, Jugendliche aufzunehmen, die suizidgefährdet sind. Der Chef, ein gewisser Herr Manholdt, hat dies bestätigt und zu Protokoll gegeben, dass Herr Lenz während seiner Schicht eingeschlafen sei. Auf eine Autopsie wurde verzichtet.«

»Warum?«

»Warum? Die äußerliche Begutachtung des Arztes und der Kollegen von der Spurensicherung lieferten keinen Ansatz. Der Junge hat sich mit einem Messer aus dem Speisesaal des Hauses getötet. Das muss er sich dafür selbst besorgt haben. Der zuständige Mediziner hat in seinem Bericht die sogenannten Probierschnitte erwähnt, die deutlich darauf hinweisen sollen, dass der Junge sich selbst getötet hat. Der Totenschein wurde von ihm noch am selben Abend ausgefüllt. Dazu kommt noch, dass das Haus in der Nacht verschlossen ist. Man gelangt also nicht so einfach ins Innere. Es gab auch keinerlei Einbruchsspuren.«

»Nur die Aussage von Lenz …«

»Der sich schützen wollte. Der Mann hat Scheiße gebaut. Ganz einfach.«

»Manchmal ist es aber eben nicht so *einfach!*«

Winter erntet einen mahnenden Blick. »Herr Winter, soweit ich das sehe, hat Herr Lenz sich da in etwas verrannt. Der trägt seit geraumer Zeit eine ganz schöne Last mit sich herum und da Sie ihm auch nicht geglaubt haben, tja … Nicht mehr und nicht weniger.«

»Ja, passt ja alles wunderbar«, fasst Winter missmutig zusammen.

»Genau das wollen wir doch auch, oder nicht? Die Puzzleteile sollen passen und wir sollten den Teufel tun, daran rumzuschnibbeln. Ich will das hier gerne schnell abschließen, aber Sie sollten zur Verfügung stehen, falls wir Sie noch einmal brauchen.«

»Darf ich denn wenigstens selbst einen Blick in die Akte werfen?«

Der Beamte legt demonstrativ seine Hände auf die Mappe, die vor ihm auf dem Schreibtisch liegt. »Ich denke, dazu gibt es keinen Grund. Sollten Sie Amtshilfe erbitten, dann halte ich Sie dazu an, den offiziellen Weg dafür zu nutzen. Ich persönlich schätze da Ihre Chancen aber als eher gering ein.«

»Aber …«

»So, und jetzt hole ich noch Ihre Aussage, Sie unterschreiben und dann können Sie und Ihre Kollegin auch gerne wieder nach Hause fahren. Das Oberbergische soll doch ganz idyllisch sein, oder nicht? Da gibt es doch diese herrlichen Talsperren, nicht wahr?«

Winter nickt wieder nur. Was bleibt ihm anderes übrig.

»Einen Moment dann bitte.«

Angespannt sitzt er da und schüttelt den Kopf. Kontrollverlust. Das darf ihm nicht passieren, er hat Scheiße gebaut. Wie er sich auf Kurzows Reaktion freut, wenn sie wieder zurück in Gummersbach sind. Vermutlich hat der längst Elena Heiderscheidt informiert und nach der Aktion muss er liefern. Auch und gerade für Lenz. Wenn er doch nur einen Blick in die Akte werfen könnte.

Winter leckt sich nervös über die Lippen. Der Beamte hat sie auf seinem Tisch liegen lassen. Er schaut sich um. Gedämpfte Stimmen aus dem Flur sind zu hören, Schritte, die aber an der Bürotür vorbeigehen.

Winter erhebt sich so vorsichtig, als habe er Angst, dass der Stuhl ein lautes Alarmsignal von sich geben würde. Er greift über die Tischplatte, drehte die Mappe und schlägt sie auf. *Timo Berger.*

Schnell versucht er, sich zu orientieren, überfliegt die Passagen, die Auffindesituation und Zeugenaussagen enthalten. Winter ist so nervös, dass es ihm kaum gelingt, die Blätter umzuschlagen. Seine Hände zittern. Er kann dem Impuls nicht widerstehen, auch wenn diese Art, die Kontrolle wiederzuerlangen, mehr als falsch ist.

Zimmer 13c. 13 Jahre alt.

Wieder nähern sich Schritte. Winter wendet den Kopf zur Tür, die Klinke wird nach unten gedrückt. Einen Spalt breit öffnet sie sich. Dann plötzlich eine laute Stimme.

»Gut, dass ich Sie gerade hier antreffe!«

Winter nutzt die Chance und blättert weiter.

Blut. Volkmar Lenz. Ludger Manholdt.

Wieder die Klinke.

»Das sollten wir so machen. Ja, machen Sie das so.«

Nichts, er findet nichts. Weiß ja nicht einmal, wonach genau er sucht. Ihm fallen nur Aspekte ins Auge, die ihm bekannt vorkommen. Es gelingt ihm nicht, aus den Angaben etwas zu filtern.

»Alles klar, dann bis später.« Die Klinke.

Nur noch ein Wort, noch ein verdammtes …

»So, Herr Winter. Entschuldigen Sie, dass es etwas länger gedauert hat.«

Als der Beamte den Raum betritt, sitzt Winter wieder auf seinem Stuhl. Die Mappe liegt geschlossen auf dem Schreibtisch.

»Hier habe ich Ihre Aussage. Die müssten Sie nur noch unterschreiben und ich würde mich dann bei Ihnen melden, falls noch Klärungsbedarf besteht.«

Der Kollege aus Hachenburg legt das Formblatt vor Winter auf den Schreibtisch, schnappt einen Kugelschreiber aus dem Stifthalter, drückt einmal darauf und hält ihn ihm hin. Winter greift danach und unterzeichnet mit leicht zittrigen Händen.

»Sie wollen sie nicht noch einmal kontrollieren?«

»Nein, danke. Ich vertraue da voll und ganz auf Sie.« Winter steht auf.

»Tja, dann hoffe ich, dass die Sache erledigt ist, Herr Kollege. Ich will das Ganze auch nicht unnötig aufbauschen, aber lassen Sie mich Ihnen noch einen letzten Rat mit auf den Weg geben.«

»Ja?«

»Belassen Sie es dabei. Keiner braucht das hier und ich denke, die

Sache mit Lenz spricht Bände. Wie schon gesagt, ich will kein großes Federlesen machen. Sollten Sie nichts mehr von mir hören, ist die Sache erledigt.«

Ein Gedanke schießt durch seinen Kopf. Winter schaut den Beamten unvermittelt an. Schnell ergreift er dessen Hand.

»Vielen Dank. Ich versuche, Ihre Worte zu beherzigen. Auf Wiedersehen.«

Hastig lässt er den verdutzten Beamten zurück. Seine Gedanken rasen. Er beschleunigt den Schritt, kramt in der Innentasche nach seinem Smartphone. Zieht die imaginären Hängeregister im Kopf auf, fischt nach der Akte. Sucht nach dem Bild, diesem einen Bild. Fächert sie auf und verliert sie doch wieder aus dem Fokus, da er sich in der Realität orientieren musste. Nach der nächsten Glastür hält er Ausschau nach einem Hinweis auf den Ausgang, das Handy in der Hand. Sein Kopf scheint zerspringen zu wollen. Endlich erkennt er die kleinen Hinweispfeile an der Wand. Als habe er Angst, die Gedanken innerhalb des Gebäudes zu verlieren, legt er noch einmal einen Schritt zu. Nickt den Kollegen am Eingangsbereich freundlich zu, stößt die Tür nach draußen auf, sieht Nadja, die auf einer Bank vor dem Gebäude sitzt und ihm zuwinkt. In seinen Gedanken hält er das Bild triumphierend in der Hand, nach dem er gesucht hatte.

»Na, haben sie dich wieder rausgelassen oder muss ich Geld für die Kaution abheben gehen?«

»Nadja, ich glaube, ich hab es!«, ruft Winter aufgeregt.

»Was hast du?«

»Eine Spur.«

»Haben die dir geglaubt? Durftest du …«

»Nein, durfte ich nicht.« Winter steigt die Treppenstufen des Gebäudes herab in Richtung Straße.

»Aber wie hast du dann …«

»Es war nicht ganz einfach. Aber am Ende dann doch nicht so

schwer. Eigentlich war es sogar *federleicht*«, unterbricht er sie beschwingt.

»Was?«

»Lass uns nach Gummersbach fahren. Wenn ich richtigliege, brauchen wir etwas aus der Kiste mit Lillis persönlichen Sachen.«

50

»Er kommt gerade raus. Ich muss Schluss machen.«

Helge beendet das Gespräch auf seinem Smartphone und legt es vor sich auf den Schreibtisch. Komisch, in diesen alten Hotelzimmern stehen immer Schreibtische. Erinnern daran, dass hier früher oft abgestiegen wurde, um zu arbeiten. Bürokram zu erledigen, bevor man sich in den Kissen wälzt und am nächsten Morgen einen weiteren Ort aufsucht. Handelsreisende. Er muss an Kafka denken, an diesen Tuchverkäufer, der zu einem Käfer mutiert, weil er dieses Leben nicht mehr will.

Mit Zeigefinger und Daumen presst er seine Unterlippe zusammen. Liest noch einmal, was er in der Eile von Nadjas Erzählung mitgeschrieben hat. Sie ist mittendrin. Genau das, was sie sich versprochen hat, aber dieser Klang in ihrer Stimme. Den hat er so noch nie bei ihr gehört. Wie sie von dem Blutwasser gesprochen hat. So hat sie es genannt und er hat den Begriff notiert. Blutwasser. Darin habe er gelegen, mit aufgeschnittenen Pulsadern. Das Wasser sei über den Rand getreten, bis in den Flur gelaufen. *Blutwasser.*

Ein zweites Kind. Vermeintlicher Selbstmord. Ein Pfleger, der endlich gehört werden will, und ein Ermittler, der ihm nicht glaubt. Und dann bringt sich der Pfleger selbst um, genauso, also zumindest so ähnlich, wie das Kind während seiner Dienstzeit gestorben ist.

Vor wenigen Wochen haben sie über die Weiterentwicklung ihres Podcasts gesprochen, eine Umfrage bei Instagram gestartet und die Abonnenten gefragt, was sie sich für die zukünftigen Folgen wünschten. O-Töne. Interviews mit Angehörigen, sogar mit den Tätern. Nadjas Stichwort fällt ihm ein: Distanz. Das sei das Problem, hat sie gesagt. Am Ende sind wir zwar Spezialisten, aber stehen auch nur am Rand.

Darüber muss er jetzt nachdenken, weil sie darin in diesem Fall die Chance sah. Endlich mittendrin zu sein. Dabei. Direkt beteiligt. *Blutwasser.* Er versucht, während er über all das nachdenkt, sich den Klang ihrer Stimme noch einmal zu vergegenwärtigen. Wie sie davon berichtet hat, atemlos, aufgeregt, nervös, bedrückt. Er sortiert die vielen Adjektive, die ihm in den Sinn kommen, verwirft sie wieder. Und dann setzt er den Stift an. Zögerlich fließt der erste Buchstabe auf das Papier. Ist es nicht das, was er damals schon an ihr geschätzt hat? Das, was er in ihr gesehen hat? Was er an ihr … liebt?

Er legt den Stift zur Seite. Nimmt das Smartphone auf, wählt einen Song aus. Metallica. *Master of Puppets.* Schweift kurz ab und sieht sich in der Menge. *Rock am Ring.* Schon ein paar Jahre her. Durch die Produktion und die Recherchen ist er in letzter Zeit auf zu wenigen Festivals gewesen. Das muss er ändern. Es fehlt ihm, zwischen all den Menschen dicht gedrängt unter freiem Himmel lauthals die Musik und das Leben abzufeiern.

Fasziniert. Er schluckt. Das richtige Wort.

51

Das Deckenlicht brennt in den Augen, als Winter auf den Schalter drückt und das Büro taghell erstrahlt. Sie sind müde, ihre Muskeln brennen. Doch die Angespanntheit des Tages, die Aufregung, wirkt wie Koffein und sie sieht Simon zu, wie er an seinen Schreibtisch stürmt, im Papierstapel wühlt und eine Akte hervorzieht. Darin aufgeregt blättert. Er wollte es ihr nicht erzählen, seit knapp einer Stunde rätselt sie, was er gefunden hat. Nach dem Gespräch mit Helge sind sie direkt aufgebrochen, mit jedem Kilometer klemmte sich das Dunkel des Tages dichter an den Wagen und sie fragte weniger.

Jetzt greift er nach dem Telefonhörer und sie nimmt ihm gegenüber auf einem der Stühle Platz. Schaut ihn an. Während er nervös mit den Fingern auf die Tischunterlage trommelt.

»So ein winziges Detail. Es hatte keine Bedeutung für mich. Es ist mir aufgefallen, ja, aber ich hatte ja keine Ahnung.« Simon führt ein Selbstgespräch, während er darauf wartet, dass jemand sein Gespräch annimmt.

»Dann habe ich den Bericht aus Hachenburg gelesen und dann … also, jetzt mal ganz ehrlich, wer zur Hölle benutzt denn bitte dieses Wort?«

»Welches Wort?«, raunt sie.

»Was?«

»Welches verdammte Wort?«

»Hallo?«, fragt er plötzlich laut. »Ja, Simon Winter hier, Polizei Gummersbach. Ist Herr Albrecht zu sprechen?«

Nadja versteht kein Wort. Sie atmet hörbar aus. Ballt ihre Hände zu Fäusten.

»Hallo, Herr Albrecht, Simon Winter hier. Darf ich Ihnen noch einmal kurz eine Frage zu den persönlichen Gegenständen von Lilli Lessing stellen?« Er wartet kurz ab. Nadja hört die Stimme des Hospizleiters leise im Hintergrund.

»Was? Schon an die Eltern zurückgegeben? Hmm, okay, danke für die Information. Kein Problem. Vielen Dank. Auf Wiederhören.« Winter legt auf. Kratzt sich an der Stirn.

»Welches Wort?«, fragt Nadja erneut.

»Was?« Irritiert schaut er auf.

»Welches Wort hat der Typ aus Hachenburg benutzt?«

»Ach so: Federlesen.«

Sie lässt ihr Kinn fallen, fängt an zu lachen. »Simon, du machst mich fertig. Erklärst du mir jetzt endlich, worum es hier geht?«

»Um eine Feder«, antwortet Winter.

»Eine Feder? Um was für eine Feder?«

»Um die in Lillis Zimmer. Besser gesagt, um die in der Kiste mit ihren persönlichen Sachen. Im Bericht der Kollegen aus Hachenburg steht, dass auf Timos Nachttisch eine Feder lag. Eine weiße Feder. Genau so eine, wie ich sie in Lillis Zimmer gesehen habe. Lenz hatte recht!«

»Und da bist du dir sicher?«

»Ganz sicher.«

»Das ist mehr als der Stuhl, mehr als der Schlüssel«, murmelt sie vor sich hin.

Er nickt nur. »Ja, ist es. Das ist kein Zufall mehr. Kein Beweis, aber ein Indiz.«

»Also gibt es ihn?«

»Davon bin ich überzeugt«, sagt er und fährt sich durch die Haare. Zufrieden. Er will ihn kriegen. Für die Kinder. Und für Lenz. »Aber es gibt ein Problem!«

»Was für ein Problem?«

»Die Kiste mit Lillis persönlichen Gegenständen ist heute den

Lessings übergeben worden. Wenn wir die Feder haben wollen, müssen wir zu ihnen.«

»Wo ist da das Problem?«, fragt Nadja unverblümt. »Worauf warten wir noch?«

Winter blickt auf die Uhr. Denkt zurück an die Beerdigung. Denkt an Lenz. An all das, was sie heute erlebt haben. »Es ist schon spät. Außerdem haben die Lessings heute ihre Tochter beerdigt. Lassen wir ihnen noch etwas Zeit. Ich glaube, das muss bis morgen warten«, sagt er dann. »Lass uns jetzt lieber noch einmal durchgehen, was wir bisher haben.«

52

Langsam umspült ihn der Schlaf.

»Mein Schatz, ich habe dir etwas mitgebracht.« Die Stimme seiner Oma. So wie sie damals auf der Bettkante Platz genommen hatte, ihm zärtlich über den Kopf streichelte. Er antwortete nicht, lag nur da, unter einem Kissen vergraben.

»Es ist ein Buch. Ich glaube, dass es dir gefallen wird.«

Ein Buch? Ja, so hatte er damals gedacht. Wie zur Hölle sollte ihm ein Buch helfen? Seine Fäuste schmerzten von den Schlägen gegen die Tür. Mit verquollenen Augen riskierte er einen Blick auf die tauben Fingerknöchel, die angeschwollen brannten.

»Lass mal sehen«, bat seine Großmutter und griff nach seinem Handgelenk. »Weißt du, ich kann deine Wut verstehen. Ich bin selbst auch sehr wütend.«

Plötzlich spürte er etwas Kaltes an seinen Fingern.

»Das wird dir guttun.«

Oma tupfte seine Finger vorsichtig mit einem nassen Tuch ab. »Wichtig ist nur, dass es endlich vorbei ist. Das wolltest du doch auch, oder?«

Er zog die Nase hoch, drückte sein Gesicht zurück in das Kissen.

»Weißt du, er ist jetzt in Nangijala. Ein Land der Sagen und Lagerfeuer. Es ist wunderschön dort.«

Er wollte weghören. Nicht zuhören. Er hasste sie, hasste seine Mutter, Gott, einfach alles.

»Ich lege es hier auf deinen Nachttisch. Lies es, André, es wird dir gefallen. Ich lass dich dann mal allein.«

Er spürte, wie seine Matratze nachgab, hörte die schlurfenden Schritte, das Klacken der Tür.

Er öffnet die Augen, blickt sich um, wischt sich eine Träne aus dem Augenwinkel. Er meint, die Kuhle zu erkennen, obwohl seine Großmutter nur im Traum eines Halbschlafs auf der Kante des Bettes gesessen hat.

Er zieht die schmale Schublade des Nachttisches auf. Darin liegt das einzig verbliebene Foto. Es zeigt die Brüder auf dem Rasen hinter dem Haus. Kartons stehen auf der Wiese. Unter dem Blau des Himmels tragen sie nur T-Shirts und kurze Hosen, wirken fröhlich, tanzen. Jens trägt eine Kappe seitwärts auf dem Kopf, hält einen Arm in die Luft, in der Hand einen Stock und schaut auf ihn herab. Er selbst steht mit dem Rücken zum Fotografen, in zu großen Schuhen, mit offenen Schnürsenkeln. Das Foto verblasst bereits. Die Erinnerung an den Tag ist kaum mehr vorhanden. Er holt tief Luft. Saugt sie ein, hat sie unmerklich angehalten und dann ist sie da.

Die erste Idee für Jannis. Sie wirkt passend, das muss er sich selbst eingestehen, trotzdem hat er ein Problem damit. Die Würde ist ihm wichtig, sie ist eines seiner Prinzipien.

Er liegt auf seinem Bett, verstaut das Foto in der Schublade, schiebt sie zu und wälzt sich von einer Seite auf die andere. An Schlaf ist jetzt kaum mehr zu denken. Draußen rüttelt der Wind an den Rollläden. Immer wieder rauscht er in den Blättern der angrenzenden Bäume und pfeift durch die Gasse zwischen den Häusern.

Als er Jannis davon erzählt hatte, wie man ein Löwenherz wird, hat ihm der Junge von einer Geschichte berichtet. Aus einem Buch, das ihm seine Mama vorgelesen habe. Wovon es handelt, hat er schon wieder verdrängt, aber den Titel, den kennt er noch: *Kawasaki hält alle in Atem.*

Atmen. Luft holen. Jannis' blasse Haut. Ihm fehlte der Sauerstoff. Sein Körper war gezeichnet von dem Kampf nach Luft. Von dieser Angst, dass der nächste Atemzug nicht mehr reichen wird, dass die Luft knapp wird, davon wird er ihn befreien.

Aber Jannis ersticken? Der erste Gedanke, der ihm einfällt, ist eine Plastiktüte. Aber, dass Jannis am nächsten Morgen mit solch einer über seinen Kopf gestülpt gefunden wird, nein, das behagt ihm nicht. Wo bleibt da die Würde?

Er steht auf und schaltet seinen Rechner ein. Ruft eine Suchmaschine auf und tippt *sich selbst ersticken* in die Suchleiste ein und überfliegt die Ergebnisse. Mit den eigenen Händen erwürgen kann man sich also nicht. Wer versucht so etwas, fragt er sich. Dann entdeckt er diese Tüte. Immer wieder taucht sie auf. Sie hat sogar einen eigenen Namen: *Exit-Bag.* Ganz leicht im Internet zu bestellen. André muss grinsen. Dann beginnt er herzhaft zu lachen. Weil ihm dieser Spruch in den Sinn kommt, den sie damals echt oft benutzt haben: *der Wahnsinn in Tüten.*

Sind Exit-Bags also der Tod in Tüten? André lacht. Er kann sich nicht mehr beherrschen. *Der Tod in Tüten.* Was für ein Scheiß. Wie würde wohl der Werbespot dazu aussehen? *Bestellen Sie jetzt den Tod in Tüten. Ihren Exit-Bag mit individuellem Aufdruck. Das Angebot ist streng limitiert. Nur jetzt und für die ersten einhundert Anrufer zu unserem Spezialpreis. Ihr persönlicher Exit-Bag kostet nicht siebzig Euro, nicht sechzig Euro, nein, für vierzig Euro erhalten Sie Ihren ganz individuellen Exit-Bag. Der Tod in Tüten. Greifen Sie jetzt zu. Denn nur heute bekommen Sie gratis unsere Abschiedsbrief-Vordrucke auf Goldrandpapier dazu. Setzen Sie nur noch Ihren und die Namen der Angehörigen ein. Keine unnötige Bürokratie, keine nervige Suche im Internet, kein Einkauf von Briefpapier. Wir haben bereits die richtigen Worte für Sie. Mit unserem Exit-Bag-Spezialangebot sind Sie der Star auf dem Sterbebett.*

Er klappt den Rechner zu. Lacht. Lacht, bis ihm die Tränen kommen. Hält sich den Bauch, der zu schmerzen beginnt. Er ist so verdammt müde. Dann reißt er sich zusammen. Schämt sich für seine Gedanken. So etwas darf er nicht denken. Er braucht eine andere Lösung. Eine, die sich des Jungen als würdig erweist. Er ist so verdammt müde. Morgen wird er klarer denken können. Klarer denken müssen. Für Jannis.

53

Als Winter die Tür seines Hauses aufschließt, fühlt er sich erleichtert und doch ausgebrannt. Gähnend öffnet er die Tür des Kühlschranks, den ganzen Tag über hat er kaum etwas gegessen und viel zu wenig getrunken. Und er war vor dem Wochenende nicht einkaufen. Er greift nach einem Bier, öffnet dann das Eisfach, zieht eine Tiefkühlpizza daraus hervor und steckt sie in den Ofen.

Im schwachen Licht der Ofenlampe sitzt er in der Küche und nippt an dem kühlen Getränk. Muss an Lenz denken. An Lilli. An Timo. Für sie alle muss er den, der da draußen auf ihn wartet, finden.

Mit müden Augen starrt er auf die Leuchtdiode seines Backofens, an dem der eingestellte Timer abläuft. Fingert sein Smartphone aus der Hosentasche, legt es neben dem Teller auf den Tisch ab und erkennt eine Nachricht von Nadja.

»Es ist schrecklich, was heute passiert ist, aber du wirst ihn finden. Wenn es einer schafft, dann du. Das ist mir heute klar geworden. Ich hoffe, du findest Schlaf.«

Sein Zeigefinger kreist unschlüssig über den Buchstaben. Da sind keine Worte. Sie haben in den vergangenen Stunden jede Möglichkeit abgewogen. Und am Ende, als sie vor der Wand in seinem Büro standen und dort schwarz auf weiß zu lesen war, welche Auffälligkeiten es bei Lilli und Timo gab und vor allem welche Gemeinsamkeit die beiden Fälle verbindet, da waren sie sich sicher.

Plötzlich leuchtet das Display seines Telefons auf. Kurzow. Erst überlegt er, nicht abzunehmen, doch dann entscheidet er sich um.

»Winter, was zur Hölle ist da heute in diesem Hachenburg passiert?«, poltert Kurzow los.

»Wir haben uns mit einem Zeugen getroffen, und …«

»Sparen Sie sich das Drumherum und kommen Sie zum Punkt! Sie glauben nicht, wie verdammt unangenehm es mir war, von meinem Westerwälder Kollegen zu erfahren, dass einer meiner Leute in deren Revier wildert.«

»Ich habe die Tür nicht einfach so eingetreten, und wie Sie ja schon …«

Wieder unterbricht ihn Kurzow. Lässt keinen Zweifel daran, wer der Herr des Gesprächs ist. »Ja, Sie hatten recht, aber das war Glück, Winter. Pures Glück.« Er atmet hörbar aus. »Wenn ich die Kollegen vor Ort richtig verstanden habe, werden sie aufgrund der Situation von einem weiteren Vorgehen gegen Sie absehen.«

»Wie großzügig«, entfährt es Winter.

Kurz stockt Kurzow. Holt tief Luft, bevor er weiterspricht. Winter denkt, dass er das gewiss auf einem Seminar gelernt hat. »Ja, das ist es wirklich, Herr Kollege. Und Ihre Dankbarkeit können Sie zeigen, indem Sie da keine alten Kamellen aufwärmen, die längst abgeschlossen sind. Sie haben ja nun deutlich gesehen, wohin das führt, wenn man an der falschen Stelle bohrt.«

»Ich denke, wir haben an der ganz richtigen Stelle gebohrt.«

Kurzow zögert. »Wie meinen Sie das?«

»Ich glaube, wir haben etwas gefunden.«

»Ich höre.« Winter versucht, den Unterton auszublenden.

»Inmitten Lillis persönlicher Sachen lag eine Feder. Ich habe ihr zuerst keine Bedeutung beigemessen. Doch dann habe ich herausgefunden, dass es bei dem toten Jungen in Hachenburg auch eine Feder gegeben hat. Auf seinem Nachttisch.«

»Eine Feder«, wiederholt Kurzow. Unterton.

»Ich weiß, es ist nicht viel, aber wenn wir Lillis Eltern danach befragen und auch noch einmal in Hachenburg nachhören und herauskommt, dass diese Federn vor dem Tod der Kinder nicht da waren oder ihnen nicht gehörten, dann ist sie ein Ansatz.«

»Ein Indiz. Nicht mehr. Nicht weniger. Ich will Sie morgen früh in meinem Büro sehen. Frau Heiderscheidt wird da sein, ich habe sie heute Abend zufällig getroffen und mit ihr über Hachenburg gesprochen.«

Zufällig. Klar, Mitte des Monats. Italiener. Denkt Winter und schiebt den Gedanken beiseite. »Dann sehen wir uns morgen. Ich will wissen, ob es irgendeine Verbindung zwischen den Kindern gibt. Wenn wir dazu was finden …«

»Morgen früh, Winter. Wir reden morgen früh weiter«, unterbricht ihn Kurzow und beendet das Gespräch. Der Backofen beginnt zu piepen.

Er legt das Smartphone neben sich. Schließt die Augen. Im Hängeregister liegen die Fotos. Lenz in der Badewanne. In seinem eigenen Blut. Lillis Beerdigung. Der Schmerz der Lessings. Dazwischen Nadja. Die Sache mit dem Handschuhfach. Und ein großes Fragezeichen. Eine namenlose Silhouette. Dann steht er auf.

Ich finde dich.

54

Das Hotelzimmer schrumpft zusammen, während sie mit dem Kopf auf seinem Schoß liegt und die Tränen weniger werden. So hat er sie noch nie gesehen. Nadja kann ein Eisberg sein, unerschütterlich, höchst professionell. Immer wenn sie über die Fälle sprechen, nimmt sie eine distanzierte Rolle ein, fast emotionslos. Aber heute ist es anders. Diese unmittelbare Nähe hat sie verändert. Gedankenverloren streicht er ihr über den Hinterkopf. Kann sich nicht dagegen wehren, dass es ihm guttut, dass sie noch zu ihm gekommen ist und nun hier liegt.

»Helga?«, fragt sie leise.

Er mag den Namen nicht. Nicht, wenn sie ihn ausspricht. Seit knapp zwanzig Jahren trägt er ihn mit sich herum. *Wacken.* August 2000. *Venom* hatten gespielt. Der Weg zurück zum Zeltplatz, betrunkenes Stapfen auf der Suche nach dem eigenen Zelt in einem Meer aus bunten Planen. Der Geruch von Grillfleisch, Bier, Gras und Kotze in der Luft, und als die Dunkelheit einsetzte, begannen die Rufe. Die Rufe nach Helga. Um die Entstehungsgeschichte ranken sich zahlreiche Gerüchte. Ein Streit um eine Dose Ravioli, die Suche nach einer Freundin dieses Namens oder die verzweifelte Hoffnung auf ein Hochdruckgebiet, das den endlosen Regen beendet. Egal. Sein Spitzname war geboren. Helge wurde zu Helga und fast hätte er es geschafft, ihn loszuwerden, wenn nicht ein ehemaliger Kumpel in den Bewertungen des Podcasts diese alte Geschichte ausgegraben hätte. Die Metal-Shirts, von denen er sich nicht trennen kann, nicht trennen will, taten ihr Übriges. Und so wurde er wieder zu Helga. Und als Nadja diesen Namen das erste Mal benutzt hatte, war ihm spätestens klar geworden, als was sie ihn sah.

Als netten Kollegen. Als Freund. Grenze gezogen. Sie zu akzeptieren, ist ein anderes Ding.

»Ja?«, antwortet er schnell.

»Danke. Ich weiß auch nicht warum, aber die Sache geht mir näher als gedacht.«

»Ja, ich meine, du hast einen Toten gefunden. Ich meine, einen echten Toten.«

»Das ist es nicht einmal. Also nicht nur. Klar, es ist etwas anderes, als es auf Bildern oder in der Patho zu sehen, aber …«, sie stockt. Setzt sich auf. Das lange Haar zerzaust, die Augen rötlich, die Schminke zerlaufen. All das fällt ihm auf. Zu sehr. Hat eine Bedeutung für ihn, gegen die er sich nicht wehren kann. »Ich weiß nicht, aber diese Kinder.« Sie schüttelt den Kopf.

»Was meinst du?« Er rutscht die Kante des Bettes hoch, sucht eine bequemere Position, weil ihm das linke Bein eingeschlafen ist.

»Ich habe auf der Rückfahrt lange darüber nachgedacht. Über all das, was Simon erzählt hat. Sie sind todkrank. Die Kinder. Liegen in diesen Hospizen, werden gepflegt, um dort irgendwann zu sterben.«

Helge kraust die Stirn. »Worauf willst du hinaus?«

»Sie haben unheilbare Krankheiten, Schmerzen. Null Hoffnung. Ich meine, sollte es dir so gehen, was würdest du dir wünschen?«, fragt sie ihn.

»Äh, keine Schmerzen? Gesund werden?«

»Und wenn das nicht möglich ist?«

»Ich weiß nicht, kommt darauf an.«

»Worauf, Helge? Wenn da nichts ist, außer Krankheit und Schmerz. Nur noch das Warten auf den Tod.«

»Na ja, es gibt ja …«

»Jetzt komm mir nicht mit Liebe oder so einem Scheiß. Familie. Glück. Netflix. Whatever. Du bist derjenige, der die Schmerzen hat. Keiner aus deiner Familie.«

»Aber die Familie leidet ja mit«, versucht er zu erklären.

»Ja, aber doch am ehesten darunter, dass es gerade sie getroffen hat. Nicht die Nachbarn. Nicht die blöde Verwandtschaft. Nein, das eigene Kind. Die Schmerzen, die der Sohn oder die Tochter aushalten muss, die bleiben ja abstrakt. Die hat nur das Kind.«

»Worauf willst du eigentlich hinaus?«

»Simon hat mir von Lillis Eltern erzählt. Wie sie reagiert haben, als er bei ihnen war. Die wollten das gar nicht wahrhaben, dass sich Lilli umgebracht hat …«

»Wer will das denn bitte schön?«, bricht es aus ihm heraus.

»Das meine ich nicht. Die wollten es nicht akzeptieren, dass sie … also ich meine, dass …«

»Dass Lilli es ohne ihre Erlaubnis getan haben könnte?«, hilft Helge nach.

Ihre Augen leuchten zwischen dem verschmierten Lidschatten auf. »Genau. Sie haben an Lillis Leben festgehalten. Nicht Lilli selbst. Timo, der Junge aus Hachenburg, hat nicht einmal leibliche Eltern, wie mir Simon erzählt hat. Was hat ihn denn dann auf dieser beschissenen Welt gehalten? Was, wenn beide lieber tot sein wollten.«

»Das spricht aber dann doch wieder eher für die Selbstmordtheorie, oder nicht?«

»Es gibt Kinder, die sich umbringen, aber viele von ihnen lernen bestimmt auch früh, dass sie das nicht dürfen oder dass sie ihre Krankheit aushalten müssen, als Prüfung, als … ach, irgendein Quatsch wird ihnen erzählt, damit sie gar nicht erst auf diesen Gedanken kommen.«

»Was?«, fragt er und verzieht das Gesicht.

»Ja! Keiner tut, was er nicht tun darf. Selbstmörder kommen nicht in den Himmel, schon vergessen?«

»Ach, jetzt hör doch auf.« Helge steht auf, greift nach einer Flasche Wasser, die auf dem Schreibtisch steht, und gießt sich ein Glas ein.

Sie schaut ihn an. Will, dass er sie versteht. »Die katholische Kirche hat sich jahrelang geweigert, Selbstmördern ein kirchliches Begräbnis zu gestatten.«

»Worüber reden wir hier eigentlich?«

»In vielen Köpfen ist Selbstmord eine Sünde. Auch in denen der Kinder. Also brauchen sie jemanden, der ihnen hilft.«

»Hilft, sich umzubringen? Du meinst, es gibt eine Art Pakt zwischen dem Täter und den Kindern?«

»Genau.«

»Und woher weiß der, dass die Kinder das wollen?«

Sie fährt sich durch die Haare, streckt die Hand aus und fordert einen Schluck seines Wassers. Trinkt hastig und gibt ihm das Glas zurück. »Keine Ahnung, aber genau das ist ja der Punkt: Er bildet sich das ein oder erfährt irgendwie davon. Er empfindet keinen Spaß daran, sie zu töten, also geht es ihm nicht um die Tat, sondern um das danach. Dass die Kinder nicht mehr leiden.«

»Dann ist er trotzdem ein Mörder. Von mir aus ein Mörder mit Moral, aber ein Mörder. Er bringt Kinder um, Nadja, verdammt!«

Sie legt sich flach hin, streckt die Beine aus, schließt die Augen. »Tut mir leid. Der Tag war einfach beschissen.«

Unschlüssig steht er vor seinem Hotelbett. Dann klopft sie auf die Matratze neben sich. »Na komm, lass uns schlafen.«

»Hier? Äh, beide?«, fragt er überrascht.

»Jetzt stell dich nicht so an«, sagt sie nur.

Und er legt sich hin. Neben sie. Spürt die Wärme, die von ihrem Körper ausgeht. Dann die eigene, aufsteigende Hitze. Verflucht das, wonach sich sein ganzer Körper sehnt. Grenzen. Normen. Was darf man, was darf man nicht? Bevor er reagieren kann, hört er ihr tiefes Atmen. Nadja ist eingeschlafen.

55

»Bitte …«

Es ist eher ein Rasseln, denn ein Flüstern. Sofort steht sie auf. Das schabende Geräusch ihres Stuhls auf dem Linoleumboden lässt sie zusammenzucken. Sie will sich kümmern. Für ihn da sein. Es ist sonst so still in diesem Zimmer. Wie lange schon?

Hier leben sie. Ihre Zeit verbringen sie zwischen diesen Wänden, zwischen Postern. Alten Möbeln aus robuster Eiche. Im Dunst des Schattens. Müssen hier sein. Hier bei ihm. Ganz nah. Sie tritt an sein Bett, legt ihren Kopf auf die Seite, streicht ihre Haare hinter ein Ohr und beugt sich zu ihm hinunter. »Was sagst du, Jens?«

Sie zieht die Nase hoch. Ihr Gesicht sieht verquollen aus. Die Traurigkeit ist eine Konstante. Steckt in jeder Faser ihres Körpers.

»Bitte!« Die schmale Stimme scheint fester, der Junge bäumt sich auf, sein Gesicht wirkt entschlossen. Woher nimmt er die Kraft? Die eingefallenen Wangen, die dunklen Ringe unter seinen Augen, die vom Schmerz gezeichnet sind.

»Schhhh …« Sie streicht ihm die Haare aus der Stirn. »Ruh' dich aus.« Tränen rinnen ihre Wangen hinab.

»Mama, bitte …« Er greift nach ihrem Handgelenk, umschließt es mit scheinbar letzter Kraft. Unter der pergamentartigen Haut treten seine weißen Knöchel deutlich hervor. Er schluckt schwer. Nimmt einen Atemzug, sein Körper rasselt und bebt. »Bitte, bitte lasst mich jetzt …«

Ihre Augen laufen über. Sie kann nicht mehr. Aber sie darf nicht aufgeben. Nicht jetzt. Nicht ihn. All die Zeit zwischen Hoffen und Bangen. Wie gerne würde sie mit ihm tauschen, an seiner Stelle in diesem Bett liegen. Die Schläuche. Der Eiter.

Wie Blitzlichter zucken die Bilder der Vergangenheit vor ihrem inneren Auge auf. Sie zeigen Momente des Glücks, dann die Momente der Wahrheit und am Ende die Momente der Erkenntnis. Bittere, die sie an den Rand der Verzweiflung getrieben haben. Die sie verfolgen, die sie jagen, und die sie irgendwann umbringen werden, so denkt sie. Denn sie weiß, wie es endet. Sie weiß nur nicht wann. Das kann ihr keiner sagen. Keiner weiß es. Reine Vermutungen. Alle haben unfassbar große Angst davor. Vor allem sie. Sie will es nicht. Nicht akzeptieren. Nicht wahrhaben und vor allem nicht erleben. Und so warten sie hier. Warten darauf, dass die Schmerzen gewinnen. Warten auf den Schatten. Auf die dunklen Schwingen, die alles mit sich reißen werden. Ihn. Sie. Erst dann wird sie ablassen. Wenn sie nichts mehr tun kann. Es kein Zurück mehr gibt. Aber bis dahin wird sie alles dafür tun, dass es weitergeht.

Der Junge zieht sie näher zu sich heran, seine aufgesprungenen Lippen berühren fast ihr Ohr. Sie spürt seinen Willen, das Letzte, was noch gebrochen werden muss.

»Bitte, lass mich zu den Engeln gehen!«, raunt er.

Dann brechen alle Dämme.

Dritter Teil

ERKENNTNIS

56

Nadja erwacht aus einem Traumbündel aus roter Brühe, Dunkelheit und dem Geruch von verbrannter Haut. Als sie die Augen öffnet, sich orientiert und neben sich das rhythmische Atmen von Helge registriert, bemerkt sie erst, dass sie die Luft anhält. Sie atmet tief durch die Nase ein. Es riecht abgestanden, feucht, Hauptsache, keine verbrannte Haut.

Alexandra. Ihre Nachbarin. Zwei Jahre älter. Viel reifer. Stellte ihre Brüste, die allen Jungs aus dem Ort den Kopf verdrehten, in engen Oberteilen zur Schau und sprach dauernd über Sex. Ob sie wirklich welchen gehabt hatte, wusste Nadja nicht. Sie glaubte es. Alexandra strahlte diese Erfahrung aus. Und diese Kälte. Diese eisblauen Augen. Husky-Augen. Und Nadja wollte so sein wie sie. Vor allem an diesem Tag, als ihnen Nils in die Arme lief. Auf dem alten Spielplatz, hinter dem fauligen Holz der Seilbahn. Zwischen Brennnesseln, Farn und braunem Gras. Zu wenig Regen. Hitze.

Nils war naiv. Der Dorftrottel. Der Idiot. Ein kleiner, schmächtiger Junge, der geschlagen, fallen gelassen, zu wenig Sauerstoff bei der Geburt abbekommen hatte, was auch immer, keiner kannte so genau die Wahrheit.

Alexandras Blick wird sie nie vergessen, als sie den Jungen zu sich heranwinkte. Die Kippe, die sie heimlich rauchten, zwischen den geschwungenen Lippen, die soeben noch von Zungenküssen und Fummeleien mit Marc im Wald erzählt hatten.

Wie sie mit dem Jungen sprach. Einfühlsam, ihn umgarnte und er ihr verfiel. Wie alle. Wie sie selbst. Und ihn dann so plötzlich, so unerwartet und als sei es das Normalste der Welt, erwartbar, logisch, anwies, die Hosen runterzulassen. Nils wusste, dass daran etwas falsch war, das kann Nadja jetzt noch hören, an seiner Stimme, die in ihrem Kopf widerhallt. Und auch sie wusste es und doch hat sie gelächelt damals. Nichts gesagt. Die Glut leuchtete so orange, als Alexandra an der Kippe zog und der Rauch, den Nadja heute noch gerne riecht, obwohl sie selbst keine Raucherin ist, in Kringeln davonstob. Als sie Nils dann so schnell packte, so geübt und so erfahren, und ihm die Glut auf die so helle Haut drückte, eine Hand flach auf seinem Mund. Nils hatte Nadja damals aus aufgerissenen Augen angestarrt und sie nur den Blick abgewendet, zwischen Brennnesseln und Farn nach etwas gesucht, was sie von dort wegbringt. Nicht ganz. Nur so ein bisschen.

Warum Nadja diese Geschichte jetzt gerade einfällt? Weil sie sie nie vergisst, weil sie die Macht der Tat und das gleichzeitige Ausgeliefertsein in diesem Moment in Klarheit erfahren hat. Und sich an das Gefühl der Faszination erinnert, den Schauder. Seitdem sucht sie nach dieser Kälte, fragte sich, woher sie gekommen war, wie entstanden? Und ob es sie in jedem gibt. Vor allem in ihr selbst. Deswegen forscht sie. Sie will verstehen.

Helge grunzt kurz, verschluckt sich, hustet. Stößt ein »Hey« aus. »Wie geht es dir?«

»Wegen gestern Abend … ich war wohl ein bisschen durch.«

»Ach, mach dir keinen Kopf deswegen. Du hast ja auch einiges mitgemacht.«

»Kannst du vergessen, was ich da geschwafelt habe?«

»Klar doch«, antwortet er und schält sich aus dem Bett. »Ich geh dann mal. Wir sehen uns gleich beim Frühstück?« Nadja nickt und Helge verlässt in Jeans, Bandshirt und mit zerknautschtem Gesicht ihr Zimmer.

Mit Alexandra hat sie nicht ein einziges Mal über die Sache gesprochen. Mit Nils auch nicht. Sich nicht entschuldigt. Immer damit gerechnet, dass es irgendwann an der Tür klingelt, Eltern dort stehen, um mit den eigenen Eltern über *diese* Geschichte zu sprechen. Aber das geschah auch nicht. Sie verblasste im Laufe der Zeit und blieb doch in ihrem Kopf. Bis heute. Genau wie die Kälte. Die ist ihr seither unzählige Male begegnet. In Männern. In Frauen. Sie lauert in jedem von uns.

57

Wieder vor dieser Tür. Andere Vorzeichen. Frank Lessing öffnet, er hat sich verändert. Die Haare nicht gekämmt, Schlieren auf den Brillengläsern. Schmerz lässt einen schneller altern, denkt Winter.

»Herr Winter? Hatten wir einen Termin?«, fragt Lessing überrascht.

»Nein, aber ich wollte noch einmal mit Ihnen sprechen. Haben Sie kurz Zeit für mich?« Den Plan, Lillis Eltern aufzusuchen, bevor er ins Büro fährt, hat er direkt nach dem Aufwachen gefasst. Für die Besprechung mit Kurzow benötigt er noch Informationen. Auch wenn er weiß, wie sehr das Thema die Lessings aufwühlt, verletzt.

Frank Lessing bedeutet ihm, hereinzukommen, und führt ihn in das Wohnzimmer. Der Raum ist derselbe, die Fotos hängen und stehen an ihren Plätzen und trotzdem erscheint es Winter so, als habe sich etwas verändert. Sie wirken noch verbissener als beim letzten Mal. Katharina Lessing sitzt in einem der Sessel, nur ihr Haaransatz ist erkennbar, zur Fensterseite gedreht, blickt sie in den Garten hinter dem Haus.

»Guten Morgen, Frau Lessing«, begrüßt Winter sie. Sie dreht kurz den Kopf, lächelt nur schwach. Der Kommissar setzt sich auf den verbliebenen Sessel und wartet, bis Frank Lessing auf der Couch Platz genommen hat. Sie bieten ihm nichts an, Winter merkt, dass er nicht willkommen ist. Warum auch. Wie auf einen stummen Befehl hin, erhebt sich Katharina Lessing und setzt sich neben ihren Mann. Winter weiß nicht warum, aber etwas an dieser Geste rührt ihn.

»Ich habe Sie auf Lillis Beerdigung gesehen«, unterbricht Frank Lessing den kurzen Moment der unangenehmen Stille. »Warum waren Sie da?«

Winter schluckt. »Na ja, ich … es war mir irgendwie wichtig. Und deswegen bin ich auch hier.« Er rückt an die Kante des Sessels. »Es geht um die Umstände von Lillis Tod. Bis zu Ihrem Besuch, Frau Lessing und Ihren Aussagen zu Lillis Wünschen habe ich die Möglichkeit eines Verbrechens nie wirklich ausgeschlossen.«

Die Augen der Lessings verändern sich. Frank Lessing legt den Arm um die Schulter seiner Frau. Katharina Lessing zieht scharf die Luft ein. »Und deswegen muss ich Ihnen heute noch einmal ein paar Fragen stellen.« Lessing schluckt schwer, seiner Ehefrau treten Tränen in die Augen. »Lilli war ein großer Fan der Paw Patrol? Dieser Hundeserie?«

»Ja, sie war eigentlich schon zu alt dafür. Aber wenn alles wehtat, dann … hat es ihr geholfen«, berichtet Katharina Lessing stockend.

»Sie bewunderte diese Hündin …«, Winter fällt der Name nicht ein.

»Skye«, hilft Lillis Mutter.

»Skye, richtig. Ich weiß, dass das alles für Sie sehr schwierig sein muss, aber ich muss Sie leider darauf ansprechen.« Katharina Lessing faltet ein zerknülltes Taschentuch auf, das in ihrer Faust steckte. Wischt sich damit die Tränen aus den Augen. »Sie wussten von ihrem Wunsch, fliegen zu können, oder?«

»Ja, sie bewunderte Skye dafür.«

»Wollte sie auch gerne ein anderes Tier sein? Ein Vogel vielleicht?«

»Nein«, Frank Lessing lacht kurz bitter auf. »Das war es nicht. Es ging eher darum, die Welt von oben zu sehen, also einfach um das In-der-Luft-Sein, nicht um die Fähigkeit eines Tieres. Skye hat ja keine Flügel, sondern nutzt einen Hubschrauber. Einfach, diese Möglichkeit zu haben. So habe ich es zumindest verstanden. Oder was meinst du?« Seine Ehefrau schaut ihn an, nickt.

»Es mag ein unbedeutendes Detail sein, aber ich muss Sie das fragen: In Lillis persönlichen Sachen bin ich auf eine Feder gestoßen. Eine weiße Feder. Hatte die eine besondere Bedeutung für

Lilli? War sie ein Geschenk? Ein Fundstück?« Dieses kurze Kopfschütteln verrät alles. Sie müssen eigentlich nichts weiter erklären.

»Ich weiß nichts von einer Feder«, erklärt Lillis Vater. »Ich wüsste auch nicht, dass Lilli eine besessen hat, die ihr in irgendeiner Form wichtig war.«

»Eine Feder?«, fragt Katharina Lessing nur.

»Ja, eine Feder. Wie von einem Vogel.« Winter hat, bevor er sich auf den Weg nach Bergneustadt machte, eine Suchanfrage im Internet gestartet. Weiße Feder. Mehr nicht. Dabei ist er auf eine Seite gestoßen, die ihn in seinem Verdacht weiter bestärkt hat, genau deswegen sitzt er hier. Eine Astro-Seite. Kurzow wird ihn für durchgeknallt halten, aber dort steht geschrieben, dass Federn kleine Botschaften der Engel seien und eine weiße Feder bedeute, dass der jeweilige Schutzengel bei einem sei. *Ein Schutzengel.* Als Winter sich an sein Gespräch mit Nadja zurückerinnerte, verfestigte sich das Bild eines Menschen, der sich als ebensolchen sieht. Lillis und Timos Retter. Der sie vor dem Leid schützt, das sie noch erwartet, indem er sie vorher davon erlöst.

»Und was bedeutet das jetzt?«, fragt Frank Lessing unvermittelt.

»Ich glaube, dass Lilli sich nicht selbst umgebracht hat«, merkt Winter an.

»Aber das heißt ja …« Der Satz bleibt unbeendet in der Luft hängen. Geglaubt hat Winter sofort, dann gezweifelt, sich Gewissheit verschafft und jetzt sucht er nach der Erkenntnis.

»Die Ermittlungen stehen noch ganz am Anfang.«

»Ermittlungen? Das heißt …« Katharina Lessing schaut ihn aus traurigen Augen fragend an.

»Dass ich davon ausgehe, dass es da draußen jemanden gibt, der Lilli getötet hat.« Laut gesagt. Jetzt ist es raus. Denn in Winters Vorstellung darf es keinen geben, der Kinder nimmt. Egal ob krank, gesund, klein, groß, jung, alt oder … *ungeboren.* »Könnten Sie einmal nachschauen? Nach der Feder?«, fragt er und lächelt.

Die Lessings schauen sich kurz an, dann erhebt sich der Ehemann langsam, schlurft aus dem Raum und Winter hört, wie er im Treppenhaus die ersten Stufen nach oben nimmt. Katharina Lessing schaut ihn aus ihren traurigen Augen an, streift gedankenverloren eine Strähne hinter ihr rechtes Ohr. Sie atmet ein, will etwas sagen, als Frank Lessing im Türrahmen steht und fragt: »Hast du die vorher schon einmal gesehen?« In der Hand hält er sie. Die Feder. Weiß. Dreht sie zwischen den Fingern.

Katharina Lessing kneift die Augen zusammen. Schüttelt dann den Kopf. »Nein, die gehört nicht Lilli. Ich …« Sie bricht ab.

»Vielleicht ein Geschenk?«, hakt Winter nach.

»Also von uns nicht und auch bestimmt nicht von einem aus unserer Familie. Davon wüssten wir.«

»Danke. Sie haben mir sehr geholfen.« Winter steht auf.

»Aber …«, setzt Katharina Lessing an.

»Ich melde mich, sobald ich mehr weiß. Das verspreche ich Ihnen.« Er sieht es in ihren Augen. Die Vorwürfe, die sich Lillis Mutter in den letzten Tagen gemacht hat. Sie sind wie Wasser, das sich seinen Weg sucht, egal wie hoch die Mauern, egal wie stabil.

Auch wenn er weiß, dass es nichts bringt, kramt er aus einer seiner Innentaschen einen Beutel heraus, öffnet ihn und bittet Frank Lessing darum, die Feder hineinzulegen.

Als er den Beutel verschließt, zwingt er sich zu einem Lächeln. »Vielen Dank. Sie haben mir sehr geholfen. Ich finde selbst raus. Bis bald.«

Als er im Auto sitzt und die Feder auf dem Beifahrersitz abgelegt hat, öffnet er das Handschuhfach. Zieht erst die Hand zurück, als sei der Griff verätzt. Sein Atem beschleunigt sich. Er hat die Tage nicht gezählt, davon hat ihn Frau Fehrmann direkt abgebracht. Die Therapeutin hielt nichts von dieser Form der Selbstgeißelung.

Das dumpfe Gefühl in der Magengegend nimmt zu, als er das

Stück Papier ergreift und es näher betrachtet. Das erste Mal, seit er nach Gummersbach gewechselt ist.

Gewebe. Schattierungen. Feine Nuancen von Schwarz und Weiß. Umrisse. Kopf. Gliedmaßen. Und jetzt setzt dieses Geräusch in seinem Kopf ein, dieses Wummern. Die Schläge. Das Herz. Der Moment, in dem der Wunsch, die Idee von etwas, eine Ahnung zur Realität wird. Schnell. Atemlos. Und er passt sich diesem Rhythmus an. Unmerklich. Ihm bricht der Schweiß aus und das Zittern beginnt. Die Schuld. Wasser, das sich seinen Weg sucht. Sie ist Teil des Bildes. Schwarz. Und für immer da. *Marina.*

58

Ich bin gespannt darauf, was die Lessings gesagt haben! Wann sehen wir uns?

Winter erkennt die Nachricht noch, bevor er die Klinke zu Kurzows Büro nach unten drückt und den Raum betritt. Sein Chef sitzt an seinem Schreibtisch, unterzeichnet ein Blatt Papier, packt es in eine Mappe, schaut dann erst auf. »Winter, Morgen. Kommen Sie rein.«

Winter muss ein Grinsen unterdrücken. Diese Schulleiter-Assoziation schießt ihm wieder in den Sinn. Immer wenn er zu Kurzow ins Büro kommt. Es fehlt nur die strenge Vorzimmeratmosphäre, in der man auf einem Stuhl sitzend wartet. Meistens länger als eigentlich notwendig.

»Guten Morgen.« Er nimmt ihm gegenüber Platz.

»Frau Heiderscheidt lässt sich entschuldigen. Ich werde sie von den Ergebnissen unseres Gesprächs in Kenntnis setzen, kann Ihnen aber schon versichern, dass sie ähnlich irritiert über Ihren Auftritt in Hachenburg gewesen ist, wie ich.« Er schaut kaum auf, doch sein scharfer Ton verrät seinen Ärger.

»Ich kann den Ärger der Kollegen vor Ort ja verstehen, aber auf mich wirkte die Sache eben anders.«

»Das ist es, Winter, worüber ich mit Ihnen sprechen muss: *Wirkung.*« Jetzt schaut Kurzow auf, blickt ihm fest in die Augen. »In dieser Sache Lessing, da kam das ja auch schon zur Sprache. Ich kann mich einfach nicht von dem Gefühl lösen, dass in letzter Zeit viele Dinge auf Sie anders wirken.«

»Wie darf ich das verstehen?«, hakt Winter nach, obwohl er genau weiß, worauf dieses Gespräch hinauslaufen wird.

»Herr Kollege. Ich will ehrlich zu Ihnen sein. Dass es hier um ein Kind geht, das tut Ihnen nicht gut. Ich meine, bei Ihrer Vorgeschichte.«

Winter hebt die Brauen.

»Jetzt gucken Sie nicht so. Ich bin kein Unmensch, Winter. Ich achte auf mein Team.«

»Meine Vorgeschichte, wie Sie sie nennen, hat sicher nichts mit meinen Ermittlungen in diesem Fall zu tun«, wehrt Winter ab.

»Ach, lassen Sie den Scheiß, Winter. Das ist doch Unsinn. Und völlig falscher Stolz. Sie haben Ihre Freundin und Ihr ungeborenes Kind verloren.« *Rums!* Ein Schlag in die Magengrube. Ein einfacher Satz. So wenige Worte für alles, was damit zusammenhängt, für die Wut, den Schmerz, das Unverständnis und all die Fragen.

»Das ist richtig, aber …«

»Winter. Wie gesagt, ich bin kein Unmensch und ich weiß auch, dass Sie ein fähiger Ermittler sind. Mein Kollege aus Köln ist immer noch voll des Lobes über Sie. Sie haben das auch schon gezeigt, aber hier geht es um mehr als das. Es geht hier auch um Verantwortung. Und der will ich gerecht werden, allen Parteien gegenüber.«

»Aber ich habe Ihnen doch gestern …«

»Von der Feder erzählt. Das habe ich zur Kenntnis genommen. Ein Indiz. Aber wenn wir so arbeiten, Winter, dann finden wir in etlichen Fällen irgendwelche Auffälligkeiten, die eventuell nicht ins Bild passen. Aber auch gar nicht müssen, weil das Bild schon komplett ist.«

»Ich war eben bei den Lessings …« Und noch bevor er weitersprechen kann, erkennt Winter, wie die Ader auf Kurzows Stirn anschwillt.

»Wissen Sie, das meinte ich eben. Verantwortung! Verantwortung, Winter!« Kurzow betont den Begriff, indem er mit dem Handballen an die Schreibtischkante schlägt. »Die Eltern leiden doch schon genug. Jetzt kommen Sie daher und belasten sie noch zusätzlich.«

»Nein, ich habe sie einfach nur nach der Feder gefragt. Sie wussten nichts davon.«

»Von einer Feder, Winter! Die kann ein Pfleger, eine Pflegerin, was weiß ich wer, dem Mädchen geschenkt haben.«

»Was weiß ich wer«, murmelt Winter.

»Jetzt kommen Sie mir nicht mit so einer Schwarzer-Mann-Theorie um die Ecke.«

»Ich will es doch nur ausschließen. Das ist eben meine Interpretation von Verantwortung.« Er gibt Kurzow einen Moment. Die Ader schwillt ab. Sein Chef greift nach einem Becher Kaffee, lässt sich in seinen Sitz zurücksinken und trinkt einen Schluck.

»Haben Sie die Feder?«, fragt er schließlich.

Winter zeigt ihm die Plastiktüte. »Ich will nur ausschließen, dass es eine Verbindung zwischen den Kindern gibt. Mehr nicht. Die Feder ist ein Indiz, mehr nicht, da bin ich ganz bei Ihnen, aber bei beiden Fällen gibt es darüber hinaus weitere Ungereimtheiten, die ich nicht ignorieren kann, nicht will. Ich schließe die Sache sonst ab, noch heute. Das verspreche ich.«

Sein Chef nickt. »Verwertbare Spuren wird es an dem Teil wohl keine geben. Bringen Sie sie trotzdem zu den Kollegen der Spurensicherung.« Dann nimmt Kurzow einen zweiten Schluck. Stellt die Tasse ab, streicht die Krawatte glatt.

»Das mache ich, auch wenn ich mir nicht viel davon erhoffe.« Winter fährt sich kurz durch die Haare. »Und eine Sache verspreche ich Ihnen: Wenn ich merke, dass meine Vorgeschichte mich tatsächlich negativ beeinflusst, dann höre ich auf. Sofort«, lügt er und hofft, dass Kurzow ihn nicht durchschaut.

»Jedenfalls ist Frau Heiderscheidt genau wie ich der Meinung, wir sollten die Geschichte gründlich prüfen. Wenn wir da etwas übersehen würden, Sie also recht behalten … die Folgen, das brauche ich Ihnen ja nicht zu erzählen. Von daher sind wir uns einig, dass Sie da mal dranbleiben. Und wenn es nur das Ergebnis zutage bringt, dass die Kinder sich selbst umgebracht haben. Was wir hoffen, wenn ich das so sagen darf.« Zufrieden stellt sein Chef die Tasse ab. Lächelt aufmunternd. Blickt versonnen aus dem Fenster.

Aha, denkt Winter. Du Arsch lässt mich hier schwitzen, wie einen Schuljungen, der damit rechnet, dass er gleich einen Verweis bekommt, und weißt dabei die ganze Zeit, dass ich jetzt tatsächlich offiziell ermitteln soll? »Danke für Ihr Vertrauen, Chef«, sagt er trotzdem. Und es ekelt ihn fast ein bisschen an.

»Ja, ich will alles wissen. Zeitnah, Winter! Und bevor Sie solch eine Aktion wie in Hachenburg noch einmal unternehmen wollen, rufen Sie mich vorher an. Verstanden?«

»Verstanden«, wiederholt Winter, steht auf und verlässt das Büro.

59

So intensiv. Als er aufwacht, in zerknüllter Bettwäsche und auf einem schweißnassen Kopfkissen, liegt der Traum wie dichter Nebel im Zimmer. Kriecht erst langsam aus den Daunen.

Er reibt sich die Augen. Fest. Um die Bilder zu vertreiben. Doch sie bleiben auf der Netzhaut. Eingebrannt für immer. Wie der Gestank. Wie das Leid.

Müde schält er sich aus dem Bettzeug, schlurft ins Bad, dreht die Dusche auf. Die Kabine beschlägt, endlich auch der Spiegel. Heute will er sich nicht sehen. Nicht die Ähnlichkeit. Die Erinnerung sitzt in jeder Pore. Das heiße Wasser brennt, löst aber die angespannten Muskeln, seine blasse Haut färbt sich rot.

Gestern Abend ging es ihm so gut. Doch scheint ihm das Leben immer dann, wenn er das Gefühl gewinnt, loslassen zu können, daran erinnern zu wollen, dass er kein Recht darauf hat. Dass es seine Aufgabe ist, zu bewahren, weil dieses Mahnmal sein Antrieb ist. Die Bedarfsanalyse seiner selbst. Wie bei den Patienten, die er täglich beliefert und betreut. Jetzt muss er wieder an ihre Wunden denken. Wie sie sich durch Oberhaut, durch Lederhaut, durch Unterhaut fressen. Sich entzünden. Verfärben. Stinken.

Während er sich langsam und gründlich einseift, der Duft von Zitrone ihm in die Nase steigt, entspannt er sich. Vertreibt die alten Gerüche, sieht zu, wie die Seifenschlieren in den Ablauf fließen und den dunklen Film der Nacht mit sich nehmen. Es wird Zeit, sich dem neuen Tag zuzuwenden.

Jannis. Hallo. Jens. Logisch, dass er deswegen diesen Traum hatte. Warum er *seinen* Namen benutzt hat? Er hat nicht nachgedacht. Ist ihm einfach aus dem Mund gepurzelt.

Der Junge, seine Augen, seine Gestalt, haben ihn sofort eingefangen. Aber am Ende haben sie den Pakt geschlossen, der so entscheidend ist. Dass Jannis niemandem von ihm erzählt, ganz egal, welchen Namen er sich gegeben hat. Jetzt eben Jens.

An Gott hat er nie geglaubt, auch wenn seine Mutter stundenweise diese Kette mit den kleinen braunen Kugeln zwischen ihren Fingern gedreht und leise vor sich hin gemurmelt hat. Um Hilfe gefleht hat. Um Beistand. Der nie kam. Sie hat ihn angewiesen, sich neben sie zu knien. Auf den Dornenkronenmann zu starren, der an einem Holzkreuz an der Wohnzimmerwand hing. Leidend. Wie stark kann eine Religion sein, deren Schöpfer so schwach ist, dass er sich von den Menschen derart drangsalieren lässt? Ihretwegen in den Tod geht. Nicht für sie, sondern ihretwegen.

Ja, seine Mutter hat etwas von dem Opfer erzählt. Der eigene Sohn. Nette Geschichte. Von der Auferstehung. Von dem ewigen Leben. Irgendwo. Blablabla.

Da, wo sie sich alle versammeln werden, wird der Dornenkronenmann nicht auf sie warten. Nur die Schar der kleinen Engel. Ohne Schmerzen. Dankbar. Zufrieden. Sie werden sich dort alle wiedersehen. Ohne den Dornenkronenmann. Der hat ihm damals nicht geholfen und wird es heute auch nicht tun. Der Dornenkronenmann ist ein Heuchler. Die Wahrheit ist das Leben. Und das nimmt keine Rücksicht. Es passiert einfach.

Erst jetzt bemerkt er, wie fest er den Hahn der Dusche umklammert, wie seine weißen Knöchel aus der roten Haut hervorstechen. Der Gedanke an Mutter lässt ihn immer wieder wütend werden. Weil sie nichts getan hat. Außer beten.

Die Schwere des Kreuzes, als es damals in seiner Hand lag, hat ihn überrascht. Auch die Stabilität. Erst nach einigen Hieben brachen dem Dornenkronenmann die Beine. Krumm und schief hing er an dem Kreuz.

Als er von ihm abließ, rutschte es ihm aus den Fingern, schlug auf den Fliesen auf und der Kopf mitsamt der Dornenkrone löste sich ab und zersprang klackernd auf dem Boden. Klack, klack, klack, klack. Da hatte er lachen müssen. Und dann begonnen zu weinen.

Die Wut hat ihn aufwachen lassen und voller Scham hatte er sich übergeben müssen. Er hat seine Mutter gehasst, aber getötet hätte er sie niemals. Niemals. Doch die Wut auf sie, die hat ihn jahrelang blind durch das Leben gehen lassen. Und Wut ist kein schönes Gefühl. Das weiß er heute und hat sich gebessert. Kann sich und seine Emotionen kontrollieren, auch wenn es da draußen so viele von diesen Menschen gibt, die wie seine Mutter sind. Nur an sich denken. Nicht an die, die es nötig haben. An all die kleinen Engel. Aber er wird weiterhin für sie da sein. Wie Jonathan und Karl, füreinander. Ein echtes Löwenherz ist er mit den Jahren geworden. Und es fühlt sich gut an. Er wird für Jannis da sein. Für ihn sorgen. Gegen die Tyrannen verteidigen, gegen Katla. Ihn ins Licht führen.

Jannis. Hallo.

60

»Ich will euren Enthusiasmus ja nicht bremsen, aber die Arbeit ist nicht weniger geworden.« Althoff zieht eine Braue nach oben, schaut auf Simon, der mit hochgekrempelten Hemdärmeln und mit Stift in der Hand an der weißen Wand steht. Er wirkt fokussiert, wenn auch müde.

In die Mitte der Tafel hat er die beiden Namen der Kinder notiert. Lilli. Timo. Zwei Striche führen davon ab, verbinden sich zu einer Linie. Darunter die Gemeinsamkeiten: Die Feder. Eine tödliche Krankheit. Patient in einem Hospiz. Vermeintliche Selbstmorde. Todessehnsucht. Mit Fragezeichen. Nadja und er haben diese Punkte am gestrigen späten Abend schon aufgeschrieben, Simon hat sie heute noch einmal neu angeordnet.

»Wir haben zwei vermeintliche Selbstmorde mit unterschiedlicher Ausführung. An beiden Tatorten befand sich eine Feder«, fasst Nadja zusammen. Sie umschließt mit den Fingern eine Tasse Tee. Kaut auf ihrer Unterlippe herum, weil unangenehme Fragen in ihrem Hinterkopf herumschwirren wie lästige Fliegen.

»Derselbe Täter«, sagt Winter. »Gut vorbereitet, mit Ortskenntnis. Er muss die Opfer gekannt haben.«

»Interessant«, meint Althoff. »Das könnte bedeuten, dass er da gearbeitet hat.«

»Ich rufe Albrecht noch einmal an.« Winter tritt an seinen Schreibtisch, greift nach dem Hörer, klemmt ihn zwischen Ohr und Schulter und tippt auf das Display.

»Alles okay bei dir?«, fragt Althoff Nadja.

»Hmmm«, macht die und lächelt etwas gequält.

»Was beschäftigt dich?«

»Nichts Besonderes. Der Fall«, windet sie sich und hört das Summen der Fliegen. Seit der letzten Nacht sind sie deutlich zu hören. Nachdem ihr die Geschichte mit Alexandra durch den Kopf gegangen ist, hat sie weiter in ihren Erinnerungen gegraben, nach diesen Momenten, die sie zu dem Menschen haben werden lassen, der sie heute ist. Die dafür gesorgt haben, dass sie sich diese Fragen stellt, die ihr Leben begleiten: Warum tötet der Mensch? Wieso wird er zum Mörder? Und warum greift bei den Tätern das, was die anderen als Moral, als Norm, als Gesetz akzeptieren, eben nicht?

Im Studium hat sie Camus gelesen. *Die Gerechten.* Ein Anschlag auf den Großfürsten, der doch nicht geschieht, da der Täter Skrupel bekommt, weil durch die Bombe auch Unschuldige getötet worden wären. Die Gespräche zwischen den Akteuren, die Zweifel und die Diskussion um den höheren Zweck. Der geglückte zweite Versuch und die spätere Rache. Fetzen davon tauchen auf.

Im Hintergrund vernimmt sie Simons Telefonat mit Albrecht. Seine Bitte nach einer Liste ehemaliger Mitarbeiter. Es dringt nicht wirklich zu ihr durch. Ihre Gedanken verfangen sich in diesem Netz und plötzlich geht es nicht mehr um eine Bombe und den russischen Großfürsten. Sie sitzt dem Menschen gegenüber, der Lilli und Timo getötet hat. Eine mitfühlende, zarte Seele. Sie fragt ihn, warum er es getan hat. Was ihn zu dem hat werden lassen, der er ist. Und wie er seine Taten rechtfertigt.

Simon redet mittlerweile mit Althoff. Spricht davon, dass er solch eine Liste auch aus dem Bärenherz benötigt. Um Überschneidungen zu finden. Dann konzentriert sie sich wieder auf die Lackschäden an den Spitzen ihrer Fingernägel.

»… Caterer, Milchmann, Gärtner«, zählt Althoff auf und plötzlich hat Nadja den Faden wieder gefunden.

»Oder eine Firma, die beide Hospize beliefert. Mit medizinischem Material oder so etwas in der Art«, murmelt sie und bemerkt nicht, dass Simon und sein Kollege sie mit großen Augen anstarren. »Was?«, fragt sie.

Simon lächelt sie an. Nur kurz und doch irgendwie anders. Dann zeigt er mit dem Stift in ihre Richtung. »Jemand, der nicht auffällt, wenn er hin und wieder da ist. Weil es normal ist, dass er da ist. Der sich aber ein Bild verschaffen kann. Und – der Kontakt zu den Kindern knüpfen kann.«

»Die Wege, die Angestellten, die Patienten«, fügt Althoff an.

»Jetzt brauchen wir tatsächlich Hachenburg. Und zwar schnell.«

Und Nadja hört die Fliegen. Wie sie aufgescheucht herumschwirren, um das Licht, das plötzlich aufscheint.

»Überlass Hachenburg mir«, sagt Althoff und verlässt das Büro. Winter tippt schon wieder auf dem Telefon herum. Sie spürt seinen Antrieb, das Feuer, das ihn antreibt, und horcht in sich hinein. Dorthin, wo sie meint, dass dort die Kälte sitzen könnte. Sie hat sie nie benannt, es gibt keine Bezeichnung dafür, nur dieses dumpfe Gefühl. Wieder verschwimmen ihre Gedanken, während Simon sich Notizen macht und sich eine Strähne aus der Stirn wischt.

Und als Althoff die Tür aufreißt, einen Zettel in der Hand, da weiß sie, dass es jetzt geschieht. Dass die beiden Striche, die einer werden, auf dieser weißen Tafel, schon immer zusammengehörten. Verbunden durch den, mit dem sie sich in Gedanken längst ausgetauscht hat. Von dem sie alles erfahren hat, die Antworten auf ihre Fragen.

Und dann steht dieser Name auf der Wand. Schwarze Buchstaben. Althoff und Simon starren darauf, Althoff klopft dem Mann, der sie so unvermittelt in seinen Bann gezogen hat, der diese Traurigkeit und Schuld ausstrahlt, die ihm das feine Lächeln so schnell entziehen, väterlich auf die Schulter. Stolz. »Gute Arbeit«, sagt er sogar und Nadja will all diese Fliegen verscheuchen. Die Kälte nicht zulassen.

Auf der Wand steht der Name einer Firma. *Carelax.*

61

Die unerwartete Dynamik, die jetzt Einzug in die Ermittlung gehalten hat, treibt Winter an, als er die Fahrertür aufzieht und sich hinter das Steuer des Passats fallen lässt.

Nadja nimmt neben ihm Platz, atmet durch, als die Türen geschlossen sind. Sie schaut ihn an, erkennt den Willen und neue Entschlossenheit. Das Zaudern, das Abwägen, die Melancholie, all das scheint er in diesem Moment abzuwerfen. Zeigt mit jeder Faser seines Körpers, dass er bereit ist. Bereit für die Jagd.

Winter tippt die Anschrift der Firma Carelax in das Navi ein, die Routen werden berechnet und er lässt den Wagen an. Aber er fährt nicht los. Noch nicht. Er schaut Nadja an. Wartet. Erste Regentropfen klatschen auf die Windschutzscheibe. Nur Augenblicke später ergießt sich ein Schauer über das Auto. Trommelt auf das Autodach. Der Scheibenwischer zieht quietschend nasse Schlieren von rechts nach links. Die Welt verschwimmt. Dann greift sie nach seiner Hand. Unerwartet. Warm.

»Ich weiß, das hier ist der falsche Moment …«, murmelt sie und schaut ihn an. Direkt. Ihre dunklen Augen flackern, schlucken das wenige Licht des sich weiter verfinsternden Himmels. Er weiß, was jetzt kommen wird, doch tief in seinem Inneren stemmt sich etwas dagegen, gegen dieses Gefühl, von dem er nicht weiß, ob es richtig ist. Endlich einen Schlussstrich ziehen, das war es, was er wollte, als er von Köln hierherzog. Doch jetzt? Hier? *Marina.*

Das Bild, sein Sohn, den er nie kennenlernen durfte, konnte, sollte, scheint im Handschuhfach zu pulsieren. Er hört die Klagen. Weil er die Antwort immer noch nicht kennt. Und weiß, dass er nicht aufgeben darf, erneut nach der Wahrheit suchen muss.

All das flirrt in der Luft in diesem Auto, zwischen den Polstern und Armaturen, zwischen Nadja, dem Handschuhfach und ihm. Er schluckt. Dann beugt sie sich zu ihm herüber.

62

So zweifelhaft wie schön ist die Gabe des Menschen, die eigenen Erinnerungen zu manipulieren. Zu biegen, zu drehen oder zu neigen, um am Ende sie so nachzuempfinden, wie es am schmerzlosesten ist. Wie sehr hatte er seine Therapeutin gehasst. Ihre schonungslose Art, ihn und seine Gedanken zu sezieren. In den Stunden, in denen er ihr seine Geschichte erzählt hatte, war sie zur Spezialistin darin geworden, ihn in diesen Momenten zu enttarnen, wenn er die Erinnerung benutzte, um sich selbst zu belügen.

Im Jetzt verfangen sie sich. Ein undurchdringbares Netz. Und Winter ist der Gefangene. Seine Lippen brennen. Sosehr er selbst diese Assoziation als kitschig empfindet, ist das Gefühl real. Der Kuss. Das erste Mal andere Lippen als die von Marina.

Es fällt ihm schwer, sich auf die Straße zu konzentrieren. Das nasse Herbstlaub hat den Asphalt in eine Rutschbahn verwandelt. Aus den Kanaldeckeln drängt das Wasser nach oben. Selbst die höchste Stufe des Scheibenwischers hat Schwierigkeiten, die Fluten von der Scheibe zu wischen. Im Zwielicht reflektieren die Scheinwerfer der entgegenkommenden Fahrzeuge und blenden ihn. Er fährt mehr nach Gefühl, geleitet von der Stimme des Navigationsgeräts. *In dreihundert Metern rechts abbiegen.*

Nadja sitzt neben ihm und er glaubt, ein Lächeln zu erkennen. Sie hat seitdem kein Wort mehr gesagt. Ihn geküsst, sich zurückgelehnt und geschwiegen. Ihn in dieses Netz getrieben, in dem er festhängt.

Vor einer halben Stunde fühlte er sich voller Energie, jetzt kollidiert sie mit dem, was er empfindet. Seine Emotionen laufen über, drohen ihn zu überschwemmen wie der Regen die Straße.

Als er die Westtangente verlässt und in das Industriegebiet Windhagen einbiegt, erscheint die kleine weiß-schwarze Zielflagge. Und er wünscht sich, dass sie ihre Bestimmung erfüllt und ihn einen Schritt näher an die Lösung des Falles bringt.

Zwischen einem Autohaus und einer Bäckerei führt ein Stichweg nach rechts ab. Sie passieren eine Metallbaufirma und einen Schrotthändler. Am Ende, an einem Wendehammer, umzäunt von schweren, grünen Metallelementen und einem elektronischen Tor steht ein flaches Gebäude. An der Front deutet ein Schild auf die Verkehrsregelungen auf dem Gelände hin, bis Winter endlich den kleinen Schriftzug darauf entdeckt: Carelax.

Das Tor steht offen. Auf dem Parkplatz stehen nur wenige Fahrzeuge. Er fährt hindurch und steuert einen der Besucherparkplätze an, die neben dem Haupteingang ausgewiesen sind. Ein rissiger, in die Jahre gekommener Putz umspannt das unscheinbare Gebäude. Auf das dunkle Flachdach prasselt der Regen, auf dem Pflaster sammeln sich tiefe Pfützen. Winter hechtet aus dem Wagen, sucht schnell Schutz unter einem überdachten Eingangsportal. Nadja spurtet ebenfalls los, ihre langen Haare fängt der Wind. Sie kiekst kurz auf, dann steht sie neben ihm. Die seltsame Spannung zwischen ihnen bleibt, als Winter auf die Klingel drückt und ein Summen ertönt.

Es dauert einen Moment, bis ein Mann in Jeans und Hemd auf die Glastür zukommt, sie öffnet und die beiden freundlich begrüßt.

»Guten Tag, Simon Winter, Polizei Gummersbach. Das ist meine Kollegin Nadja Bergendahl. Wir würden gerne mit dem Geschäftsführer Herrn Meurer sprechen.«

»Polizei? Ist etwas passiert?«

»Wie gesagt, wir würden gerne mit Herrn Meurer sprechen.«

»Bitte warten Sie einen Moment«, antwortet der Mann, lässt die Tür vor ihnen wieder zufallen und verschwindet in dem Flur, aus dem er gekommen war.

»Die kriegen wohl nicht so oft Besuch«, merkt Nadja süffisant an. »Zumindest reinbitten hätte er uns ja können.«

Winter lächelt kurz, als ein Mann in einem karierten Hemd und mit grauem, leicht lichter werdendem Haar vor ihnen auftaucht. Er öffnet nervös die Tür und bittet sofort um Entschuldigung. »Meurer. Guten Tag. Ähm, folgen Sie mir doch bitte in mein Büro.«

Durch einen dunklen Flur, von dem links und rechts einzelne Büros abgehen, führt sie der Geschäftsführer in einen schmucklosen Raum. Cremefarbene Büromöbel, hohe Regale eines schwedischen Möbelhauses, voll mit Ordnern. Eingerahmte unpersönliche Bilder.

Mit einer fahrigen Handbewegung bietet er Nadja und Winter zwei Stühle an, schließt die Tür und nimmt hinter seinem Schreibtisch Platz. Meurer, notiert Winter innerlich, mag es schlicht. »Entschuldigen Sie noch einmal, aber wir haben noch nie die Polizei im Haus gehabt! Ich hoffe, es ist nichts passiert?«, beginnt er.

»Herr Meurer, mein Name ist Simon Winter. Das ist meine Kollegin Nadja Bergendahl. Wir ermitteln in einem Fall und wir brauchen Ihre Hilfe«, versucht es Winter allgemein, um den Mann, der wohl auf die sechzig zugeht, erst einmal zu beruhigen. Die Nervosität, die er ausstrahlt, ist nicht von der Sorte, dass er etwas zu verbergen hat, vielmehr ist es die Form, die Polizisten heutzutage kaum mehr kennen. Diese Art des Respekts vor der Polizei. Verbunden mit Sorge.

»Ich stehe Ihnen natürlich zur Verfügung, so gut ich kann.«

»Danke. Wir ermitteln im Todesfall eines Mädchens im Hospiz Sonnenhaus.«

»Das Sonnenhaus hier im Oberbergischen? In Wipperfürth?«

»Ja, Sie kennen die Einrichtung?«

»Ich kenne sie, ja. Auch Herrn Albrecht. Was meinen Sie mit ›Sie ermitteln in einem Todesfall‹? Ist das Mädchen etwa …«, er hebt fast unmerklich die Hand in Richtung Mund, als habe er Angst vor den Worten, die daraus entweichen könnten.

»Wie gesagt, die Ermittlungen laufen noch. Aber es besteht der Verdacht, dass das Mädchen Opfer eines Verbrechens geworden ist, und deswegen sind wir heute bei Ihnen.«

»Aber …«

Winter sieht, wie Meurers Gesicht an Farbe verliert. »Sie beliefern das Sonnenhaus?«

»Auch, also nicht nur. Ich meine, es kommt immer auf die Versicherung an. Wir beliefern einzelne Einrichtungen auch komplett, aber in diesem Fall nur, wenn die Krankenversicherung des Patienten mit uns einen Vertrag eingegangen ist.«

»Das ist im Fall des Mädchens so gewesen?«

»Das müsste ich jetzt nachschauen. Dafür bräuchte ich einen Namen.«

»Lilli Lessing.« Die Bilder aus dem Hängeregister blitzen auf. Der Hund. Skye. Die Feder. In seinem Kopf hört er Silke Schwanbeck erzählen. *Blut in den Locken.*

Meurer wendet sich seinem PC zu, schiebt die Maus nervös von links nach rechts, klickt, tippt mit einem einzelnen Finger auf der Tastatur herum. Er beugt sich leicht nach vorne, scheint etwas kurzsichtig zu sein. »Lessing«, murmelt er. »Ja, Lilli Lessing. 9 Jahre alt.« Er bewegt kurz nur die Lippen, überfliegt die Daten des Bildschirms. »Sie hat ein Matratzensystem von uns erhalten.«

»Wie läuft das ab?«, fragt Winter.

»Nun, wir erheben vor Ort den Bedarf des Patienten. Die versicherte Person wird also von uns besucht. Im Pflegeheim, im Hospiz oder zu Hause. Es wird eine sogenannte Bedarfsanalyse durchgeführt und daraus eine Empfehlung an die Kasse weitergeleitet, die diese dann genehmigen muss. Was am Ende genehmigt wird, entscheidet die Kasse und rechnet mit uns ab.«

»Liefert die Person auch aus, die die Bedarfsanalyse durchführt?«, legt Winter nach.

»Nicht unbedingt. Das kommt ein wenig darauf an, wie wir

personell aufgestellt sind. Zum Beispiel, wo in Deutschland die versicherte Person lebt. Wir haben Angestellte, die beides können und machen, aber auch Fälle, bei denen das getrennt abläuft. Im Idealfall wird alles durch eine examinierte Pflegekraft durchgeführt, aber leider ist das nicht immer möglich. Wir suchen auf diesem Gebiet auch immer nach neuen Kräften.«

»Und wie war das bei Lilli Lessing?«

Meurer beugt sich wieder nach vorne, kneift die Augen ein wenig zusammen. »Für Kinder gibt es eigene Systeme. Da müsste … ja, da gibt es nur eine Person bei uns, die dafür zuständig ist und genau …«

Winter spürt, wie es in seinem Nacken zu kribbeln beginnt. Dieser Moment, wenn er kurz vor dem entscheidenden Hinweis steht. In Anlehnung an die bekannte Serie Game of Thrones hatte ein Kölner Kollege damals die Redewendung *»Der Winter naht«* geprägt, wenn Winter von genau diesem Moment erzählte. Er schaut kurz zu Nadja hinüber, die die gesamte Zeit still neben ihm sitzt. Meurer stockt plötzlich.

»Herr Meurer? Teilen Sie mir den Namen mit?«, fragt Winter.

»Ich weiß nicht«, beginnt dieser. »Ich meine, was ist denn passiert? Ist …«

»Es handelt sich um eine laufende Ermittlung. Ich kann und darf Ihnen dazu nicht mehr sagen. Ich möchte nur mit der Person sprechen. Mehr nicht.«

»Herr Meurer, es geht hier um den Tod eines neunjährigen Mädchens«, löst sich Nadja aus ihrer Starre.

Der Geschäftsführer atmet tief durch. »Lohmann«, sagt er schließlich. »André Lohmann.«

»Und wo befindet sich Ihr Kollege derzeit?«

»Auf seiner Tour. Wie jeden Tag. Aber ich kann Ihnen versichern, dass Herr Lohmann ein ganz wunderbarer Mitarbeiter ist. Wir hören so oft, wie toll er mit den Kindern umgeht, und alle sind mit seiner Arbeit wirklich zufrieden.«

»Hat Herr Lohmann auch einen Jungen in Hachenburg im Hospiz Bärenherz versorgt?«, fragt Nadja unvermittelt.

»Äh, ich weiß nicht, da müsste ich … ist dort auch, also …« Meurer tut Winter fast leid. Einerseits will er sich vor seine Mitarbeiter stellen, andererseits scheint er zu spüren, dass sein Angestellter, eventuell seine ganze Firma, vor einem gewaltigen Problem steht.

»Bitte«, schiebt Winter mit Nachdruck hinterher.

»Dafür bräuchte ich den Namen des Jungen.«

»Timo Berger.« *Zimmer 13c.*

»Timo Berger«, wiederholt Meurer. »Bärenherz.« Wieder tippt er mit dem Zeigefinger einzelne Tasten auf der schwarzen Tastatur. Und Winter erkennt am Gesichtsausdruck des Geschäftsführers, was eigentlich schon klar gewesen ist. *Es gibt nur eine Person, die bei uns dafür zuständig ist.*

»Ja, auch Timo Berger wurde durch Herrn Lohmann versorgt«, ringt sich Meurer zu einer Antwort durch.

Winter erhebt sich. »Vielen Dank für Ihre Hilfe, Herr Meurer.«

»Was bedeutet das denn jetzt?« Hilflos steht auch der Geschäftsführer auf, unter seinen Armen erkennt Winter dunkle Flecken.

»Wie gesagt, wir werden mit Herrn Lohmann sprechen. Es wäre hilfreich, wenn wir wüssten, wie seine Tour heute aussieht und wann er zurück ist.«

»Da müsste ich mit der Disposition sprechen. Das kann ich Ihnen so gar nicht …«

Meurer greift zum Telefon. Schüttelt unentwegt den Kopf, während er wie wild auf der Tastatur tippt und wenig später um die gewünschten Angaben bittet. Nadja und Winter schauen einander an. Er wirkt zufrieden. Sie lächelt. Er weiß, dass sie ganz nah dran sind. Er wird Kurzow anrufen, sobald sie Carelax verlassen haben. Sie müssen mit diesem Lohmann sprechen. Vor allem will er ihn sehen. Ihm in die Augen blicken. *Ein ganz toller Mitarbeiter. Wie toll er mit den Kindern umgeht.* Es schaudert ihn kurz.

Meurer ist immer noch um Fassung bemüht. Winter spürt, dass er sich Gedanken um seine Firma macht. Um die Auswirkungen, die sich am Horizont andeuten und die er noch nicht einschätzen kann. »Ich versichere Ihnen noch einmal, Herr Winter, dass Herr Lohmann ein wirklich guter Mensch ist. Er hat sich noch nie etwas zuschulden kommen lassen.«

»Herr Meurer, wir machen nur unsere Arbeit. Im Augenblick ist Herr Lohmann erst einmal nur ein Zeuge. Wir wollen ihm nur ein paar Fragen stellen. Und eins noch: Unser Gespräch muss vertraulich bleiben. Also kontaktieren Sie Herrn Lohmann nicht vor uns. Haben wir uns verstanden?«

Meurer willigt ein und führt Nadja und Winter zerknirscht nach draußen. Verabschiedet sich höflich und kehrt gebeugt in das Gebäude zurück.

In dem überdachten Eingang verfängt sich der Wind in Nadjas Haaren, sie streicht sie sich aus dem Gesicht: »Was hast du jetzt vor?«

Winter faltet Meurers Zettel auseinander, schaut sich an, auf welcher Tour Lohmann am heutigen Tag unterwegs ist. »Hmm, laut Plan müsste Lohmann gegen sechs Uhr zurück sein. Ich will ihn auf jeden Fall heute noch befragen. Wenn wir jetzt anrufen, wird er am Ende nervös oder tut irgendetwas Unüberlegtes. Wenn er unser Mann ist, wird er seine Taten wohl kaum während der Arbeitszeit durchführen.« Er verkneift kurz das Gesicht, tritt dann in den abflauenden Regen. Im Auto beschlagen sofort die Scheiben von innen, Winter stellt die Lüftung auf die höchste Stufe ein.

»Fährst du mich zum Hotel?«, fragt Nadja.

»Warum?«

»Ich muss mit Helge sprechen. Wir müssen unsere Reise weiter planen. Und ich habe ihm eigentlich versprochen, dass wir die Zeit nutzen, um eine neue Folge vorzubereiten, aber dann kamst du und der Fall ins Spiel.« Sie blickt kurz nach unten, scheu. Manchmal glaubt er, dass sie genau weiß, was sie da tut.

»Ich muss jetzt eh erst einmal zu Kurzow. Er will seit der Sache in Hachenburg auf dem neusten Stand bleiben. Soll ich dich dann später abholen und wir warten gemeinsam auf Lohmann?« Da ist es wieder, das, was sich dauernd zwischen sie drängt. Es gelingt ihm nicht, es einzuordnen. Ob es wegen des Kusses ist, wegen des Falls oder der Diskussion darüber. Nadja wirkt einerseits, als suche sie die Nähe zu ihm, andererseits stößt sie sich wie ein gleicher Pol von ihm ab. Aber weiß er eigentlich, was er selbst will?

»Ich will schon gerne dabei sein, aber ich muss das mit Helge klären. Schreib mir einfach, wenn du loswillst.«

Winter nickt, lächelt schmal und dreht den Schlüssel. Er lenkt den Wagen zurück durch das Industriegebiet, oberhalb der Kronen des Waldes steigt Dunst auf. Die Wolken beginnen aufzureißen, Fetzen des blauen Himmels werden sichtbar. Das Wetter spiegelt seine Gedanken. Erleichterung macht sich breit. Nicht, weil aus den anfänglichen Zweifeln mehr und mehr Gewissheit wird. Denn der Gedanke, dass es da draußen tatsächlich jemanden geben könnte, der Kinder tötet, ist einfach nur schrecklich.

Nein, es ist das Gefühl, jetzt wirklich etwas in der Hand zu haben. Auch wenn es nur so leicht ist wie zwei weiße Federn.

63

»Hallo, mein Name ist André. Ich habe etwas für dich, was dir hoffentlich ein wenig helfen kann.«

Vor ihm auf dem Bett sitzt ein junger Mann. Er trägt die Haare zu einem Pferdeschwanz gebunden. Unregelmäßiger Bartwuchs lässt ihn jungenhafter wirken, als er es selbst wohl beabsichtigt. Sein Mund wirkt groß, was ihm oft bei kranken Menschen auffällt. Wenn das Gesicht eingefallen ist, wirkt der Mund größer. Auch die Zähne.

Langsam schiebt er den Rollstuhl in den Raum, lächelt und stellt sich daneben auf. »Das neueste Modell. In deiner Lieblingsfarbe und mit einer grandiosen Sonderausstattung. Genau wie bestellt.«

Der junge Mann grinst. Entblößt blasses Zahnfleisch. André nimmt in dem Rollstuhl Platz. Schließt die Augen, bewegt den Rücken leicht nach links und rechts. »Oh, was für ein Sitzgefühl. Bequem. Nicht zu hart, nicht zu weich. Genau richtig und dieser Stoff – echte Qualität.« Er steht wieder auf, streicht über die Sitzfläche. »Wenn ich ihn mir leisten könnte, ich würde ihn glatt selbst fahren.« Der junge Mann grinst breiter. Die Pflegerin lacht und klatscht in die Hände.

»Herr Lohmann!«, tönt sie.

»So, jetzt bist du aber selbst dran!« Er tritt an das Bett, greift unter die Schultern des Patienten, hebt ihn an. »Wer hat denn da heute Morgen wieder so viel gefrühstückt, hm?« Er dreht sich, setzt ihn in den Rollstuhl. Der junge Mann gluckst zufrieden. Er kann nicht sprechen. Das weiß André, aber niemand weiß, wie stark der Schlaganfall tatsächlich sein Gehirn in Mitleidenschaft gezogen hat, ob er das, was ihm gesagt wird, auch wirklich versteht. Wie ein Kind in einem viel zu großen Körper sitzt er da, grinst und gluckst.

Mit Geduld zeigt André der Pflegerin alle Einstellungen des Geräts. Die Feststellbremse, die Drehhilfe, die Einstiegshilfe. Immer wieder gluckst es aus dem Rollstuhl, und als André sich verbeugend von den beiden verabschiedet, die Pflegerin erneut applaudiert, da sieht er, wie der junge Mann ebenfalls versucht, seine Arme zu heben, die Handflächen gegeneinanderzuschlagen. Eine Geste, die ihn berührt.

Während er wieder im Lieferwagen sitzt und die Belege sortiert, ungefähr 120 Kilometer von Gummersbach entfernt, steht Hans Meurer in seinem Büro und starrt auf eines der Fotos, das darin hängt. Er hat es sich noch nie wirklich angesehen, seine Frau hat sie aufgehängt. Es zeigt eine Art Brücke, eine hölzerne Konstruktion, die von Pflanzen überwuchert ist. Das Grün wirkt zu grell, unecht. Die Planken glänzen nass, während die Sonne durch die Äste der Bäume im Hintergrund bricht. Immer wieder überlegt er, ob er Lohmann anrufen soll. Nach dem Gespräch mit der Polizei ist ihm klar geworden, dass er André Lohmann nicht wirklich gut kennt. Aber er weiß, was er an ihm hat. Er schätzt ihn als einen pünktlichen, fleißigen und freundlichen Mitarbeiter. Eine verlässliche Kraft. Er fragt sich, wo er auf der Tour gerade ist, welche Position er ausliefert, wie er sich verhält und ob er schon damals, als er zum Bewerbungsgespräch vor ihm saß, etwas hätte bemerken müssen. Meurer war stolz auf seine Menschenkenntnis, und an Lohmann gab es bislang nichts auszusetzen. *Gibt es nichts auszusetzen.* Meurer schluckt schwer. Tote Kinder. Ein Albtraum.

Jetzt überlegt er, Albrecht anzurufen. Oder in Hachenburg. Aber was soll er fragen? Was will er wissen?

André Lohmann setzt in diesem Moment seine Unterschrift unter den letzten Beleg, klappt den Ordner zu und legt ihn in das Fach der Mittelkonsole. Im Seitenspiegel sieht er die Pflegerin. Sie sitzt auf einer Bank, weiße Kringel schweben über ihr. Mit dem Handy in der Hand genießt sie eine kurze Pause. In seiner Hand spürt er schon den Schlüssel, dann greift er doch noch einmal zum Türhebel, steigt aus und geht auf sie zu. Sie schreckt kurz auf, als er sie anspricht. Lächelt dann aber schnell. »Das war so nett eben. Sie haben wirkliche eine tolle Art, wie Sie mit den Patienten umgehen.«

»Danke!«, sagt er und zuckt die Achseln. »Ich heiße übrigens André«, schiebt er hinterher. »Darf ich eine?« Er deutet auf die Zigarette in ihrer Hand.

Die Pflegerin greift nach der Schachtel, die neben ihr auf der Bank liegt. Hält sie ihm hin. Stellt sich dann als Bianka vor und reicht ihm die Hand.

»Ich habe es aber auch einfacher als du. Ich fahre nach der Einweisung weg. Du bist jeden Tag hier, siehst das Leid, pflegst sie.«

Sie nickt, er erkennt Dankbarkeit in ihren Augen. Die erfährt sie nicht oft, das sieht er ihr an.

»Ich tue mein Bestes«, sagt sie und zieht an der Zigarette. Sie stehen ein wenig nebeneinander, rauchen stumm, und als er die Kippe an dem dafür vorgesehenen Behälter ausdrückt und reinwirft, bedankt er sich noch einmal und trottet zurück zum Lieferwagen. Das Display seines Telefons zeigt einen Anruf in Abwesenheit. Er erkennt die Nummer des Büros seines Chefs. Merkwürdig. Meurer ruft ihn eigentlich nie an. Wenn er mit der Firma telefoniert, dann mit den Kolleginnen und Kollegen in der Disposition, wenn die Belege mal wieder nicht stimmen, oder er braucht eine Info aus dem Lager, wenn Belege und Ware nicht zueinander passen. Aber Meurer? Er kann sich nicht daran erinnern, dass der ihn überhaupt einmal angerufen hat in all den Jahren, die er für Carelax arbeitet. Er schaut auf die Uhr, dann auf den Tourenplan. Noch drei Stationen. Jetzt hat er keine Lust auf einen Rückruf, wenn es wichtig sein sollte, wird Meurer es wieder probieren. Vor ihm liegt eine Strecke von knapp 70 Kilometern. Und in der Zeit will er sich lieber mit Jannis beschäftigen.

64

Als sie im Türrahmen steht, wirkt sie entrückt. Ihre Augen flackern, als suchten sie nach etwas, woran sie sich festhalten könnten. Sie fährt sich fahrig durch die Haare und stiefelt in dem engen Zimmer auf und ab, bis er selbst immer nervöser wird und sich sein Herzschlag unmerklich an den Rhythmus ihrer Schritte anpasst.

Helge sitzt auf dem schmalen Stuhl, der zu dem Schreibtisch gehört, vor sich sein iPad, an dem er eben noch gearbeitet hat, bevor Nadja überraschend auftauchte.

»Ich weiß, dass ich gesagt habe, du sollst die Sache von gestern Abend vergessen. Ich weiß auch, dass es falsch ist, aber als wir da eben saßen, bei diesem Chef und er davon faselte, wie gut der Typ mit Kindern umgehen könne, dass es bisher keine Klagen über ihn und seine Arbeit gegeben habe, da … da … ach, verdammt!« Sie wirft den Kopf in den Nacken, stößt einen grimmigen Laut aus.

»Was meint denn Winter? Hast du mit ihm auch darüber gesprochen?«

»Helge, Simon ist Polizist! Da gibt es nur Schwarz und Weiß. Täter oder Nicht-Täter. Das ist nicht wie bei uns. Wir gucken hinter das alles, sehen den Menschen.«

Uns. Ein kleines Wörtchen und doch schluckt er den Köder willig. »Du hast recht, aber rechtfertigt das, was du über diesen Typen weißt, das, was er tut? Das haben wir doch schon durch.«

»André. André Lohmann heißt er. Und keine Ahnung. Dafür bräuchte ich mehr Informationen. Bisher ergibt sich für mich das Bild eines Menschen, der seine Aufgabe darin sieht, zu helfen. Was auch immer ihn zu dem hat werden lassen, der er ist, ich bin mir sicher, er sieht in seinen Taten kein Verbrechen. Vielmehr stellt er sich auf die Seite der Opfer. Die Kinder, die von was oder wem auch immer durch ihre Krankheit bestraft werden und unschuldig leiden müssen.« Sie setzt ihren Marsch durch das Zimmer fort, ihre Absätze graben sich tief in den Teppich.

»Aber woher willst du denn wissen, dass er den Kindern wirklich einen Gefallen tut? Ich meine, dieses Mädchen, diese Lilli, die ist doch aus dem Fenster gestürzt, oder nicht? Das heißt, der hätte sie einfach aus dem Fenster geworfen. Nach Hilfe sieht mir das nicht aus.«

»Beide, Timo und Lilli, waren unheilbar krank. Dieser Pfleger aus Hachenburg und auch Lillis Eltern haben durchblicken lassen, dass sowohl Timo als auch Lilli über den eigenen Tod nachgedacht haben. Das habe ich dir gestern schon erzählt. Jetzt überleg doch mal, was, wenn sie mit Lohmann darüber gesprochen haben und er ihnen einfach seine Hilfe angeboten hat?«

»So eine Art aktive Sterbehilfe?«, fragt Helge und verzieht das Gesicht.

Abrupt bleibt Nadja stehen, funkelt ihn an. »Ja, aber jetzt komm mir nicht mit Argumenten aus dem Religionsunterricht der 8. Klasse, oder so etwas.«

Helge hebt abwehrend die Hände. »Für wen hältst du mich eigentlich? Ich war damals schon auf der Pro-Seite, und das hat sich auch nicht geändert. Wenn jemand es hier nicht mehr aushält, aufgrund von Schmerzen jeglicher Art, dann soll er gehen, und wenn er selbst nicht mehr dafür sorgen kann, dann soll ihm Gott verdammt jemand dabei helfen dürfen!«

»Egal ob erwachsen oder Kind?«, fragt Nadja.

Helge zögert kurz. »Na ja, ein Kind … also mir stellt sich da die Frage, ob ein Kind überhaupt überblicken kann, was das bedeutet.«

»Was, der Tod?«

»Ja, also die Tragweite der Entscheidung.«

»Lilli und Timo wussten, dass sie sterben werden!«

Jetzt fährt sich Helge durch die Haare, schiebt die Ärmel seines Flanellhemds nach oben. Stützt sich auf die Knie auf. »Okay, ja. Prinzipiell schon. Ich spreche eher von Kindern im Allgemeinen.«

»Worauf ich hinauswill: Wir sind uns einig, dass wir hier nicht über einen skrupellosen Killer sprechen, der aus niederen Beweggründen Kinder tötet. Lohmann scheint eher das Gegenteil zu sein. Feinfühlig.«

Helge schaut sie überrascht an. »Feinfühlig?«, wiederholt er.

»Ja, er sucht sich die Kinder mit Bedacht. Wählt sie aus. Begegnet ihnen zuerst zufällig, dann lernt er sie kennen. Ihre Leidensgeschichte, ihre Persönlichkeit. Wird ihr Freund. Er sieht, wie sehr die Kinder leiden, und erlöst sie. Ich meine, diese Kinder werden sterben. Qualvoll. Dann erlöst er sie vorher.«

»Indem er sie aus dem Fenster wirft?«

Nadja stöhnt auf. »Nicht einfach so, Helga! Der denkt sich was dabei. Ich wette mit dir, wenn man die Leiche der Kleinen genauer untersucht hätte, dann findet sich ein Betäubungsmittel.«

»Du kennst dich ja gut aus«, merkt Helge süffisant an.

»Ich erkenne da eine Art Fürsorge.«

»Ist das jetzt deine fachliche Analyse oder bist du einfach nur Fan?«

»Stell dir das Szenario als einen unserer Fälle vor. Ein ähnliches Setting wie bei dem Salomo-Mörder. Die moralische Fallhöhe ist viel höher. Solch eine Frage, ob die Tat zu rechtfertigen ist, wird das Publikum spalten!«

»Und du bist Teil der Ermittlungen. Hilfst, ihm das Handwerk zu legen.«

Sie setzt sich auf die Bettkante, nickt abwesend. »Ja, ich bin Teil davon. Aber ich weiß nicht einmal, ob ich überhaupt will, dass er geschnappt wird.«

»Du meinst das wirklich ehrlich, oder?« Helge steht auf, setzt sich neben sie. Legt seine Hand auf ihr Bein. Spürt den Impuls, sie sofort zurückzuziehen, lässt sie dann aber doch dort.

»Was, wenn ja? Hältst du mich dann für verrückt?«, fragt sie. »Oder moralisch verkommen?«

Helge schüttelt den Kopf. »Nein, das tue ich nicht. Ehrlich. Durch die Arbeit mit dir hat sich mein Blickwinkel schon lange verändert. Nur ist es überhaupt nicht unsere Aufgabe, ein Urteil zu fällen.«

»Wieso nicht? Allein durch die Art der Frage stellen wir die vorherrschende Moral in Abrede.«

»Wie meinst du das?«

»Wir verschieben das, was im moralischen Diskurs gesagt werden kann. Und das ist wirklich gut so. Denn wenn jede Frage fortwährend gleich beantwortet wird, sich die Antwort nicht ändern darf, kann sich eine Gesellschaft nicht weiterentwickeln. Du hast doch selbst eben gesagt, dass du zum Beispiel für die Sterbehilfe bist.«

»Und was bedeutet das jetzt konkret? Du wirst Winter wohl kaum davon abhalten können, diesen Lohmann festzunehmen, oder doch?«

Sie weiß, dass sie das nicht kann. Simon ist Polizist. Die Art, wie er die Diskussion abgewürgt hat, lässt keinen Zweifel zu.

Sie sieht sich wieder hinter der Seilbahn sitzen. Zwischen Farn und faulem Holz. Sie konnte Alexandra nicht aufhalten. Wollte es auch nicht. Zumindest nicht wirklich. Das, was damals auf dem Spielplatz passiert ist, hat sie fasziniert, auf eine ganz eigene Weise, genau wie es heute die Taten und vor allem die Täter ihrer Podcast-Fälle tun. Es ist ihr eigener moralischer Kompass, der die Richtung vorgibt. Nicht verurteilen, sondern verstehen. Aber wer wird ihr folgen? Simon sicher nicht. Sie richtet sich ein wenig auf, zieht ihr Smartphone aus der hinteren Tasche ihrer Hose hervor. Als sie es entsperrt, bemerkt sie erst Helges Hand, die die ganze Zeit auf ihrem Oberschenkel ruht. »Ich muss dir was zeigen«, sagt sie.

Er zieht die Stirn kraus. Blickt sie fragend an.

Sie ruft das Foto auf, das sie gemacht hat, als Simon sie vor dem Hotel abgesetzt hat. Dass er aussteigt, damit hatte sie nicht gerechnet und schnell reagiert. Den Zettel gegriffen, aufgefaltet und auf den Auslöser gedrückt. Lohmanns Route. Die Stationen des heutigen Tages und seine Telefonnummer.

65

Überrascht tritt Winter aus Kurzows Büro auf den Flur. Gerade als er die Tür hinter sich zuziehen will, spürt er Widerstand. Elena Heiderscheidt ist ihm nach draußen gefolgt. Nachdem sie den frühen Termin nicht wahrnehmen konnte, war sie später in das Präsidium gekommen, um sich auf den neuesten Stand der Ermittlungen bringen zu lassen.

Sie wirkt besorgt. Das schale Licht im Flur taucht ihr Gesicht in einen Schatten. »Herr Winter, auf ein Wort«, sagt sie und schließt die Tür. Sie leckt sich über die Lippen, zupft kurz an ihrem Kragen. »Zuerst möchte ich Ihnen danken, Herr Winter.«

»Danken?«, entgegnet er überrascht.

»Sie haben nicht lockergelassen, obwohl wir Ihnen mit großer Skepsis entgegengetreten sind. Sollten Sie am Ende einen Mörder entlarven, der sich für diese grausamen Verbrechen verantwortlich zeigt, dann sind wir Ihnen zu großem Dank verpflichtet.«

Winter sieht sie an, sein Blick bleibt an den feinen Falten um ihre Augen haften. *Krähenfüße*, denkt er. Krähen gehören zu den intelligentesten Vögeln und Winter lässt sich von der gewählten Taktik nicht aufs Glatteis führen. Hier geht es um mehr als um das Verhindern weiterer Taten. Hier geht um das Verhindern eines Skandals, dass er und seine Ermittlungen nicht ernst genommen wurden. Kurzow und Heiderscheidt streben nach Macht, sind extrem ehrgeizig. Besetzen sie eine Position, hebt sich sofort ihr Blick nach oben, um zu sondieren, wie es weitergehen kann. Winter hat sie vor einem gewaltigen Rückschlag bewahrt. Das ist der Grund, warum die Staatsanwältin jetzt vor ihm steht und Abbitte leistet.

»Ich danke Ihnen für Ihre ehrlichen Worte. Aber noch ist es nicht vorbei.«

Sie lächelt knapp. »Sie schaffen das.« Dann lässt sie ihn stehen und kehrt in Kurzows Büro zurück. Winter quittiert den obskuren Auftritt mit einem kurzen Kopfschütteln.

Gummersbach ist nicht Köln. Aber es gibt Typen von Menschen, die sind überall gleich. Er hat so sehr darauf gehofft, hier zur Ruhe zu kommen. Seine Versetzung sollte ihm die Gelegenheit zum Neustart geben. Sein letztes Gespräch mit Marinas Vater schießt ihm in den Kopf. Dieser Satz, der alles verschlang, die Vertrautheit, den Respekt, die Zuversicht. *Eines sage ich dir, ich bin der festen Überzeugung, dass du schuld bist, dass wir unsere Tochter und unseren Enkel verloren haben.*

Die Wunden, die Marinas Verschwinden aufgerissen haben, scheinen äußerlich verheilt, doch die Gedanken suchen ihn nachts noch immer heim und klopfen dumpf. Es ist offensichtlich, dass er ihnen nicht entfliehen kann. Die wenigen Kilometer Luftlinie zwischen dem Dom und dem Forum reichen dafür nicht aus.

Er greift nach seinem Smartphone. Das Display zeigt zwei Anrufe in Abwesenheit. Nadja.

Die letzten Gespräche mit ihr gehen ihm nicht aus dem Kopf. Ihr Verständnis für den Täter. Es fällt ihm schwer, einzuschätzen, wie viel sie davon ernst meint. Aber dann der Kuss. Winter zweifelt, ob sie wirklich auf derselben Seite stehen. Wird sie, wenn Lohmann tatsächlich der ist, den sie suchen, ihn genauso einschätzen wie er? Winter hat nur ein Ziel: den Täter überführen.

Er weiß einfach, dass Lohmann der ist, der Lilli und Timo getötet hat. Der Eltern ihrer Kinder beraubt. Der Leben nimmt.

Die Gedanken führen ihn zurück zu den Lessings. Zurück zu dieser verbissenen Art, über das Leben der Tochter zu bestimmen. Und zu Timo, der niemanden hatte, der auf ihn wartete. Der Tod ist ein Dieb. Aber keiner hat das Recht, Schicksal zu spielen.

Schicksal. Als er damals das kleine Stück Papier in der Hand hielt, über den Tulpen, da waren ihm Tränen gekommen. Dass Marina die Mutter seiner Kinder, Winter träumte eigentlich von zweien, sein sollte, war ihm nach wenigen Wochen klar geworden. Sie waren damals in Münster gewesen. Eine Tagestour. Marina mochte Ausflüge. Im Nachhinein dachte er, dass es vor allem die Planung war, die sie liebte. Das Ziel auszusuchen, die Wanderung vor Ort, die Besichtigungen, das Lokal. Vor allem das Lokal. Immer wenn ihr ein Essen besonders gut schmeckte, hüpfte sie leicht mit dem Oberkörper auf und ab. Sie feierte eine gute Küche und das Leben. Sie hatten ein kleines Hotel vor Ort gebucht und saßen sich abends müde und hungrig gegenüber. Als Marina die letzte Gabel in den Mund geschoben hatte, ihr Weinglas ergriff und ihn ansah, da wusste er es.

Er muss daran denken, weil ihre Augen an diesem Tag so tief wirkten. Dass sich die Welt um ihn herum darin verlor. Ihr Kuss schmeckte damals nach Rotwein und Tiramisu. Er hofft, dass es so war.

Aber diese Tage, die guten Erinnerungen, werden heutzutage immer träger, sie verlieren an Spannung, an Kontur, weil sie im Schatten liegen. Und irgendwo zwischen dem Dunkel und den Umrissen aus der Zeit liegt die Wahrheit, die er so verbissen gesucht hat. Natürlich erst im Haus. Ist jeden Raum abgegangen, hat jedes Zimmer untersucht, ob es ein Zeichen gibt, wo sie ist, wo sie noch hinwollte. Vergebens. Hat ihre Nummer gewählt. Ausgeschaltet. Hat Freunde, Verwandte abtelefoniert, ihnen versichert, sie sollten sich keine Sorgen machen, oder Selbiges aus ihrem Munde gehört. Aber die Sorgen hatten erste Metastasen gestreut. Marina war weg. Aus Stunden wurden Tage. Aus Tagen Wochen und aus ihm ein lebloser Körper, der jeden Tag vor einem Geflecht aus Ideen, Vermutungen und Hinweisen stand, das sich nicht entwirren ließ. Alle seine Kolleginnen und Kollegen in Köln hatten ihn unterstützt, alle Möglichkeiten wurden ausgereizt. Die Ortung des Smartphones, Fahndungsaufrufe, Amtshilfe, öffentliche Bekanntmachungen in den sozialen Netzwerken, doch blieben nur die Tulpen und das Foto. Das kleine Bild eines neuen Lebens.

Und mit der Zeit kehrte der Alltag mit aller Macht zurück, riss die mit sich, die ihn unterstützt hatten, weil ihr eigenes Leben sie forderte. Seine Freunde versuchten, ihn zu einem Neustart zu ermutigen. Doch Marinas Eltern wandten sich von ihm ab. Zu sehr setzte sich dort der Verdacht fest, dass Marinas Verschwinden mit seiner Arbeit als Polizist zusammenhängen musste. Dass er etwas übersehen habe. Dass Marina ein Opfer seiner eigenen Unzulänglichkeit geworden sei. Marina und ihr Sohn. Sein Sohn. Seine Familie. Und dann kam diese Nachricht. Im Briefkasten. Einfach so. Und alle Fragen stellten sich erneut.

Und jetzt? Er muss klar denken. Sichergehen, dass er sich auf Nadja verlassen kann. Auf ihre Integrität. Sie wollte dabei sein, nah dran. Und jetzt? Ist es ihr zu viel geworden? Sie hat Lenz gesehen, wie er in der Badewanne lag. Oder verfolgt sie andere Ziele? Geht es hierbei etwa nur um ihren Podcast?

Auf dem Weg in sein Büro ruft er bei ihr an. Nach dem Telefonat wird er entscheiden, ob er sie mitnimmt, wenn er zu Carelax aufbricht, um Lohmann zu treffen.

66

Er sieht den Tropfen zu, wie sie auf der Scheibe zerplatzen. Erst vereinzelt, dann zunehmend, immer mehr. Kleine Explosionen auf Glas. Langsam streckt er seine Hand aus, legt sie von innen auf die kalte Fläche. Zieht sie zurück, sieht dem Abdruck zu, der Stück für Stück verblasst. Zwischen den Fingern, die kriechend verschwinden, tauchen seine Augen auf. Traurig. Er kennt sie nicht anders.

Das Gefühl, alleine zu sein, ist heute besonders drückend. Auch wenn er weiß, dass ihn keiner besuchen kann, bleibt am Ende des Tages diese Leere, die sich in seinem Bauch meldet wie Hunger. So ein Knurren. Ein Ziehen. Zwischen Bauchnabel und Brust. In solchen Momenten denkt er, dass das Gefühl fieser ist als die Schmerzen. Die kennt er, sie sind ihm vertraut, auf sie kann er sich einstellen. Das Vermissen ist deutlich grausamer. Mama. Papa. Elif. Wenn sie ihn besuchen, er mit Elif spielt oder mit Papa oder Mama Quatsch macht, kann er die Schmerzen stellenweise sogar vergessen. Na ja, sie sind da, aber sie rücken in den Hintergrund und für einen kurzen, viel zu kurzen Moment ist alles normal. Wie sehr er sich jetzt solch einen Moment wünscht. Kleine Schwestern können nerven und Elif nervt ihn wirklich manchmal, aber wenn er allein ist, dann wünscht er sich, dass sie doch plötzlich kommen, ganz überraschend. Auch wenn Elif dann nervt, weil sie lieber zu McDonald's wollte als zu ihrem kranken Bruder. In das Haus, in dem es so komisch riecht.

Im Hintergrund verfinstert sich der Himmel. Dunkle Tinte färbt die Wolken, die wie düstere Zuckerwatte über dem Horizont thronen. Er wartet auf die Sterne. Einmal in den Weltraum reisen, das wäre ein Traum. Wird niemals passieren. Klar. Zu Weihnachten wünscht er sich ein Teleskop. Damit will er sich den Mond anschauen, ihm näher sein. Auch wenn er weiß, dass der Himmel, in den er kommen soll, nicht der ist, in dem die Wolken und Sterne sind, so hofft er trotzdem darauf, dass er dort dem Mond ein wenig näher ist. Der Mond ist auch allein. Die Sterne sind zwar da, aber sie sind anders. So wie er selbst. War er schon immer. Von klein auf. Der, der nie da ist. Der immer krank ist. Blass. *Mondgesicht.* An den sich niemand erinnert. Der auf Fotos nicht dabei ist. Der keinen festen Platz hat. Irgendwie gehörte er nie dazu. Nie wirklich. Wie ein Gast, der nicht stört, aber nie eingeladen wird.

Im Gegenlicht der Scheibe sieht er die ersten Tränen. Er schluchzt kurz auf. Wünscht sich Mamas Schoß, Papas Schulter oder Elifs Gequengel. Egal, was davon.

Auf dem Beistelltisch seines Betts steht das Abendessen. Er hat kaum etwas angerührt. Den Pudding wird er noch essen. Mit der Faust drückt er sich die Tränen von der Wange. Tritt näher an die Scheibe heran, sodass sein Bild mit der Umgebung verschwimmt. Reckt den Kopf nach vorne, haucht Atem auf das Glas. Das mögen sie hier nicht. Dafür bekommt er Ärger. Mit dem Zeigefinger malt er einen Kreis. Punkt. Punkt. Komma. Strich. Fertig ist das … er zuckt zurück, taumelt zwei Schritte rückwärts, stößt an den Beistelltisch, auf dem das Geschirr leise klirrt. In seinem Brustkorb galoppiert sein Herz. Er dreht sich um, vergewissert sich, dass er allein ist. Geht dann zurück zum Fenster. Es lässt sich nur auf Kipp stellen, nicht komplett öffnen. Langsam bewegt er den Hebel nach oben, zieht daran. Kühle Luft strömt durch den schmalen Spalt herein.

»Hallo, Jannis.«

67

Die Straßenlaternen werfen einzelne Lichtkegel auf die Verbundsteine. Es knackt und knistert, während Winter im Auto wartet und in unregelmäßigen Abständen den Wagen startet, um die Heizung anzuwerfen. Immer wieder schaut er auf seine Uhr. Kramt den Zettel mit Lohmanns Tourplan hervor. Prüft erneut die Uhrzeit. *Wo bleibt der nur?*

Jetzt lässt er die Scheibe nach unten gleiten, um das Wageninnere mit frischer Luft zu versorgen. Er ist müde. Hat die Musik ausgeschaltet, weil selbst sie nicht dafür sorgen kann, dass seine Gedanken nicht abwandern. Immer wieder greift er nach seinem Smartphone und wartet auf eine Antwort von Nadja. Am Ende hatte er sich dazu durchgerungen, sie mitzunehmen, doch dann hatte überraschend sie abgelehnt. Die letzte Sprachnachricht, die er jetzt noch einmal aufruft, erzählt von Stress mit Helge. Davon, dass er ihr Vorwürfe gemacht habe, die Tour nicht ernst zu nehmen und Absprachen nicht einzuhalten. Sie müsse sich jetzt um ihn kümmern, um den Podcast. Sie würde sich melden.

Winter schüttelt missmutig den Kopf. Sucht im Klang ihrer Stimme nach Anzeichen von Lüge. Von Verrat. Auch wenn das Wort zu hart erscheint, müsste sie doch hier, hier und jetzt dabei sein, denn sie war es, die von Anfang an seine Theorie geglaubt hat und ihn darin bestärkte, weiterzumachen. Er stößt einen genervten Laut aus. Er ist hier. Ohne sie. Wartet auf Lohmann.

Vor ihm im Dunkel liegt das Firmengebäude. Es ist schon nach acht. Alles in diesem Industriegebiet wirkt einsam und verlassen. Wie stille Schatten hocken die Gebäude im milchigen Licht des Mondes. Hier und da tauchen Scheinwerfer auf, die seinen Puls kurz erhöhen, dann aber an ihm vorbeifahren oder vorher abbiegen. *Wo zur Hölle bist du?*

Plötzlich ist er da. Die Lichter des Kastenwagens gleiten an Zäunen vorbei, huschen durch den aufkommenden Nebel, kriechen an den Fassaden der Gebäude entlang und das Motorengeräusch nimmt zu. Das Tor öffnet sich automatisch, als sich der weiße Sprinter nähert und auf das Firmengrundstück einbiegt. Winter lässt den Wagen an. Folgt dem Auto auf den großen Vorplatz der Firma Carelax.

Der Fahrer des Kastenwagens vollführt ein routiniertes Manöver, fährt rückwärts an eine Rampe heran. Ein Bewegungsmelder reagiert, taucht alles in gleißend helles Licht. Winter lässt den eigenen Wagen ausrollen. Öffnet die Tür, steigt aus, es fröstelt ihn kurz.

Die Fahrerkabine liegt im Dunkel, bis auch Lohmann seine Tür öffnet und sich das kleine Licht einschaltet. Als der Scheinwerfer am Dach des Firmengebäudes erlischt, sieht er ihn zum ersten Mal, wie er in dem Lieferwagen sitzt, Papiere ordnet und anschließend endlich aussteigt. Mit einem lauten Knall wirft er die Tür hinter sich zu.

»Herr Lohmann?«, fragt Winter und geht auf ihn zu.

Der Mann zuckt merklich zusammen. »Haben Sie mich erschreckt!«, antwortet er. »Wer sind Sie?«

»Mein Name ist Winter. Ich bin von der Kriminalpolizei Gummersbach. Ich würde Ihnen gerne ein paar Fragen stellen.«

»Kriminalpolizei? Ist etwas passiert?« Lohmann kommt ihm nun ebenfalls entgegen, und als sie einander gegenüberstehen, taucht der Bewegungsmelder den Vorplatz erneut in ein gleißendes Licht. Beide kneifen die Augen zusammen, Lohmann hält sich einen Arm vor die Augen. So stehen sie dort im Lichtkegel wie auf einer Bühne. Die Rollen noch unklar verteilt, keine Souffleuse. Es wäre so einfach, wenn von Tätern etwas Bedrohliches ausginge oder ein verräterischer Geruch.

»Ich ermittle im Fall Lilli Lessing«, eröffnet Winter das Gespräch.

Kurz wirkt Lohmann irritiert, dann fängt er sich. »Lilli Lessing? Äh, muss mir das jetzt etwas sagen?«, erwidert er. Er bleibt einen Meter vor Winter stehen, verstaut die Hände in den Taschen seiner Jeans. Er ist schmal, trägt eine Daunenjacke. Die Haare kurz. Feine Züge zeichnen sein Gesicht. Er wirkt jungenhaft. Wie jemand, dessen Gliedmaßen immer länger und er selbst immer älter wurde.

»Sie war Patientin im Sonnenhaus in Wipperfürth. Sie haben sie beliefert. Das hat mir Herr Meurer bestätigt.«

»Okay. Und sie ist … tot?«, fragt er und klingt in diesem Moment ernsthaft erschüttert.

»Ja und ich bin mir sicher, dass es kein natürlicher Tod war. Jemand hat sie aus dem Fenster geworfen. Wie einen Müllsack.«

Lohmann schluckt, zögert einen Augenblick und sagt dann: »Das ist ja schrecklich! Aber was hat das mit mir zu tun?«

»Das würde ich gerne mit Ihnen auf dem Präsidium besprechen.«

»Jetzt sofort? Ich komme gerade erst von meiner Tour zurück und bin ziemlich fertig. Ich meine, ich würde Ihnen ja gerne helfen … äh, Moment«, plötzlich zögert Lohmann, kratzt sich am Hinterkopf. »Ich werde doch nicht verdächtigt, oder? Ich meine, Sie sind nicht hier, um mich zu verhaften, oder … oder doch?«

»Nein, Herr Lohmann. Im Augenblick bitte ich Sie nur, mich auf das Präsidium zu begleiten. Als Zeuge. Wir überprüfen derzeit nur die Kontakte, die Lilli Lessing von außerhalb gehabt hat.« Winter sieht, wie es in Lohmann arbeitet. Alle seine Sinne sind geschärft. Die kleinsten Bewegungen, das Zucken der Mundwinkel, der unstete Blick. Das feine Gesicht wirkt fast ein wenig ängstlich.

»Ich brauche aber keinen Anwalt, oder?«, fragt er nach einer langen Pause.

»Wenn Sie nichts getan haben, nein. Sie haben doch nichts getan, oder?«, fragt Winter zurück.

68

Als er die Seiten zuklappt, ist es schon spät. Die Taschenlampe hat ihm Papa zugeschoben. Sie gehört eigentlich in so eine kleine Plastikschachtel, die er mal zu einem seiner Geburtstage geschenkt bekommen hat. Da lagen so Gegenstände für einen Trip in die Wildnis drin. Papa ist kein Camper, kein Abenteurer, aber die Kiste hat er immer im Auto aufbewahrt und er hat sie bewundert. Darin befand sich auch dieses kleine Licht, das er ganz weit hinten in der Schublade versteckt. Dort wo das Buch lagert.

Früher war es sein Schmerzbuch. Darin notierte er, wann sie ihn überfielen, wie stark sie sich entwickelten und wie sie ihn quälten. Irgendwann hat er damit aufgehört und einfach aufgeschrieben, was ihn beschäftigt. Was er erlebt, wovon er träumt, was er sich wünscht. Und manchmal malt er nur etwas hinein.

Dass es das Buch gibt, haben scheinbar alle vergessen. Nur Elif fragt ihn manchmal danach. Und die Schmerzen sind ja sowieso geblieben. Jeder weiß, dass sie andauernd da sind. Dass sie fies sind, ihn ans Bett fesseln und er sie ohne den Tropf, der neben seinem Bett an einem Ständer baumelt, nicht aushalten würde.

Jetzt verstaut er alles wieder in der Schublade, drückt mit dem Buch die Lampe an den hinteren Rand und zieht die Bettdecke bis zum Kinn nach oben.

In seinem Zimmer wird es nie richtig dunkel. Kleine Lichter und der feine Schimmer unter der Tür hindurch erschaffen geisterhafte Silhouetten, die unbeweglich im Raum stehen. In seiner Fantasie benennt er die Gegenstände, die dahinter verborgen sein könnten, während seine Lider schwerer werden.

Kurz bevor der Schlaf sein Netz hinabsenkt, lächelt er, denkt zurück an den überraschenden Besuch vor seinem Fenster. Gerade heute, wo er sich doch so allein gefühlt hat. Denkt an die Geschichten, die er erzählt hat, und an das Geheimnis. Er hofft sehr, dass er sein Versprechen hält und wiederkommt. Das hat Spaß gemacht.

69

Eine der Lampen an der Decke flackert und surrt, als er vor Lohmann ein Glas Wasser abstellt. In dem fensterlosen Raum steht die Luft, abgestanden und zu warm. Die Heizung bollert hier an heißen wie an kühlen Tagen. Die über den Lehnen der Stühle hängenden feuchten Jacken dünsten aus und Winter sehnt sich nach Sauerstoff. Er legt sein Smartphone auf dem Tisch ab. *Keine Nachricht.* Der Teppich schluckt jedwedes Geräusch, als er den Stuhl zurückzieht, sich setzt und Lohmann für einen Moment betrachtet.

In dem feinen Gesicht sitzen dunkle Augen, die auch ihn aufmerksam mustern. Die glatte Haut weist kaum Bartwuchs auf, am schmalen Hals zeichnet sich ein kräftiger Adamsapfel ab, der auf und ab hüpft, als Lohmann nach dem Glas Wasser greift und davon trinkt.

»Ich erinnere mich an das Mädchen«, sagt er plötzlich.

Winter lehnt sich zurück, verschränkt die Arme. Er startet die Aufnahme des Gesprächs und sagt seinen Text auf. »Freitag, 17.10.2020, 20:30 Uhr. Befragung des Zeugen André Lohmann durch Hauptkommissar Winter.« Dann wendet er sich an Lohmann. »Sie erinnern sich also an Lilli Lessing?«

»Ja, sie war das Mädchen mit den vielen Hunden. Ich kann gar nicht glauben, dass sie tot ist.« Seine Augen schweifen ab. Auch wenn einem das Fernsehen erzählen will, dass das ein Zeichen für eine Lüge sei, weiß Winter, dass es leider nicht so einfach ist.

»Wie oft hatten Sie Kontakt zu Lilli?«

Lohmann überlegt. »Puh, zweimal, vielleicht dreimal. Da müsste ich in meinen Unterlagen nachschauen.«

»Und wann zuletzt?«

»Das muss im September gewesen sein. Da habe ich ihr eine Matratze geliefert, glaube ich.«

Winter lächelt knapp, notiert etwas auf einem Blatt.

»Wie kann ich Ihnen helfen?«, fragt Lohmann und Winter erkennt eine rührende Ernsthaftigkeit in der Frage. In seinem Kopf sucht er nach einem Wort, einer Art Beschreibung für ihn. Denn er will weg von dem Klischee, dass Lohmann ein Monster ist. Doch lässt das, was am Ende übrig bleibt, keinen anderen Begriff zu. Er mustert ihn. *Helfen?* Das ist, was du meinst zu tun, oder? Das fragt er ihn in seinen Gedanken.

Lohmanns Hände liegen flach auf der Tischplatte. Die langen Finger ruhen dort, Winter fallen die Fingernägel auf. So kurz geschnitten, dass die rosafarbene Haut hervorlugt. Ein Knabberer, denkt er, oder jemand, der keine Spuren hinterlassen will.

Das Display seines Smartphones leuchtet auf. *Nadja.* Will ihn vielleicht ermahnen, Lohmann als Menschen zu sehen. Hinter die Maske des Täters zu blicken, die er ihm schon aufgesetzt hat.

»Können Sie mir sagen, wo Sie sich befanden, als Lilli starb?« Er schaut ihm wieder in die dunklen Augen. Sucht nach einer Regung.

Verhöre sind wie Ringkämpfe. Das Abwarten, das Taxieren, den ersten Griff setzen, das Abrutschen und neu Ansetzen.

»Wann ist Lilli denn … also, wann wurde sie …«

»Getötet?«

»Ja«, antwortet Lohmann verunsichert.

»Vom zwölften auf den dreizehnten Oktober. Zwischen 2 und 3 Uhr in der Nacht.« Obwohl er die Fakten kennt, schlägt er die vor sich liegende Akte auf. Winter hat vorher ein paar Blätter dazu geheftet, damit es nach mehr aussieht.

»Da werde ich wohl geschlafen haben.«

»Gibt es dafür Zeugen?«

»Ich lebe allein«, antwortet Lohmann und zum ersten Mal sieht Winter etwas in den dunklen Augen. Einen Schimmer.

Vor ein paar Jahren, als er und Marina abends Folge um Folge der Serie *Homeland* verschlangen, da hatte sie ihm das Buch *How to break a Terrorist* von Matthew Alexander geschenkt. Der ehemalige Verhörspezialist der U.S. Air Force verrät darin die besten Strategien, um das Vertrauen eines Feindes zu gewinnen. In diesem Moment, als der Schimmer in den dunklen Augen verglimmt und Winter all die Einsamkeit, die sich darin offenbart, erkennt, fällt ihm eine der Regeln aus diesem Buch ein: *Kenne deinen Gegner besser als er dich.*

»Das tut mir leid.«

Der Adamsapfel hüpft. »Ich verstehe nicht?«

»Jeder Mensch sollte jemanden haben, der ihn unterstützt.«

Eine minimale Bewegung. Zuerst das Kinn, das ein wenig nach unten sinkt, dann die Finger. Lohmann zieht sie zurück, nur ein winziges Stückchen. Trauer. Rückzug.

»Sie erinnern mich an einen alten Freund. Sebastian. Mit ihm habe ich mal in einer WG gewohnt. Er hatte eine Freundin. Sie ist einfach verschwunden. Er kam von der Arbeit nach Hause. In der Küche standen Blumen. Tulpen. Davor befand sich ein Ultraschallbild. Zum ersten Mal seit der Schwangerschaft konnte er wegen der Arbeit nicht bei der Untersuchung dabei sein.« Er wartet einen Moment ab. Weil er es braucht, aber auch, weil er seine Reaktion sehen will. Er spürt den Drang, die Geschichte, seine Geschichte, weiterzuerzählen. Denn wenn er Lohmann kennen will, muss er Vertrauen zu ihm aufbauen. So tun, als sei er ihm wichtig, um seine Schwäche herauszufinden.

»Warum … warum erzählen Sie mir das?«

»Weil Sie auch jemanden verloren haben, oder nicht?«

Kenne ihn besser als er dich. Die Erkenntnis greift fest im Nacken zu.

»Das ist lange her«, flüstert Lohmann.

»Erzählen Sie mir davon.«

70

Er friert sofort, als er aussteigt. Auf seiner Haut klebt ein Film aus Schweiß. Er muss aus den Klamotten raus, braucht eine Dusche und etwas zu essen. Wieder Tiefkühlpizza, aber besser als nichts. Es ist spät und irgendwo im angrenzenden Wald ruft ein Käuzchen.

Lohmann. Er geistert ihm im Kopf herum. Seine Worte. Und die Entscheidung, ihn gehen zu lassen. Spürbar stellen sich seine Nackenhaare auf, als er die Stufen zu seinem Haus hinaufgeht. Dort vor der Tür hockt eine Gestalt. Winter bleibt kurz stehen. *Marina?*

»Hallo, Simon.«

»Nadja?« Die Gestalt erhebt sich, tritt auf ihn zu, zittert. Umarmt ihn. Ihr ganzer Körper ist klamm. »Du meine Güte, du frierst ja. Warte …« Schnell kramt er seinen Schlüssel hervor, öffnet die Tür und führt Nadja ins Haus. »Wie lange sitzt du denn schon da?«

»Ich wollte hier sein, wenn du zurück bist. Wo ich doch schon nicht …« Sie bricht ab.

Sie nehmen auf dem Sofa Platz, Winter reicht ihr eine Decke, in die sie sich einwickelt. »Was trinken? Einen Tee vielleicht?«, fragt er.

»Hast du kein Bier da?«

Winter lächelt, Nadja auch und dann verschwindet er in der Küche. Aus dem Kühlschrank holt er zwei Störtebeker und schmeißt den Ofen an. Die Tiefkühlpizza braucht er trotzdem. Schnell schiebt er sie auf das Blech und kehrt zurück ins Wohnzimmer. Nadja hat die Schuhe ausgezogen, mit angewinkelten Beinen sitzt sie in die Decke gehüllt auf dem Sofa. Sie wirkt blass. Niedergeschlagen. Winter hält ihr das Bier hin, sie stoßen an und trinken beide einen kräftigen Schluck.

»Und?«, fragt sie.

Winter nickt, stellt das Bier ab und lässt sich neben sie sinken. »Ich lerne ihn kennen.«

Gespannt schaut sie ihn an. »Lohmann?«

»Vor ein paar Jahren habe ich mal ein Buch gelesen. Es ging darin um Verhörtechniken. Eine der Regeln war die, dass man sein Gegenüber besser kennen solle, als es einen selbst. Und da war dieser Moment, ich kann es nicht richtig beschreiben, aber es war, als konnte ich kurz in ihn hineinsehen.« Er schmunzelt, senkt wieder so den Kopf, wie es Nadja schon bei ihrem Kennenlernen aufgefallen ist. Sie greift danach, legt ihre Hand auf seine Wange.

»Ich stinke. Ich stinke wirklich«, meint er nur. Doch sie lächelt und zieht ihn zu sich. Winter lässt es zu und denkt nur kurz an die Pizza im Ofen.

71

Er ist stark. Musste schon immer stark sein. Doch als dieser Kommissar ihn so komisch danach gefragt hat, ob er jemanden verloren habe, da ist er schwach geworden. Da hat er sie zum ersten Mal gespürt. Die Angst. Sie kroch langsam an seinen Unterschenkeln hoch, hinterließ ihren glitschigen Film, den er jetzt noch immer spürt, abwaschen will. Sie haftet an ihm, so fest wie schon lange nicht mehr. Es erinnert ihn an damals. An das erste Mal. Den ersten Engel.

Er liegt auf dem Bett. Die Gesichter an der Decke fließen ineinander. Alle Konturen verwischen. Es kostet ihn Kraft, nicht die Kontrolle zu verlieren.

Dass er sie in diesem Raum, in dem Gemisch aus abgestandener Luft und Schweiß behalten hat, macht ihn stolz. Er ist nicht eingeknickt, sonst hätte ihn der Kommissar nicht gehen lassen. Niemals. Er ist bei seiner Geschichte geblieben. *Lilli.*

Wie sehr sie sich gewünscht hatte, fliegen zu können. Wie ernsthaft sie davon erzählt hatte, mit diesem Sehnen in den leuchtenden Augen. Wie sie ihm Skye, die Flughündin, präsentiert hatte. Ein wenig beschämt, dass sie noch immer Fan dieser Kinderserie war. Wie gerne er sich daran erinnert. Er hat ihr den Schmerz genommen. Diesem kleinen Engel.

Und dann hat ihn dieser Winter ganz verrückt gemacht. Mit dieser Geschichte über seinen Freund. Aber da war plötzlich so eine Verbindung. Ihm fällt es oft schwer, mit Erwachsenen offen zu sprechen. Mit den Kindern ist es irgendwie einfacher. Sie sind so direkt, so echt. Erwachsene lügen. Täuschen. Kinder nicht. Sie sind ehrlich.

Aber das, was Winter ihm erzählt hat, klang aufrichtig. Es hat ihm gutgetan, auch wenn er sich dagegen wehren will. Warum hat er ihm diese Geschichte erzählt? Jetzt juckt es wieder. Auf seiner Haut. An den Schienbeinen. Es ist die Angst. So nah, wie ihm dieser Winter gekommen ist, darf er ihn nicht wieder heranlassen. Und vor allem darf er keine Fehler machen. Wie bei Lilli. Wie bei allen anderen. Und bei Jannis.

Die Vorbereitung. Sie ist so eminent wichtig. Dass ihm die Lichter bei Lilli nicht vorher aufgefallen waren, hat ihn im Nachhinein fast verrückt gemacht. Als er da im Wagen unter der Brücke in Engelskirchen gesessen hat. Wie sehr er sich über sich selbst geärgert hat. So etwas darf ihm nicht noch einmal passieren, sonst kommt dieser Winter ihm auf die Schliche. Aber ich bin ihm einen Schritt voraus.

Wie gut, dass er auf ihn vorbereitet war. Dass das Telefonat ihn erreicht hat. Er hätte nicht gedacht, dass es so leicht ist, zu vertrauen, zu teilen. Es fühlt sich noch neu an, irgendwie komisch. Er muss lachen, dann wird er still. Hoffentlich wird das alles funktionieren. Hoffentlich. Jannis. Er hat es verdient, gerettet zu werden. Eine tiefe Ruhe breitet sich in ihm aus. Schließt kurz die Augen, öffnet sie dann wieder und blickt zur Zimmerdecke. Erkennt er da jetzt doch ein Gesicht? Etwa den Clown? So lange hat er ihn nicht mehr gesehen, nicht mehr entdeckt. Der Clown. Er hat ihn wieder.

Was Jannis jetzt wohl macht? Hoffentlich schläft er. Tief. Fest. Schmerzlos. Das wünscht er sich, als seine eigenen Lider immer schwerer werden. Er ist noch einmal davongekommen.

Als André einen tiefen Atemzug nimmt und dem Schlaf in die Arme fällt, rutscht der Beamte in seinem Wagen den Sitz nach oben. Er hasst Ledersitze. Die sind so rutschig, da kann man gar nicht gemütlich sitzen. Observationen werden immer in diesen Wagen ausgeführt, wahrscheinlich, weil man deswegen nicht einschläft. Er schaut noch einmal zum Fenster von diesem Lohmann hinüber. Das

Licht ist aus. Alles still. Verschwendete Zeit, wenn man ihn fragen würde. Tut nur keiner. Aber Winter, in seinem Kopf nennt er ihn noch immer *den Neuen*, wollte es ja so. Er dreht die Thermoskanne auf und gießt sich einen dampfenden Kaffee ein. Pustet, nimmt dann vorsichtig einen Schluck.

72

Er ist zurück im Hotel. Nadja ist nicht da. Helge schiebt die Code-Karte in den dafür vorgesehenen Schlitz und die Tür zu seinem Zimmer öffnet sich. Er ist müde. Und betrunken.

In einer Hand hält er eine Flasche Bier. In der Ferne meint er, einen Hund bellen zu hören. Der Wind rauscht, rüttelt am Fenster. Es ist die Zeit für die Wahrheit gekommen. Was soll er sich selbst in die Tasche lügen? Er ist verdammt noch mal in Nadja verliebt. Und er will es ihr sagen. Muss es ihr sagen. Hätte er schon lange tun sollen, dann lägen sie vielleicht jetzt hier gemeinsam in einem Bett und sie hätte sich nicht auf diesen Winter eingelassen. Der was auch immer in ihr ausgelöst hat. Das muss mit diesem Beschützerinstinkt zu tun haben. Bestimmt weil er Polizist ist.

Ihre Worte geistern in seinem Kopf herum. Dieser Fall. Die todkranken Kinder. Der Tod dieses Zeugen. Nadja wirkt verändert. Aber am Ende hat er sie überzeugen können. Er streift die Schuhe ab, legt sich auf die Matratze und greift nach den Kopfhörern. Auf dem Smartphone sucht er nach dem passenden Soundtrack. *Type 0 Negative. Blood&Fire.*

Der Sänger der Band, Pete Steele, ist schon ein paar Jahre tot und er hat es nie geschafft, sie live zu sehen, was er bis heute bereut. Steele trug seinen Bass immer an einer Eisenkette um den Hals. Ein baumlanger Kerl, lange Haare, tiefes Timbre. Die meisten kennen ihn eher von den Fotos aus der *Playgirl.* Nackt. Nicht nur er war baumlang.

Pete Steele singt jetzt von der Liebe. Von der Erinnerung daran, von dem Gefühl, dass alles perfekt ist und mit einem Schlag sich alles verändert. Von der Sehnsucht. Von der Einzigartigkeit.

Er hat sich so vehement gegen dieses Gefühl gewehrt. Der Professionalität wegen. *Don't fuck the company.* Was für ein selten dummer Spruch. Und auch nicht besonders ehrlich. In Wahrheit hat er einfach nur Angst, es ihr zu sagen. Angst vor ihrer Reaktion. Dabei will er sie schon seit dem ersten Augenblick. Und er wird sie nicht kampflos diesem Winter überlassen. Nein. Er wird ihr sagen, was er für sie empfindet. Damit er nicht *Blood* singen muss.

Während er sich Mut macht, sein Kopf dröhnt und er an dem abgestandenen Bier, von dem er schon genug hat, nippt, fragt er sich, wo sie eigentlich ist? Die Flasche gleitet aus seinen Fingern, fällt auf den Boden, der Rest sammelt sich vor dem Flaschenhals auf dem Teppich. Aber das merkt er nicht mehr, weil er schon eingeschlafen ist. Murmelnd, ein Speichelfaden löst sich aus dem offenstehenden Mund. Er liegt da, in Band-Shirt, Jeans und Hemd.

In seinem Traum wird er ihr begegnen. Auf einem Konzert. Kinder stehen auf der Bühne. Sie singen vom Tod. Und Nadja freut sich und sagt: »Siehst, sie wünschen sich den Tod. Wie ich es dir gesagt habe.«

Vierter Teil

ENTSCHEIDUNG

73

Zerknautscht steht Helge wieder an diesem Bahnhof. Samstag. Sein Kopf ist eine Dampfmaschine und Nadja viel zu aufgekratzt. Und zu allem Überfluss weiß er auch noch warum. Denn er steht frierend da, während Nadja und Winter aussehen wie verliebte Teenager, deren Hormone durchdrehen.

Ihm ist kalt, der Zug nach Köln hat Verspätung. Hoffentlich erreichen sie später den Anschlusszug nach Hanau noch. Vor Ort bekommen sie dann von ihrer Agentur einen Mietwagen für die weitere Tour. Endlich. Aber irgendwie war ihm ja von Anfang an klar, dass ihn dieses Gummersbach nicht so leicht frei gibt. Aber es geht weiter. Der nächste Auftritt steht an und er und Nadja verlassen das Kaff und vor allem diesen Winter.

Die digitale Anzeige kündigt den Zug in sieben Minuten an. Sieben Minuten. *Nur noch sieben Minuten.*

Unschlüssig steht Nadja vor Winter und hält seine Hände in ihren. Sie muss los, die nächste Stadt wartet.

»Wie geht es jetzt weiter?«, fragt sie und weiß selbst nicht, was sie genau meint.

»Ihr fahrt in sieben Minuten los und ich werde mir Lohmann noch einmal vornehmen. Ich halte dich auf jeden Fall auf dem Laufenden.«

Sie nickt, lächelt knapp. »Und das hier?« Sie schaut auf ihre Hände.

Er schluckt. So leicht hat er sich ewig nicht mehr gefühlt. Und so schwer. Weil dieser Moment, als er heute Morgen neben ihr aufgewacht ist, einem roten, grell aufblinkenden Warnschild glich, das noch immer blinkt. Weil er etwas für sie empfindet, was auch immer.

Aber ist er dafür wirklich bereit? »Ich … ich brauche Zeit«, sagt er deswegen und weiß, dass er ein Feigling ist.

Sie beißt sich auf die Unterlippe. Ihre Augen verraten ihre Enttäuschung.

»Lass mich erst diesen Fall abschließen«, schiebt er hinterher. *Noch fünf Minuten.*

»Okay, ich gebe dir Zeit. Unter einer Bedingung.«

»Welche?«

»Du hast gestern aus diesem Buch zitiert. Man sollte seine Feinde besser kennen als sie einen selbst, oder so ähnlich.«

»So ähnlich. Aber was hat das mit uns zu tun?«

»Ich will dich kennenlernen. So richtig. Komplett. Und dazu gehört vor allem das, was dich so zurückhält. Diese ganze Geschichte, die du in deinem Handschuhfach versteckst.«

Er senkt den Kopf.

»Ja, genau das. Das hier«, sie drückt mit ihrer Hand seinen Kopf behutsam nach oben, »machst du nämlich immer dann, wenn du an dein Handschuhfach denkst. Es belastet dich so sehr und du bist nicht frei.«

»Hast du mich auch analysiert? So wie Lohmann?«

»Das haben wir ja wohl geklärt, oder? Lohmann gehört bestraft für das, was er tut. Selbst wenn ich für seine Taten in Grundzügen Verständnis entwickele, spreche ich ihn von keiner Schuld frei. Ich bin auf deiner Seite. Wenn er der Täter ist, musst du ihn festnehmen. Es geht mir nur um dich. Ich mag dich, das weißt du. Aber ich gebe dir die Zeit, die du brauchst.«

Bevor Winter antworten kann, kündigt sich der Zug an. Unauffällig versucht er, die Anzeige zu erkennen. Denn da ist diese Schuld in seinem Inneren. Sie drückt auf alle Organe. Will er, dass sie ihn kennt? Seine Geschichte? Die viel weiter zurückreicht. Vor Marina. Vor der Polizei. Das weiß er heute. Weil alles irgendwie zusammenhängt. Das Gestern und das Heute. Verknüpft durch unsichtbare

Fäden und Knoten, über die er immer wieder stolpert, sie aber nie wirklich entwirren kann. Denn als die Tulpen längst verwelkt waren, alle zurück in ihrem Alltag und Winter nicht mehr wusste, wo er noch nach Marina suchen sollte, da lag die Nachricht in seinem Briefkasten. Zwischen Rechnungen und Werbebroschüren. Ein Zettel. Zusammengefaltet. Und nur eine einzige Zahl darauf. *24.*

»Die Sache ist kompliziert«, sagt er nur und ist erleichtert, dass der einfahrende Zug das Gespräch beendet.

»Ich weiß«, meint sie und drückt ihm einen Kuss auf die Lippen, der nichts mit dem zu tun hat, was gestern zwischen ihnen vorgefallen ist.

»Wir müssen los«, ruft Helge, der die ganze Zeit mürrisch neben ihnen gewartet hat.

Als sich die Türen fauchend öffnen, Helge die Taschen die Stufen hinaufhievt und Nadja seine Hände loslässt, weiß er, dass er eine Entscheidung treffen muss. Aber nicht heute.

74

Die Stunden des Tages verfliegen. Nach einem Telefonat mit Kurzow, in dem er den Leiter des KK1 auf den neusten Stand der Ermittlungen gebracht hat, ihm von der ersten Befragung und der nächtlichen Überwachung erzählt hat, hat Winter gemeinsam mit Althoff auf Lohmann gewartet. Alles, was es über André Lohmann zusammenzutragen gab, haben sie festgehalten. Nicht viel. Das bisschen Text zeichnet das Bild eines Einzelgängers. Vater unbekannt, Mutter tot, Bruder ebenso.

Winter hat ihn extra nicht abholen lassen. Lohmann soll glauben, dass er freiwillig noch einmal auf dem Präsidium erscheint, um der Polizei zu helfen. Er soll sich in Sicherheit wiegen, aber Winter braucht einen Hebel, um ihn unter Druck zu setzen. Deswegen sind auch die Fahrtenbücher für ihn interessant, darum wird sich Althoff kümmern. Der selbst scheint in diesem Moment jedoch mehr an der Begegnung mit Nadja interessiert zu sein. Winter weiß warum. Henning Althoff will, dass er endlich vollkommen in Gummersbach ankommt und die letzten Leinen nach Köln kappt.

Jetzt, auf dem Weg in den Verhörraum, erscheint auf seinem Smartphone die Nachricht, dass Nadja angekommen ist, schon eingecheckt und den Auftrittsort besichtigt hat. Winter lächelt kurz. Marina und er haben sich immer einen Anker zugeschickt, um dem anderen zu signalisieren, dass man sicher angekommen sei. Dabei war der Anker ein Zufall, eigentlich wollte er ihr damals ein Herz schicken, war aber abgelenkt und hat sich vertippt. Aus dem Tippfehler wurde ein Insider. Ihr geheimes Zeichen. Der letzte Chat mit ihr, ganz weit unten in der Liste, aber er wird ihn niemals löschen. *Freu mich auf dich. Anker.* Sie war zu Hause angekommen. Mit den

Tulpen. Mit dem Ultraschallbild. Und als er nach Hause kam, war sie nicht da. Kein Lebenszeichen. *24.*

Mit festem Griff umschließt er die Klinke, öffnet die Tür und betritt den schmalen Raum. Die dunklen Tische, der Teppich und die Holzverkleidung wirken in die Jahre gekommen, das künstliche Licht wirft tiefe Schatten.

»Guten Tag, Herr Lohmann. Schön, dass Sie kommen konnten.«

»Herr Winter.« Lohmann erhebt sich kurz. »Das ist doch selbstverständlich. Wie schon gesagt, ich helfe gerne.«

Winter lächelt kurz, nickt. Er sieht Lohmann an, wie sehr er glaubt, damit recht zu haben.

Winter startet die Audioaufnahme. »Samstag, 18. Oktober, Befragung des Zeugen André Lohmann. Das Gespräch führt Hauptkommissar Winter.« Er lehnt sich zurück, wartet einen kurzen Moment ab. *Ringkampf. Neu ansetzen. Zupacken.* Nicht zu hart, aber zwingender als gestern.

Seufzend schlägt er die Mappe auf, die er vor sich auf den Tisch gelegt hat, und blättert betont lässig darin. Einen kurzen Moment lässt er diese Geste wirken.

»Herr Lohmann, gestern haben wir über Lilli gesprochen. Jetzt würde ich gerne mit Ihnen über Timo sprechen.« Er schaut auf, direkt in Lohmanns dunkle Augen, die kurz flackern. »Timo Berger haben Sie doch auch beliefert, oder? Im Hospiz Bärenherz, in Hachenburg.«

»Ich bin viel unterwegs, also kann es sein, dass ich auch schon einmal in Hachenburg war.«

»Ein süßes Städtchen, kleiner als Gummersbach. Nett ist es da. Wirklich nett. Und dass Sie da waren, das steht außer Frage. Mich interessiert viel mehr, wie gut Sie Timo Berger gekannt haben.«

»Timo Berger?«, wiederholt Lohmann leise. Dabei verzieht er keine Miene. Das jungenhafte Gesicht schaut ihn ausdruckslos an. Die dunklen Augen glänzen.

»Timo Berger. Verstorben im Mai dieses Jahres. Offiziell Selbstmord.«

»Das ist ja schrecklich«, flüstert Lohmann, »aber was hat das mit mir zu tun?«

»Genau das will ich herausfinden. Ihr Chef, Herr Meurer, hat mir erzählt, wie toll Sie mit den Kindern in den Hospizen umgehen. Wie gut Sie sich mit ihnen verstehen. Das war doch sicher auch bei Lilli und Timo nicht anders, oder?«

Lohmann presst die Lippen aufeinander.

»Ich finde das toll, wirklich. Aber ist das nicht auch total belastend? Ich meine, Sie nehmen so viel Anteil am Schicksal der Kinder.« Wieder lehnt sich Winter zurück, sieht zu, wie es in Lohmann arbeitet.

»Ich bin für sie da«, flüstert er. Die dunklen Augen verändern sich, sie scheinen tiefer zu werden. Wie ein nie endender Brunnenschacht.

Winter denkt an die Feder. Er wird einen Gang zurückschalten müssen, damit er ihn nicht verliert.

»Sie haben mir gestern von Ihrem Bruder erzählt. Wie hieß er noch gleich?«

»Jens«, antwortet Lohmann und schließt kurz die Augen.

»Jens. Wie alt waren Sie, als Jens gestorben ist?«

Zum ersten Mal nimmt Winter eine deutliche Unruhe wahr, die den schmalen Körper erfasst. Lohmann rückt leicht hin und her.

»Ich war elf Jahre alt. Jens war sehr krank.«

»Das muss schrecklich gewesen sein.«

Lohmann antwortet nicht, die dunklen Augen zucken wild nach links und rechts. Er schluckt. »Haben Sie vielleicht ein Glas Wasser für mich?«

»Wir sind sicher gleich fertig«, antwortet Winter knapp.

Und die dunklen Augen ziehen sich kurz zusammen. *Ist das Wut?*

»Vermissen Sie ihn?«

»Natürlich. Er war mein Bruder. Ich habe ihn so sehr geliebt. Das gehasst, was die Krankheit mit ihm gemacht hat. Aber ich konnte nichts tun, konnte ihm nicht helfen.« *Ich helfe gerne.*

»Dafür waren Sie doch viel zu klein. Und doch waren Sie für ihn da. An seiner Seite.«

»Aber ich musste mit ansehen, wie die Krankheit ihn sich genommen hat. Ihn mir genommen hat! Das hatte er nicht verdient, dass ich ihn so sehen musste! Wie er langsam verschwunden ist, Stück für Stück. Er war mein Bruder. Mein stolzer, großer Bruder.« Die dunklen Augen flackern. Ein düsterer See, in dem schwarze Aale umherschwimmen.

»Niemand hat das verdient.«

»Ja!« Die dünnen Finger, zur Faust geballt, knallen auf den Tisch. Sein Ausbruch ist ihm sichtlich unangenehm. »Ent... entschuldigen Sie. Bitte, ich wollte nicht ...«

Winter hebt beschwichtigend die Hände. »Alles gut. Ich verstehe Sie, Ihren Schmerz. Und das Gefühl der Hilflosigkeit, das Sie damals hatten. Aber jetzt sind Sie nicht mehr hilflos. Sie tun etwas dagegen, oder? Sind für die da, die jetzt unter Schmerzen leiden.«

»Nicht nur unter den Schmerzen.« Lohmann schüttelt leicht den Kopf, seine Augen blicken ins Leere. Oder in die Vergangenheit.

»Unter was noch?«

»Unter wem!«, raunt er.

»Wer?«, fragt Winter nur. Er versteht kein Wort.

»Katla!« Es klingt wie ein Knurren. Die Augen werden zu schmalen Schlitzen. Die dünnen Finger verkrampfen. Lohmanns Körper scheint einen inneren Kampf auszufechten.

»Wer ist Katla?«

Plötzlich hebt sich Lohmanns Blick. Der dunkle See, wie tausend Brunnen tief, zerrt an Winter. »Nur ein echtes Löwenherz weiß, wer Katla ist und zu was sie fähig ist.«

75

Die gemeinsame Zugfahrt war die Hölle. Die Stimmung zwischen ihnen angespannt, und Helge hatte die ganze Zeit über das Gefühl, dass seine Verzweiflung auf seiner Stirn tätowiert steht. Er schämt sich für seine Gedanken, obwohl er sich vorgenommen hatte, dass er heute sein Herz in ihre Hände legen wollte.

Jetzt sitzen sie in einem richtigen Backstageraum. Nicht wie in Gummersbach in dieser kleinen Küche am Ende einer steilen Treppe. Auch hier ist es eng, auch hier sind es nur um die 70 Zuschauer, die sie live erleben wollen. Aber es ist eben nicht Gummersbach und Helge versucht, sich zu beruhigen. Der Abschied zwischen Winter und Nadja schien ja nicht gerade harmonisch verlaufen zu sein, und wenn Nadja so lang und so oft an ihrer Unterlippe nagt, dann kaut sie im wahrsten Sinne des Wortes auf etwas herum.

»Alles gut?«, fragt er nur.

»Hmm? Was?«

»Nadja, wir haben gleich einen Auftritt.« Sie sieht umwerfend aus und es ist wohl egal, was sie auf der Bühne erzählt, sie ist das Gesicht des Podcasts, und der ist heute wichtiger denn je. Sie hat ihn zu einer Marke werden lassen und er ist der Mann im Hintergrund. Er ist Per Gessle und sie Marie Fredriksson.

»Weißt du eigentlich, dass ich, bevor ich Metal gehört habe, totaler Roxette-Fan war?«

Sie schaut ihn an, grinst. »Roxette?«

»Ja, ich habe diese Band geliebt.« Er stimmt *The Look* an. »Natürlich die härteren früheren Songs, die seichten Balladen habe ich dann den Mädels, für die ich geschwärmt habe, auf Mixtapes aufgenommen.«

»Sehr subtil«, flötet Nadja.

»Ich war schon immer ein kleiner Charmeur.«

»Im Roxette-Shirt?«

»Da habe ich noch keine Bandshirts getragen. Das kam erst später. Iron Maiden haben mir die Augen geöffnet. Als ich das erste Mal *The Number of the beast* von denen gehört habe, da habe ich die Roxette-Poster abgehängt und gegen die von Iron Maiden getauscht.«

»Und dann gab es auch keine Mixtapes mehr?«

»Die gab es immer, gibt es immer noch.« In diesem Moment meldet sich Nadjas Smartphone. Sie holt es schnell hervor und Helge weiß, von wem sie eine Nachricht erwartet. Dann sieht sie ihn an.

»Was ist das?«

Helge zuckt nur mit den Schultern. Auf ihrem Display steht, dass er ihr eine Nachricht geschickt hat, vielmehr, dass er etwas mit ihr teilt. Eine Playlist. »Für dich. Zur Ablenkung. Und damit du für gleich in die richtige Stimmung kommst.«

Sie kramt ihre Kopfhörer hervor, steckt sie in die Ohren, ihr Finger wischt über das Display. Die ersten Töne erklingen und sie rutscht in dem Sessel ein wenig nach unten. Helge weiß, dass er nicht die richtigen Worte finden wird. Aber kampflos gibt er sie nicht auf.

76

Die Spannung ist greifbar. Zieht flirrend durch die Luft. Kurzow steht vor dem Fenster seines Büros, sein Blick sucht nach einem Fixpunkt, verliert sich in den Wolkenbergen, die sich über das Präsidium am Kreisel schieben. Samstag. Einkaufszeit.

Elena Heiderscheidt umschließt mit den Händen eine dampfende Tasse, die Beine übereinandergeschlagen. Sie wirkt konzentriert. Beide sind extra ins Revier gekommen.

»Er ist unser Hauptverdächtiger, richtig? Dieser Lohmann? Aber er hat nicht gestanden?«, fragt Kurzow gegen die Scheibe.

Winter schaut auf, wendet den Blick von dem Familienfoto, das auf Kurzows Schreibtisch steht, ab und dreht sich dem Leiter zu, der ihm weiterhin den Rücken zukehrt.

»Er wird, ich habe ihn fast so weit. Am Ende müssen wir ja auch dafür sorgen, dass er das, was er hier zugibt, nicht widerruft. Aber wenn er mir die Taten gesteht, dann habe ich ihn. Es ist nur noch eine Frage der Zeit.«

»Die haben wir aber nicht, wenn er der Täter ist. Dann sind weitere Kinder in Gefahr. Was hat er denn gesagt?«, will die Staatsanwältin besorgt wissen.

»Winter, jetzt mal Butter bei die Fische! Wo ist das Problem?«, mault Kurzow.

»Die Beweislage gibt nicht viel her. Wir wissen bisher nur, dass er beide Kinder beliefert hat und deswegen kannte. Alle, die ihn kennen, beschreiben ihn als zuvorkommend und beliebt bei den Kindern. Aber das ist eben kein Beweis.«

»Hat er denn ein Alibi?«, fragt Kurzow.

»Beide Fälle gelten offiziell immer noch als Selbsttötungen. Aber, nein, er hat kein Alibi.« Winter zögert einen Moment. »Lohmann ist speziell. Introvertiert. Er weiß, dass wir ihn verdächtigen, und trotzdem kooperiert er. Ich muss sehr vorsichtig sein. Er zieht sich schnell zurück, ist sensibel und verletzt …«

»Verletzt? Der Typ tötet Kinder! Der braucht mir jetzt nicht mit Befindlichkeiten zu kommen!«, poltert Kurzow.

»Ich meine, warum tut er das? Es wirkt fast so, als wolle er uns helfen …«

»Interessant«, sagt Elena Heiderscheidt. »Das klingt fast so, als hätten Sie einen Zugang zu ihm gefunden.«

»Ja, ich denke schon. Das geht nur über seine Vergangenheit. Frau Bergendahl hat mir, was das betrifft, zu einer anderen Sichtweise verholfen. In seiner Vergangenheit liegt der Schlüssel, und wenn er bereit ist, diese mit mir zu teilen, dann wird er mir von den Morden erzählen. Da bin ich mir sicher.«

»Winter«, Kurzow atmet hörbar aus, dreht sich dann um, »Ihre Küchenpsychologie in Ehren, aber was wir brauchen, sind Fakten, Beweise. Wir können ihn nicht noch einmal herbestellen, irgendwann wird er nicht mehr so einfach hier auftauchen. Dann bringt er einen Anwalt mit und der sagt, er soll die Fresse halten, und wir gucken blöd aus der Wäsche.«

»Den wird er so oder so noch brauchen, wenn er sich selbst vor Herrn Winter belastet. Aber es braucht scheinbar Zeit und Fingerspitzengefühl, Harald«, ergreift Elena Heiderscheidt Partei. »Und wenn ich Herrn Winter richtig verstehe, ist er auf einem guten Weg.«

»Wie sieht es mit einem Durchsuchungsbefehl aus? Wenn wir in seine Wohnung dürften?«

»Das können Sie vergessen. Denn dazu müssen wir ihn offiziell als Verdächtigen führen und dann sitzt der Anwalt eben sofort an seiner Seite und verbietet ihm das Reden. Alles, was Lohmann heute aussagt, muss er dann noch einmal bestätigen. Wir brauchen einen belastbaren Beweis. Dann kann auch der beste Anwalt nichts mehr ausrichten.«

Kurzow gibt einen missmutigen Grunzlaut von sich, steckt dann die Hände in die Taschen und lässt sich in seinen Schreibtischstuhl fallen. Draußen erklingt ein Martinshorn.

»Dann eben alte Schule, Winter. Vielleicht bin ich auch zu alt für diesen Psycho-Scheiß. Die Mörder von heute sind auch nicht mehr das, was sie mal waren. Alles Weicheier, die früher von Mama oder Papa verprügelt wurden und deswegen heute für unzurechnungsfähig gelten.«

»Harald!« Elena Heiderscheidt verdreht die Augen.

Winter sieht den Himmel, der, wie so oft im Oberbergischen, grau verhangen das Licht stiehlt. »Ich komme an meinen Beweis. Noch heute.«

Kurzow klatscht in die Hände. Elena Heiderscheidt zuckt zusammen und verbrüht sich die Finger am überschwappenden Kaffee. Winter schaut seinen Chef irritiert an.

»Dann verlieren Sie keine Zeit, Herr Kollege. Das hier ist Ihre Chance, Winter. Wenn Sie Lohmann überführen, dann … tja, was soll ich sagen: Ermittlungen zahlen sich aus. Das kann ein Meilenstein werden.«

Für wen, denkt Winter? Für dich, für mich? Aber für Ränkespiele hat er heute keine Zeit. Er will erfahren, was mit Jens geschehen ist. Und wer Katla ist. Kurz: Er will das Geständnis.

77

Wenn Mama, Papa und Elif wieder weg sind, ist da immer dieser Kloß in seinem Hals. Oft wehrt er sich vergeblich dagegen, vor ihnen zu weinen, wenn sie nach Hause müssen. Heute hat es wieder nicht funktioniert. Mama muss dann immer mitweinen, Papa streicht allen über die Rücken und erzählt nach kurzer Zeit irgendeine Geschichte, die sie ablenkt. Elif drückt ihn dann besonders fest.

Auf dem Gang hört er den Wagen, das quietschende Rad, das immer ein bisschen festhängt und über das Irina flucht. Wenn Irina Dienst hat, schmeckt das Essen besser. Obwohl sie es nicht gekocht hat, aber allein, weil sie es bringt. Sie erfindet immer Namen für die Gerichte. Erzählt, wie der Koch sie gezaubert hat, und dann, wenn sie die Haube von diesem Plastikteil, auf dem sich Teller, Tasse und Besteck befinden, abnimmt, tut sie immer so, als würde sie der Duft dazu bringen, in Ohnmacht zu fallen. Das ist wirklich lustig, auch wenn sie es wieder und wieder tut.

Jannis hofft darauf, dass Irina gleich bei ihm ist, sie ist ein bisschen spät dran und eigentlich soll er heute noch Besuch bekommen. Nicht von Mama, Papa oder Elif, die sind ja schon weg. Nein, so wie gestern. Am Fenster.

Heimlich liest er noch einmal, was er das letzte Mal aufgeschrieben hat, als der Besuch da war. Dass er versprochen hat, niemandem davon zu erzählen, und was er auf die Frage geantwortet hat, die ihm gestellt wurde.

Darüber hat er oft schon nachgedacht. Er sieht ja, was das alles mit seiner Familie macht. Und mit ihm. Wie gerne würde er so sein wie andere Kinder in seinem Alter. Fußball spielen, zur Schule gehen, Dinge anstellen. Vor allem Dinge anstellen. Er weiß gar nicht so genau, wie das geht. Aber Irina hat ihm es einmal gezeigt. Abends, vor dem Schlafengehen, hat er die Zahnpasta genommen, einen schönen Streifen daraus hervorgedrückt und ihn von außen unter der Türklinke verteilt. Dick und fett. Als dann die Nachtschicht unterwegs war und sein Zimmer kontrolliert hat, hat der Pfleger so richtig da hineingefasst. Der hat geflucht und sich geekelt, dass Jannis davon wach geworden ist und sich kaputtgelacht hat. Der hat sich vielleicht aufgeregt, ihn einen Was-weiß-ich-was genannt und ist abgedampft. Mit hochrotem Kopf und immer noch fluchend.

Die Tür schwingt auf und kurze Zeit später steht Irina vor ihm, stellt das Tablett ab, zieht einen Stuhl vom Tisch zurück und nimmt den Deckel hoch. Kein Riechen, kein Vortäuschen einer Ohnmacht.

»Hallo, Jannis. Wie geht es dir?«, fragt sie stattdessen.

»Ganz gut«, murmelt er und sieht sie enttäuscht an. Sie wirkt irgendwie traurig.

»Ich muss dir etwas sagen, Jannis.« Jetzt wird sie irgendetwas Verrücktes machen, denkt er.

»Heute ist mein letzter Tag und ich will mich von dir verabschieden.«

Der Kloß vergrößert sich, schwillt an. Nur ein Krächzen entfährt ihm, als er nach dem Wieso und Warum fragen will.

»Mein Freund und ich werden zusammenziehen. Das heißt, ich ziehe zu ihm und fange dort, wo er wohnt, eine neue Stelle an.« Sie redet schnell und in dieses Traurige, das Jannis eben erkannt hat, mischt sich Zuversicht.

»Nun guck nicht so, sonst fange ich gleich an zu heulen«, klagt sie lächelnd und knufft ihn in den Oberarm. Sie rückt an ihn heran, ganz dicht, und nimmt ihn in den Arm. Sie riecht nach Blumen. Und dann kommen die Tränen. Sosehr er auch versucht, sie zurückzuhalten, es klappt nicht. Sein ganzer Körper schüttelt sich und auch Irina beginnt zu weinen.

»Bleib tapfer, mein Großer. Bleib tapfer!«

Und als er später an dem Tisch sitzt, lustlos in den Kartoffeln herumstochert, denen Irina eigentlich eine aberwitzige Entstehungsgeschichte angedichtet hätte, sieht er die Antwort auf die Frage ganz deutlich. Zuerst denkt er sie. *Ja.* Danach ein Flüstern: Ja. Dann bricht es aus ihm heraus: JA! ICH WILL AUCH HIER WEG!

78

Das oberbergische Publikum sei ein wenig reserviert, hatte der Leiter der Halle 32 vergangenen Mittwoch im Vorfeld geunkt und Nadja hatte den Kampf angenommen. Am heutigen Samstagabend jedenfalls lief es in Hessen wie am Schnürchen. Die Besucher fraßen ihr vom ersten Wort an aus der Hand, hingen an ihren Lippen und goutierten jeden Fall und seine Auflösung mit stürmischem Applaus.

Jetzt sitzen sie im Backstageraum und feiern sich. Bei Wein und Bier. Nadja schwenkt das Glas wie einen Kelch gegen das Licht und legt genüsslich den Kopf in den Nacken. Sie streckt die Beine aus, legt sie auf dem kleinen Tisch vor sich ab und nimmt einen großen Schluck.

»War das geil«, meint Helge euphorisiert. »Lass uns die ganze Nacht feiern.«

Nadja lacht. »Du hast recht. Es war phänomenal. Aber ich bin echt im Eimer. Die lange Zugfahrt, der Auftritt. Ich glaube, ich werde heute nicht alt.«

»Was?« Helge schaut etwas unbeholfen auf seine Uhr. »Es ist doch erst neun Uhr!« Dann öffnet mit einem lauten Knall die nächste Plopp-Flasche, und als das Bier aus dem Flaschenhals strömt, setzt er schnell seinen Mund darauf und Nadja prustet los. Also hält er den Finger darauf, schüttelt die Flasche, steigt auf das alte Ledersofa und fühlt sich wie Lewis Hamilton mit einer riesenhaften Champagnerflasche. *Rock 'n' Roll, Baby!*

Nadja schnellt von ihrem Sessel hoch, quiekt und flüchtet. Doch Helge verfolgt sie, rutscht fast aus, hält sich an ihrer Bluse fest, beide straucheln und am Ende stehen sie wie in einem schlechten Film nah beieinander. Zerzaust, müde, riechen nach Bier und Helge schluckt.

Das war nicht geplant. So nicht. Aber jetzt stehen sie so hier. So nah und so direkt.

Er drückt ihr einen Kuss auf den Mund und für einen Moment ist Nadja so perplex, dass sie es geschehen lässt, für sie nur kurz, für ihn so lang, dass er das Gefühl hat, ihr gefällt es. Bis sie ihn wegstößt. Mit Macht.

»Hey, was soll das?«, entfährt es ihr.

»Ich … ich dachte … ich … es tut mir leid«, stammelt er.

Als sei er die männliche Inkarnation von Poison Ivy wischt sie sich mit dem Handrücken den Mund ab. »Ich dachte, es ist klar, dass wir …«, sie stockt, schaut ihn finster an, »dass wir Freunde sind. Nicht mehr.«

»Natürlich! Klar! Ich meine, sorry … das war der Moment. Die Situation.« Er dreht ab, schüttelt den Kopf, setzt sich auf das Sofa. »Ich … Nadja!«

»Du verstehst es einfach nicht!«, schleudert sie ihm entgegen und verlässt den Raum. Schleudert die Tür hinter sich zu und Helge bleibt zurück. Allein. Sauer auf sich, auf Winter, auf Nadja, auf die ganze verdammte Welt. Er schlägt sich die Fäuste an den Schädel, verflucht sich selbst und weiß, dass er in diesem Moment mehr kaputt gemacht hat, als die Flasche Bier, die in Scherben auf dem Boden liegt. Ob er das wieder geradebiegen kann? Er will! Er muss! Unbedingt! Koste es, was es wolle. Er wird ihr zeigen, dass er der Richtige für sie ist, dass nur er sie wirklich versteht. Er sinkt in das Leder, schließt die Augen. Aber wie, verdammt? Was soll er jetzt tun?

79

Mit jedem Mal erscheint ihm das Zimmer kleiner. Enger. Nach wenigen Minuten ist die Luft verbraucht und das Gefühl, ausgeatmetes Kohlenstoffdioxid einzuatmen, engt den Brustkorb ein. Winter räuspert sich.

»Wollen Sie mir mehr von Jens erzählen?«

Lohmann wirkt kleiner. Geschrumpft. Als trage er plötzlich Kleidung, die eine Nummer zu groß scheint.

»Ich dachte, Sie wollen mit mir über Timo … wie hieß er noch?«

»Berger.«

»Timo Berger sprechen.«

»Später, Herr Lohmann. Timo kann warten. Jetzt will ich mehr über Sie und Ihren Bruder erfahren.«

»Aber das hat nichts mit diesen Kindern zu tun!«, protestiert Lohmann.

»Ich will Sie einfach besser kennenlernen. Sie verstehen.«

Lohmann schüttelt den Kopf, etwas zu heftig, als wolle er ihn gewaltsam leeren. Schweigt kurz. Dann murmelt er: »Ich habe nichts mit dem Tod dieser Kinder zu tun.«

Winter schlägt die Mappe auf. Studiert nachdenklich die Blätter. Lässt sich Zeit. Fast eine Minute vergeht. »Sie konnten Jens nicht helfen. Sie waren für ihn da, das schon. Haben mit ansehen müssen, wie Ihr Bruder gelitten hat. Bis er gestorben ist.«

»Ich habe die verdammten Eimer ausgeleert! Immer und immer wieder!« Lohmann kneift die Augen zusammen.

»Ich glaube, dass Jens sich gewünscht hätte, dass Sie helfen.«

»Helfen?« Lohmann reißt seine dunklen Augen auf. Die schwarzen Pupillen zucken.

Winter ruft sich Silke Schwanbecks Worte zurück in sein Gedächtnis. Ihre erschütternde Erzählung. *Getrocknetes Blut in den Locken.* Er erinnert sich an die flackernde Kerze, den rosafarbenen Plüschhund mit den großen Augen. »Lilli. Sie hatte große Schmerzen. Und sie wollte fliegen.« Er schürzt kurz die Lippen. »So wie dieser Hund … diese … wie hieß sie noch …« Er schaut Lohmann fragend an. Fordert ihn heraus.

»Skye«, ergänzt Lohmann leise.

»Skye«, wiederholt Winter bedächtig. Er ist so kurz davor. »Sie haben ihr geholfen. So, wie Sie es bei Ihrem Bruder nie konnten. Nicht durften. Weil …«, er zögert. Will er so weit gehen? Sich in seine Welt begeben? »Weil Katla es nicht zugelassen hat?«

»Sie hat nur gebetet«, presst Lohmann hervor. »Dagesessen. Diesen verfickten Jesus angestarrt und auf ein Wunder gehofft!«

Wieder ein anderer Ausdruck in diesen dunklen Augen. Funkelnd. Die Pupillen schwarz, glatt, wie eine Scheibe, die das Licht reflektiert.

»Wer ist Katla?«

»Mama!« Er greift sich an die Schläfen, als durchzucke ihn ein heftiger Kopfschmerz. Er raunt. Wippt vor und zurück. »Er hat es so oft gesagt! Sich immer und immer wieder gewünscht, doch sie hat einfach nicht auf ihn gehört. Nur weil sie nicht bereit war!«

»Was hat er sich gewünscht?«

»Er wollte zu den Engeln gehen!« Tränen rinnen aus den dunklen Scheiben. Auf der blassen Haut hinterlassen sie einen salzigen Film.

»Genau wie bei Lilli und Timo?«, versucht es Winter.

Lohmann hebt den Kopf. »Ich habe nichts mit dem Tod der Kleinen zu tun.« Dann vergräbt er das Gesicht erneut in seinen Händen.

80

Durch den Schlitz unter der Tür kriecht das Licht über den Linoleumboden. Draußen regiert die Nacht. Schmiegt sich an die Scheibe wie dunkles Gelee. Leise löst sich ein erneuter Tropfen Morphin, schlängelt sich durch den Schlauch und verteilt sich in der Blutbahn des dünnen Armes, der schlaff auf der Bettdecke ruht. Der schmale Brustkorb hebt und senkt sich.

Als die Tür nach innen aufgeschoben wird, vorsichtig, langsam, überschwemmt das Licht die Schatten. Mit einer raschen Bewegung, geräuschlos, schließt sich die Tür wieder und das Dunkel erobert das Zimmer zurück. Alles ist still. Nur das Atmen ist zu hören. Ein feines Rauschen.

Augen gewöhnen sich an das wenige Licht. Die Pupillen weiten sich, saugen es auf. Die Stille reagiert gereizt auf die beginnenden Bewegungen, den ersten Schritt, der sie durchschneidet, obwohl kaum zu hören. Vorsichtig setzt sich ein Fuß vor den anderen. Schiebt sich über den gebohnerten Boden. Näher an das Bett. Näher an ihn.

Der hagere Körper liegt auf dem Rücken. Die Augen geschlossen, unter den Lidern zucken sie aufgeregt nach links und rechts. In wirren Träumen verhangen. Die Stille kehrt zurück. Hüllt alles ein, dass das Rauschen in den Ohren an laufende Triebwerke erinnert. Der eigene Puls nimmt zu. Galoppiert. Die Nadel sticht zu. Unbemerkt. Heimlich entlädt sie sich und das Warten beginnt.

Das Geräusch des Atems verschwimmt mit dem Schatten. Zeit und Raum. Vergangenheit und Gegenwart. Richtig und Falsch. Der Unterschied setzt ein, tief, die Lunge weitet sich, die Lider zucken nicht mehr. Friedvoll. Die Stille legt noch einmal zu, wird übermächtig, wie ein Netz spannt sie sich über den Raum. Die Nacht schmiegt sich enger an das Fenster, wird Zeuge dessen, was hier passiert. In diesem Moment schrumpft alles zusammen. Aus den Ecken, Schlitzen und Ritzen rinnen Tausende Gedanken, überschwemmen das Geschehen. Zucken wie Blitze grell auf.

Dann, als der Atem erlischt, bettet sich alles zur endgültigen Ruhe. Zu einer Stille, die in den Untiefen schürft. Die Gedanken fließen zurück, die Schatten greifen gierig nach dem, was bleibt. Ein Gefühl von Macht, von Ausgleich, ein Hochgefühl stellt sich ein. Nur ein klopfendes Herz verweilt. Es will in die Nacht hinaus, zum Wind, zur Kälte. Fliehen. Weg von hier. Denn die Schatten verändern sich, transformieren, gleiten an den Wänden hinab, sammeln sich. Schnell wird auf dem Kissen das platziert, was ihn begleiten soll.

Da ist kein Laut auf dem Flur. Licht strömt, das Dunkel flüchtet, doch dann wird es eingeschlossen. Bleibt zurück mit dem Nichts. Mit dem, was niemand kennt, von dem niemals jemand heimgekehrt ist. So wandelbar, grausam und doch der stete Begleiter, der in einer Zukunft irgendwann einen jeden einholt.

Draußen warten Kälte, Wind und einsetzender Regen. Das schlagende Herz huscht durch die Nacht. Es hat Freiheit geschenkt.

81

Sie blättert die letzte Seite des Katalogs um und träumt davon, nicht zwischen Kallax und Billy wohnen zu müssen, aber mehr ist eben nicht drin. Der neue Job wird nicht besser bezahlt als der alte, und auch wenn sie sich jetzt die Miete teilen, braucht sie dort leider ein Auto. Irgendetwas Kleines. Danach wird sie suchen, sobald sie zurück von ihrem Rundgang ist. Sie hat die letzten Jahre hier und da etwas beiseitegelegt, für vier rostige Räder sollte es reichen.

Irina steht auf, streckt sich und nimmt einen großen Schluck aus der bunten Dose zu sich. Sie hasst diese Energydrinks, aber die letzten Tage waren extrem anstrengend. Kartons packen, diverse Gänge auf verschiedene Ämter, um irgendwelche Bescheinigungen, Abmeldungen und Belege abzuholen, stempeln und beglaubigen zu lassen.

Sie wollte diesen letzten Tag hier genießen und erwischt sich nun doch dabei, dass sie alle paar Minuten auf die Plastikuhr über der Tür schaut. Abschiede tun weh. Hier ging es ihr gut und sie hofft, dass sie an ihrer neuen Stelle ein ähnliches Betriebsklima vorfindet. Ein wenig Angst hat sie schon, denn dem Neuen wohnt auch etwas Fremdes inne. Aber wie hatte doch ihre Großmutter, die noch in Russland lebt, früher gesagt: Wüssten die Menschen, was die Zukunft bringt, sie würden doch alle handeln, als wüssten sie es nicht. Wie auch immer das jetzt auf ihre Situation passt.

Sie reibt sich die Augen, die heute ein wenig zu viel geweint haben, und begibt sich auf ihre Runde. Keiner hat geklingelt, alle schlafen und so scheint ihr letzter Abend ohne Besonderheiten dem Ende entgegenzugehen. Mit leisen Schritten schleicht sie durch die Gänge, vielleicht zum letzten Mal. Versucht, alles noch einmal aufzusaugen. Schaut sich jedes Bild an, prüft jede Ecke, an die ein Bett angeeckt ist und den Putz abgeschlagen hat. Wartet auf das Flackern der fünften Leuchtröhre an der Decke, das immer dann einsetzt, wenn man genau unter ihr steht. Öffnet Türen. Leise. Hört auf das Atmen, sieht die Menschen, prägt sich ihre Gesichter ein. Helena. Sude. Luke. Jannis. Ihre letzten Patienten hier, bevor ein neuer Lebensabschnitt beginnt.

Kilian, ihr Freund, hat sie vor drei Monaten regelrecht überrumpelt, als er ihr eine kleine Schachtel überreichte. Zuerst dachte sie, darin befinde sich ein Ring und er wolle ihr einen Heiratsantrag machen, erst dann wurde ihr bewusst, dass das ja gar nicht ginge, da Kilian noch immer mit seiner Ex verheiratet ist. Die Scheidung, das sollte er endlich erledigen. Nein, in der Schachtel befand sich ein Schlüssel. Der Schlüssel zu seiner Wohnung und ganz klein zusammengefaltet darunter ein neuer Mietvertrag, den Kilian mit seinem Vermieter abgesprochen hatte. Darin stand ihr Name, Irina Warkentin, und auch wenn sie ihn laut vorlas, jeden Buchstaben vor sich hin sprach, erschloss sich ihr die Bedeutung erst nicht.

Sie liebt Kilians neue Wohnung, ihre gemeinsamen vier Wände. Das Bad ist zwar ein wenig klein, aber sie freut sich auf das, was morgen seinen Anfang nehmen wird. Auch wenn es zwischen Kallax und Billy passiert.

Sie biegt um die Ecke rechter Hand, schlendert den Flur entlang, öffnet die nächste Zimmertür. Am Ende des Ganges, auf der linken Seite, die zur Rückseite des flachen Neubaus gehört, liegt das Zimmer von Jannis. Er ist ihr besonders ans Herz gewachsen, wie die ganze Familie. Elif, die kleine Schwester, ist ein echter Sonnenschein und kümmert sich rührend um ihren großen Bruder. Jannis zurückzulassen fällt ihr besonders schwer, andererseits ist sie froh, nicht dabei sein zu müssen, wenn er … sie fegt den Gedanken beiseite. Wechselt zur Linken, zieht die Tür auf.

Sie horcht kurz, ihre Augen streifen das Bett. Als sie die Tür wieder schließen will, meldet sich ihr Unterbewusstsein. Irgendetwas ist anders. Erneut schaut sie hin, um sich zu vergewissern. Ihr Verstand mahlt langsam, braucht Zeit, um das zu begreifen, was sie sieht.

Der Oberkörper des Jungen liegt gekrümmt da wie in einem Krampf. Als sie die Tür weiter öffnet, das Licht Jannis' Gesicht überfällt, erkennt sie es. Seinen Körper. Seinen Kopf, der in einer Schlaufe aus Infusionsschläuchen hängt, die um den Aufrichter gewickelt sind. Sein eigenes Gewicht hat ihm die Luft abgeschnürt. Die Ärmchen hängen an den Seiten des Bettes schlaff hinunter. Erst jetzt riecht sie Kot und Urin.

Oh mein Gott …

Plötzlich setzt das Zittern ein, Tränen steigen ihr in die Augen. Dann rennt sie los.

82

Niedergeschlagen sitzt Winter in seinem Büro. Die Zeit rinnt ihm wie Sand durch die Finger. Egal, was er versucht, dem Puzzle um André Lohmann fehlt das entscheidende Teil. Sein Diensthandy: zur Tatzeit ausgeschaltet. Die Fahrtenschreiber haben auch nichts ergeben. Althoff hat zwar herausgefunden, dass es keiner großen Fertigkeiten bedarf, die Dinger zu manipulieren, aber um das Lohmann nachzuweisen, braucht es Zeit. Zeit, die er schlicht und ergreifend nicht hat. Er wird ihn gehen lassen müssen. Keinem Haftrichter wird das, was er zusammengeklaubt hat, reichen, auch wenn Elena Heiderscheidt und Kurzow auf seiner Seite sind, ebenso wie er an die Schuld Lohmanns glauben, kann er ihm nichts beweisen. Er braucht ein Geständnis.

Vor ihm auf dem Schreibtisch, der von der kleinen Lampe darauf in Licht getaucht wird, liegt sein Smartphone. Lustlos greift er danach, scrollt die letzten Nachrichten durch. *Nadja.*

Der heutige Auftritt scheint ein voller Erfolg gewesen zu sein. Sie und Helge würden den Abend jetzt feiern und sie wünsche sich, er wäre bei ihr. Sie bleibt offensiv, lässt nicht locker. Wie hat sie es so schön ausgedrückt? Jeder hat ein Recht auf Glück. Auch er? Wenn es nur so einfach wäre. Ob sie mittlerweile im Hotel ist? Sein Finger kreist über ihrer Nummer, dann schaut er auf die Uhr. Zu spät.

Als er das erste Mal hier an diesem Schreibtisch gesessen hatte, da fühlte sich Köln angenehm weit weg an. Nicht zu weit, darum ging es ihm gar nicht. Eher um Veränderung. Neuanfang. Der Druck ließ spürbar nach, die Anklagen von Marinas Eltern verklangen wie ein entferntes Echo und die Weite der Wälder hier, die Wiesen, die Luft, das alles versprach einen Neuanfang. Und jetzt? Die Einschläge kommen näher. Das Schicksal spielt Memory mit ihm, hinter jeder Karte, die er aufdeckt, kommt die Erinnerung an Köln mit Macht zurück. Und wenn er ehrlich zu sich selbst ist, wird auch Nadja ihn nicht davon losreißen können. Denn das Kreuz, das er trägt, ist zu schwer und fest an seinen Rücken geschnürt.

Nur eine Zahl. Mehr erhielt er nicht. Genau vierundzwanzig Tage nach Marinas Verschwinden lag die Nachricht in seinem Briefkasten. Als er die Post daraus hervorfischte, griff der Wind danach und er bückte sich zweimal vergeblich, bis er endlich den Fetzen Papier in der Hand hielt. Nur eine Zahl auf dem Papier. *24*. Und er hatte lange gebraucht, um sie zu verstehen, weil alles, was mit ihr verbunden war, noch länger zurücklag. Daraus hatten sich zwar neue Wege ergeben, andere Ansätze, alte Verbindungen, die keine Lust hatten, mit ihm zu sprechen, ihn zu treffen, und doch trieb ihn seine Verzweiflung zu all den Menschen. Wie ein geprügelter Hund bettelte er um Hinweise und Informationen, die niemand für ihn hatte. Er erntete einzig Bedauern. Es sei nur Zufall. Die Zahl habe eventuell gar nichts mit alldem zu tun. Sie sei nur eine Zahl. Auf einem Zettel in einem Briefkasten. Wie ein Ultraschallbild in einem Handschuhfach. Dies ist sein Kreuz. Und selbst wenn er es mit Nadja teilt, ihr von alledem erzählt, wird er es alleine tragen müssen. Für immer.

Lohmann sitzt weiter in dem kleinen Verhörraum. Althoff setzt auf die bewährte Methode des Schmorens, wie er sie so schön nennt. Glaubt, dass Lohmann über kurz oder lang auspacken werde. Es brauche nur noch ein wenig Geduld. Aber Winter glaubt nicht daran, denn seit er Lohmann das erste Mal gegenübersaß, hat er etwas wiedererkannt. Die Mauer. Aus demselben Stein, demselben Zement, wie er sie auch um sich errichtet hat, damit niemand hinter die Fassade blicken kann, nicht blicken darf. Weil dort die Geheimnisse leben. Winter kennt alle Tricks, wie man sie verbirgt, und deswegen braucht er mehr. Er benötigt etwas, das einen der Steine in der Mauer lockert. Für einen Durchsuchungsbefehl reicht es nicht aus. Danach braucht er Heiderscheidt nicht noch einmal zu fragen. Doch wenn er irgendetwas hätte, womit er Lohmann herausfordern könnte …

Er weiß, dass er sich auf dünnem Eis bewegt. Wenn er die Schraube nur etwas überdreht, wird Lohmann dichtmachen. Jede weitere Aussage verweigern, einen Anwalt fordern. Einfach dasitzen und nach Beweisen fragen. Beweise, die er nicht hat.

Dann hat Winter eine Idee. Riskant. Nicht ganz legal, aber wer soll davon erfahren? Winter zieht die Schublade seines Schreibtisches auf, darin liegt der Schlüsselbund. Er schaut auf die Uhr. Es ist schon spät, aber die Zeit hat er noch. Er wollte sich nur etwas zu essen besorgen, um dann ein letztes Mal mit Lohmann zu sprechen. *Nur etwas zu essen.* Keiner wird ihn sehen, er wird vorsichtig sein. Nicht wie bei Lenz. Keine Tür eintreten. Nichts mitnehmen. Nur gucken, nicht anfassen. Winter greift nach dem Schlüssel.

83

In dem Moment, als sie ihr Hotelzimmer betritt, das Licht anschaltet, schreckt Nadja zusammen, als sie die Gestalt sieht, die auf ihrem Bett sitzt. Das Gesicht in den Händen vergraben. Helge.

»Helge, du hast mich … wie zur Hölle bist du hier hereingekommen?«

»Ich habe dich gesucht. Musste dich sehen. Wo warst du die ganze Zeit, verdammt noch mal?«

»Wenn es um die Sache im Backstage geht, vergiss es einfach.«

»Es ist wegen diesem Winter, oder? Du stehst total auf ihn, warum auch immer.« Langsam steht er auf. In seiner Hand hält er eine Flasche. Nadja erkennt das blaue Etikett. Billiger Wodka.

»Du bist betrunken«, merkt sie mitleidig an.

»Und du? Du machst einfach dein Ding!« Er spuckt die Worte aus.

»Was soll das heißen?«

»Jetzt tu doch nicht so! Du machst den Polizisten heiß, direkt vor meinen Augen, obwohl du genau weißt, was ich für dich empfinde!«

»Helga, ich …«

»Nenn mich nicht so!«

Abwehrend hebt sie die Arme. »Ist ja gut! Tut mir leid, *Helge*«, betont sie.

»Ich war immer professionell, habe unseren Erfolg über das Private gestellt. Aber jetzt hast du … das war einfach falsch. Weißt du eigentlich, wie ich mich gefühlt habe, während wir in diesem Scheißladen gesessen haben, wo diese ganzen Erdnüsse auf dem Boden rumlagen und du den ganzen Abend nur Augen für ihn hattest?«

»Ich hatte keine Ahnung, was in dir vorgeht. Du hast nie was gesagt. Ich dachte immer, wir wären Freunde!«

»Spiel nicht die Naive, ja? Das steht dir nämlich gar nicht. Du bist schlau, erstellst psychologische Profile und willst mir erzählen, dass du nichts gemerkt hast.«

»Ich … du musst mir glauben, ich habe unsere Verbindung von Anfang an freundschaftlich gesehen.«

»Freundschaftlich«, verächtlich äfft er sie nach, spuckt dann auf den Teppich. »Das kannst du dir sonst wohin stecken.«

»Helge, bitte … du machst mir langsam Angst. Was ist denn los mit dir? So aggressiv kenne ich dich gar nicht.«

»Vielleicht weil ich keinen Bock mehr darauf habe, wie ein dummer Junge herumgeschubst zu werden.«

»Niemand schubst dich herum! Wir haben unsere Abonnenten-Zahlen im letzten Jahr verdoppelt, die Tour läuft gut an, und du bist …«

»Ich bin nichts!«, unterbricht er sie barsch. »Alles dreht sich um dich. Schau dir doch die Plakate an. Du bist das Gesicht. Du bist die Heldin. Du stehst vorne, ich im Schatten.«

»Aber ich dachte, dass du genau das wolltest! Das hättest du vielleicht mal etwas früher sagen sollen.«

»Ich sage es aber jetzt.« Er tritt an sie heran. So nah, dass sie den Alkohol riechen kann. Seine Augen sind gerötet. Sie stößt mit dem Rücken an die Tür des Zimmers, als sie von ihm zurückweicht. Mit einem Poltern fällt die Flasche zu Boden.

»Helge, ich bitte dich. Wir können doch über alles reden. Vielleicht sollten wir einfach schlafen. Es ist so verdammt spät, lass uns noch eine Mütze Schlaf nehmen und später beim Frühstück darüber sprechen.« In seinen Augen erkennt sie die Kälte. Spätestens jetzt ist sie sicher, dass jeder sie in sich trägt. Ausnahmslos. »Bitte!«

Sein Kiefer mahlt, der ganze Körper scheint unter Strom zu stehen. So hat sie ihn noch nie erlebt. Der liebe Helge. So viel unterdrückte Wut, so viel aufgestaute Erregung.

»Hat er sich gemeldet?«, fragt er plötzlich.

»Was?«

»Winter. Hat er sich gemeldet, seit wir aus Gummersbach weg sind?«

»Bisher nicht«, gibt sie kleinlaut zu.

»Siehst du! Er will dich nicht und er hat dich auch nicht verdient. So ein Verhalten hast du nicht verdient. Ich würde dich wie eine Königin auf Händen tragen.« Sein Gesicht rückt noch ein wenig näher. Sie spürt seinen Atem auf ihrer Haut. Greift nach dem Türgriff, will hier weg.

»Denn genau das bist du, Nadja. Eine Königin.« Er lacht bitter auf. »Eine Königin ohne König.« Helge wendet sich ab, bückt sich nach der Flasche, als er sie anhebt, schwankt er kurz. Er setzt sie an, leert die letzten Tropfen. Schaut sie dann prüfend an, kratzt sich am Kopf. »Ohne König«, wiederholt er. Es klingt verbittert.

»Helge …«

»Ich wäre ein verdammt ein guter König.«

»Bitte, ich habe dafür jetzt echt keinen Kopf!«

Er wiegt die Flasche in seiner Hand. Dreht sich dann erneut zu ihr herum. Grinst. »Du hast was Besseres verdient, Nadja. Einen Mann, der dich zu schätzen weiß. Und ich sage dir, dieser Winter ist es nicht! Wird es nie sein. Das habe ich gesehen, direkt gemerkt. Der ist ein Weichei! Er sieht gut aus, das gebe ich zu. Das dunkle Haar, die Augen, das Kinn. Smart.« Er macht eine wegwerfende Geste. »Aber Aussehen ist nicht alles, Nadja. Drauf geschissen.« Die letzten Worte lallt er ein wenig. »Ich wäre ein guter König, Nadja. Ein echt guter König! Nur nutzt mir das nichts, wenn die Königin mich nicht will!« Er sieht sie direkt an, taxiert sie, über seinen Augen bildet sich eine Zornesfalte.

»Helge, bitte. Morgen«, versucht sie es noch einmal.

»Scheiß auf morgen!«, schreit er und holt aus.

84

Den Wagen hat er zwei Straßen weiter abgestellt. Die Hände tief in den Hosentaschen vergraben, schleicht er wie ein Einbrecher um die Häuser. Nicht alle Straßenlaternen brennen mehr und so gibt ihm die Nacht die notwendige Deckung. Viele der Bauten, die vorwiegend aus den späten Achtzigerjahren stammen, haben die Rollläden geschlossen. Hinter manchen Fenstern und Schlitzen erkennt er flackernde Bildschirme. Der Wind rauscht durch die Kronen der Buchen und Birken, die vereinzelt auf den Grundstücken stehen. Auf der Straße herrscht Leere.

Winter sieht den Wagen des Kollegen, der Lohmann überwachen soll, wenn der wieder zu Hause ist. Ein gutes Stück vor dem Eingang zum Grundstück steigt er über einen niedrigen Metallzaun, das Gras unter seinen Füßen gibt ein matschiges Geräusch von sich. Im Wagen bleibt es ruhig. Es ist nasskalt, und die beschlagene Scheibe im Passat zeigt, dass der Kollege das Fenster geschlossen hat. Von hier sind es gute zehn Meter durch einen dunklen Garten. Vorsichtig huscht er durch die Nacht.

Vor der Haustür bleibt Winter stehen, an der Wand daneben hängt ein Briefkasten. Auf einem kleinen Schild steht Lohmanns Name. In kindlicher Handschrift. Winter zieht sich Handschuhe über, dann macht er sich an dem Schloss zu schaffen. Er will keine Zeit verlieren.

Nach wenigen Handgriffen klickt es und Winter schiebt die Tür nach innen auf. Sofort packt ihn der Zweifel. Er sollte wieder verschwinden. Sich auf den Weg zurück ins Präsidium machen. Noch einmal mit Lohmann reden, der in seinem Büro wartet. Er weiß, dass seine Aktion gegen alle Regeln verstößt. Kurz steht er unschlüssig im Türrahmen. Er ist kein Prinzipienreiter, keiner, der sich immer und überall an jede Vorschrift klammert, und in diesem Moment, hält ihn etwas hier fest. Also schließt er die Tür hinter sich, schaltet die Taschenlampe an seinem Smartphone ein und tritt durch den Flur in die kleine Wohnung.

Im Eingangsbereich steht eine niedrige Kommode, darüber hängen zwei Jacken an einer Garderobe. Die hellen Fliesen und der Putz wirken kalt und unpersönlich. Mit der Hand schirmt er die Leuchte ab, als er das erste Zimmer betritt. In dem kargen Raum stehen ein Tisch mit zwei Stühlen, ein Bett, zerwühlt, und an der Wand ein großes Bücherregal. Völlig leer, bis auf ein Fach.

Winter nähert sich dem Bett. Daneben steht ein Nachttisch. Er zieht die Schublade auf. Darin liegen eine angebrochene Packung Taschentücher und ein Foto. Darauf zu sehen sind zwei Jungs. Das Bild hat schon ein wenig Farbe verloren, doch ist der größere der beiden gut zu erkennen. Die Ähnlichkeit zu Lohmann ist verblüffend. Winter schätzt ihn auf knapp zehn Jahre. Er trägt ein helles Shirt, eine blaue kurze Hose und weiße Schuhe. Auf dem Kopf sitzt eine Kappe, verkehrt herum. Es sieht aus, als würde er tanzen. Daneben, mit dem Rücken zum Bild ein kleinerer Junge in viel zu großen Schuhen. Vielleicht vier Jahre alt. Der Ältere schaut auf den Jüngeren hinab. Sein Blick verrät Stolz. Fast Fürsorge.

André und Jens. Der verstorbene Bruder. Vor der Krankheit. Ein Bild aus besseren Tagen. Winter legt das Foto zurück, schiebt die Schublade zu und fragt sich, wonach er sucht. Was glaubt er zu finden, was ihm die Tür zu Lohmann weiter öffnet? Es war ein Fehler, hierherzukommen. Er sollte gehen.

Als er sich von dem Bett abwendet, entschieden hat, die Wohnung zu verlassen, fällt sein Blick auf das Bücherregal. Nur ein einziges Buch steht darin. Winter tritt an das Regal heran, greift nach dem hellblauen Buchrücken und zieht es heraus. Im Lichtschein der Lampe dreht er es herum. Auf dem Cover zwei Jungs.

Auf Pferden. Darüber der Titel: Die Brüder Löwenherz. *Astrid Lindgren.*

Winter spürt ein Kribbeln in seinem Nacken. Als er den schmalen Band vorsichtig aufschlägt, rutscht etwas heraus. Er legt das Buch zurück, leuchtet den Boden ab, geht in die Knie. Fast unsichtbar mit dem hellen Teppich verschwimmend, liegt sie vor ihm. Behutsam hebt er sie auf, hält sie sich vor die Augen, dreht sie im Licht. Eine Feder.

Plötzlich schreckt er hoch. Das Klingeln seines Smartphones. In seiner Hand. Der Klingelton wirkt in der Stille des Zimmers ohrenbetäubend. Hallt von einer Wand zur anderen. Mit der behandschuhten Hand drückt er auf dem Display herum. Es dauert, bis er endlich versteht, dass der Bildschirm auf die Berührung nicht reagiert. Mit den Zähnen zieht er seinen Handschuh ab, wischt über das Display.

»Ja?«, nimmt er das Gespräch mit gedämpfter Stimme an.

»Simon?«, schluchzt Nadja.

»Nadja? Alles in Ordnung?«

»Simon, du musst herkommen! Helge … er …« Sie zieht die Nase hoch, wimmert.

»Was ist passiert?«, fragt er.

»Er ist durchgedreht! Vollkommen durchgedreht! Er hat mich angegriffen!«

»Bist du verletzt?«, fragt er, verstaut die Feder umständlich in seiner Jackentasche und stellt das Buch zurück in das Regal.

»Kannst du herkommen? Bitte! Ich habe Angst!«

Winter zögert. Lohmann sitzt noch im Präsidium in Gummersbach. Keiner weiß, wo er sich gerade befindet. So viel zu dem Thema, dass er behauptet hat, sich nur etwas zu essen besorgen zu wollen. Er muss sich entscheiden. Jetzt.

»Ich komme! Schick mir die Adresse, wo ich dich finde.«

»Danke«, flüstert er und hastet los. »Wo ist Helge jetzt?«

»Ich habe keine Ahnung. Ich bin in meinem Zimmer. Habe mich eingeschlossen.«

»Mach auf keinen Fall die Tür auf. Kannst du jemanden an der Rezeption erreichen?«

»Da ist um diese Zeit keiner mehr.«

»Schick mir die Adresse, hörst du! Ich bin auf dem Weg! Es wird dauern, aber ich beeile mich.« Dann legt er auf.

Als er Lohmanns Haus verlässt, nimmt er denselben Weg zurück. Klettert über den Metallzaun, schaut sich um, und steht kurz darauf vor seinem Auto.

Als er in dem Wagen sitzt, ruft er Althoff an.

»Simon? Bist du noch immer auf dem Revier?«, meldet sich seine verschlafene Stimme.

Schnell bittet Winter ihn darum, Lohmann nach Hause zu schicken. Als Althoff wissen will, ob alles in Ordnung ist, braucht er sich keine Lüge auszudenken. Er berichtet ihm von Nadjas Anruf und dass er sich schon auf dem Weg zu ihr befinde. Dass er von Lohmanns Wohnung aus aufbricht, verschweigt er.

Nur wenig später biegt er mit zu hoher Geschwindigkeit auf die Auffahrt zur A4 ein. Die Hinterräder murren kurz, dann ist er auf der Autobahn. Das Navi zeigt ihm eine Fahrtdauer von knapp zwei Stunden an. Er drückt aufs Gaspedal. Und einen kurzen Moment erwischt er sich dabei, dass er sich auf dem Weg zu Marina wähnt. Sein Blick fällt auf das Handschuhfach. Dann nestelt er in seiner Jackentasche nach der Feder, legt sie auf dem Beifahrersitz ab. Schnell konzentriert er sich wieder auf die Fahrbahn, die sich dunkel und leer vor ihm erstreckt. Es bereitet ihm Mühe, seine Gedanken zu sortieren, sie im Zaum zu halten. Die Feder. Lohmann. Nadja. Marina. Er schüttelt sich. Muss jetzt Ruhe bewahren. Doch sein Kopf spielt nach den eigenen Regeln. Seine Gedanken verschwimmen mit der dunklen Fahrbahn.

85

Obwohl alle Fenster geöffnet sind, die Balkontür weit offen steht, regt sich kein Lüftchen. Der Sommer ist schwülwarm und jeden Körper bedeckt ein salziger Film. Aus den alten Boxen dröhnt Freestyler von den Bomfunk MC's und an der Decke dreht eine Discokugel Runde um Runde. Zerbricht das Licht in Tausende kleine Fetzen, die über die Haut der Tänzerinnen und Tänzer streifen.

Der Tisch vor der Couch, auf der eng umschlungen zwei Pärchen knutschen, ist übersät mit Bechern, leer, halbvoll, voll. Aus dem Aschenbecher zieht eine weiße Rauchschwade in Richtung Decke und bricht die bunten Lichter. Er will auf die Uhr auf seinem Handgelenk schauen, doch das Ziffernblatt verschwimmt vor seinen Augen. Ihm ist übel. Wodka, Orangensaft, Bier und Jägermeister schlagen in seinem Magen in Wellen übereinander, schießen ihm abwechselnd durch die Speiseröhre zurück in den Mund. Er stolpert über die Terrasse, stützt sich auf die Knie und erbricht sich in das Beet davor. Hinter ihm ertönt ein Kichern, das schnell zu einem grellen Lachen anschwillt.

Er dreht sich um, blinzelt, bis sich das verzerrte Bild ineinanderschiebt und er die Gestalt erkennt, die auf den Gartenmöbeln sitzt. »Caro? Was machst du denn hier?«, fragt er, aber es hört sich eher nach Wasmasndunhier an.

»Ich lache«, sagt sie und zieht die dünnen Beine an. Er braucht einen Moment, stapft dann auf sie zu und setzt sich auf einen der anderen Stühle. »Du bist doch gar nicht eingeladen, oder?«

»Es hat mich keiner danach gefragt.«

»Wissen deine Eltern … weiß Kai, dass du hier bist?«

»Wo ist Kai überhaupt?«, fragt sie zurück und grinst frech.

Er kratzt sich am Hinterkopf. »Du bist zu jung!« Dubissujung.

»Und du betrunken! Und zwar richtig! Voll wie eine Sau!« Sie lacht schallend. »Ob das deine Eltern so toll finden?«

»Im Gegensatz zu dir, bin ich alt genug. Wie alt bist du noch mal? Vierzehn?«

»Alt genug bist du schon, aber du wirst heute Nacht dein ganzes Bett vollreihern.«

»Das lass mal meine Sorge sein.« Er wischt sich mit dem Ärmel über das Kinn. Er muss etwas trinken, um den üblen Geschmack aus seinem Mund zu bekommen. »Du solltest verschwinden«, meint er, als er ungelenk versucht, aufzustehen. »Ich suche Kai.«

»Ist ja schon gut, Simon«, beschwichtigt sie ihn und steht dann neben ihm. »Ich verschwinde. Und du lässt Kai aus dem Spiel und sagst ihm nicht, dass du mich getroffen hast. Der erzählt das brühwarm unseren Eltern. Die killen mich, wenn die erfahren, dass ich hier war.«

Er nickt, winkt ab und trottet zurück in die stinkende Bude. Nächster Song. Die Discokugel dreht sich weiter. Er drückt sich an den tanzenden Körpern vorbei, stößt gegen den Tisch, auf dem weitere Becher umkippen und ihren Inhalt auf den Teppich ergießen. Steuert auf die Küche zu, zieht den Kühlschrank auf und greift nach einer Dose Bier.

Als er sie zischend öffnet und ansetzt, schaut er aus dem Fenster und sieht Caro, wie sie über die Wiese geht. Die Hände in der Tasche ihres Kapuzenpullis vergraben, aufrecht, fast tänzelnd. Er schüttelt den Kopf, nimmt einen großen Schluck aus einer der Bierdosen. Er wird ihr den Gefallen tun und ihrem älteren Bruder nichts davon erzählen. Plötzlich reißt jemand so heftig an seinem Arm, dass das Bier aus der Dose schwappt. Kai. Im Augenwinkel sieht Simon, wie Caro zwischen den Bäumen verschwindet.

»Simon! Was geht aaaaaaaaab?«

Letzter Teil

URTEIL

86

Sie muss an diesen Filmtitel denken, an diesen unsagbar traurigen Streifen, den Kilian als Frauenfilm abgekanzelt hatte, obwohl sie genau bemerkt hatte, dass auch er zwischenzeitlich eine Träne verdrückte. *Das Schicksal ist ein mieser Verräter.* Hier und heute, an ihrem letzten Arbeitstag, hatte es sich in dieser Rolle gezeigt und alles gegeben. Sie sitzt draußen auf der Bank unter dem kleinen Vordach, neben dem überfüllten Aschenbecher, und schüttelt unentwegt den Kopf. *Jannis.* Warum hat er das getan?

Die Tür geht auf und ihre Kollegin Simone streckt ihren Kopf heraus. »Ach hier bist du! Wir suchen dich schon«, sagt sie und setzt sich neben sie. »Was für ein Scheiß, oder?«

Irina nickt. *Ja, was für ein Scheiß.*

»Und das an deinem letzten Tag!«

Irina nickt weiter. *Ja, an meinem letzten Tag.*

»Komisch, oder … dass das genau jetzt passiert?!«

Sie blickt ihre Kollegin irritiert an. »Was meinst du damit?«

»Hast du denn nicht davon gehört?«

»Wovon? Was ist denn los?«, drängt Irina.

»Na, da hat doch vor ein paar Tagen so ein Polizist hier angerufen und wollte wissen, ob es bei uns in letzter Zeit Selbstmorde gegeben hätte. Und dann … echt gruselig, oder?«

»Davon weiß ich gar nichts.«

»Da warst du ja auch nicht da. Das war an deinem freien Tag, ging jedenfalls überall rum.«

»Und jetzt?«, fragt Irina.

»Die holen Jannis später ab und morgen müssen wir alle zur Befragung zur Polizei.«

»Das meine ich nicht. Ich meine, sagt diesem Polizisten jemand Bescheid?«

»Dem, der angerufen hat?«

Irina nickt heftig. »Ja, das kann doch kein Zufall sein, oder?«

»Ich weiß nicht, man hat schon Pferde kotzen sehen …«

»Wer hat mit ihm telefoniert?«, hakt Irina nach.

»Keine Ahnung, Mechthild, glaube ich, bin mir aber nicht sicher.«

Irina steht wortlos auf. Das Schicksal ist ein mieser Verräter. Aber manchmal ist das Schicksal es gar nicht gewesen.

87

Völlig übermüdet steht er vor Nadjas Hotelzimmer. Am Horizont mischen sich erste tiefblaue Schlieren in das Firmament. Simon bläst die Backen auf, als er an die Tür zu ihrem Zimmer klopft. Die Autofahrt steckt ihm gehörig in den Knochen, aber noch viel mehr die Erinnerung an damals, die wie ein innerer Ausschlag juckt. *Alles hängt zusammen. Das Gestern und das Heute. Caro und Marina.* Wiederholt klopft er an. »Nadja? Ich bin es, Simon.«

Mit verquollenen Augen öffnet sie die Tür, der dunkle verwischte Lidschatten lässt sie noch blasser wirken. Sie zieht die Tür auf, bittet ihn schweigend herein, setzt sich dann auf das Bett, greift ein Kissen und drückt es an sich. Auf der zerknüllten Decke häufen sich gebrauchte Taschentücher, auf dem Boden liegen vereinzelt Scherben.

Winter setzt sich auf die Kante des Bettes. »Willst du mir erzählen, was passiert ist?«

»Helge, er ist total ausgerastet. Das hat schon nach der Show angefangen. Wir wollten eigentlich nur feiern. Der Abend war bis dahin echt super. Das Publikum ist voll mitgegangen, alles lief gut. Wir haben was getrunken, im Backstageraum. Irgendwie muss er da was falsch verstanden haben, weil … er hat mich einfach geküsst.«

Winter schaut sie überrascht an. »Geküsst?«, fragt er.

»Ja! Hat mich völlig überrumpelt. Ich wusste gar nicht, wie ich darauf reagieren sollte. Also bin ich weg, einfach raus. Mir ging so viel durch den Kopf. Der Fall. Der Abend. Du.« Sie greift nach seiner Hand. Wieder muss er dem Impuls widerstehen, sie zurückzuziehen. »Irgendwann bin ich wieder zurück. Da saß er in meinem Zimmer. Hat mich angeschrien, mir Vorwürfe gemacht. Ist immer aggressiver geworden.« Sie greift nach einem Taschentuch.

»Hat er dir wehgetan?«

»Er war betrunken, hat mich bedrängt, eine Flasche gegen die Wand geworfen und mich gewürgt. Ich habe ihn angeschrien, dann hat er von mir abgelassen und ist weg. Ich wusste nicht, was ich tun sollte, da habe ich dich angerufen.«

»Das war richtig. Ich bin ja jetzt hier. Willst du was gegen ihn unternehmen … ich meine … ihn anzeigen?«

Nadja schüttelt vehement den Kopf. »Nein! Nein, das war eine einmalige Sache. Er war betrunken, hatte sich nicht im Griff. Ich wollte nur nicht alleine sein und ich … du … du hast dich den ganzen Tag nicht gemeldet.«

Winter zieht die Hand zurück. »Ich hatte viel zu tun. Hab mit Lohmann gesprochen.«

»Und?«, fragt sie.

»Na ja, gestanden hat er noch nicht. Aber ich bin mittlerweile zu hundert Prozent sicher, dass er es war.«

»Warst du das nicht schon vorher?«

Er zögert. Soll er Nadja davon erzählen, dass er heimlich in Lohmanns Wohnung eingedrungen ist? Von der Feder?

»Schon, aber die Gespräche mit ihm … ach, du hättest dabei sein sollen.« Er entscheidet sich dagegen.

»Das wäre ich gerne. Das beschäftigt mich auch. Ich würde dir gerne helfen, herauszufinden, ob er es wirklich war.«

»Du zweifelst noch?«, will er wissen.

»Ach, nicht wirklich, aber wie du schon sagtest, ein Geständnis hast du noch nicht.«

»Aber das werde ich bekommen. Ganz bestimmt.«

»Dann erzähl mir jetzt alles, was er gesagt hat.« Sie legt sich hin, lächelt ihn mit verweinten Augen an.

Hinter dem Vorhang graut der Morgen. Winter weiß, dass er zurück nach Gummersbach muss. Doch dann beginnt er zu erzählen.

88

Als das Smartphone in seiner Tasche erneut vibriert, wacht Winter aus einem dichten Geflecht aus blutigen Bildern auf. Seine Zunge klebt am Gaumen, und er braucht einen Moment, um sich zu orientieren. Er spürt den Druck auf der rechten Schulter, schielt nach unten und sieht Nadjas Kopf darauf ruhen.

Hotel. Helge. Die Autofahrt. Und dann? Er massiert sich die Stirn, greift nach seinem Smartphone und liest Althoffs Nachricht. Keine Auffälligkeiten bei Lohmann. Winter tippt schnell eine Antwort in das kleine Feld und löst sich vorsichtig aus Nadjas Umarmung. Knapp drei Stunden hat er geschlafen. Es ist fast halb elf. Ihr Kopf gleitet nach unten, sie stöhnt kurz auf, und schläft dann weiter.

Als er auf der Bettkante sitzt, in seinen zerknitterten Klamotten, versucht er seine Gedanken zu ordnen. Er muss zurück. Zurück nach Gummersbach. Er denkt an das Gespräch mit Nadja und an seinen Besuch in Lohmanns Haus. An die Feder. Er kramt nach den Erinnerungen an die Verhöre, an das, was Lohmann über den Tod seines Bruders erzählt hat. Gleichzeitig verschafft er sich im Internet einen Überblick über den Inhalt von Astrid Lindgrens *Die Brüder Löwenherz.* Er überfliegt den Klappentext. *Gut gegen Böse. Aufstand gegen Unrecht und Unterdrückung. Sieg über die eigenen Ängste.*

Er dreht sich um, schaut Nadja an. Sie liegt, die Beine angewinkelt, neben ihm, atmet tief und gleichmäßig. Ihr Gesicht wirkt angespannt, als treibe sie ein düsterer Gedanke um.

Winter denkt sich zurück in den kleinen, immer etwas zu dunklen Verhörraum. Sieht sich den schwarzen Pupillen gegenüber, die davon erzählen, dass sie nur gebetet habe, ausschließlich auf ein Wunder gehofft. *Wer? Mama!*

Nebenbei liest er von Jonathan und Krümel. Davon, wie Krümel seinen großen Bruder verliert und ihm nach Nangijala folgt. Wie sie zusammen Abenteuer bestehen und das Drachenweibchen Katla besiegen und am Ende gemeinsam ins Licht stürzen. *Er wollte zu den Engeln gehen!*

Die Teile lassen sich noch nicht vollständig zusammensetzen. Lohmann hat seinen großen Bruder verloren, genau wie Krümel. Jens wollte zu den Engeln gehen. Jens wollte sterben. Doch sie hat nur gebetet? *Wer? Mama!*

Aus dem Hängeregister in seinem Kopf purzeln die Fotos an der Wand der Lessings. Lilli Lessing und der Schatten. Lilli Lessing und ihre Krankheit. Lilli Lessing und ihre Eltern, die sie einfach nicht loslassen wollten. Nicht loslassen konnten. Genau wie Lohmanns Mutter ihren Sohn Jens nicht gehen lassen wollte. Die Eltern. Die Drachen. *Katla.*

In diesem Augenblick schieben sich die letzten Teile ineinander, verbinden sich. *Zu den Engeln! Die Feder!*

Er schickt die Kinder zu den Engeln? Macht sie zu Engeln? Befreit sie von der Herrschaft Katlas, um sie alle in das Licht zu schicken? Dorthin, wo alle wieder gesund sein werden. Dorthin, wo auch Jens wartet. Genau wie in Astrid Lindgrens Geschichte von den Brüdern Löwenherz.

Winters Gedanken rasen. Er steht auf, betritt das kleine angrenzende Bad, dreht den Wasserhahn auf, klatscht sich das kalte Nass ins Gesicht, blickt in den Spiegel. Das ist es. Das ist die Entscheidung.

89

Er drückt zu. Immer fester. Wehrt sich. Doch seine Hände gehorchen ihm nicht. Der schmale Hals bietet kaum Widerstand. Ihre aufgerissenen Augen starren ihn an. Die ersten Äderchen darin platzen auf, feine rote Linien durchziehen das Weiß, verästeln sich, fließen ineinander. Sie röchelt. Er will aufhören, sich selbst stoppen, doch seine Hände folgen ihrem eigenen Willen. Die Wut schlägt um in Panik, und als er hochschreckt, greift seine Hand in Wahrheit in eine feuchte Pfütze aus Erbrochenem. Sofort schießt ihm eine weitere Ladung Magensäure in die Kehle, brennend und warm.

Helge stolpert aus dem Bett, in das kleine Bad und erbricht sich in die Toilette. Wischt mit Toilettenpapier den Mund notdürftig ab, entledigt sich seiner Klamotten und stellt sich unter die Dusche. Er wartet nicht ab, bis das Wasser warm ist, er zittert und bebt, bis die Temperatur endlich steigt. Als der Schreck aus seinen Gliedern fährt, sich seine Atmung beruhigt, schaut er ungläubig auf seine Hände. Er muss mit Nadja reden. Unbedingt.

Die Bruchstücke der Erinnerung liegen verstreut in seinem Kopf herum. Er erkennt sich nicht wieder. Spürt die Glutnester aus Wut und die Verzweiflung in seinem Inneren.

Vor dem Schrank stehend greift er nach einem Volbeat-Shirt, einem frischen Hemd und neuen Jeans. Die Sachen des Vorabends steckt er in eine Plastiktüte, zieht das Bett ab und knüllt alles zusammen. Er schämt sich.

Ist wütend geworden. Regelrecht ausgetickt. Hat die Kontrolle verloren. Und das aus reiner Enttäuschung. Nadja hat ihn abgewiesen.

Langsam lichtet sich der Nebel, die Bruchstücke sortieren sich und er sieht sich ihr gegenüber. Die Sorge in ihrem Blick. Wie er sie an die Tür gedrängt hat. Sich abwendet. Die Flasche in seiner Hand. Die Wut ist noch frisch. Ist leicht entflammbar. Er schlägt sich eine Faust an den Kopf, schimpft sich einen Idioten.

Dann sieht er, wie er sich umdreht, ausholt und in Tränen ausbricht. Ihr seine Liebe gesteht. In ungelenken und alkoholschweren Worten. Wie er auf die Knie sinkt, die Flasche auf den Boden kullern lässt und ihr den Himmel auf Erden verspricht. Sie zu seiner Königin machen will. Ein Häufchen Elend, verrotzt und lallend. Wie er beteuert, alles für sie zu tun. Einfach alles. An sie heranrobbt. Auf allen vieren über den Teppich. Ein Hund. Mehr ist er nicht. Mehr wird er nie sein. Er schämt sich so sehr.

90

Der Herbst, der Herbst, der Herbst ist da. Simon Winter streicht sich mit der flachen Hand durchs Gesicht und starrt wieder aus dem Seitenfenster nach draußen. Eine kleine Baumgruppe davor schüttelt ihre knorrigen Kronen im aufkommenden Sturm. Laub wirbelt durch die Luft.

Er schaut an sich hinab, atmet hörbar aus. Hier, in zerknittertem Hemd, unrasiert und mit dem Gefühl, sich selbst riechen zu können, fühlt er sich unwohl. Und dann noch diese völlig sinnfreien Zeilen des Kinderliedes, die ihm im Kopf herumspuken. Es ist zu viel. Er legt die Uhr am Handgelenk frei, ein Geschenk seines Großvaters. Der einzige Mensch in seiner Familie, zu dem er Kontakt gepflegt hat. Seine Eltern hatten früher nichts für ihn und somit er heute nichts für sie übrig. Sie existieren. Aber das steht auf einem anderen Blatt.

Der Anruf liegt jetzt knapp drei Stunden zurück. Irina Warkentin. Eine Pflegekraft. Atemlos lauschte er ihrer Erzählung, um dann wenig später mit Christian Derksen, Kriminaloberkommissar aus Frankfurt, zu sprechen. Und jetzt sitzt er hier vor dem Einfamilienhaus am Rande von Niederrad. Im Hintergrund. Versucht, sich auf das Laub zu konzentrieren, sieht die Silhouetten hinter den Fenstern des angrenzenden Wohnzimmers. Derksen spricht im Haus mit den Eltern des Jungen.

Die Theorie, dass es einen Mörder gibt, der todkranke Kinder und Jugendliche in Hospizen tötet, schien auch für ihn im ersten Moment abwegig. Wie es aussah, hatte Jannis sich nach den Erkenntnissen der Kollegen vor Ort selbst stranguliert. Die Drosselmarke und die Einblutungen sprächen dafür, so Derksen. Doch dann hatte Winter die alles entscheidende Frage gestellt. Die nach der Feder. Und sein Frankfurter Kollege hatte gezögert, kurz, um dann wissen zu wollen, wann Winter bei ihm sein könne.

Sie lag auf dem Kopfkissen des Jungen. Weiß. Und Winter hatte sich bei Althoff noch einmal rückversichert, dass Lohmann in der letzten Nacht wirklich nicht seine Wohnung verlassen hat.

Wann sollte Lohmann Jannis getötet haben? Wie war er der Überwachung entkommen? Fakt ist, dass auch dieses Hospiz zu den Kunden von Carelax gehört und Lohmann sogar vor wenigen Tagen noch eine Einweisung vorgenommen hatte. Aber nicht bei dem toten Jungen. Jannis.

Verdächtigt er den Falschen? Oder gibt es einen zweiten Täter? Winter schüttelt den Kopf. Sieht sich selbst in der Scheibe. Sein Schädel scheint zu zerbersten.

Dann sieht er Derksen, wie er das Haus verlässt. Der junge Kommissar trägt ein weißes Hemd, makellos. Dazu Jeans, ein Sakko und Winter fühlt sich wie Doctor House neben seinen Kollegen. Derksen öffnet die Fahrertür, kühle Luft strömt in das Innere des Wagens. Er lässt sich in den Sitz fallen und seufzt. »Manchmal hasse ich meinen Job. Sie sind völlig fertig, wollen nicht wahrhaben, was passiert ist.«

»Genau wie bei Lilli«, murmelt Winter. »Keiner will wahrhaben, dass sich das eigene Kind umgebracht hat. Niemand.«

»Und Sie, Herr Kollege? Glauben Sie weiterhin, dass es Ihr Täter gewesen ist?«

»Ich weiß gar nichts mehr. Er war gestern zur Befragung bei uns auf dem Präsidium. Danach hat ihn ein Kollege observiert. Der schwört Stein und Bein, dass Lohmann die ganze Zeit zu Hause war. Zudem hat er den Jungen nicht direkt beliefert.«

»Aber die Einrichtung.«

»Aber die Einrichtung«, wiederholt Winter.

»Und die Feder?«, fragt Derksen.

Winter muss an die Brüder Löwenherz denken. Das Buch aus Lohmanns Wohnung. Die Feder. Alles passt so wunderbar. Aber kein Mensch kann an zwei Orten gleichzeitig sein.

»André Lohmann hat ein Alibi. Außer, er kann an zwei Orten gleichzeitig sein«, sagt er laut.

»Das ist ja wie in diesem Stephen-King-Buch. *Der Outsider*. Haben Sie es gelesen?«

Winter schüttelt den Kopf. Schaut dann wieder auf die Uhr. »Ich denke, ich mache mich auf den Weg zurück nach Gummersbach. Wir bleiben in Kontakt.«

»Ich warte den Bericht der Spurensicherung ab und vom Gerichtsmediziner. Danach entscheiden wir, ob wir einen Fall haben oder nicht. Ich werde Sie auf jeden Fall auf dem Laufenden halten.«

»Und ich stelle Ihnen alles zusammen, was wir zu Lilli Lessing und Timo Berger gefunden haben. Was nicht wirklich viel ist«, gibt Winter zerknirscht zu.

»Vielleicht hat Ihr Lohmann einen Komplizen«, meint Derksen.

»So wie ich ihn kennengelernt habe, kann ich mir das nur schwer vorstellen.«

»Ein Trittbrettfahrer?«

»Keiner weiß bisher davon. Die Sache mit der Feder ist ja noch ganz frisch.«

Derksen klopft mit den Fingern auf das Lenkrad. Verzieht den Mund. »Tja, da liegt wohl noch etwas Arbeit vor uns. Ich bin Ihnen jedenfalls dankbar, dass Sie so schnell hierhergekommen sind und bereit waren, Ihre Informationen mit mir zu teilen.«

Winter nickt stumm.

»Ich verabschiede mich noch von den Eltern, dann fahre ich Sie zurück zu Ihrem Auto.«

Als Derksen im Haus verschwindet, steigt Winter aus. An der frischen Luft atmet er tief durch. Ein quietschendes Geräusch fordert seine Aufmerksamkeit. Hinter einer halbhohen Gabione erkennt er eine Schaukel. Er geht ein paar Schritte auf die grauen Steine zu, hinter denen in regelmäßigen Abständen ein Kopf erscheint. Er legt die Arme ab, sieht ein Mädchen, dessen blonde Haare im Wind wehen. Sie trägt eine blaue Daunenjacke, Stiefel und das Holzgestell der Schaukel vibriert unter ihrem Schwung. Er muss an Lilli denken. Sie scheinen ungefähr in einem Alter zu sein. Das Mädchen summt ein Lied. Nur einzelne Töne kommen bei Winter an, den Rest fängt der Wind. Plötzlich streckt sie ihre Beine aus, die über den Rasen rutschen, ruckartig kommt die Schaukel zum Stehen. Sie schaut ihn an. Ihre Hände umklammern die Seile zu ihren Seiten. »Wer bist du?«, fragt sie.

Winter räuspert sich. »Simon. Ich heiße Simon.«

»Bist du von der Polizei?«

Winter nickt. Das Mädchen steht auf, kommt auf ihn zu. Ihre rosigen Wangen leuchten, sie streicht sich die Haare aus dem Gesicht. »Und wie heißt du?«

»Elif.« Die Schwester.

»Du bist Jannis' Schwester?«

Sie nickt. »Glaubst du, Jannis geht es besser, da wo er jetzt ist?«, fragt sie.

Winter schluckt schwer. Die blauen Augen schauen ihn traurig an. »Ich denke schon«, antwortet er. Sie wendet sich ab, macht sich auf den Weg zurück zu der roten Schaukel. »Elif?«

Sie dreht sich herum, zieht den Reißverschluss ihrer Jacke ein Stück weiter hoch. »Weißt du, ob Jannis …«, er stockt, überlegt, wie er die Frage formulieren soll, »… hat Jannis mit dir über seine Krankheit gesprochen?«

Elif klemmt eine Seite ihrer Haare hinter eines der Ohren und schaut kurz auf den Boden. »Ja«, antwortet sie. »Aber am Ende nicht mehr. Früher, als er noch aufschreiben musste, wie stark seine Schmerzen sind, da haben wir öfters darüber geredet.«

»Aufschreiben?«

»Ja, in sein Schmerzbuch. Das war für die Ärzte.«

»Hat er vielleicht auch davon gesprochen, dass es schön wäre, keine Schmerzen mehr zu haben?«

»Nur, wenn wir allein waren. Mama und Papa durften das nicht hören, sie wurden immer böse, wenn Jannis so etwas gesagt hat.«

Katla!

»Warum?«, fragt er, tritt um die Mauer herum und in den Vorgarten des Hauses. Elif setzt sich auf die Schaukel, Winter geht vor ihr in die Hocke. Er spürt die Anspannung des Mädchens, den inneren Kampf.

»So etwas sagt man nicht, haben sie immer gesagt«, klagt sie leise.

»Aber wenn ihr alleine wart, dann hat Jannis mit dir darüber gesprochen?«

»Nicht oft. Das hat mich immer traurig gemacht und Jannis wollte nicht, dass ich traurig bin.« Eine Träne löst sich, verfängt sich in den langen Wimpern. Sie zieht die Nase hoch, wischt sich mit dem blauen Ärmel durch das Gesicht.

Ihr Kopf schnellt herum, als ihr Name gerufen wird. In der offenen Terrassentür steht ihre Mutter. Die Arme vor dem Körper verschränkt. »Kommst du?«, ruft sie.

»Jaha«, antwortet Elif und springt von der Schaukel.

»Danke, dass du mir davon erzählt hast.«

»Aber du sagst es nicht weiter, oder? Das darfst du nämlich nicht, du bist ja von der Polizei.«

Winter lächelt. »Keine Sorge. Ich sag es keinem weiter.« Wie um es zu beweisen, legt er einen Finger auf die Lippen. Dann wirbelt das Mädchen herum und läuft auf ihre Mutter zu.

Winter steht auf, hebt eine Hand zum Gruß und sieht, wie Elif durch die Terrassentür schlüpft.

91

»Lässt Sie die Polizei inzwischen in Ruhe, Herr Lohmann? Ich meine, Sie haben doch wirklich nichts mit dem Tod der Kinder zu tun, oder?«

»Ich bin kein Verdächtiger, Herr Meurer. Ich helfe der Polizei, bin ein wichtiger Zeuge. Immerhin kannte ich die beiden Kinder ja ein bisschen.« Lohmann sitzt auf einem der Holzstühle an seinem Tisch, vor ihm liegt das Buch.

»André, wir schätzen Sie und Ihre Arbeit wirklich sehr …«

»Und ich arbeite sehr gerne für Sie, Herr Meurer. Deshalb rufe ich Sie auch an. Ich wollte mich noch einmal bei Ihnen bedanken.«

»Wofür?«, fragt sein Chef nach.

»Für Ihren Anruf. Dass Sie mir erzählt haben, dass die Polizei nach mir gefragt hat.«

»Na ja, ich hielt es für meine Pflicht.«

»Ich hätte wohl den Schock meines Lebens bekommen, wenn ich nichts davon gewusst hätte und dieser Kommissar da im Dunkeln vor der Firma auf mich gewartet hätte.«

»Wie geht es denn jetzt weiter, André? Brauchen Sie Unterstützung?«

»Ich denke, dass sich die Sache in den nächsten ein bis zwei Tagen erledigt hat.« Er greift nach dem Buch, schlägt es auf, als er erschrickt. »Was …«

»Wie bitte?«, fragt Meurer.

»Ich … ich …«, stammelt Lohmann.

»André, ist etwas passiert?«

»Nein, nichts«, versucht er sich und seinen Chef zu beruhigen.

»Mir ist nur etwas heruntergefallen. Aber wie ich schon sagte, in zwei Tagen werde ich bestimmt wieder arbeiten kommen.«

»Wir planen Sie erst einmal für die nächste Woche aus, André. Nehmen Sie sich die Zeit. Ruhen Sie sich aus, und wenn alles geklärt ist, sehen wir weiter. Machen Sie es gut.«

»Danke. Sie auch«, antwortet Lohmann monoton. Er beendet das Telefonat, legt das Smartphone auf die Tischplatte und überlegt nervös, was er jetzt tun soll.

Vor ihm liegt das aufgeschlagene Buch. Ohne die Feder. Sie liegt nicht an der Stelle. Und sie liegt immer auf der Seite 137. An der Stelle, an der Krümel Jonathan erklärt, dass er ihn nicht noch einmal allein lassen dürfe. Aber jetzt ist die Feder verschwunden.

92

Irina Warkentin sitzt in einem Meer aus gepackten Kartons. Mühsam kramt sie eine Tasse aus einem, der mit Küche beschriftet ist, und stellt sie vor Winter ab.

»Ich sagte doch, ich brauche nichts zu trinken. Keine unnötigen Umstände, bitte.« Winter streift die Jacke ab und legt sie auf eine der Kisten neben sich.

»Nein, nein, so viel Zeit muss sein!« Sie schenkt Winter heißes Wasser ein, in das sie einen Beutel Tee versenkt. *Kräutertee.* Aber die Wärme, die kann er gut gebrauchen. Er muss mehr über Jannis erfahren, bevor er nach Gummersbach zurückkehrt, und daher hat er sich mit seinem Wagen auf den Weg zu Irina Warkentin gemacht. Die Frau, die Jannis tot aufgefunden hat. Im Gegensatz zu Silke Schwanbeck wirkt sie jedoch gefasst und ruhig.

»Sie sagten, Sie hätten mit Elif gesprochen?«

Winter taucht aus seinen Gedanken auf und nickt, während Irina Warkentin sich vor ihn auf den Boden setzt. Im Schneidersitz. »Ja, ein tapferes Mädchen. Sie hat mir erzählt, dass Jannis … wie soll ich sagen?« Er wundert sich darüber, wie schwer es ihm immer wieder fällt, das Thema Selbstmord auf die Tagesordnung zu bringen. »Dass Jannis unglücklich war.«

»Natürlich war er das!«, beginnt sie. »Er war todkrank. Hatte schlimme Schmerzen. Der Tod kennt kein Alter, Herr Kommissar. Auch wenn wir und vor allem seine Familie alles dafür getan haben, ihm die Zeit hier so angenehm wie möglich zu gestalten, so … so … wie sagte meine Großmutter immer: Wie man den Wolf auch füttert, er wird trotzdem zum Wald hinschauen.«

Winter lächelt und legt den Teebeutel auf die Untertasse.

»Was ich sagen will, der Junge hat sein Leben stellenweise echt leid gehabt.«

»Hat er mit Ihnen darüber gesprochen?«, fragt Winter.

»Mit seinen Eltern konnte er das nicht. Sie hatten dafür kein Verständnis. Was logisch ist, wer will schon mit dem eigenen todkranken Kind über so etwas sprechen.«

Winter wundert sich über die Wortgewandtheit und den Durchblick der Krankenpflegerin. Gleichzeitig rügt er sich selbst für die Schublade, in die er Irina Warkentin voreilig gesteckt hat. »Woher stammt das Sprichwort?«, fragt er.

»Aus Russland. Meine Familie stammt von dort.«

»Und Sie? Sie sind hier geboren?«

»Ja, kurz nachdem meine Eltern hierhergekommen sind«, erzählt Irina Warkentin.

»Warum sind Sie Krankenpflegerin geworden?«

»Ich habe zuerst eine Ausbildung zur Arzthelferin gemacht, habe aber danach keine Stelle gefunden. So bin ich in der Pflege gelandet. Ist nicht gerade ein Traumberuf, vor allem wird man nicht reich, aber die Arbeit hat mir immer Spaß gemacht.«

»Und Sie hatten gestern Ihre letzte Schicht?«

»Ja«, sagt sie und ihre Augen leuchten kurz auf. »Ich ziehe mit meinem Freund zusammen. Er wohnt in Mainz. Ich fange dort in einer Arztpraxis an.«

»Oh, Glückwunsch«, meint Winter.

»Danke. Aber solch einen Schlusspunkt hätte ich nicht wirklich gebraucht. Und dann auch noch Jannis. Er war so ein netter und kluger Junge. Hat seinen Weg gefunden, mit der Sache umzugehen.« Betreten schaut sie zu Boden.

Winter greift nach der Tasse. Für einen kurzen Moment hatte es gutgetan, die Gedanken an die toten Kinder wegzuschieben und einfach nur zu reden. »Es tut mir leid«, entschuldigt er sich deswegen.

»Kein Problem.« Irina winkt ab. »Ich will auch nicht mehr darüber reden«, sagt sie, als hätte sie seine Gedanken gelesen.

»Was meinen Sie damit, dass er seinen Weg gefunden hat?«

»Jannis wollte seine Eltern nicht mehr als nötig mit seiner Krankheit belasten. Er hatte da so ein Buch, da hat er viel reingeschrieben. Ich denke, eine Art Tagebuch. Er hat heimlich abends darin geblättert. Hat geglaubt, ich hätte die Taschenlampe nie gesehen, mit der er unter der Bettdecke gelegen hat. Ach, Jannis war echt süß.«

Erneut spürt Winter dieses Prickeln im Nacken. Erst Elif, jetzt Irina. Er braucht dieses Buch. Sollte irgendjemand dem Jungen vorher begegnet sein, mit ihm über seine Wünsche gesprochen haben, hat er es unter Umständen darin aufgeschrieben. Winter will mit Derksen darüber sprechen. Er steht auf, bedankt sich für die Zeit und geht zur Tür. »Ich wünsche Ihnen alles Gute für die Zukunft, Frau Warkentin.«

»Danke, Herr Kommissar. Ich bin echt froh, jetzt ganz neu anzufangen.«

Winter verabschiedet sich und lächelt. Er hofft, dass ihr Neuanfang auch das halten kann, was sie sich von ihm verspricht.

93

Der Himmel gleicht einer Mauer aus geborstenem Schiefer. Aus jeder Pore des Tages tropft nasskalter Herbst. Winter umschließt das Lenkrad fest, trotzt dem einsetzenden Aquaplaning, steuert den Wagen besonnen und bleibt trotzdem angespannt. Hier, zwischen Lkws, Regen und dem Rauschen der Lautsprecher, fällt es ihm schwer, Derksen über die Freisprechanlage überhaupt zu verstehen. Deutschland bleibt eine Mobilfunkwüste und es ist der dritte Versuch der beiden, ein Gespräch zu führen, das über fünf Minuten am Stück hinausgeht.

»Haben Sie das Buch gefunden?«, fragt Winter und zieht links an einem alten Honda vorbei, der Mühe hat, die Spur zu halten.

»Ja, es liegt vor mir.« Winter setzt sich die Antwort aus den Silben zusammen, die die Fernsprecheinrichtung ausspuckt. »Was glauben Sie, darin zu finden?«

»Elif, die Schwester des Jungen, und Irina Warkentin erwähnten jeweils, dass Jannis darin seine Gedanken festgehalten habe. Früher sei es sein Schmerzbuch gewesen, später dann eine Art Tagebuch. Wenn er seinem Mörder vorher begegnet ist, dann erwähnt er das vielleicht.« Der Scheibenwischer kämpft gegen den immer stärker werdenden Regen an, schiebt das Wasser von einer Seite zur anderen. »Sind Sie noch da?«

»Ja, einen Moment. Ich suche noch …«

»Fangen Sie hinten an.« Winter verdreht die Augen.

»Sein letzter Eintrag«, murmelt Derksen. Winter betätigt den Blinker, zieht nach rechts und steuert einen Rastplatz an. Zwischen einem Wohnmobil und dem Firmenwagen eines Getränkeherstellers parkt er den Wagen. »Ich höre!«, herrscht Winter Derksen an.

»Okay, hier steht …«

Der Regen überschwemmt die Scheibe, während Derksen monoton ratternd die Worte des Jungen wiedergibt. In dem Innenraum des Wagens schrumpft alles zusammen und Winter schließt die Augen, um jede Silbe aufnehmen zu können. Es stört ihn, kein Bild zu dem Zimmer des Jungen aus dem Hängeregister seines Kopfes abrufen zu können. Ihn selbst hat er auf Fotos gesehen, versucht sich daran, es zu rekonstruieren. Irina Warkentin erzählte von der Taschenlampe, der Bettdecke.

Er sieht sich selbst im kreisrunden Schein der Lampe sitzen, das Buch vor sich, die Hand kritzelt die Zeilen ungelenk auf das weiße Papier. Ab und zu muss er die Linien nachziehen, weil der Stift auf dem weichen Untergrund der Matratze den Dienst versagt.

Sie können nicht kommen. Heute nicht. Ich hasse die Tage ohne sie. Ohne Mama. Ohne Papa. Ohne Elif. Ich bin alleine.

Im Hintergrund grollt es, in das Dunkelgrau um ihn herum mischen sich tiefschwarze Flecken. Winter atmet ruhig. Die Lautsprecher knistern.

Ich will hier weg. Weit weg. Ganz weg.

»Puh, das ist ganz schön harter Stoff«, meint Derksen und Winter verflucht ihn dafür, dass er dazwischenredet.

»Lesen Sie einfach weiter, bitte!« Neben Winter schlägt eine Tür zu, das Wohnmobil wird gestartet und schiebt sich rückwärts aus der Parklücke, während er versucht, wieder unter das Deckendach zu kriechen.

Jetzt geht es mir besser. Besuch zu kriegen ist etwas so Tolles.

Winter schluckt. Wie oft wähnte er sich in den letzten Tagen nah dran an der Lösung. Sein Puls beschleunigt sich. Sag es. Sag es endlich. *Er stand einfach so am Fenster. Am Anfang habe ich mich total erschreckt. Hatte ja nicht damit gerechnet. Schade, dass ich es nicht öffnen kann. Konnte es nur kippen. Aber wir haben geredet. Hat mir versprochen, dass ich es bald geschafft habe. Dass ich bald wegkann. Und ich weiß, wie er heißt. Komischer Name. Passte gar nicht richtig.*

Helga. Irgendwie ein Oma-Name. Lustig, oder? Ich bin gespannt, wann Helga wiederkommt.

Winter öffnet die Augen. »Was?«, fragt er. »Wiederholen Sie das noch einmal!«

»Alles?«

»Ab der Stelle, wo er schreibt, dass er weiß, wie der Besuch heißt.«

Es knackt in den Lautsprechern. »Ah, hier: Und ich weiß, wie er heißt. Komischer Name. Passte gar nicht richtig. Helga …«

»Stopp!«, ruft Winter. *Helga.*

»Sagt Ihnen der Name irgendwas?«

»Ich … ja … aber«, weiter kommt er nicht. Er muss an diesen Moment denken, der noch nicht lange zurückliegt. Als Nadja ihren Kollegen Helga genannt hat. Wenn sie ihn über die Ermittlungsergebnisse auf dem Laufenden gehalten hatte und er Nadjas Spinnereien offener gegenüberstand, als Winter es getan hatte, seine Versessenheit auf sie ihn sogar dazu angestachelt hatte, selbst aktiv zu werden. Er schüttelt den Kopf. Ergibt das wirklich Sinn? »Es gibt da einen Mann, der so genannt wird.«

»Helga?«, fragt Derksen nach.

»Ja, fragen Sie mich nicht warum. Erst gestern Abend hat er eine Frau tätlich angegriffen, seitdem ist er nicht mehr aufgetaucht.«

»Das heißt, er käme als Täter in Betracht?«

»Ich weiß nicht, was das heißt! Ich bin völlig überrascht. Es spricht so unglaublich viel für diesen Lohmann.«

»Komplize? Trittbrettfahrer?«, wirft Derksen ein.

»Ich … damit habe ich überhaupt nicht gerechnet. Ich muss mit ihm reden. Ihn finden.«

»Ich bin gespannt, Herr Kollege. Halten Sie mich auf dem Laufenden?«

»Ja, das mache ich. Vielen Dank.« Winter beendet das Telefonat und sitzt unter dem prasselnden Regen einen Moment einfach nur da, während seine Gedanken ins Leere ragen.

Helga? Helge Rennen? Wie kann das möglich sein? Warum? Er fährt sich durch die Haare, dreht dann den Schlüssel und lenkt den Wagen zurück auf die Autobahn. Noch bevor er den Beschleunigungsstreifen verlässt, wählt er Nadjas Nummer.

94

Als sie aufsteht, um die Tür des Hotelzimmers zu öffnen, liegt ihr Smartphone in dem Gewühl aus Kissen und Decke und vibriert. Sie dreht sich noch kurz um, entscheidet sich dann aber dafür, zu öffnen.

Helge.

Das Freizeichen knirscht aus den Lautsprechern. Sie geht nicht ran. Abwechselnd blickt Winter auf die Anzeige seines Radios und auf die regennasse Fahrbahn. Vor ihm leuchten rote Lichter auf, Warnblinklichter, er bremst ab. Drückt ebenfalls auf das Dreieck, um die Fahrer hinter ihm vorzuwarnen. Mit der Faust schlägt er ungeduldig auf das Lenkrad.

Als sie die Tür direkt wieder schließt, stellt er seinen Fuß dazwischen. »Bitte, hör mir doch erst einmal zu.« Sie drückt zu. »Bitte, du tust mir weh!«

»Dann nimm deinen Fuß aus meiner Tür!«

»Nadja! Ich will doch nur mit dir reden! Bitte!«

Sie dreht sich, lässt ihren Rücken das Türblatt hinabrutschen. Sie weiß, dass in jedem die Kälte lebt. Tief im Inneren. In Helge, in Simon, in ihr.

»Bitte!«, fleht er sie an.

»Henning, wo bist du?«, fragt er, als sein Kollege abnimmt.

»Ich bin gerade nach Hause gekommen.«

»Ich schicke dir jetzt die Adresse von Nadjas Hotel. Mach dich bitte direkt auf den Weg. Wir treffen uns dort.«

»Simon, das sind fast zwei Stunden Fahrt. Und das bei dem Dreckswetter. Was ist überhaupt los?«

»Der getötete Junge aus Frankfurt, er hatte ein Tagebuch.«

»Ich verstehe nicht …«

»Am Vorabend seines Todes hat er Besuch gehabt. Er hat es aufgeschrieben.«

»Aber nicht von Lohmann! Das kann nicht stimmen.«

Die Fahrzeuge setzen sich langsam wieder in Bewegung, fädeln nacheinander auf die linke Spur ein. Zwischen Standstreifen und rechter Fahrbahn stehen zwei verbeulte Karossieren. In Warnwesten gekleidet befinden sich einige Personen hinter der Leitplanke, alle ein Telefon am Ohr. Auf den ersten Blick erkennt Winter keine Verletzten. Nur Blechschaden. »Lohmanns Name steht dort auch nicht drin.«

»Ich verstehe kein Wort.«

»Der Junge spricht davon, dass Helga ihn besucht habe.«

»Wer zur Hölle ist Helga?«, fragt Althoff. Im Hintergrund hört Winter Althoffs Frau, die wissen will, mit wem er telefoniert.

»Nadja hat ihren Mitstreiter so genannt.«

»Helge Rennen? Woher weißt du das?«

»Das war an dem Morgen nach dem *Grammophon*. Da hat sie ihn so genannt.«

»Und du willst mir erzählen, dass Helge Rennen den Jungen umgebracht hat? Warst du nicht letzte Nacht bei Nadja, weil er sie belästigt hat?«

»Er hat sie angegriffen! Eine Flasche nach ihr geworfen, sie gewürgt.«

»Und dann ist er nach Frankfurt gefahren und hat den Jungen getötet? Simon, das glaubst du doch selbst nicht!«

Langsam erhebt sie sich, tritt einen Schritt zurück, zieht die Tür auf. Er steht da, kaut auf der Unterlippe herum. »Ich weiß, ein ›Tut mir leid‹ reicht nicht aus, um das, was ich getan habe, zu entschuldigen. Aber du musst mir glauben, ich war gestern nicht ich selbst.«

Sie muss an Alexandra denken. An die Zigarette und das Zischen auf der Haut. Es gibt so viele Momente, in denen man glaubt, nicht man selbst zu sein, denkt Nadja. Aber am Ende ist das, was wir tun, nur die Summe all unserer Erfahrungen. Wir können nicht anders.

»Ich hatte Angst vor dir, Hel…ge.« Fast hätte sie ihn *Helga* genannt.

»Ich weiß. Es tut mir so unendlich leid. Ich war so ein verdammtes Arschloch. Ich wollte …«, er druckst herum. »Ich wollte dir gestern gestehen, was ich für dich empfinde. Mich endlich trauen. Dann habe ich mir Mut angetrunken.«

»Wohl eher Wut angetrunken.«

Er schaut betreten zu Boden. »Die ist dann gekommen.«

Wut ist heiß. Hass ist kalt, denkt sie. »Das war mehr als Wut. Das war Hass. Ich habe es in deinen Augen gesehen. Als du dastandst.« Sie zeigt auf die Stelle im Zimmer. »Mit der Flasche in der Hand, ausgeholt hast.«

»So habe ich den gar nicht eingeschätzt. Der wirkte so ruhig.«

»Ich glaube auch nicht unbedingt, dass er selbst auf die Idee gekommen ist«, überlegt Winter laut.

»Was meinst du?«

»Du weißt doch noch, was Nadja über Lohmann gesagt hat. Wie sie ihn verteidigt hat. Laut Nadja hat Helge ihr gestern seine Liebe gestanden und ist dabei vollkommen ausgeflippt. Was, wenn er es für sie getan hat? Wenn er etwas Ähnliches wie Lohmann gemacht hat, um seine Liebe zu beweisen.«

»Als Beweis für seine Liebe? Das klingt echt schräg, Simon.«

Vor ihm löst sich die Kolonne langsam auf, die Wagen scheren aus, nehmen Fahrt auf. Winter tritt auf das Gaspedal. Auf der Anzeige des Radios färbt sich der Akkustand seines Smartphones rot.

»Ich weiß es doch auch nicht, aber ich glaube nicht, dass der Name ein Zufall ist.«

»Und wieso ausgerechnet dieser Junge?«, fragt Althoff.

»Verdammt!«, flucht Winter. »Diese Sache macht mich verrückt!«

»Schick mir jetzt erst einmal die Adresse von Nadjas Hotel. Wir treffen uns da und dann bereden wir alles Weitere. Ruf du Kurzow an. Erzähle ihm, was du mir erzählt hast. Er soll mit der Heiderscheidt Kontakt aufnehmen und überlegen, was wir im Fall Helge Rennen unternehmen werden.«

»Alles klar. Danke dir, Henning.«

»Und Simon?«

»Ja?«

»Keine unüberlegten Aktionen!«, warnt Althoff ihn.

»Keine Sorge.«

»Und dann lag ich dir zu Füßen«, schmunzelt Helge.

»Das ist nicht zum Lachen, Helge! Ich hatte eine Scheißangst, ich habe sogar jetzt Angst.«

»Aber du kennst mich, du weißt, dass es ein Ausrutscher war!«

»War es das? Vielleicht war das auch nur dein wahres Ich.«

»Als wenn du mich nicht schon lange durchschaut hättest? Du bist Kriminalpsychologin, Nadja. Ich denke nicht, dass ich dich wirklich überraschen kann.«

»Doch, das denke ich schon. Am Ende können wir nur bis zur Stirn sehen.«

»Du kannst es besser. Du siehst mehr«, sagt er und lächelt.

»Ich weiß, wozu jeder von uns fähig ist.«

»Und auch, warum.« Dann schließt er die Tür langsam hinter sich.

95

In der gesprungenen Fläche spiegelt sich der Riss über ihrem linken Auge unzählige Male. Mosaike aus Blut. Sie stöhnt, hält sich mit beiden Händen am Waschbecken fest, in der weißen Emaille sammelt sich das Rot. Sie muss an Lenz denken, an das Blutwasser. Ihr Kopf dröhnt und ihr ist schwindelig. Und trotzdem spürt sie die Kälte.

»Frau Bergendahl? Nadja?«, hört sie ein Rufen hinter sich. Sie will sich umdrehen, doch ihr Körper gehorcht ihr nicht. Schwerfällig löst sich eine Hand vom Becken.

»Oh, mein Gott!«, entfährt es Althoff, als er das kleine Bad betritt und Nadja nach hinten in seine Arme fällt.

Jetzt liegt sie auf ihrem Bett, einen kalten und nassen Lappen auf der Stirn. Sie kann nur ihr rechtes Auge öffnen, das linke ist komplett zugeschwollen.

»Hey, keine Sorge. Ich bin es: Henning Althoff. Wo ist Simon? Er müsste schon längst hier sein. Was ist passiert? Wer hat das getan?«

Und Nadja sieht ihr Gesicht vor sich. Im Spiegel. Wie es darauf zurast und es knackt. Ein zweites Mal. Ein Knirschen. Ob in ihrem Kopf oder vom Spiegel, kann sie nicht beurteilen.

»Helga«, flüstert sie.

»Du meinst deinen Partner? Helge Rennen? Wo ist er?«

Althoff zieht sein Smartphone aus der Hosentasche. Sie greift plötzlich nach seinem Arm. »Ich erkenne ihn nicht wieder. Bitte, du musst ihn aufhalten! Er … er wird …«, sprudelt es aus ihr heraus, während ihr Kopf fast zu zerspringen droht.

»Schschscht«, versucht er sie zu besänftigen. »Beruhige dich. Ich rufe jetzt erst einmal einen Arzt.«

Er streicht ihr über den Arm, steht auf, als das Telefon in seiner Hand zu läuten beginnt. *Simon.*

»Hey, Simon, wo steckst du? Du glaubst nicht ...« Weiter kommt er nicht, denn hinter sich in der Scheibe sieht er ihn. Er steht im Türrahmen. Glotzt ungläubig mit aufgerissenem Mund in Nadjas Zimmer.

»Was zur Hölle ...«, stößt Helge Rennen aus.

Althoff lässt das Telefon auf Nadjas Bett fallen, greift nach seiner Waffe und dreht sich zu ihm herum.

»Keine Bewe...« Noch bevor er den Satz beendet hat, ist Helge Rennen aus dem Türrahmen wieder verschwunden.

»Henning? Henning?«, ruft Simon verzweifelt. Dieser verdammte Stau, das Scheißwetter und dann der leere Akku. In den Untiefen der Mittelkonsole hat er nach schier endloser Suche ein Ladekabel gefunden und es hat eine gefühlte Ewigkeit gedauert, bis er sein Smartphone wieder einschalten konnte. Schlechter Empfang. *Verdammt!*

Er drückt das Gaspedal weiter durch und die Tachonadel schiebt sich an der 100 vorbei. Die Innenstadt ist verwaist, nur wenige Wagen sind auf der Straße. Als er einen dunklen Opel überholt, hupt ihn dieser wütend an. »Halt die Fresse!«, schreit er. Dann hört er plötzlich Henning rufen.

Althoff stürzt in den Flur, sieht am Ende eine Tür, die langsam zufällt. *Das Treppenhaus.* Sofort nimmt er die Verfolgung auf, erst jetzt fällt ihm ein, dass sein Telefon noch auf Nadjas Bett liegt. Als er die Tür erreicht, zieht er sie ruckartig auf, sucht Deckung und späht dann in das Treppenhaus. Helge Rennens Tritte hallen zu ihm hinauf. Er flieht. Zwischen dem Geländer sieht er ihn. Zwei Stockwerke unter ihm. »Bleiben Sie stehen!«, ruft er und hastet los.

Als er endlich den Wagen auf dem Parkplatz abstellt und die Tür hinter sich zuwirft, weiß er nicht, was ihn in dem Hotel erwartet. Er läuft die Stufen zur Eingangstür hinauf, die sich automatisch zur Seite schiebt, und ehe der Rezeptionist überhaupt reagieren kann, rennt er zum Fahrstuhl. Er will etwas rufen, doch bevor die Dame im Lift ihn erblickt, schließen sich vor ihm die Türen. Also zu Fuß. Er rennt los.

Im Kopf hämmert der Puls. Das Herz wummert in seinem Brustkorb, die Lunge brennt. Doch das Adrenalin treibt ihn an. Lässt ihn die Schmerzen vergessen. Da ist nur ein Gedanke: Lauf!

Warum muss er gerade jetzt an Nudeln denken? An die verdammten gebratenen Nudeln, die er so gerne bei diesem Asiaten im Forum bestellt. Seine Frau hatte einmal abends, als sie zu Bett gingen, gesagt: »Schmeckt gut, das neue Büro, nicht?« Gelächelt, als er mit nacktem Oberkörper vor ihr stand. Und jetzt bemerkt er, wie sehr ihn dieser Bauch stört, wie langsam er vorankommt. Wie untrainiert er ist, und er schwört sich, als er die nächsten Stufen in Angriff nimmt, dass er Sport treiben wird. Aber zuerst wird er diesen Rennen aufhalten. Er greift nach dem Geländer und legt noch einmal einen Schritt zu.

Als er sich kurz umdreht, ist ihm schnell klar, dass dieser Althoff ihn nicht einholen wird. Er hat fast zwei Stockwerke Vorsprung. Dabei will er gar nicht wegrennen. Er will etwas erklären. Sich erklären. Schon wieder. Die richtigen Worte zur richtigen Zeit. Dieses Mal ist er nicht betrunken, aber er weiß, wie das alles aussieht. Wie es eben ausgesehen hat, als Althoff in Nadjas Zimmer stand. *So falsch.* Ja, verdammt falsch. Irgendwie hatte er es im Gefühl, als sie in diesen Provinzbahnhof dieser Kleinstadt eingefahren sind. Es fühlte sich nicht nach Aufbruch an, nicht nach dem Beginn eines Abenteuers.

Er muss es jetzt sagen, direkt. Er stoppt, dreht sich um, fasst sich an die Stirn. Presst die Luft aus seinen Lungen. Versucht, sich zu sammeln, und taumelt dabei rückwärts. Das läuft alles so falsch, so falsch, denkt er. Dann verliert er den Halt. Ein Schritt ins Leere, der Fuß knickt weg, schmerzhaft verdreht. Seine rechte Hand greift neben die Streben, am Geländer vorbei, fuchtelnd suchen seine Arme nach Balance, nach etwas zum Festhalten. Aber da ist nichts, und die Schwerkraft zieht ihn gnadenlos nach unten. Nichts davon kommt ihm vor wie in Zeitlupe, es geht rasend schnell, und als sein Kopf auf die Kante der Steinstufe aufschlägt, in seinem Nacken etwas unangenehm knackt, sich verschiebt und er zusammengestaucht am Fuße der Treppe reglos liegen bleibt, ist alles schwarz.

Als er die Tür zum Treppenhaus aufzieht, braucht er einen Moment, die Situation zu erfassen. Diesen spitzen Schrei, eine Mischung aus Erstaunen und Erschrecken, zu lokalisieren. Er versucht, zwischen den Streben etwas zu erkennen, sieht eine Gestalt, greift nach dem Geländer und schwingt sich nach oben. Nur wenige Stufen später erkennt er Helge Rennen. Wie er fällt. Simon macht seinen Kollegen Althoff aus, der stoppt. Er sieht den Körper stürzen, hört das Geräusch, Knochen auf Stein, dieses unnatürliche Knacken. Dieses Geräusch, das alles erstickt. Alles anhält. Bis die Welt lauthals alles um ihn herum verschlingt.

96

Blaue Streiflichter gleiten an der Fassade des Hotels vorbei, streifen die Autos auf dem Parkplatz. Zum ersten Mal seit Tagen gibt der Himmel ein paar Sterne frei, Wolkenlöcher, unter denen Althoff und Winter stehen. Ein Sanitäter wirft die Hecktür des Krankenwagens zu, in dem Nadja liegt. Einen dicken Verband um den Kopf, mit Schmerzmitteln versorgt, zur Abfahrt ins Krankenhaus bereit. Ein anderer Wagen bleibt leer. Eine dunkle Limousine mit beigefarbenen Vorhängen an den Seitenscheiben fährt auf den Parkplatz ein. Ohne Blaulicht. Er wird Helge Rennen abholen, der noch im Treppenhaus liegt. Leblos.

Althoff blickt nach oben, in die Sterne. Sie schweigen. Weil die Wolken hier unten dichter zu sein scheinen als zuvor. Alles ist unklar. Winter seufzt.

»Was für ein Scheiß. Warum ist der vor mir weggerannt? Nur weil er Nadja angegriffen hat? Oder glaubst du, da steckt doch mehr dahinter?«, fragt Althoff.

Winter schüttelt den Kopf. »Warum stand in diesem Buch von dem Jungen dieser Name? Das ergibt doch überhaupt keinen Sinn.«

»Was meint Kurzow?«

Simon tastet seine Taschen ab, bemerkt erst jetzt, dass er sein Telefon im Passat vergessen hat. »Mein Handy liegt im Auto. Ich rufe ihn gleich an, fahre dann zu Nadja ins Krankenhaus.«

»Und Lohmann?«

»Für die Sache in Frankfurt hat er ein Alibi. Rennen hätte Zeit gehabt. Nach der Show, nach dem ersten Angriff auf Nadja. Jedenfalls war er nicht im Hotel. Und bis nach Frankfurt ist es nicht weit. Vielleicht hat er den Mietwagen benutzt.«

»Wenn man nicht so im Stau steht, wie du eben. Aber woher wusste er von dem Jungen?«

»Ich weiß es doch auch nicht. Ich war so nah dran.« Missmutig verzieht Winter das Gesicht.

»Vielleicht kann Nadja mehr dazu sagen, wenn ich mit ihr im Krankenhaus spreche. Wir sollten Lohmann aber weiter beobachten. Kümmerst du dich darum?«

Althoff nickt. »Dann mache ich mich mal auf den Weg zurück nach Gummersbach.«

Und während Althoff in Richtung seines Autos schlurft, die Anstrengung in allen Gliedern spürt und überlegt, ob er auf dem Weg nach Hause an einem Schnellrestaurant anhält, steht Winter allein auf dem Parkplatz. Die Lichter verschwinden, die Autos verlassen das Gelände und in seinem Auto blinkt und vibriert sein Smartphone, das mittlerweile vier Anrufe in Abwesenheit anzeigt.

97

Der Cocktail wirkt. Sie fühlt sich leicht und der Druck in ihrem Schädel lässt nach. Die Liege schaukelt knarzend, während der Wagen über den Asphalt in Richtung Krankenhaus fährt. Nadja schließt die Augen.

Schleudert die Tür hinter sich zu. Trägt eine undefinierbare Masse aus Enttäuschung, Wut und Verzweiflung in sich. Fest geformt, gewachsen wie ein Tumor, dehnt sie sich aus und frisst sich durch ihr Innerstes. *Blutwasser.* Sie träumt davon. *Die Kinder.* Sie spürt ihren Schmerz, teilt ihre Sehnsucht. *Lohmann.* Sie fühlt ihn. *Winter.* Er verwirrt sie. *Helge.* Hat alles versaut.

Dieser berühmte letzte Tropfen. Das Fass ist übergelaufen. Sie läuft über. Vor Gefühlen, vor Schmerz, vor Kälte. Sie dachte, dass Gummersbach der Auftakt sei, der Auftakt, dem Brotjob Uni entfliehen zu können, dem Hobby zum Beruf zu verhelfen. Und Winter. Wie eine naive Highschool-Schülerin, die hoffnungslos in den Quarterback der Football-Mannschaft verliebt ist, hat sie sich in etwas verrannt, was sie nicht zu kontrollieren weiß, und dabei ist es genau das, was sie will. Die Fäden in der Hand halten. Analysieren. Verstehen. Doch in diesem Moment hatten ihre Instrumente versagt. So steht sie in ihren Gedanken wieder hinter der Tür zu diesem Backstage-Raum, in dem Helge sie gerade zu küssen versucht hat. Und die Sicherungen brennen langsam durch.

Eine Bodenwelle schüttelt den Krankenwagen durch. Sie stöhnt kurz auf, ihre Hände greifen nach dem kühlen Metall der Liege. Kalt. Alexandra. Dann driftet sie weg.

Sie sitzt in dem Mietwagen. Im Wald. Parkt zwischen den Bäumen. Genau an der Stelle, die er beschrieben hat. Der Maschendrahtzaun knistert im Wind. Nadja weint. Atmet heftig. Schluchzt auf. Zittert. Greift nach ihrem Telefon. Keine Nachricht. Nur von Helge. Irgendwelche belanglosen Floskeln der Entschuldigung. Sie ruft ihre Kontakte auf. Scrollt nach unten, trifft auf ihren Namen. Alexandra. Es hat sie nie losgelassen, niemals. Faszination und Abscheu, Hand in Hand. Sie stellt eine Verbindung her. Das Tuten dringt blechern aus dem Smartphone, das sie langsam an ihr Ohr führt.

»Hallo?«, schlaftrunken meldet sich eine Stimme. Sie klingt, als habe es das Leben nicht immer gut gemeint.

»Alex?«

»Äh, ja? Wer ist da?«, will die Stimme wissen.

»Ich bin es: Nadja«, antwortet sie und wischt sich mit dem Ärmel die Tränen weg.

»Nadja? Nadja Bergendahl?«

»Hmm.«

»Ähm.« Nadja hört ein Rascheln, stellt sich vor, wie sich Alexandra aus dem Bett schält, ihr Schlafzimmer verlässt. »Es ist spät.«

In diesem Satz liegt mehr Wahrheit, als ihr wohl bewusst ist. Es ist spät. In allen Belangen. Eventuell zu spät. Aber Nadja sagt nur: »Ich weiß.«

»Wie lange ist es her?«

»Lange.«

»Warum rufst du an?«

Nadja überlegt. Sie hat alles genau vor Augen. Die Seilbahn. Den Farn. Die blasse Haut von Nils und die glühende Zigarette. »Damals, hinter der Seilbahn. Warum hast du das gemacht?«

»Was?«, entfährt es Alexandra. »Was meinst du?«

»Das mit Nils.«

Alexandra stöhnt auf. »Ist das dein Ernst? Du rufst mich mitten in der Nacht an, nachdem wir uns Jahre nicht gehört haben, um mich nach einer Sache aus unserer Kindheit zu fragen?«

Und Nadja meint, in ihrer Stimme genau jene Kälte ausmachen zu können, die an diesem Sommertag zu spüren war. »Ja, das tue ich.«

»Warum?«

»Weil ich wissen will, ob du das geplant hattest oder spontan einfach gemacht hast?« Sie hört Alexandra ausatmen.

»Nadja, was ist passiert?«

»Ich habe sie auch«, flüstert sie.

»Was?«

»Die Kälte.« Tränen treten in ihre Augen. Der Blick verschwimmt, das Zittern nimmt zu.

»Willst du mir erzählen, was passiert ist?«, fragt Alexandra.

Und dann beginnt Nadja. Von vorne. Erzählt vom Salomo-Fall, von Gummersbach, vom Blutwasser, von Lohmann, von Helge und von Simon. Und von dieser Nacht.

98

Er hofft, dass er nichts vergessen hat. Fast atemlos hat er Kurzow mit allen Informationen versorgt. Er werde alles mit der Staatsanwältin Elena Heiderscheidt besprechen, aber Winter könne sich, nach dem, was die Erkenntnisse hergeben, seiner Unterstützung sicher sein.

Das Smartphone liegt warm in seiner Hand, sein Ohr glüht. Und er ist müde. Erschöpft.

Seine Finger greifen nach dem dunklen Plastik, ziehen daran und das Handschuhfach öffnet sich schnappend. Einen Moment wartet er, zieht dann das Bild hervor. Mit der anderen Hand schaltet er das Innenraumlicht ein. Nimmt dann das Bild in beide Hände. Tränen treten in seine Augen.

Wie oft hatte ihn seine Therapeutin aufgefordert, seine Gefühle zuzulassen. Verlangt, dass er sich mit sich selbst und seinem Inneren auseinandersetzen müsse, und zwar mit allen Konsequenzen. Bis er nicht mehr hingegangen ist. Auch das gehört zu seiner Wahrheit. Dass er die Behandlung abgebrochen hat. Und sich in die Tasche lügt, dass die Stunden, die er mit Rebecca Fehrmann verbracht hat, ausreichend waren, um zu heilen. Denn nichts ist verheilt. Die Wunde klafft und die letzten Tage, weg von Köln, weg von seiner Vergangenheit haben einzig und allein offenbart, dass es ihr egal ist, wo er sich befindet. Er kann laufen, flüchten, sich verstecken, aber sie lauert überall und wird ihn nicht loslassen. Die Vergangenheit ist seine zweite Haut. Und das Häuten ist noch lange nicht vorbei, hat nicht einmal angefangen. Denn da ist diese Nachricht. *Marina.* Und diese Nacht auf der Party. *Caro.* Und er wird zurückmüssen, zurück in diese Nacht, zurück zu all diesen Menschen, die ihm früher etwas bedeutet haben. *Kai.*

Aber jetzt sitzt er auf dem Fahrersitz seines Passats. Auf dem Parkplatz des Krankenhauses. *Nadja.*

Zurück in seinem Wagen, hatte er die Anrufe gesehen. Derksen. Der Kollege aus Frankfurt. Zuerst hatte er ihn zurückgerufen, aber ihn nicht erreicht. Und dann war ihm die Sprachnachricht auf seiner Mailbox aufgefallen. Kaum jemand hinterließ dort noch Nachrichten. Er legt das Ultraschallbild zurück in das Handschuhfach. Klappt es zu. Entsperrt sein Smartphone und ruft seine Mailbox auf. Derksens Stimme ertönt:

Hallo, Herr Winter, ich erreiche Sie leider nicht persönlich, daher hinterlasse ich Ihnen diese Nachricht. Ich bin die Passage noch einmal durchgegangen, also in diesem Buch. In diesem Buch von dem Jungen. Jannis.

Sie meinten ja, dass dieser Name, also Helga, dass damit ein Mann gemeint sei. Er schreibt ja auch, dass er hofft, dass er wiederkommt. Aber das »er«, das haben wir … also das bezieht sich nicht auf einen Mann. Es bezieht sich auf das Wort Besuch. Das haben wir falsch verstanden. Denn, und das ist das Wichtigste …

Winter hält das Gespräch an. Schaut ungläubig auf das Smartphone in seiner Hand. Dann gleitet sein Blick an den Fenstern des Krankenhauses vorbei. Fast alle sind dunkel, nur durch wenige Scheiben dringt Licht nach außen. Er schluckt. Dann lässt er die Aufnahme weiterlaufen.

Denn hier, also eine Seite weiter, ich hätte einfach umblättern müssen, da steht dann noch: Helga ist nämlich nett. Sie versteht mich. So wie Jens. Er hat sie mir geschickt.

Haben Sie verstanden, Herr Winter? SIE versteht mich. Eine Sie. Helga ist eine Sie, kein Er. Also eine Frau. Ich hoffe, das hilft Ihnen weiter. Rufen Sie mich an, ja? Der Kollege aus Frankfurt atmet aus. *Ich hätte einfach umblättern müssen.*

Winter schließt die Augen. Das Handy ruscht ihm aus den Fingern, er ballt sie zu Fäusten, beißt die Zähne aufeinander. Er denkt zurück an ihre Gespräche über Lohmann. An den Anruf, dass Helge sie angegriffen habe. Er schüttelt den Kopf. *Das kann nicht sein!* Er stößt einen lauten Schrei aus. Dann fischt er das Smartphone aus dem Fußraum des Wagens, geht alles im Kopf noch einmal durch. Die Tage. Die Zeiten. Die Morde. Lohmann. Nadja.

Es gibt immer zwei Seiten, denkt Winter. *Turn the Page. Metallica.* Immer. Dann steigt er aus.

99

Als er den Raum betritt, weiß sie es. Sie sieht es ihm an. Wie er den Blick abwendet. Nicht so schüchtern wie im *Grammophon,* zwischen den Erdnüssen und den rot schimmernden Bieren. Sondern abweisend. Wissend.

»Hallo, Simon«, krächzt sie.

Er lächelt schmal.

Sie liegt vor ihm. Er kann sie nicht ansehen, weicht ihrem Blick aus. Weil er sie verachtet. Das will er zumindest. Er will sie verachten, aber manchmal folgt das Gefühl nicht so schnell dem Willen. Sie trägt einen Verband um den Kopf, die langen Haare strömen daraus hervor. Die weiße Decke liegt glatt gestrichen über ihrem schmalen Körper.

»Hallo«, presst er hervor.

»Schön, dass du hier bist«, sagt sie und irgendwo in ihrem Inneren hofft sie, dass sie sich täuscht. Dass es ihre Schuldgefühle sind, die sie etwas sehen lassen, was nicht da ist. »Was ist mit Helge? Konntet ihr ihn …«, sie bricht ab, weil sein Blick sich verändert.

»Hör auf!«, sagt er streng. »Du willst wissen, was mit Helge passiert ist? Ja?« Er blickt sie auffordernd an. Sie schluckt schwer. »Er ist tot! Tot, Nadja! Er ist die Treppe im Treppenhaus des Hotels hinabgestürzt und hat sich das Genick gebrochen. Das verdammte Genick hat er sich gebrochen! Und warum?« Wieder dieser Blick.

»Ich …«, setzt sie an.

»Genau! Weil du ihm etwas in die Schuhe schieben wolltest!«

»Simon …«

»Halt den Mund!« Er wendet sich kurz ab. Schüttelt den Kopf.

Schämt sich. Für seine Gefühle. Für die Momente, in denen er gedacht hat, es sei die Zeit gekommen, sich zu öffnen. Ihr zu öffnen.

Und dafür, dass er es nicht gesehen hat. Nicht sehen wollte. Zwischen all den Worten. Ihrem Verständnis für Lohmann. Für seine Taten. Sie hat ihn geblendet. Und das nagt an ihm. »Du hast uns alle versucht zu täuschen! Und du hast Helge damit reingezogen. Ihn … geopfert.«

»Das ist nicht wahr …«

»Ich sagte, du sollst deinen Mund halten«, unterbricht er sie scharf. Er spricht es leise aus, fast ohne die Lippen zu bewegen. Sie zuckt unmerklich zusammen. »Wie viel davon ist wahr?«, fragt er und zeigt auf sie. »Diese Wunde an deinem Kopf? Das warst du selbst, oder? Helge hat dich nie angegriffen, dich auch nie gewürgt! Er war einfach in dich verliebt. Und du? Du und … und Lohmann? Wann? Wie?«

Sie versucht, etwas zu sagen, zwischen seine Worte zu gelangen, doch schrumpft sie in ihrem Bett zusammen. Wird kleiner. Hilfloser. Wie damals, neben Alexandra. Er weiß es. Vielleicht hat Lohmann etwas gesagt, oder Helge vor seinem Tod.

»Du hast das ernst gemeint. Als du ihn verteidigt hast. Du hast nie damit aufgehört. Wolltest ihn aus der Schusslinie holen. Damit wir von ihm abrücken. Ihn in Ruhe lassen.«

Etwas unsicher setzt sie sich auf. Verzieht das Gesicht, als Schmerz und Schwindel zupacken. »Es geht doch nicht um Lohmann, Simon. Es geht um die Kinder! Sie sterben, Simon. Sie wollen sterben!« Ihre Stimme bebt.

»Und dann ist es okay, oder was? Dann ist es okay, dass Lohmann sie vorher tötet?«

»Er fragt sie.«

Winter zuckt zusammen. »Ach? Hat er dir das erzählt? Du hast mit ihm gesprochen? Wann?«

»An dem Abend, als du auf ihn gewartet hast. Ich hatte seine Nummer von dem Zettel von Meurer.«

Winter reibt sich die Augen. »Und danach warst du bei mir?«

»Simon, er ist nicht so, wie du denkst. Er ist kein Monster. Er will ihnen helfen.«

»Helfen? Dann ist ja alles klar. Er fragt sie um Erlaubnis und hilft ihnen! Dass ich nicht lache. Jetzt hör aber auf! Das sind Kinder! Die wissen doch gar nicht, was diese Frage bedeutet. Können nicht beurteilen, was alles daran hängt. Nicht umsonst gibt es so etwas wie Volljährigkeit und Gesetze zur Sterbehilfe!«

»Die von Menschen gemacht sind, die sich nicht in solch einer Situation befinden!«, verteidigt sie sich. »Simon! Tu doch nicht so! Das hier ist doch nicht nur eine Frage von Schwarz und Weiß.«

»Doch, das ist es, Nadja! Ich kann moralische Bedenken haben, aber Mord ist und bleibt Mord. Da gibt es nur Schwarz und Weiß! Schwarz und Weiß, nicht mehr, nicht weniger, Nadja. Oder soll ich dich vielleicht besser Helga nennen?«

Nadja beißt sich auf die Lippen und schließt die Augen. Langsam sinkt sie zurück auf ihr Kissen. Kraftlos. Ihr Kopf wiegt schwer. »Hat Lohmann mich verraten?«, fragt sie leise.

»Nein, Lohmann hat nichts gesagt. Gar nichts. Der Junge hat es aufgeschrieben.«

»Jannis?«

Als sie seinen Namen ausspricht, muss er sich zusammennehmen. Für einen kurzen Moment sieht er sich das Zimmer zusammenprügeln, alles verwüsten. Alle Gegenstände in diesem Raum dafür verantwortlich machen, was mit ihm und um ihn herum passiert. »Ja, in einem Buch. Eine Art Tagebuch. Du hast dich Helga genannt. Dachtest, das sei clever?« Er atmet hörbar aus, ballt die Fäuste. »Ich meine, er war dein Partner. Dein Freund. Er hat dir vertraut.«

Eine Träne dringt aus ihrem Auge, rinnt langsam ihre Wange hinab.

»Du hast Lohmann gesagt, dass ich auf ihn warte, und im Gegenzug hat er dir erzählt, wer sein nächstes Opfer wird.«

Sie zieht die Nase hoch. Schaut an ihm vorbei. Kämpft gegen die Tränen. Und während er durch den Raum geht, an die Fensterscheibe tritt und auf den Parkplatz blickt, vibriert in seiner Hosentasche sein Smartphone. Er holt es raus und überfliegt die Nachricht von Henning Althoff. Der gerade mit einem Team André Lohmann festgenommen hat. Winter hatte seinen Kollegen direkt nach dem Abhören der Mailbox informiert, ihn angewiesen, Lohmann festzunehmen. Denn auch er hatte sich mit falschem Namen Jannis vorgestellt. *Jens.* Der große Bruder. Sein Bruder Löwenherz. Derksen hatte den Namen nur beiläufig genannt, für Winter war dadurch alles klar geworden.

Er schaut von dem Display auf. Blickt Nadja direkt in die Augen. »Lohmann hat gestanden. Althoff hat ihn gerade festgenommen. Wie hat er dir so schnell vertraut?«

»Wir haben telefoniert. Lange und ausführlich. Er hat mir alles erklärt. Hat mir von dem Buch erzählt. Von Jens. Von Katla. Davon, dass die Kinder seine Engel seien. Seine kleinen Engel. Deswegen war Lohmann so spät an dem Abend. Ich habe mir ein Taxi nach Frankfurt genommen und dann habe ich Jannis getroffen. Ich habe ihm erzählt, dass Jens ihn nicht retten kann und ich das für ihn tun werde. Dass er mich geschickt hat, geschickt hat, um ihn zu retten. Lohmann hat mir alles erklärt, wie ich reinkomme, worauf ich achten muss und dann …« Sie bricht ab. Schluchzt auf.

»Warum? Alles nur, weil … tja, das müsste ich eigentlich dich fragen, schließlich bist du die Kriminalpsychologin.« Bei seinen letzten Worten lacht sie verbittert auf.

»Nadja Bergendahl, ich nehme Sie hiermit fest, weil Sie im Verdacht stehen, Jannis Erler getötet zu haben. Sie haben das Recht zu schweigen und auf einen Anwalt.«

100

»Simon? Bist du wach?« Das Klopfen an der Tür schiebt sich in einen wilden Traum. Als er die Augen öffnet, dreht sich das Zimmer im Kreis und er streckt ein Bein aus dem Bett, versucht zu bremsen.

»Simon?« Seine Mutter. Lauter. Drängender. Er schluckt bitter und schwer. »Kai ist am Telefon.«

Kai? Aus dem Trüben tauchen unscharfe Bilder auf. Caro. Du bist zu jung! Und du bist besoffen!

Wackelig steht er auf, kneift die Augen zusammen, reibt sie. Greift nach der Flasche Sprudel neben seinem Bett, trinkt davon, die Kohlensäure stresst seinen Magen. Er reißt das Fenster auf, doch es ist morgens schon zu warm. Feuchte Luft quält sich in das Zimmer.

»Simon!«

»Ja!«, antwortet er, steigt in eine Jogginghose und stapft in Richtung Tür. Öffnet sie.

Der Blick seiner Mutter verrät, dass er ungefähr so aussehen muss, wie er sich fühlt. Wortlos hält sie ihm das Telefon hin.

Simon leckt sich über die trockenen Lippen, dann nimmt er den Hörer an sein Ohr. »Ja? Kai?«

»Hey, Simon.« Er hört es. Etwas stimmt nicht.

»Was ist los?«

»Caroline ist weg.«

Du wirst das ganze Bett vollkotzen. Ich hole Kai.

»Was?«, fragt er und zieht die Tür seines Zimmers wieder hinter sich zu. »Was soll das bedeuten, sie ist weg?«

»Als meine Mama sie heute Morgen wecken wollte, war sie nicht in ihrem Zimmer. Das Bett ist unbenutzt, sie hat nicht darin geschlafen.«

»Und … und jetzt?«

»Wir wollen sie suchen. Ich wollte wissen, ob du dabei bist.«

Und du lässt Kai aus dem Spiel. Erzählst ihm nicht, dass ich hier war.

»Klar«, presst er heraus.

»Mama meinte, sie sei gestern sauer gewesen, weil sie auch auf die Party wollte. Sie hätten sich gestritten, weil Mama ihr gesagt habe, sie sei für so etwas noch zu jung.«

Simon reibt sich die Stirn. Sein Blick fällt auf die Pinnwand über seinem Schreibtisch. Das Foto. Er mit Kai, Leonard und Biber.

»Hast du Leo und Biber auch schon angerufen?«

»Mache ich jetzt direkt. Ich wollte dich zuerst fragen. Meine Mama ist krank vor Sorge. In letzter Zeit ist Caro echt anstrengend. Voll in der Pubertät, aber so etwas … das passt nicht zu ihr.«

»Wir finden sie.«

»Verdammt, Simon! Ich hoffe, ihr ist nichts passiert! Das, was hier abgeht, das ist wie in einem schlechten Film!« Im Hintergrund hört er Kais Mutter nach ihm rufen. »Du, ich muss Schluss machen. Du kommst her, ja? Beeil dich! Okay, Simon, bitte! Bitte, beeil dich!«

»Ich komme, Kai! Wir werden sie finden! Ganz bestimmt.«

Berlin. München. Nümbrecht.

Warum diese Ortsnamen? Ganz einfach: In Berlin hat alles begonnen. Mit mageren acht Zeilen im Gepäck und einer vagen Idee.

Die Frau an meiner Seite, Nadine, hat unglaubliche Flugangst und ist ein unfassbar großer Sebastian-Fitzek-Fan. Ich übrigens auch und eines unserer ersten gemeinsamen Events war eine Lesung von Sebastian in Olpe. Dann hat sie mich angemeldet, bei der Thrillerschule der BILD-Zeitung. Und dann kam der Anruf, dann die Mails: Sie, Herr Kohlhaas, sind dabei. Ihre acht Sätze, Ihre Thrilleridee haben uns überzeugt, kommen Sie nach Berlin: in Sebastian Fitzeks Thrillerschule. Und dann, kurz vor dem Abreisetag, entzündete sich Nadines Blinddarm. Ich sah mich alleine nach Berlin reisen, aber sie wollte mit, wollte mich schließlich unterstützen (oder doch nur ein Foto mit Sebastian?). Blinddarm raus, los geht's! Mit Schmerzen und der Flugangst im Gepäck ging es nach Berlin.

Tolle Menschen durfte ich dort kennenlernen. Claudia Weingärtner zum Beispiel, damals noch BILD-Redakteurin, die alle Kandidatinnen und Kandidaten wunderbar umsorgt hat.

Wir schreiben zwar nicht mehr so häufig in unserer WhatsApp-Gruppe (Gruppe des Schreckens), aber natürlich muss ich an euch denken, an Minka, Melanie, Helena, Sarah, an Robert, Peter und Marco. Es war toll mit euch und ihr alle hättet es verdient gehabt, was mir vergönnt wurde. Ja, ich gewann die Thrillerschule.

Ein Anruf aus München ereilte mich und Markus Michalek von der AVA Verlags- und Autorenagentur teilte mir mit, dass ich nun einen Thriller bei Droemer Knaur veröffentlichen dürfe. Ich müsse nur nach München kommen.

Also ging es in den Süden. Mit dem Auto. Und weiterhin ohne

Blinddarm (meiner ist schon seit meiner Jugend nicht mehr vorhanden).

Ich lernte Herrn Hocke von AVA kennen, saß in seinem Büro, zwischen all den Büchern namhafter Autoren, fast ein bisschen schüchtern. Und dann ging es zum Verlag. Zu der wortgewandten und akribisch arbeitenden Bettina Steinhage, die mir von Anfang an klargemacht hat, dass ich zwar gewonnen habe, das aber noch lange nicht für ein gutes Buch reiche. Liebe Bettina, danke für deinen Antrieb, der mich noch einmal auf ein anderes Niveau gehoben hat.

Sie hat mich bzw. meine Zeilen an Stefan Lutterbüse weitergeleitet. Ein Lektor, der es genau nimmt. Der mir gezeigt hat, wo ich hinwill und vor allem, wo ich nicht hinwill. Lieber Stefan, ich weiß, wir hatten es nicht leicht zu Beginn, aber du trägst großen Anteil an dieser Geschichte und wohin sich alles entwickelt hat. Danke dafür.

Ich danke dem Team, das das Cover erdacht hat, das all die Pressearbeit übernimmt, das dafür sorgt, dass dieses Buch in den Buchhandlungen steht, die es so verdammt schwer haben. Weil, und da komme ich nicht drum herum, dieses große C in unser aller Leben getreten ist und auch dafür gesorgt hat, dass mein Buch sich nach hinten verschob.

Und ich kann dankbar sein, denn viele wunderbare Debütanten hatten es 2020 wahrlich nicht einfach. Keine Lesungen. Keine Buchmessen. Nichts. Und ich, tja, ich sitze hier und mittlerweile gibt es drei Impfstoffe und ich freue mich darauf, dass unser Leben in naher Zukunft irgendwie wieder normaler werden wird. Zumindest, was den Bereich Buch angeht.

Aber ich schweife ab. Also lege ich jetzt mal einen Zahn zu: Ich danke Martin und Miriam Ahmann für die Arbeit an meiner Homepage und Martin für die Hilfe bei allerlei Sound, den ich so brauche. Und vor allem für die Arbeit am realen Nadja-Bergendahl-Podcast.

Ich danke meinem Bruder Thorsten Kohlhaas für meine Autorenfotos (er sagt immer, die Kamera lügt nicht, aber irgendwie sehe ich trotzdem auf den Fotos immer ein bisschen besser aus), für seine Mithilfe bei den ersten Marketingideen und den Puzzle-Entwürfen.

Ein riesengroßer Dank, der eigentlich viele Seiten lang sein müsste, geht an Daniel Juhr, der das Schreiben in mir wiederbelebt und mich dabei unfassbar unterstützt hat. Der selbst ein so unfassbar talentierter Autor ist, den man lesen muss. Und der Helge seine Stimme geliehen hat.

Ein großes Danke geht auch an Melanie Fohr. Die mir am Telefon erklärt hat, wie man als Kommissarin so ermittelt. Sollten dir Fehler auffallen, dann war ich das. Du ganz bestimmt nicht.

Ich danke meinen Freunden, vor allem Sarah, Mario und Marcell, die es mir wert sind, dass sie hier stehen. Meinen Lieblingskolleginnen und -kollegen. Und dann danke ich meiner Familie, die für mich da ist, und vielleicht liest ja sogar mein Papa mal ein Buch von mir. Wer weiß.

Mein Leben ist nicht immer ganz so gerade verlaufen, hat ein paar unangenehme Kurven nehmen müssen, und als es ganz schlecht aussah, bist du in mein Leben getreten. Liebe Nadine. Du bist schuld. Schuld an diesem Buch! Hast gelesen, kritisiert, gelobt, mich ertragen und getätschelt. Und daher danke ich dir ganz besonders. Dafür und dafür, dass du an meiner Seite bist. Mich und meine kleine Tochter Aline in dein Leben gelassen hast. Und, dass du Nadja sprichst.

Zu Nadine gehören auch Annette und Burkhard. Ich danke auch euch, danke dafür, Teil eurer Familie sein zu dürfen.

Ich danke allen Buchhändlerinnen und Buchhändlern, die mich (und Daniel Juhr) schon bei *13zehn* unterstützt haben, und allen, die mich noch unterstützen werden. Allen, die unsere Lesungen veranstaltet haben (hoffentlich bald wieder), allen, die da waren und uns zugehört haben, allen, die unsere Worte vertont haben.

Und am Ende, da danke ich dir: Sebastian Fitzek.

Lieber Sebastian, keiner muss solch einen Wettbewerb ausrufen, niemand muss einem so viele Tipps und Tricks mitgeben. Aber du hast es getan. Vielen Dank dafür.

Und jetzt liegt es an dir, lieber Markus und liebes AVA Team. Ich hoffe, das hier ist erst der Anfang. Wenn es nach mir geht, gerne. Vielen Dank für eure Arbeit und die, die noch kommt.

Und ich danke dir, liebe Leserin, lieber Leser. Lasst mich wissen, wie es euch gefallen hat. Schickt mir eure Kritik, Anmerkungen, Meinungen.

Denn zwischen diesen Zeilen steckt viel. Eine Diskussion um ein Thema, das uns alle angeht. Denn über die Frage, ob man seinen Todeszeitpunkt selbst wählen darf, diskutieren oft nur die, die sich diese Frage selbst gar nicht stellen müssen (zum Glück!). Aber wir sollten gerade denen zuhören, die es betrifft.

Und in diesem Text finden sich einige kleine Hinweise auf Missstände in einem System, das mehr als relevant ist. Da arbeiten so viele tolle Menschen und die brauchen endlich mehr als Applaus. Die brauchen mehr Geld!

Ich hoffe, wir lesen und sehen uns in diesem Jahr. Im Sommer am Strand, im Herbst in den Buchhandlungen. Alles noch Spekulation. Aber ich hoffe darauf. Alles wird gut.

Herzliche Grüße,
Daniel Kohlhaas

Februar 2021